JENS LAPIDUS

PARADISE CITY

THRILLER

Aus dem Schwedischen
von Max Stadler

btb

We believed in this place
like we believed in God, the King.
So we thumbed the rosary,
forgot about the colour of our skin.
But belonging in your folkhem
for us that's still taboo.
You said: it's us versus them,
now we pack AK47s too.

Aus »ArmaLite« von ResistanX,
einem der in Schweden am häufigsten gestreamten
Songs der letzten Jahre.

Gesetz über Sonderzonen (2025:1252)

Zweck

§ 1 Dieses Gesetz legt spezifische Maßnahmen fest, die in einer *Sonderzone* (gemeinhin als *Zone* oder *die Zone* bezeichnet) im Falle einer schwerwiegenden Bedrohung der öffentlichen Ordnung oder der inneren Sicherheit des Landes angewendet werden können.

Definitionen

§ 2 Unter einer *Sonderzone* versteht man ein Wohngebiet mit mindestens 5000 Einwohnern, in dem der Anteil von Zuwanderern und Nachkommen von Zuwanderern aus nicht-westlichen Ländern mehr als 50 Prozent beträgt und in dem mindestens eines der folgenden Kriterien erfüllt ist:
1. Der Anteil der Einwohner im Alter von 18 bis 64 Jahren, die keine Ausbildung oder Beschäftigung haben, liegt bei über 40 Prozent.
2. Der Anteil der Einwohner, die wegen einer Straftat verurteilt wurden, war in den letzten zwei Jahren mindestens dreimal so hoch wie der nationale Durchschnitt.

§ 3 Der Begriff *Bandenmäßig organisierte Person* (BOP) bezeichnet Bewohner/innen einer *Sonderzone*, die mindestens dreimal wegen Straftaten verurteilt wurden, die mit einer Freiheitsstrafe von mindestens zwölf Monaten geahndet wurden, und bei denen davon ausgegangen werden kann, dass sie an der organisierten Kriminalität beteiligt sind oder eine besondere Gefahr für die Allgemeinheit darstellen.

§ 4 Unter einem *Sperrgürtel* versteht man eine um eine *Sonderzone* herum errichtete Barriere, die den unkontrollierten Übertritt verhindert.

Spezifische Maßnahmen

§ 5 Wenn eine ernsthafte Gefahr für die öffentliche Ordnung oder die innere Sicherheit des Landes besteht, ist das Amt für Sonderzonen befugt:

1. Identitäts- und Sicherheitskontrollen beim Betreten und Verlassen einer Sonderzone anzuordnen.

2. Spezielle Anweisungen für als BOP eingestufte Bewohner zu erlassen, darunter fallen u. a.: Meldepflichten, Aussetzung von Krankenversicherungsleistungen und verschärfte Strafen bei Wiederholungstaten.

3. Errichtung eines *Sperrgürtels* um die betreffende *Sonderzone*.

ERSTER TAG

6. Juni

1

Die Fahrstuhltüren öffneten sich mit einem Quietschen. Emir und Isak betraten die Kabine und fuhren in den dritten Stock hinauf. Laut Gerüchten spielten dort mehrere Leute in einer Wohnung Poker und hatten immer viel Geld auf ihren Zahlungs-Apps. Ihr Plan lautete, einfach hineinzumarschieren, sich das Geld zu schnappen und wieder zu verschwinden – ein schneller, unproblematischer Job.

Emir betrachtete sein Gesicht im zerbrochenen Spiegel an der Wand der Fahrstuhlkabine: die Boxernase, das markante Kinn und die Bartstoppeln. Früher hatte er dank der breiten Schultern, des kräftigen Nackens und des ernsten Blicks eine gewisse Autorität ausgestrahlt. Doch jetzt wirkte seine Haut schlaff und eingesunken entlang zweier Linien an seinem Hals, als hätte er eine Krankheit oder wäre ein Flüchtling aus Pakistan oder Weißrussland. Sein Blick kam nie zur Ruhe, als wäre er nervös oder ängstlich.

Er war sechsundzwanzig Jahre alt, fühlte sich wie zwanzig und benahm sich wie siebzehn. Manchmal hatte er das Gefühl, im Leben nicht so recht voranzukommen, andererseits stand er gerade kurz davor, groß abzusahnen. Er hätte bessere Laune haben müssen.

Aber ehrlich gesagt war durch Järva zu laufen, Leute zu bedrohen und sie dazu zu zwingen, ihr Geld herauszugeben, für einen Shuno wie ihn unter seiner Würde. Wobei die Würde nicht das eigentliche Problem war, sondern dass er sich bei jeder solchen Aktion fühlte wie ein Kind, das etwas falsch gemacht hatte und von seiner Mutter geschimpft wurde. Was er tat, machte ihn krank. Er wollte mit dem ganzen Scheiß nichts mehr zu tun haben.

Emir hätte niemals offen zugegeben, dass er es mit seinen sechsundzwanzig Jahren immer noch kaum fertigbrachte, den Leuten ein bisschen Geld abzuknöpfen – dabei hatte ihn der Staat als BOP eingestuft, also als jemand, der Verbindungen zu einer Gang hatte.

Irgendwann sollte er es echt mal mit etwas anderem versuchen, doch auf seinem Gebiet war er so gut, dass ihm sein Ruf vorauseilte. Emir, der Prinz: ein gefährlicher Shuno, ein Mann mit Neigung zur Gewalt und ein Spezialist für Raubüberfälle. Außerdem hätte er gar nicht aufhören können: Emir brauchte die Kohle. Er hatte keinen Appetit, sondern Hunger. Krumme Dinger hatte er ja schon immer gedreht, aber seit ein paar Jahren war alles anders: Er litt unter Nierenversagen und musste mindestens zweimal pro Woche zur Dialyse. Das kostete so viel Geld, dass er gar nicht erst dran denken wollte. Und der Staat weigerte sich, auch nur eine Krone zu zahlen.

Die Aufzugstüren öffneten sich langsam unter einem weiteren Quietschen. Sie waren oben.

Nun zählten nur noch drei Dinge: sich die Kohle schnappen. Sich die Kohle schnappen. Überleben. Aber das stimmte nicht ganz, denn es gab noch eine weitere Sache, die ihm wirklich wichtig war: seine kleine Perle, die das Leben lebenswert machte.

Hier und jetzt spielte das jedoch keine Rolle. Jetzt ging es nur darum, sich die Kohle zu schnappen.

Manche Leute nannten diese Gegend Paradise City.

In Wirklichkeit war es das genaue Gegenteil von Dschanna. Die Sonderzone von Järva war Dschahannam: die Hölle auf Erden.

Aber nun Schluss mit dem Gejammere. Stattdessen: ein paar

tiefe Atemzüge und das Ding durchziehen. Pokerchips und Konten voller Geld – bald würde der Zaster ihm gehören.

Einfach nur rein und wieder raus.

Im Flur roch es nach Pisse und Gras, es war so warm wie in einem thailändischen Bordell.

Isak kaute Kaugummi wie eine Kuh. »Mann, ich glaube, wir sollten das Ganze lassen. Ich hab ein schlechtes Gefühl dabei.«

Das Gesicht seines Freundes war blass, sein T-Shirt zerrissen und seine Adidas-Hose an den Taschen ausgefranst. Seine Gucci-Mütze hatte ihre besten Tage längst hinter sich, aber Isak trug sie immer noch, als wäre sie ein Kufi oder so. Die Wahrheit war: Isak sah aus wie ein Opa. All die Sorgen und das viele Tramadol hatten den Alterungsprozess um ein Zehnfaches beschleunigt – die Schultern seines Kumpels waren krumm wie ein S, sein Rücken verbogen wie ein Z.

»Ganz ruhig, Bruder«, sagte Emir. »Wir lassen sie ein paar Überweisungen machen, das ist alles. *Kurz rein und wieder raus.*«

An der Tür war keine Klingel. Emir klopfte.

Niemand machte auf.

Er klopfte fester. Drinnen rief jemand etwas.

Er zog seine Pistole aus der Tasche und hielt sie gesenkt.

»Ich gehe nicht mit rein«, sagte Isak plötzlich.

Jetzt zu kneifen war ganz und gar nicht okay, aber ihnen blieb keine Zeit zum Streiten. Sein Freund würde stattdessen einfach draußen Wache halten. Emir wusste: Isak hasste Ärger, obwohl er genauso dringend Geld brauchte wie jeder andere.

»Aufmachen«, rief Emir.

Er hörte Schritte in der Wohnung. Der Deckel des Spions wurde klappernd zur Seite geschoben.

Die Tür flog auf: Ein Shuno mit blutunterlaufenen Augen und kahlgeschorenem Kopf stand in der Tür. »Was willst du?«

»Kann ich mitspielen?«

»Verpiss dich.«

Aggressives Gehabe. Schlechte Vibes. Es roch nach Ärger.

Emir hatte keinen Bock auf diesen Scheiß – er hob seine 9 mm und drückte sie gegen die Brust des kahlen Bastards.

Der Boden im Flur, durch den Emir den Kerl vor sich herschob, war schmutzig. Der Geruch von Bratfett und Gras schlug ihm entgegen. Der kahlköpfige Shuno war für jemanden, der eine Waffe im Rücken hatte, erstaunlich ruhig.

Als sie das Wohnzimmer betraten, drehten sich drei Gesichter zu ihnen um. Es war wie das Standbild eines Films: Der grüne Filztisch zwischen den drei Männern war mit Spielkarten und Pokerchips bedeckt. Alle starrten auf die Waffe in Emirs Hand.

Einer von ihnen sah aus wie jemand, den Emir hier nie erwartet hätte. Mahmoud Gharib.

Konnte das sein?

Mahmoud hatte irre Tätowierungen auf den Oberarmen, einen ungewöhnlich gut gepflegten Bart und eine Narbe quer über seiner Wange, so scharf wie von einem Laserstrahl. Auf seinem Bizeps stand: غريب.

Ja. Er war es. Scheiße.

Mahmoud Gharib: der Sicherheitschef der Muslimbruderschaft. Ehemaliger Anführer der Lazcanos. Einer der härtesten Kerle in der gesamten Sonderzone Järva. Wegen seiner Brutalität eine Legende des Gettos, ein verrückter Shurda, über den Emir schon als Kind Gerüchte gehört hatte. Die Leute in der Gegend zitterten wie Vibratoren, sobald sie seinen Namen hörten. Es hieß, dass sich sogar die Kerle von der Zonen-Polizei in die Hose machten, wenn der Boss auftauchte. Hierzulande war er besser bekannt als Abu Gharib.

Und jetzt zielte Emir mit einer 9 mm direkt auf ihn und seine Leute.

Verdammt.

Abu Gharibs Augen waren dunkel wie eine mondlose Nacht. Wenn Emir das gewusst hätte, hätte er es nicht einmal gewagt, mit einem Blumenstrauß in der Hand an der Tür zu klopfen. Er sah Pistolen auf dem Tisch hinter den Männern – man spielte immer unbewaffnet –, ihre Schutzwesten lehnten an der Wand. Bei Hold'em oder Omaha schwitzte man auch so schon genug. Er musste sich jetzt etwas Gutes einfallen lassen, um sich aus dieser Situation zu befreien.

»Wer bist du?« Abu Gharibs Stimme war übertrieben ruhig, übertrieben langsam – *übertrieben* bedrohlich. Emir sollte einfach abhauen. *Rein und raus* – langsam rückwärtsgehen und losrennen. Doch genau in diesem Moment ertönte hinter ihm ein Krachen. Er drehte sich um. Es war zu spät: Die Tür zum Flur wurde eingetreten. Drei uniformierte Männer stürmten mit gezogenen Waffen herein. »POLIZEI«, brüllten sie.

Abu Gharib und die anderen sprangen auf. Der Tisch kippte um, die Karten flogen durch die Gegend. Emir schaltete rasch.

»Runter auf den Boden! Waffe fallen lassen!«, schrien die Bullen.

Die Männer am Tisch stürzten in Richtung Schlafzimmer.

»Halt!«, schrien die Bullen.

Es hörte sich so an, als würde Isak draußen an der Tür schluchzen. Emir durfte auf keinen Fall in den Knast wandern, dort wäre er erledigt. Er sollte diese Bullen *abknallen* – ihnen ein Loch nach dem anderen verpassen. Niemand wusste, dass sie hier waren, und wenn er sich richtig erinnerte, waren sie auf dem Weg hierher an keiner funktionierenden Überwachungskamera vorbeigekommen.

Es kam oft vor, dass er irgendwelchen Idioten wehtat – das hier ging jedoch einen Schritt weiter. Trotzdem: Als ehemaliger MMA-Star spürte Emir gern die Haut, auf die er einschlug. Mit einer Schießerei dagegen war er überfordert. »Lauf!«, rief er Isak zu, dann rannte er den anderen hinterher. Das Fenster im Schlafzimmer war offen. Abu Gharibs Arsch war schon halb draußen, die anderen waren ihm voraus. Die schmale Galerie vor der Wohnung war wie ein langer Balkon mit einem einzigen Ausgang – eine Rennstrecke für Menschen auf der Flucht.

Die Bullen brüllten.

Das Bett war ungemacht, die Laken grau vor Dreck. Emir hechtete hinter Gharib aus dem Fenster und landete zwischen Fahrrädern und Skateboards. Auf dem Absatz lagen zwei wimmernde und stöhnende Bullen – Abu Gharibs Jungs hatten sich schon um sie gekümmert. Und da war Isak: Er blickte drein wie ein verdammter Esel. Emir rannte los, Isak ein paar Meter vor ihm. Sein Kumpel wollte kein Gangster sein, aber jetzt war er gezwungen, wie einer abzuhauen. Die anderen waren noch weiter vorne und bereits auf dem Weg zum Treppenhaus. Nike Air Max auf der Flucht. Die Treppe hinauf, nicht hinunter – wahrscheinlich warteten draußen noch mehr Bullen. »Habt ihr Knarren?«, rief Abu Gharib seinen Männern zu.

»La, la«, riefen sie auf Arabisch zurück – keiner von ihnen hatte es geschafft, sich vor der Flucht seine Waffe zu schnappen. Im Moment war Emir die einzige bewaffnete Person. Bis auf die Bullen, die hatten Gewehre.

Gharib drehte sich zu ihm um: »Was bist du denn für ein verdammter Idiot?« Sie hörten die Schritte der Bullen weiter unten auf der Treppe. »Sie müssen dir gefolgt sein«, zischte der Boss. Emir nahm fünf Treppenstufen auf einmal. Seine Lunge drohte zu platzen. Gharib irrte sich: Emir hatte sie *nicht* hierhergeführt.

Vom Flachdach des Gebäudes sah Järva wie eine große Betonwüste aus. Gharibs Männer standen am äußersten Rand: Sackgasse. Was wollte der Boss hier oben? In diesem Moment überfielen ihn die Kopfschmerzen. Es war so schlimm, dass Emir kaum noch den Schädel bewegen konnte. Für einen Anfall war das der denkbar schlechteste Moment. *Der neurologische Tribut*, den die Kämpfe gefordert hatten, hatten die Ärzte gesagt.

In diesem Moment begriff er Abu Gharibs Plan.

»Springt!«, rief der Chef.

Genial.

Der erste Typ nahm Anlauf und sprang mit den Beinen ins Leere tretend durch die Luft. Er landete auf dem Dach des nächsten Gebäudes. Scheiße, das waren mindestens vier Meter. Aber der Typ war vor den Bullen in Sicherheit. In Emirs Kopf blitzte es ununterbrochen. Isak keuchte. Der nächste Typ tat dasselbe: Er sprang auf die andere Seite und rannte davon. Dann war der Glatzkopf an der Reihe. Er machte sich bereit, sein schweißnasser Schädel glitzerte im Sonnenlicht. Er flog durch die Luft, die Arme vor sich, die Hände ausgestreckt. Er kam nicht weit genug, rutschte ab, hatte keinen Boden unter den Füßen, aber es gelang ihm, sich an der Kante des Gebäudes festzuhalten. Einen Zentimeter vom Tod entfernt. Er zog sich hoch und war frei wie ein Vogel. Emir, Abu Gharib und Isak noch auf der anderen Seite. Emir wusste, was Isak dachte. Sein Kumpel hielt sich für nicht fit genug, um den Sprung zu schaffen – »Training war noch nie mein Ding«, sagte er immer. Sie hörten die Schritte der Bullen – in ein paar Sekunden würden sie hier sein. Ich werde es auch nicht schaffen, dachte Emir durch seine Kopfschmerzen hindurch.

Isak schien seine Gedanken zu lesen. »Doch, das schaffst du, Bruder«, sagte er. »Du bist ein Athlet. Du kannst es schaffen.«

Ich *war* ein Athlet.

Gharibs Augen verengten sich zu Schlitzen. »Die Polizisten werden in fünf Sekunden hier sein«, sagte er. »Wirst du dann tun, was du tun musst?«

Emir spürte die Pistole in seiner Hand. Die Kopfschmerzen

verhinderten jeden klaren Gedanken. Er konnte die Frage des Chefs nicht beantworten.

Plötzlich veränderte sich Gharibs Gesichtsausdruck: Er starrte Emirs Tätowierung an.

9KO – neun Knockouts. Der Boss wirkte interessiert, neugierig. »Ich kenn dich doch«, sagte er. »Du warst der Prinz. Ich habe dich immer angefeuert.«

Die Kopfschmerzen fraßen Emir von innen auf.

»Gib mir die Waffe«, sagte Abu Gharib und streckte eine Hand aus. »Dann übernehme ich das.«

Die Tür zum Treppenhaus hinter ihnen flog auf, und die Polizisten schwärmten aus. Sie fuchtelten mit ihren Gewehren. Sie brüllten. Versperrten die Fluchtwege. Einer packte Isak.

Abu Gharib hielt immer noch die Hand auf. *Gib mir die Pistole*, sagte sein Blick.

»Waffe fallen lassen!«, brüllten die Polizisten.

Isak riss sich los.

Emir hob die Makarow, aber er gab sie nicht dem Boss. Er drückte ab. PENG. Der Rückstoß war gewaltig.

PENG.

Die Polizisten warfen sich zu Boden, während Gharib Anlauf nahm. Westjärvas mächtigster Mann sprang los, schwebte unwirklich lange durch die Luft und landete wie ein schwerer Sack voll Presskoks auf der anderen Seite. Emir musste hinterher, aber es war zu weit. Er würde es nicht schaffen. Er hatte geglaubt, er wäre über solche Selbstzweifel hinaus, aber er war ein Idiot. Ein Verlierer, der jeden Glauben verloren hatte. Er warf seine Waffe weg und hob die Hände. In diesem Moment sah er Isak. Sein Freund lag auf dem Boden, seine Lippen zitterten, und an seiner Schläfe klebte Blut. Die brüllenden Polizisten waren verschwommene, surreale Gestalten im Hintergrund.

Emir stürzte auf ihn zu. »Bruder«, flüsterte Isak. »Du hättest es geschafft. Du hättest springen sollen.« Sein Kaugummi lag wie ein Häufchen weißer Vogelscheiße neben ihm.

Die Polizisten hatten keine Schüsse abgegeben. Nur eine einzige Person auf dem Dach hatte seine Waffe abgefeuert. Emir hatte seinen besten Freund angeschossen.

Das hier war kein *rein und raus*.

Es war einfach nur *raus*. Isak war jetzt auf dem Weg ins wahre Paradies.

2

Fredrika blickte hinaus auf die Menschenmenge. Es war ein heißer Tag, über 35 Grad. Der Platz war trotzdem gerammelt voll. Ihrer Schätzung nach waren es mehr als zwanzigtausend Teilnehmer, das größte Publikum des Jahrzehnts. Das schwedische Volk hatte sich ganz eindeutig an die Hitze gewöhnt.

Innenministerin Eva Basarto Henriksson wartete im gepanzerten Volvo. In genau elf Minuten würde Fredrika sie auf die behelfsmäßige Bühne begleiten, wo sie ihre Rede halten würde. Der Gruppenführer stand vor dem Wagen und gab Befehle, wobei er mit dem ausgestreckten Arm gestikulierte. Der Hörer steckte wie ein Klumpen Wachs in seinem Ohr. Fredrika wusste, dass die Vorbereitungen abgeschlossen waren, da sie besser informiert war als der Einsatzleiter selbst. Die Agenten des Personenschutzes waren in Position. Jeder, der an der heutigen Operation beteiligt war, hatte im Hauptquartier die nötigen Informationen und Anweisungen erhalten. Das kugelsichere Glas war angebracht, die technischen Sicherheitsmaßnahmen in Betrieb. Mikrofon und Lautsprecheranlage waren installiert, das Podium auf Sprengstoff untersucht und die Waffen überprüft.

Trotzdem konnte sie das Unbehagen nicht abschütteln, das sie schon den ganzen Tag quälte. Es gab keinen gefährlicheren Ort für eine schwedische Politikerin als die Järva-Sonderzone mit ihren vielen verschiedenen Gruppen – die Gangs, die islamischen Organisationen und die Bewegung. Aber es war Wahljahr, und viele Menschen würden sich nicht die Mühe machen, wählen zu gehen, wenn ihnen niemand Hoffnung einhauchte. Außerdem hatte der Personenschutz seine Präsenz durch sieben zusätzliche Scharfschützen auf dem Dach erhöht.

Fredrika hatte sich vorgenommen, ihre Arbeit heute besonders gut zu erledigen.

Wobei: Das tat sie immer. So war sie einfach.

Arthurs Leinenjacke war zu zerknittert, um den Vorschriften zu entsprechen, seine Haare standen wie immer wirr vom Kopf ab, und seine Schuhe waren staubig. Er hätte bereits auf dem Dach sein sollen, das Ziel im Visier und das Gewehr schussbereit.

»Ich weiß, dass du es für unnötig hältst, dass sie ausgerechnet hier spricht«, zischte er gerade leise genug, dass der Gruppenführer es nicht hören konnte.

Fredrika nickte. Arthur hatte recht.

»Auf den Dächern von Paradise City gibt es keinen Schatten«, fuhr er fort. »Die sind alle gleich trist und flach. Ich werde gegrillt.«

Arthur war nicht der einzige Kollege, der die Umgebung sarkastisch als »Paradise City« bezeichnete. Wie allen anderen Kollegen war ihm selbstverständlich klar, dass das Stockholmer Viertel Järva höchstens ein Paradies für Ganoven war. Einige sahen in dem Stadtteil das ins Gegenteil verkehrte alte sozialdemokratische Ideal des Folkhems: ein Ort, an dem die Kriminellen schalten und walten konnten und die Polizei so viel Autorität besaß wie ein Vertretungslehrer in einer achten Klasse. Vielleicht war damit auch gemeint, dass die übrige Stadt das Paradies dagegen war. Paradise City sollte die übrige Stadt entlasten, da die Kriminellen in einem abgeschlossenen Bereich konzentriert waren. Das Problem war jedoch, dass hier auch andere Menschen lebten und unter den Konsequenzen litten.

Auf einem der Bildschirme wurde das Gesichtserkennungsprogramm einem letzten Test unterzogen, indem die Kamera auf Fredrika selbst gerichtet war. Es fühlte sich seltsam an, das eigene Gesicht zu sehen – ihr Kinn erschien ihr kantiger als gewöhnlich, dabei hatte sie noch nicht einmal die Zähne zusammengebissen. Außerdem fand sie, dass sie älter aussah, als sie war, aber vielleicht lag das auch an ihrem Blazer und dem ernsten Ausdruck auf ihren Lippen. Oder daran, dass sie ihr straßenköterblondes Haar hochgesteckt hatte, um den Vorschriften zu entsprechen, die ein offenes Tragen nur bis zu einer Länge von 150 Millimetern erlaubten.

Der FR-Scanner wurde auf die Menge gerichtet. Es war so weit.

EBH trug ein grünes Kostüm und dazu passende Schuhe, als sie das Podium betrat, dazu eine große Schmuckkette mit einem Bernstein um den Hals. Sie war gut gekleidet, aber nicht zu protzig. Für viele war Eva Basarto Henriksson ein Vorbild, oder wie es in Järva hieß: eine »Batallah«, eine Heldin. Sie ließ sich nichts gefallen und schämte sich auch nicht, offen zuzugeben, die nächste Premierministerin des Landes werden zu wollen. Dies war der Auftakt ihres Wahlkampfes.

Basarto Henriksson hielt sich mit beiden Händen an den Seiten des Podiums fest, das Plexiglas vor ihr glitzerte im Sonnenlicht. Die Musik wurde leiser. Der Beifall ebbte ab.

Sie holte tief Luft und begann zu sprechen. »*Freunde und Einwohner von Järva, ich möchte mich zuallererst bei allen bedanken, die es ermöglicht haben, dass wir heute hier versammelt sind. Allen Organisatoren und Freiwilligen. Es ist wunderbar, wieder hier zu* sein, *und es freut mich, dass trotz der Hitze so viele von euch gekommen sind.*«

Fredrika blickte auf die Menge vor sich. Palästinensische und salafistische Fahnen wehten neben roten Bannern mit einer grünen Faust – dem Symbol der *Bewegung*. Sie sah handgemalte Plakate mit den Porträts von Basarto Henriksson sowie Imamen und Clanchefs aus dem Libanon und Deutschland darauf.

Ein paar Fotografen hatten die Erlaubnis, vorne bei den Absperrungen zu stehen und mit grellem Blitzlicht Bilder zu machen.

Fredrika hielt nach auffälligen Personen in der Masse Ausschau. Arthur hatte sich gemeldet. Er befand sich jetzt auf dem Dach. »Es ist verdammt heiß hier oben«, sprach er in ihr Ohr. »Das Gegenteil von Paradies.«

Basarto Henrikssons Füße bewegten sich hinter dem Podium, als wollte sie eine Reihe von kleinen Ballettschritten ausführen, erste, zweite, dritte Position. Fredrika versuchte, sich die Ministerin als Balletttänzerin vorzustellen. Es war absurd – die Frau war fünfundvierzig und strahlte nichts als pure Macht aus.

Die Szenerie erinnerte sie an die Rede, die EBH einige Monate zuvor auf dem Göran-Perssons-Platz gehalten hatte – mit dem entscheidenden Unterschied, dass die achtstöckigen Hochhäuser hier unangenehm nahe waren und etwa fünfzehn Prozent der Zuschauer Niqabs oder Burkas trugen, was die Identifikation durch die automatische Gesichtserkennung deutlich erschwerte.

Die Stimme der Ministerin hallte über den Platz: »*Heute ist unser Nationalfeiertag, ein Tag, an dem wir Schweden feiern, und für mich persönlich ist es auch ein sehr besonderer Tag. Mein Vater floh vor Krieg, Angst und Armut in dieses Land. Er hat mich gelehrt, das zu schätzen, was wir hier gemeinsam haben.*« Sie machte eine Pause, um ihre Worte wirken zu lassen. »*Dies ist ein fantastisches Land, aber das bedeutet nicht, dass es keine Herausforderungen gibt. Wir dürfen nicht zulassen, dass Kriminelle unsere Demokratie unterwandern. Wir müssen uns schützen.«*

Fredrika hörte Arthurs Stimme. »Was ist denn da los?«

Er war am schnellsten von Begriff. Fredrika realisierte einen Sekundenbruchteil später, was er meinte: Einige Leute im hinteren Bereich fingen an, Lärm zu machen. Es hörte sich so an, als würden sie schreien, auch wenn Fredrika kein Wort verstehen konnte. Die aus den Lautsprechern dröhnende Stimme von Basarto Henriksson übertönte alles. *»Wir müssen unser Schwedentum bejahen. Und dazu gehört auch, Unterschiede zu akzeptieren.«*

Die Stimmen im hinteren Bereich wurden immer lauter – es waren ein paar Dutzend Menschen, vielleicht um die fünfzig. Fredrika hielt sich das Ohr zu, das näher am Lautsprecher war, um die Rede auszublenden, aber sie konnte immer noch nicht verstehen, was sie riefen.

Fredrikas hünenhafter Kollege Niemi stand auf der anderen Seite des Podiums. »Kann jemand sehen, was da los ist?«, fragte Fredrika über Funk. »Es sind nur ein paar Schreihälse«, antwortete Arthur. »Keine ungewöhnlichen Bewegungen in der Menge. Wahrscheinlich ist es gleich wieder vorbei.«

Basarto Henriksson hielt inne und bewegte den Kopf langsam von links nach rechts, wie ein lauernder Tyrannosaurus Rex, der darauf wartet, dass sich seine Beute beruhigt. Aber niemand beruhigte sich.

Schließlich verstand Fredrika, was die Leute riefen: »Freiheit!«

Basarto Henriksson schien davon unbeeindruckt. Sie sprach einfach langsamer. »Abbruch«, befahl der Gruppenleiter über Funk. »Es ist zu unruhig da unten, wir müssen abbrechen.«

Fredrika nickte Niemi auf der anderen Seite des Podiums zu, dann trat sie einen Schritt vor und klopfte Basarto Henriksson auf die Schulter. Die Ministerin drehte sich nicht einmal um.

»Wir müssen mehr Arbeitsplätze schaffen. Aber wir müssen auch

diejenigen von uns fernhalten, die Verbrechen begehen. Manche Leute sind der Meinung, dass der Sperrgürtel die Probleme verstärkt, dass es schwieriger wird, außerhalb davon zu arbeiten ...«

Fredrika beugte sich zu ihr vor, ohne den Platz aus den Augen zu lassen. »Es tut mir leid, aber Sie müssen jetzt aufhören«, flüsterte sie.

Die Ministerin schüttelte den Kopf, beugte sich stattdessen zum Mikrofon herab und holte tief Luft. Doch dann hielt sie inne. Ein Gegenstand flog durch die Luft, ein Turnschuh. Fredrika versuchte, sich vor die Ministerin zu schieben, aber es war zu spät. Der Schuh traf Basarto Henriksson am Kopf, sie taumelte, die bernsteinfarbene Halskette schlug gegen ihre Brust.

Fredrika stieß die Ministerin nach hinten und stellte sich vor sie, um sie mit dem eigenen Körper zu schützen. »Alles okay?«

Basarto Henriksson nickte.

Fredrika, Niemi und ein dritter Kollege gingen in Position. Es war höchste Zeit, die Ministerin von der Bühne zu geleiten. Fredrika machte sich so breit wie möglich, Niemi tat es ihr gleich. Der dritte Kollege stand am Bühnenrand und hatte die Anweisung, den Platz nicht aus den Augen zu lassen.

»Freiheit, Freiheit, Freiheit«, skandierten immer mehr Menschen.

Fredrika drückte Basarto Henrikssons Kopf nach unten.

»Ich weiß nicht, wie Sie heißen, aber Sie sind *viel* zu nervös«, zischte die Ministerin. »Ich werde keine Angst zeigen.«

Fredrika und Niemi hatten die Arme um die Ministerin gelegt. Ein paar Sekunden lang standen sie da wie ein tanzendes Trio. Die Menge brüllte.

Da zuckte Niemi zusammen.

Fredrika sah auf.

Ihr Kollege umklammerte mit schmerzverzerrtem Gesicht seine Schulter.

In Fredrikas Kopf herrschte Stille. Keine Schreie. Kein Gebrüll. Der Platz hielt den Atem an.

»Ich wurde getroffen«, sagte Niemi mit belegter Stimme.

Blut sickerte am Rand der schusssicheren Weste durch sein Jackett.

»Niemi wurde angeschossen. Er ist verwundet«, rief Fredrika ihren Kollegen zu.

Das Publikum hörte es auch – und das Tosen, das sich nun auf dem Platz ausbreitete, ähnelte ihrer Vorstellung von einem Tsunami.

Dann sah sie, wie der Bauzaun schwankte und fiel. Die Absperrung war an mehreren Stellen durchbrochen, was eigentlich nicht möglich sein sollte.

Es war verrückt. Die Menge drängte nach vorne, etwa zwanzig Personen kletterten bereits auf die Bühne. Fredrika schob eine Hand unter ihre Jacke. Sie musste jeden Augenblick in der Lage sein, die Waffe zu ziehen.

Der Teamleiter brüllte ihr ins Ohr: »Holt sie da raus, verdammt noch mal, holt sie da raus.«

Niemi krümmte sich vor Schmerzen. Er hielt sich die Schulter und keuchte schwer. Fredrika und der dritte Kollege schoben die Ministerin vor sich her. Hunderte von Menschen strömten nun auf die Bühne und schrien und brüllten.

»Zurück«, rief Fredrika, aber es war zu spät.

Niemand reagierte. Niemand blieb stehen.

Die Leute zerrten an ihnen. Einige versuchten, die Ministerin zu packen, andere fuchtelten wild mit den Händen.

EBH atmete sehr schnell.

Fredrika deckte sie von hinten und bugsierte sie zum Ausgang. Der Kollege auf der anderen Seite tat dasselbe. Niemi hingegen war zurückgefallen.

Alles ging blitzschnell. Jemand packte die Ministerin, Fredrika hielt sie ebenfalls fest, aber Basarto Henrikssons Arm war unglücklich verdreht. Wenn Fredrika nicht losließ, würde sie der Ministerin die Schulter brechen. Menschen drängten sich zwischen sie, Menschen brüllten, Menschen zerrten an ihnen. Ein wogendes Meer, eine riesige Amöbe aus Körpern. Basarto Henriksson wurde aus Fredrikas Griff gerissen und weggezerrt.

Es war zu spät – für einen kurzen Moment schien es, als würde die Ministerin über der Menge schweben, auf ihr surfen wie ein Rockstar, der von den begeisterten Fans auf Händen getragen wird. Doch dann fiel sie.

Fredrika stieß jemanden zu Boden, schlug jemandem ins Gesicht und sprang dann selbst hinterher.

»Sie wurde von der Bühne gezerrt«, rief sie.

Der Einsatzleiter bellte Befehle: Der verletzte Kollege Niemi müsse versorgt werden, Basarto Henriksson müsse zurückgeholt werden.

Eine gleichförmige Menschenmasse. Ein feindlicher Organismus.

Die Scharfschützen waren so positioniert, dass sie die Ministerin absichern konnten, während sie ihre Rede hielt, aber nicht für eine solche Situation, wo sie sich inmitten eines Menschenmeers befand. Fredrika zog ihre P226. Die Ministerin war ein paar Meter von ihr entfernt, doch es kam nicht infrage, die Waffe zu benutzen. Da waren die polizeilichen Vorschriften eindeutig: *Der Einsatz von Schusswaffen ist grundsätzlich nur in Situationen vorgesehen, in denen es keine Alternative dazu gibt.*

Sie senkte die Sig Sauer. Ihre Kollegen machten sich manchmal über sie lustig, nannten sie die Prinzipienreiterin, aber sie war eben der Ansicht, dass eine gute Polizistin die Vorschriften zu befolgen hatte.

»Fredrika, schieß! Schieß dir den Weg frei«, rief ihr der Einsatzleiter ins Ohr.

Es war, als würde Basarto Henriksson von einer Welle davongetragen. Weg von Fredrika, Meter für Meter.

Es waren zu viele Menschen. Es war zu eng.

»Schieß!«, rief der Einsatzleiter erneut.

»Das geht nicht, da sind zu viele Leute im Weg«, keuchte Fredrika.

Offenbar waren keine Kollegen in der Nähe. Und auch keine regulären Polizeibeamten.

Dann sah sie die Ministerin wieder, neun, zehn, zwölf Meter vor sich. EBH wurde nicht planlos durch die Menge getragen – drei halbmaskierte Männer zerrten an ihr und schleppten sie davon. Die Menschen rundherum schienen immer noch nicht verstanden zu haben, was hier vor sich ging. Fredrika schon. Das Ganze war geplant.

»Sie wird von drei Männern verschleppt«, rief sie ins Funkgerät.

»Folg ihr«, brüllte der Einsatzleiter.

Fredrika spähte durch die Menge.

So viele blockierten den Weg. Ein junger Mann mit einer Kappe stellte sich vor sie.

Er starrte ihr direkt in die Augen und rief etwas.

Sein Gesicht explodierte.

Blut und Hirnmasse regneten auf Fredrikas Oberkörper.

Er brach zusammen.

Eine Stimme in ihrem Ohr. »Treffer.« Es war einer der Scharfschützen.

»Vorwärts, Fredrika«, brüllte der Einsatzleiter erneut.

Ein weiterer Schuss. Eine verschleierte Frau sank zu Boden.

Die Ministerin war etwa zwanzig Meter entfernt.

Ein Mann mit kahlgeschorenem Kopf bekam einen Schuss ins Bein ab, das einknickte wie ein abgebrochenes Streichholz.

Eine Frau in einer Weste schrie und duckte sich.

Ein bärtiger Mann geriet ins Stolpern.

Fredrika drängte sich durch einen Pfad aus am Boden liegenden Körpern und schreienden, am Boden kauernden Menschen.

Das war völlig irre, die Scharfschützen mussten sofort aufhören. Die Menge war bereits in Aufruhr gewesen, nun aber brach allgemeine Panik aus, und der Tumult wurde noch größer. Wut und Schrecken.

Die Angreifer bewegten sich schnell, und jetzt sah sie auch, warum: Sie waren ebenfalls bewaffnet, Mini-Uzis – die Menge teilte sich vor ihnen wie das Rote Meer.

Die Ministerin wehrte sich, die Männer zerrten brutal an ihr, trotzdem kamen sie jetzt langsamer voran als Fredrika. Sie waren fünfzehn Meter vor ihr. Die Leute warfen sich zur Seite, ob aus Angst oder weil die Scharfschützen sie wirklich getroffen hatten, wusste sie nicht.

Fredrika hob die Pistole zum zweiten Mal in die Luft.

Wenn man eine Waffe abfeuert, dann um das Ziel vorübergehend unschädlich zu machen. Daher sollte der Schuss möglichst auf die Beine gerichtet sein.

Ein Auto brauste heran und bahnte eine Schneise durch die Menschenmassen. Ein kleiner Fiat. Die Männer rissen die Türen auf und warfen Basarto Henriksson auf den Rücksitz.

Fredrikas Finger krümmte sich um den Abzug, sie drückte aber nicht ab.

Sie sah weinende Kinder. Blutende Männer. Auf dem Boden liegende Frauen.

Die Scharfschützen versuchten, das Fahrzeug zu stoppen. Kugeln bohrten sich in den Wagen.

Es half nichts. Die Autotüren knallten zu.

Der Wagen startete und fuhr im Slalom zwischen den Menschen hindurch, noch mit relativ niedriger Geschwindigkeit.

Fredrika sprintete hinterher, so schnell sie konnte.

»Schießt auf die verdammten Reifen!«, brüllte der Einsatzleiter.

Sie war die Einzige, die nahe genug war. Sie musste einen Treffer landen, um den Wagen zu stoppen. Fünf Meter.

Sie stellte sich breitbeinig hin. Hob erneut ihre Waffe. Sie hatte einen Reifen genau im Visier. Sie konnte den Wagen stoppen. Kein Problem für eine Elitesoldatin.

In diesem Augenblick traf etwas Hartes ihren Kopf, ein Stein fiel neben ihr zu Boden, sie spürte, wie ihre Knie nachgaben. Sie durfte nicht umfallen, sie hatte einen Befehl auszuführen.

Die Welt drehte sich, sie schnappte nach Luft.

Der Junge, der nur ein paar Meter von ihr entfernt stand, war vielleicht zehn Jahre alt. Er grinste, hob die Hand – Fredrika sah einen weiteren Stein. Er war bereit, sie umzubringen.

Bereit, einer Unbefugten den Zutritt zu verweigern. Polizisten aufzuhalten. Dafür zu sorgen, dass die Schweden nicht in sein Territorium eindrangen.

Prinzipienreiterin: eine Polizistin, die ihre Waffe aufgrund der Vorschriften nicht abgefeuert hatte. Und kurz bevor sie doch so weit gewesen war, hatte man sie außer Gefecht gesetzt.

Das Letzte, was sie hörte, waren die Rufe der Menge auf dem Platz.

»FREI-HEIT!«

3

Die Shoken Awards wurden während einer großen Gala verliehen, und Nova war in der wichtigsten Kategorie nominiert. Sie wollte unbedingt gewinnen.

Der Mann, der den Preis überreichte, war offenbar Schriftsteller. Aber mal ehrlich, was war das für ein Beruf? Schriftsteller?

Sie konnte sich nicht einmal an seinen Namen erinnern. Man hatte ihn ihr vorhin gesagt, aber sie hatte ihn sich nicht gemerkt.

»Er ist eigentlich Journalist«, hatte Jonas gesagt, als sie sich darüber beschwert hatte. »Aber er hat auch ein paar Bücher geschrieben und einen Dokumentarfilm über Influencer in China gedreht, *Ayching Jynly – Love Rhythm* auf Englisch. Ich glaube, deshalb wollte Shoken, dass er dabei ist.«

Nova hatte tatsächlich von dem Dokumentarfilm gehört – chinesische Influencer waren immer noch sehr angesagt. Angeblich war dieser Journalist, Dokumentarfilmer oder was auch immer einer der meistgelesenen und angesehensten Menschen des Landes. Er wurde für seine umfangreichen Bücher und seinen investigativen Journalismus gelobt. Er war ein Mann mit Tiefgang – mit anderen Worten, das genaue Gegenteil von ihr.

Aber es war Nova, die an diesem Abend am richtigen Ort war. Sie würde hier gewinnen. Sie bedachte immer den kommerziellen Aspekt kreativer Arbeit und war eine echte Geschäftsfrau: selfmade, Generation Z de luxe. Nova verkörperte das neue Frauenideal: Sie hatte ihr Image unter Kontrolle und verdiente ihr Geld damit, offen über die Herausforderungen zu sprechen, mit denen junge Frauen heute konfrontiert waren. Sie nannte sich #Novalife, denn genau das war sie – ein leuchtender Stern im Leben ihrer Menschen.

Aber warum war ein Dokumentarfilmer für die Verleihung des Hauptpreises der Shoken Awards engagiert worden? Journalisten waren keine Stars. Es war nicht geschäftsfördernd, lange Texte zu schreiben, sondern altmodisch und patriarchalisch.

Gleichzeitig war die Ähnlichkeit mit ihrer eigenen Position offensichtlich: Oldschool-Influencer waren ebenfalls out. So passé wie Bücherschreiben.

Oben auf der Bühne hielt ein Journalist den Umschlag in seinen langen Fingern. Die Scheinwerfer waren wirklich grell, das helle

Licht betonte jede feine Linie und jede Falte in seinem Gesicht. Sie hätten ihn besser schminken oder gleich etwas Gescheites in die Stirn spritzen sollen.

Influencer des Jahres hieß der Preis, der soeben verliehen wurde, und Shoken war das, was YouTube vor zehn Jahren gewesen war, nur mit noch besseren Algorithmen, um die Zuschauer bei Laune zu halten, und mit noch schärferen Analytikern, um ihnen zielgerichtete Werbung zu präsentieren.

Jonas reichte Nova diskret einen Zettel: *Simon Holmberg.* So arbeiteten sie – mit guten, altmodischen Zetteln, damit Nova nichts vergaß.

Der Journalist, der den Preis überreichte, war ein schlechter Schauspieler. Er öffnete den Umschlag viel zu langsam und trug hässliche Schuhe mit dicken Sohlen, die anscheinend noch aus den 2010er-Jahren waren.

»Dann wollen wir mal sehen.« Er grinste und ließ den Umschlag rascheln. Simon Holmberg war ein Loser, der das Konzept von Shoken nicht begriffen hatte. Das durchschnittliche Teenagergehirn konnte sich nicht allzu lange konzentrieren, und es war bekannt, dass keine Rede, keine Sequenz, kein »Beat« – wie Jonas es so gerne nannte – länger als dreißig Sekunden dauern durfte, bei Autoren mittleren Alters eher nur halb so lange.

Schließlich faltete er das Blatt auf, auf dem der Gewinnername stand, aber Novas Blick war auf den glitzernden Gegenstand an seinem Handgelenk gerichtet. Simon Holmberg trug eine schöne Uhr, eine sehr schöne sogar.

Jonas filmte gerade, deshalb war es wichtig, dass Nova angespannt und erwartungsvoll, aber auch stolz und selbstbewusst aussah. Diesen Gesichtsausdruck hatte sie im Laufe des Tages geübt. Nova öffnete ihre Augen so weit wie möglich und versuchte, ihre Lippen zu einem schiefen, fast unsichtbaren Lächeln zu formen.

»Und der Gewinner ist ...«, rief Simon, während die Musik im Hintergrund immer lauter wurde.

Novas Beine zitterten, ihr Fuß stampfte in einem Rhythmus, der nicht zur Musik passte. Total peinlich, wenn das jemand merken würde.

Simon zog es in die Länge, wartete, bis das Publikum ruhig war und ihm seine Aufmerksamkeit schenkte. Dann rief er die Worte, auf die alle gewartet hatten: »Nova – *Novalife*!«

Nova sprang auf und schrie: »WOAH!«

Sie presste die Hände an die Wangen und sah aufgeregt, glücklich und sogar gerührt aus. Sie rechnete damit, dass sie die eine oder andere Träne vergießen würde.

»Noooova, komm auf die Bühne!«, rief Simon.

Jonas neben ihr schien sich aufrichtig zu freuen, seine Augen funkelten, als hätte ihm Shoken einen Glam-Filter über das Gesicht gelegt. Vielleicht war er doch kein so übler Kerl.

Nova kletterte mit *langen* Schritten auf die Bühne – in der Hoffnung, dass die Werbepartner ihre *langen* Beine bemerken würden.

Sie griff nach dem Mikrofon und wartete, bis das allgemeine Gemurmel verstummt war.

»Wow, das bedeutet mir sehr, sehr viel.« Sie setzte ein bezauberndes Lächeln auf, das ihre Zähne zum Strahlen brachte. »Aber eigentlich ist es egal, wie viele Preise ich gewinne. Das Einzige, was zählt, ist, dass ihr – jeder Einzelne von euch – ihr selbst sein könnt.«

Es war eine perfekte Rede. »Ihr seid frei, ihr seid klug, ihr seid stark!«, rief sie dem Publikum zu und hob die Finger zum Victory-Zeichen. »Zusammen können wir die Welt verändern!«

Die Menge jubelte vor Begeisterung. Novalife war echt.

Sie sprach tiefe, reine Worte der Wahrheit.

Der Strom der Gratulanten nahm kein Ende. Sie war schweiß-gebadet.

Wangenkuss. Umarmung. Blumenstrauß. Wangenkuss.

Ihr Magen knurrte.

Weitere Wangenküsse. Weitere Umarmungen. Weiteres falsches Lächeln.

Jonas strahlte immer noch.

Bei jeder Umarmung, bei jedem Wangenkuss erfasste sie Übelkeit. Sie wollte weg von hier, atmen, sich übergeben.

Wangenkuss. Umarmung. Wangenkuss.

Am Ende verkündete der Moderator, dass die Preisverleihungs-gala zu Ende sei.

Die Musik setzte ein.

»Ich brauche eine Pause«, keuchte Nova.

Die Toilette war leer.

Sie spülte sich das Gesicht ab und tat so, als müsse sie ihren Lippenstift nachziehen. Jeden Moment konnte jemand hereinplatzen und ihr wieder einen Wangenkuss geben wollen.

Sie versuchte, sich daran zu erinnern, was ihr Physiotherapeut über Achtsamkeit und Bauchatmung gesagt hatte.

Die Kerzen auf den Waschbecken dufteten nach Kiefer und Harz. Der Spiegel bedeckte die ganze Wand. Nova nestelte an ihrem Puderdöschen. Auf dem Deckel stand YSL, und darin war ein spezielles Fach, in dem sie eine kleine Apotheke aufbewahrte.

Sie schluckte zwei Pillen.

In den Kabinen hinter ihr war niemand. Alle standen jetzt draußen herum und bemühten sich um einen interessierten, positiven Eindruck. Sie beteiligten sich mit Feuereifer an der Selfie-Orgie, diesem Bewertungsfest.

Ihr Haar sah trocken und strähnig aus, dabei war sie vorhin noch so zufrieden damit gewesen. Sie vermisste Fivel – Jonas hatte ihn gefeuert. Die neue Visagistin hatte es versäumt, Novas markantes Kinn zu betonen. Die künstlichen Wimpern waren extra in New York angefertigt worden, verloren aber jetzt schon an Schwung.

Die Tür ging auf, und herein kam – Jonas.

So tuntig wie immer, aber so war er eben. Damals, ganz am Anfang, hatte er in sie investiert. Das waren die Spielregeln: Entweder konnte man mit seinem tollen Lebensstil angeben, weil man reich geboren oder reich geheiratet hatte – einen Fußballspieler, einen Eishockeyspieler oder einen Tech-Milliardär –, oder man brauchte jemanden, der in einem frühen Stadium Geld mitbrachte. Jonas bezeichnete sich selbst als Geschäftsentwickler und Unternehmer. Er hatte ein Vermögen gemacht, indem er die Zahnkliniken seines Vaters verkauft hatte.

»Willst du dich nicht bei mir bedanken?«, fragte er.

»Wir haben es gemeinsam geschafft«, antwortete sie. Sie fühlte sich, als hätte sie ein Loch im Bauch – die Tabletten fingen an zu wirken.

»Aber ich bin derjenige, der alles möglich gemacht hat.«

Nova machte eine übertrieben tiefe Verbeugung. »Danke für alles, Jonas. Aber was macht das schon für einen Unterschied?«

Er lächelte immer noch, aber Nova wusste, dass er im Grunde genauso besorgt war wie sie, wenn nicht sogar noch stärker. Er hatte in ein Dutzend Jungen und Mädchen wie sie investiert, und die meisten von ihnen waren von der Bildfläche verschwunden. Sie war der einzige Promi, der noch übrig war.

»Es macht einen großen Unterschied, denn ich bin derjenige, der dich geschaffen hat. Und wir sind immer noch im Geschäft, trotz der *vierten industriellen Revolution*.« Jonas machte sich mit Vorliebe über alle lustig, die die Interaktion zwischen Mensch und Maschine als vierte industrielle Revolution bezeichneten.

Nova war sich stets der Bedrohung durch Brainy bewusst, das

Neuro-Netzwerk, das die Smartphones und Computer mit den Gehirnen der Menschen verband. Synapsen, Gehirnchirurgie, elektrophysiologische Aktivität: Sie hatte keine Ahnung von der Wissenschaft, die dahintersteckte, aber anscheinend war es völlig sicher und wohl auch erschwinglich – zumindest die Version mit Werbung. Auch wenn Jonas einen Anteil an ihrem Erfolg haben mochte: Das Problem war, dass es im Moment nicht viel zu teilen gab. Sie spielten sozusagen in der falschen Liga. Mittlerweile musste Jonas sogar die Kamera bedienen, weil sie den Rest des Teams gefeuert hatten.

»Das ist die letzte größere Investition, die ich für dich tätige«, sagte er.

Nova wusste nicht, was sie dazu sagen sollte. Ihr ausweichender Blick in den Spiegel kam ihr selbst nicht wie Nova vor, nicht wie die Frau, die immer auf alles eine Antwort hatte.

Dieser Erfolg war ihr nicht in die Wiege gelegt worden. Als Fünfzehnjährige hatte sie sich oft ängstlich auf dem Bett zusammengerollt, war in der Schule schüchtern und nicht gerade beliebt gewesen, hatte kaum Selbstvertrauen besessen. »Sozialphobie«, hatte ihr Vater einmal gesagt, als sie lieber zu Hause bleiben als ein Referat über die Akropolis hatte halten wollen. Aber er hatte sich geirrt, wie immer. Sie hatte ihren eigenen Wert nicht erkannt, das war das Problem gewesen. Warum sollte ihr jemand zuhören wollen? Novalife zu werden, hatte ihr das Leben gerettet.

Sie wusste genau, was Jonas mit der »letzten größeren Investition« meinte. Er hatte ihr den Award gekauft – und das war selbst für Novas Verhältnisse eine ziemlich große Sache.

Ganz zu Beginn hatte sie sich nicht verstellt. Damals hatte sie die Posts und die Follower gebraucht; ihre Videos hatten eine Leere in ihr gefüllt, und sie war zu ihren Zuschauern so ehrlich gewesen wie zu ihren besten Freunden. Aber das war lange her. Heute war *alles*, was sie tat, Schauspielerei – und nicht nur die übliche Schauspielerei. Nicht einmal ihre Assistentin Hedwig wusste, was sie umtrieb.

Die Tür öffnete sich, und eine ihrer Konkurrentinnen stakste auf Stöckelschuhen in den Raum. Es war Husseyn, Schwedens Nummer eins mit über dreieinhalb Millionen Followern auf Shoken.

Wangenkuss, Umarmung, Wangenkuss: »Du bist die Beste, Nova. Herzlichen Glückwunsch! Influencerin des Jahres hast du total verdient, im Ernst.«

Nova blickte zu Jonas und dann wieder zurück zu Husseyn. Sie lächelte und nickte mit strahlenden Augen. »Danke, Süße. Ich bin so stolz.«

Sie hoffte, dass man ihr nicht ansah, wie sehr sie sich schämte. Der Preis, den sie gerade erhalten hatte, war gekauft. Jonas hatte ihn arrangiert. Er hatte eine Abmachung mit Shoken getroffen.

Es war ein Sieg, der auf Korruption beruhte, auf einer Bestechung, von der sie nichts wissen wollte.

Nova drehte sich um und blickte in die flackernde Kerzenflamme.

Sie fragte sich, ob sie die Einzige war, die ein Pfeifen im Ohr hatte.

4

Der Mann, der Emir gegenübersaß, brüllte vor Lachen über den Witz, den er gerade erzählt hatte. Seine kleine, runde, hellbraune Brille ließ sein Gesicht viel schmaler erscheinen, als es in Wirklichkeit war. Er trug einen dunkelblauen Anzug, keine Krawatte, die beiden obersten Knöpfe seines Hemdes standen wie immer offen. Er sah aus wie ein Financier oder ein amerikanischer Galerist.

In Wirklichkeit war er Anwalt – und seit vielen Jahren schon Emirs Pflichtverteidiger, wenn der mal wieder einen brauchte. Abgesehen von Isak und seiner Mutter war Payam Nikbin wahrscheinlich die Person, die Emir am längsten kannte. Der Anwalt erzählte in praktisch jeder Situation Witze. Emir fragte sich, ob Nikbin ein Freund war.

»Kennst du den schon?«, fragte der Anwalt grinsend. »Der Richter fragt die Angeklagte: Ihr Alter?« Nikbin konnte nicht an sich halten und brach in schallendes Gelächter aus, noch bevor er die Pointe ausgesprochen hatte. »Sagt die Angeklagte: Der wartet draußen.«

Der Raum hatte keine Fenster. An der Decke verlief ein graues Rohr.

Déjà-vu: Seit der Privatisierung der Gefängnisse waren die Möbel in den Besucherzimmern immer gleich. Die Räume ähnelten sich wie ein Ei dem anderen, egal in welchem Gefängnis man sich befand. Ein Metalltisch und Stühle, alle grün lackiert – und alle im exakt gleichen Winkel zueinander am Boden festgeschraubt. Seine Kumpels nannten es manchmal das *Fermob*-Zimmer, nach den teuren Gartenmöbeln, die sie aus den Gärten in den wohlhabenderen Vierteln zu stehlen pflegten.

Emir tat alles weh. Die verdammten Bullen hatten ihn auf dem Dach erkannt und sich die Gelegenheit nicht entgehen lassen, einen ehemaligen MMA-Star niederzuprügeln. Doch die Schürfwunden und Prellungen waren nicht das eigentliche Problem – viel schlimmer war die Ungewissheit darüber, was mit Isak geschehen war. Emir musste wissen, ob sein Freund noch lebte. Schließlich war er derjenige, der den verdammten Abzug gedrückt hatte.

Er war der König aller Idioten. Er hatte es verdient, weggesperrt zu werden.

»Isak ist im Karolinska«, sagte Nikbin. »Sie operieren ihn gerade.«

»Hamdullah.« Emir wusste nicht, ob er lachen oder weinen sollte.

»Deine Kugel hat ihm ein Stück von der Schläfe weggerissen.«

»Wird er durchkommen?«

Nikbin nahm die Brille ab und räusperte sich. »Das weiß ich nicht.«

Die Last auf Emirs Brustkorb war so schwer, dass er kaum noch Luft bekam. Die Dunkelheit umfing ihn, und der Beton hier drin drohte seinen Kopf zu zerquetschen. Er hätte auf Isak hören sollen: Sein Freund hatte die Wohnung nicht betreten wollen.

»Und wie geht es dir?«, fragte der Anwalt nach einer Weile.

»Ich hasse es, in einer Zelle zu sitzen. Und ich hasse die Bullenschweine.«

»Schon klar. Aber ich meinte die Geschichte mit deinen Nieren und so weiter.«

»Das hatte ich völlig vergessen. Irgendwann in den nächsten Tagen muss ich zur Dialyse.«

»Ich werde dafür sorgen, dass das veranlasst wird.«

»Aber ich habe kein Geld.«

»Ich weiß, dass man dort gezwungen wird, selbst zu zahlen, aber irgendwann ist das Maß voll. Nur weil sie dich hier festhalten, haben sie noch lange nicht das Recht, dich umzubringen. Noch sind wir nicht so weit, noch nicht. Ich werde eine nette kleine Blutwäscheparty für dich organisieren.«

Emir musste lachen.

»Und wie geht es deinem Kopf?«, fragte Nikbin.

»Ich hatte einen Anfall auf dem Dach, aber jetzt ist es schon besser.«

»Du hattest Pech.«

»Mit den Kopfschmerzen?«

»Mit allem.«

Sie saßen eine Weile schweigend da.

»Warum haben sie mich in die Stadt gebracht?«

»In den Zellen in Järva herrscht das blanke Chaos.«

»Was ist passiert?«

»Ein Aufstand. Die Scharfschützen der Polizei sind komplett durchgedreht. Alle möglichen Verrücktheiten.« Nikbin grinste. »Nicht, dass ich mich beschweren würde – das bedeutet mehr Arbeit für mich.«

»Was wirft man mir vor?«

»Versuchten Mord.«

»An Isak?«

»An den Polizeibeamten. Außerdem wirst du der Fluchthilfe bezichtigt, weil du die Jagd nach den anderen Verdächtigen verzögert hast.«

Verzögert – was für ein Wort. Die Polizei dachte, er hätte sich gegen die Flucht entschieden, weil er Abu Gharib und seinen Männern hatte helfen wollen. Dass er so mutig gewesen und mit der Waffe zurückgeblieben war, um sie aufzuhalten. Sie hatten keine Ahnung, aber gleichzeitig hatten sie recht – ohne ihn wäre Abu Gharib nicht entkommen.

»Wir wissen beide, wohin deine Reise geht.« Nikbins Augen waren braun wie Vollmilchschokolade. Die feinen Linien, die sie umgaben, standen im Widerspruch zu seiner glatten Stirn, sodass es schwierig war, sein Alter zu schätzen.

Ja, Emir wusste, wohin die Reise ging. *Vier Verurteilungen, dann lebenslänglich* – das war die Regel für BOP aus einem sozialen Brennpunkt. Sie nannten es die »Vier-Verstöße-Regel«. Wenn ein Bewohner eines sozialen Brennpunkts drei Verbrechen mit einem Mindeststrafmaß von jeweils einem Jahr begangen hatte, galt er als bekannter Wiederholungstäter. Wenn er dann ein viertes Verbrechen in derselben Zone beging, lautete die Strafe lebenslänglich – unabhängig von der Schwere des Verbrechens.

Er würde *lebenslänglich* bekommen, weil er vier Shunos geholfen hatte, die er nicht einmal kannte. Allesamt Gangster, die wahrscheinlich sowieso bald geschnappt würden.

»Die Bullen sind alle Huren.«

Nikbin räusperte sich. »Ich kann nachvollziehen, warum du das im Moment für die angebrachte Art und Weise hältst, deine Gefühle auszudrücken.«

Er stand auf und legte Emir eine Hand auf die Schulter. »Lass dich davon nicht unterkriegen, Lund. Du bist ein Kämpfer.«

Emir starrte an die Decke. Er war ganz allein im Raum.

Er sollte ein Kleidungsstück ausziehen und versuchen, es an das Rohr dort oben zu knoten.

Rein und raus – alles schien so einfach. So wie es im Achteck gewesen war, bevor alles vor die Hunde gegangen war. Als er noch auf dem Weg nach oben gewesen war. Rein und raus: In seiner Karriere hatte er über zwanzig Kämpfe durch Jury-Entscheidung und neun durch K.o. gewonnen. Seine Spezialität war es, in der letzten Runde noch einmal aufzustehen, wenn der Gegner ihn schon ausgezählt glaubte. Er hatte sogar einen Spitznamen: *Le Prince*. Emir »Prinz« Lund – schwedischer Thronfolger, *Mad Dog* und *The Mauler*.

Der Prinz: Sie versprachen ihm eine Karriere in der UFC und eine permanente Suite auf Yas Island in Abu Dhabi. Man würde ihn als Experten bei Kimura News anstellen, er würde seine eigene Modelinie haben und Millionen an Preisgeldern verdienen. Sogar die spießigen Mainstream-Medien hatten ihn gefeiert. Zeitungen mit langen Namen hatten über seinen Weg zum Thron berichtet.

Der Prinz: Eines Tages würde er die Krone übernehmen.

Nach zwei Minuten und siebzehn Sekunden in seinem letzten Kampf war alles vorbei gewesen – aber das war eine andere Geschichte. Emir hatte damit abgeschlossen.

Wobei, nicht wirklich. Sie hatten dem Schwachsinn einen schönen Namen gegeben: Chronische Niereninsuffizienz. Seine Nieren konnten ihre Aufgabe nicht mehr richtig erfüllen, sie konnten die Abfallprodukte und die überschüssige Flüssigkeit nicht mehr aus seinem Blut entfernen. Die Ärzte, mit denen er sprach, waren sich über die Ursache einig: Trauma durch stumpfe Gewalteinwirkung auf die Körperseiten – aber nur Emir wusste genau, wann es passiert war. Beim letzten Kampf: Sein Gegner hatte ihm dreiunddreißig harte Schläge verpasst. Emir hatte sich nicht gewehrt.

Das Ende der Geschichte, hätte man meinen sollen. Doch seine Pechsträhne war noch nicht vorbei gewesen: Der Sport hatte weitere Spuren hinterlassen. Unheimlich starke Kopfschmerzen wie jene, die ihn auf dem Dach gelähmt hatten. Einige Ärzte nannten es: langfristige Ermüdung des Gehirns, das Fatigue-Syndrom. Andere sagten, sie wüssten nicht, warum die Kopfschmerzen so heftig waren, aber sie seien der Preis, den er für die Jahre im Achteck zahlen müsse. Der neurologische Tribut. Emir selbst nannte es Schwachsinn. Gegen die Schmerzen nahm er Tabletten und rauchte Gras.

Zu allem Überfluss wurde er auch noch von Schweden verarscht. Mit der Einstufung als BOP war er mehr oder weniger vom System ausgeschlossen. *Ihr allgemeiner Krankenversicherungsschutz ist nicht mehr gültig*, hatte es in dem beschissenen Brief von der Sozialversicherung geheißen. Von diesem Tag an hatte er jede ärztliche Behandlung aus eigener Tasche bezahlen müssen.

Er musste aufhören, über das Scheitern seiner Kämpferkarriere nachzugrübeln.

Aber damals hatte er alles gehabt: MMA, Hayat, ein Leben.

Und jetzt: *vier Verurteilungen und lebenslänglich*.

Er zog seine Jogginghose aus und warf sie nach oben in Richtung des Rohrs.

Ein Versuch – zehn Versuche.

Jetzt hing sie da oben. Er stellte sich auf die Zehenspitzen und zog an einem Hosenbein, bis es auf der anderen Seite herunterhing. Dann knotete er die Beine zusammen. Vielleicht konnte er sich damit aufknüpfen.

Schluss mit der Scheiße.

Er hatte nichts mehr, wofür es sich zu leben lohnte.

Nein. Er machte sich etwas vor. Natürlich hatte er das.

Sein größter Fehler war zugleich das Beste, was er je getan hatte.

5

Jemand riss ihr den Stoffsack vom Kopf. Fredrika blinzelte mehrmals. Ihre Hände waren taub, sie waren bereits hinter ihrem Rücken gefesselt gewesen, als sie vor ein paar Stunden zu sich gekommen war.

Vor ihr stand ein Möchtegernterrorist, ein Typ in normaler Kleidung: graues T-Shirt und Jeans, das Gesicht von einer Kufija bedeckt. Unter dem Kopftuch war außer einem dunklen Augenpaar nichts zu erkennen – kleine schwarze, scheinbar leblose Punkte.

»Wer bist du?«, fragte sie.

Ein einfacher Raum, die Jalousien geschlossen, ein paar große Teppiche auf dem Boden. Von der Decke hing eine riesige Lampe an ein paar Drähten. An einer Wand stand ein grünes Sofa mit mehreren Decken darauf.

Der Mann mit der Kufija antwortete nicht. An der anderen Wand hing eine Art glitzernder Vorhang, als müsse die Sonne in die Mitte der Wohnung reflektiert werden. Der Mann bedeutete ihr, sich davor auf einen Stuhl zu setzen, während er selbst auf dem Sofa hinter ihr Platz nahm.

Die Stille wog so schwer wie ein Range Rover.

Fredrikas Kopf pochte immer noch an der Stelle, an der der Stein sie getroffen hatte, aber ihr Puls war ruhig. Sie hatte Eis im Bauch. Sie war an Stresssituationen gewöhnt, und obwohl das alles neu für sie war – sie war noch nie entführt worden –, wusste sie genau, was zu tun war. Ruhe bewahren, möglichst keine Fragen beantworten, Informationen sammeln.

Sie hatte den Wagen verfolgt, mit dem die Ministerin entführt worden war, und dann hatte ihr irgendein kleiner Scheißer nicht nur einen, sondern zwei Steine an den Kopf geworfen. Anscheinend hatte man sie gefunden und weggeschleppt, bevor ihre Kollegen gemerkt hatten, was los war. Die Scharfschützen waren durchgedreht, und die Wut der Menge war bis zum Wahnsinn eskaliert. Ein anderer, noch schlimmerer Gedanke schoss ihr durch den Kopf: Hätte sie ihre Waffe benutzt, hätten die anderen vielleicht nicht von den Dächern schießen müssen. Hätte sie ihre Befehle befolgt, wäre die Ministerin vielleicht nicht entführt worden.

Einfach ruhig bleiben, dachte sie. Und vor allem: aufpassen. Doch dann kam eine neue Sorge: Wer würde sich um Taco kümmern, wenn sie hier festgehalten wurde? Ihr Schäferhund war in der Hundetagesstätte in Gärdet. Jemand musste ihn abholen.

Nach einer Weile hörte sie eine leise Stimme hinter dem Vorhang. »Steck die Hand durch.«

Der Mann auf der anderen Seite benutzte wahrscheinlich einen Stimmverzerrer.

Fredrika rührte sich nicht.

Der Mann mit der Kufija stand auf, sie sah ein Messer aufblitzen. Die Fesseln um ihre Handgelenke fielen wie schwarze Würmer zu Boden. Ihre Finger kribbelten, als das Blut in sie zurückkehrte.

»Du hast doch gehört, was er gesagt hat. Steck deine Hand durch.«

Eine Bewegung hinter dem Vorhang – er wurde ein paar Zentimeter zur Seite geschoben. Wenn sie ihr etwas antun wollten, hätten sie es längst getan. Fredrika musste die Situation irgendwie in den Griff bekommen. Sie wusste, dass dieser Gedanke nicht besonders spektakulär war, aber was blieb ihr anderes übrig? Sie war, wie sie war. Sie musste ihren Hund vergessen. Schließlich streckte sie langsam die Hand aus und schob sie durch den Vorhang.

Jemand packte sie. Nicht grob, nicht schmerzhaft, es war nur eine Berührung, als interessierte sich die Person auf der anderen Seite für die Beschaffenheit ihrer Haut.

»Du arbeitest für die Personenschutzeinheit des Sicherheitsdienstes, nicht wahr?«

»Kein Kommentar.«

»Wie lange schon?«

»Ich werde keine Fragen beantworten.«

»Du hast hier nichts zu sagen.«

Fredrika atmete tief durch.

»Du warst bei der Abteilung für gefährdete Stadtgebiete, oder?«

Fredrika antwortete nicht.

Ein anderer Ton: »Hol ihr was zu trinken, sie sieht so mürrisch aus. War sicher kein schöner Nachmittag für sie.«

Fredrika atmete aus. »Ich will nichts.«

Ihr Kopf schmerzte.

Der Mann mit dem Tuch um das Gesicht stand auf und ging zu einem Kühlschrank am Fenster. »Magst du Bier, oder trinkst du keinen Alkohol?«

Fredrika antwortete nicht. Sie wollte keine weiteren Fehler machen.

Der Mann mit der Kufija öffnete eine Dose Red Bull, leerte sie in ein Glas und reichte es ihr. Als Fredrika ihre Hand zurückzog, öffnete sich der Vorhang, und sie sah jemanden mit einer

Sturmhaube. Keine Handschuhe: Fredrika sah nackte Hände mit schwarzem Lack auf jedem Fingernagel.

»Rote Pille. Rote *Pille*«, sagte die Stimme hinter dem Vorhang. »Weißt du, was die rote Pille ist? Das kommt aus einem alten Film, wie so viele gute Sachen. *Matrix*. Die Menschen in diesem Film dürfen die Welt nicht so sehen, wie sie ist, sie werden in einer Art geistigem Gefängnis gefangen gehalten. Sie sehen die Wahrheit nicht, wenn du verstehst, was ich meine. Letztendlich kommen unsere Probleme daher, dass nicht genug Menschen wach sind. Wenn mehr Menschen einfach die rote Pille schlucken würden, wäre unser Kampf nicht der einer Stadtguerilla, sondern einer Massenorganisation. Aber so weit sind wir noch nicht.«

Es hatte keinen Sinn, sich mit einem Mann zu streiten, der vor nichts Respekt hatte, schon gar nicht vor der Polizei.

»Ich nehme an, du hast inzwischen ausgetüftelt, wer ich bin?«

Er konnte zu irgendeiner Gang aus Järva gehören – oder zu einer ganz anderen Gruppierung.

»Ich bin A«, sagte die Stimme.

Fredrika spürte, wie sie ein Schauer durchlief, aber sie zwang sich, ruhig zu bleiben. Nachzudenken.

A. So nannte sich der Kommandeur des militärischen Arms der *Bewegung* – der derzeit meistgesuchte und berüchtigtste Mann Schwedens. Vielleicht sogar der mächtigste, je nachdem, wie man es betrachten wollte. Und vor allem: Jeder Polizist hatte die Pflicht, A zu verhaften.

Fredrika erinnerte sich daran, wie sie vor fünf Jahren mitten in der Nacht aufgewacht war. Eine ihrer Siebenkampf-Trophäen war aus dem Regal auf den Boden gefallen, und zuerst hatte sie gedacht, dass Stockholm sein erstes Erdbeben erlebt hatte. Doch in Wirklichkeit war es der erste Anschlag der Bewegung gewesen: Man hatte die Explosion in der Zentrale der Scandinavian Airlines in Frösundavik noch in zwanzig Kilometern Entfernung gehört. Die Organisation selbst war zu diesem Zeitpunkt noch unbekannt gewesen, aber dann hatte sich ein später an demselben Tag hochgeladenes Video schneller verbreitet als ein Tweet von Husseyn: »Wir werden alles angreifen, was den Zusammenbruch beschleunigt. Scandinavian Airlines ist nur der Anfang.«

Inzwischen wussten sie viel mehr über die Bewegung, die in den letzten Jahren eine Reihe von Bombenanschlägen auf Industrien verübt hatte, die fossile Brennstoffe nutzten, sowie auf Unternehmen, die auf ausgeklügelte Weise Steuervermeidung betrieben. Sie hatte Hunderte von Hackerangriffen auf Behörden und Unternehmen gestartet, die Sommerhäuser verschiedener Aufsichtsratsmitglieder in Brand gesetzt, Flugzeuge sabotiert und Wirtschaftsprüfungsgesellschaften besetzt; sie hatte die Kinder von Politikern und Vorstandsvorsitzenden entführt und als Gegenleistung für ihre Freilassung Umweltschutz und angemessene Steuerzahlungen gefordert. Bei mehreren dieser Gelegenheiten hatte es Todesfälle gegeben, die die Bewegung als *indirekte Schäden* bezeichnete: »Wie immer, wenn große Veränderungen bevorstehen, werden einige Menschen dadurch beeinträchtigt werden«, hieß es, »aber das ist nicht unser Ziel. Unsere Bewegung schafft Widerstand, und Widerstand schafft Veränderung.«

Fredrika hatte an mehreren Schulungen über die Bewegung teilgenommen und wusste praktisch alles darüber, was die Polizei für wissenswert hielt. Die Terrororganisation behauptete zwar immer noch, es auf materielle Ziele abgesehen zu haben, aber das Ganze war längst außer Kontrolle geraten.

Sie musste das Schweigen brechen, sie konnte nicht anders: »Wo habt ihr die Innenministerin hingebracht?«

Hinter dem Vorhang war es ganz still.

Nach einigen Sekunden hörte sie wieder As seltsame Stimme. »Ihr habt unschuldige Menschen auf dem Platz erschossen.«

Fredrika wollte ihn emotional nicht an sich heranlassen. »Man wird euch verhaften«, sagte sie. »Ihr müsst mich freilassen.«

A ignorierte die Bemerkung. »Wir müssen alle Polizeibeamten verhören, besonders wenn sie vom Sicherheitsdienst sind. Das verstehst du doch. Die Gesellschaft ist krank, wir kämpfen gegen das Virus der Unterdrückung. Das Massaker auf dem Platz ist unverzeihlich. Außerdem will ich einschätzen können, wie viel du darüber weißt, was mit Eva Basarto Henriksson passiert ist – zu unserer eigenen Sicherheit.«

»Lasst mich frei.«

A stieß ein heiseres Lachen aus. »Gib ihr die Injektion.«

Der Mann mit der Kufija stand plötzlich dicht neben ihr. Fredrika hatte ihn nicht bemerkt.

In einer Hand hielt er eine Spritze.

Ihre Handgelenke waren plötzlich wieder gefesselt, aber sie versuchte, diesen Idioten zu treten, ihm einen Kopfstoß zu verpassen, sich vor ihm wegzuducken. Aber da hatte er ihr die Nadel schon in den Arm gerammt.

»Ihr seid verhaftet«, wiederholte sie.

Es war sinnlos. In ihrem Kopf drehte sich alles, und sie sackte zu Boden.

Ruhig atmen, ermahnte sie sich.

»Ihr seid …«, setzte sie erneut an, brachte aber sonst nichts mehr heraus.

Irgendwie fühlte sie sich entspannt. Sie war high, so viel war klar. Sie musste dagegen ankämpfen.

Im Zimmer war es still, aber durch die Jalousien hörte sie Schreie von der Straße.

Sie. Musste. Dagegen. Ankämpfen. Wer weiß, was sie sagen, was sie preisgeben würde, wenn sie die Kontrolle über sich verlor.

Ihre Gedanken wanderten zu Taco. Sie sah andere Hunde tanzen. Bilder vom Chaos auf dem Platz. Der junge Mann, dessen Gesicht vor ihren Augen geplatzt war wie eine Tomate. Aber sie war immer noch entspannt. Es war, als hätte Taco den Mund aufgemacht, um zu ihr zu sprechen. »Du kannst jetzt anfangen zu reden. Ich will deine Stimme hören.«

Dagegen ankämpfen.

Sie wollte nur eine gute Polizistin sein, die beste. Wenn sie nachgab, war sie verloren. Man schätzte sie für ihre Stärke.

Dagegen ankämpfen.

Es fühlte sich eigentlich ganz gut an. Ihre Verantwortung löste sich auf, gehörte nicht mehr ihr. So musste es sich also anfühlen, keine Prinzipienreiterin zu sein.

»*Ist sie bereit?*«, hörte sie den Mann mit der Kufija sagen.

»*Überprüf ihre Pupillen.*«

»*Fühl ihren Puls.*«

Dagegen ankämpfen.

»*Sie wird wahrscheinlich die meisten Fragen beantworten, das ist normalerweise der Fall. Sie ist jetzt völlig weggetreten.*«

»*… sicher haben sie eine Infektion.*«

Die Stimmen klangen wie unter Wasser.

»*Es gibt so viele …*«

Sie konnte nicht mehr.

»*Es gibt einen Maulwurf …*«

Nicht mehr.

6

Die Afterparty war der Wahnsinn: die richtigen Leute, der richtige DJ, die richtige Stimmung. Doch der wahre Grund war das Geheimfach in ihrer Puderdose – Nova wusste nicht, wie viele

Pillen sie genommen hatte, aber ihre Mini-Apotheke war immer noch fast voll.

Es war schon spät. Achtzig Prozent der C-Promis, Journalisten, Manager und sonstigen Schmarotzer waren bereits nach Hause. Nova und die anderen Partygänger dagegen waren in ein Apartment in der Grev Turegatan weitergezogen. Sie wusste nicht einmal, wem die Wohnung gehörte, aber sie war riesig, und es schien keine Nachbarn zu geben, die sich von dem DJ, der die Lautstärke auf Arena-Niveau aufdrehte, gestört fühlten.

»Novalife?«

Sie drehte sich um.

Der Journalist, der ihr den Preis überreicht hatte, stand übertrieben nah vor ihr. Der Loser roch nach Dior und Bier. »Also, wie ist es so?«

»Was meinst du?«

»Wie ist es, Influencer zu sein?«

»Ich bin all meinen Followern dankbar.«

»Aber wie fühlt es sich *innerlich* an?«

Simon, oder wie auch immer er hieß, beugte sich vor. Sein Mund berührte fast ihr Ohr. Er roch nicht nur nach Aftershave und IPA, sondern auch irgendwie muffig.

»Darf ich dich interviewen?«, fragte er.

Nova hätte fast die Pille ausgespuckt, die sie sich gerade auf die Zunge gelegt hatte. Wollte er sie anmachen, oder wusste er, dass ihr Shoken-Sieg gekauft war?

»Ich glaube, da hast du die Falsche erwischt«, sagte sie laut.

Simons Blick wurde unsicher, und für einen Moment wirkte er verwirrt. »Ich schreibe ein Buch über das Zeitalter der Influencer. Ich habe schon mehrere andere Leute interviewt.«

Vielleicht war das mehr als ein unbeholfener Versuch, sie anzubaggern, trotzdem hatte sie im Moment keine Lust auf ein Interview. Um solche Dinge konnte Hedvig sich später kümmern.

»Du wirkst betrunken«, sagte sie.

»Vielleicht ein bisschen.«

Nova wollte den Loser eigentlich ignorieren.

Doch dann fiel ihr wieder seine Uhr ins Auge. Sie hatte keine Ahnung, dass man mit etwas so Altmodischem wie Büchern, Zeitungsartikeln und prätentiösen Filmen so viel Geld verdienen konnte, aber andererseits gab es heutzutage Dokumentarserien, die fast so beliebt wie Brainy waren. Wie auch immer: Simon trug eine *Patek Philippe Grand Complications*. Obwohl sie die Uhr wegen der blinkenden Lichter auf der Tanzfläche nur undeutlich sah, wusste sie genau, um welches Modell es sich handelte: Ewiger Kalender mit Mondphase, Chronograph und 24-Stunden-Zifferblatt. 24 Karat Gold – wenn das Teil echt war. Offensichtlich war Simon ein Loser mit einer lächerlich teuren Uhr.

In ihrem Kopf nahm ein Plan Gestalt an.

»Hey«, sagte sie und sah ihm direkt in die blassblauen Augen. »Willst du tanzen?«

Die Leute feierten heutzutage kaum noch, sie wollten sich nicht austoben, aus Angst, sich zu blamieren oder zu enthusiastisch zu wirken. Jeder um sie herum war ein potenzieller Paparazzo, auch wenn die Türsteher den Leuten am Eingang die Handys abnahmen. Nova war das alles an diesem Abend völlig egal. Jonas und Hedvig waren nach Hause gefahren. Von denen, die noch hier waren, kannte sie kaum jemanden, aber sie hatte Pillen für mehrere Wochen in ihrer Puderdose, und sie war die Gewinnerin des Abends. Für ihre Idee brauchte sie nur Fingerfertigkeit, sonst nichts.

Der DJ lieferte, auf der Tanzfläche ging es ab. Er kombinierte die Hits geschickt, baute immer wieder einen Höhepunkt ein, ein Crescendo, und kehrte dann wieder zu chilligeren Tracks zurück. Der Rausch kam in Wellen, in Zyklen, und im Stroboskoplicht hätte Nova fast eine Offenbarung ereilt, dennoch ließ sie Simon nicht aus den Augen. Der Schriftsteller hüpfte mit den typischen vertikalen Tanzschritten des weißen Mannes und einem breiten Grinsen im Gesicht auf und ab, als wäre er auf einer Kinderparty im Stockholm Bounce.

Sie hatte ihm so viele Pillen in die Drinks getan, dass seine gute Laune noch tagelang anhalten würde.

Zeit für den nächsten Schritt.

Sie tanzte auf ihn zu, ihre rechte Hand strich von seiner Schulter über seinen Arm. Sanft, fast ein Kitzeln, nicht mehr. Er starrte sie an wie ein Teenager nach seinem ersten Besäufnis, staunend über die Wunder des Lebens.

Sie hielt ihn in einem Tangogriff, sein Körper fühlte sich seltsam leicht an. Er beugte sich zu ihr vor.

»Du kannst wirklich gut tanzen«, rief er über die Musik hinweg.

Das war doch ein ungeschickter Versuch, sie anzumachen, oder nicht?

Sie ließ ihn los. Sie blickten sich an.

»Ich muss nach Hause«, sagte sie laut. »Es ist spät. Gute Nacht.«

Simon murmelte etwas, sein Gesicht war so rot wie ihr Nagellack, obwohl er eigentlich keinen Grund hatte, sich zu schämen, denn Nova hatte die ganze Sache ins Rollen gebracht.

Nova bahnte sich unter Luftküssen und Umarmungen den Weg zum Ausgang.

Sie nahm noch ein paar letzte Glückwünsche entgegen. Dann öffnete sie die Tür und wankte ins Freie.

Die Nachtluft war noch warm, der Himmel blasslila, die Stadt leer. Nova wartete auf ein Taxi. Die Skyline Stockholms war voll spitzer Zacken, so als wäre die Stadt in die Höhe gewachsen. Schweden war trotz allem ziemlich okay, auch wenn sich eine Menge Idioten da draußen den Content lieber in den Stirnlappen pumpen ließen, als einer gut aussehenden Influencerin wie ihr zuzuhören.

Sie griff in ihre Handtasche, betastete den Gegenstand darin, nahm ihn aber nicht heraus. Er war mindestens hunderttausend Euro wert: *Grand Complications*. Die Uhr von Simon Holmberg. Er war viel zu hinüber gewesen, um etwas zu bemerken.

Ein Streifenwagen rollte langsam die Straße entlang. Plötzlich fuhr er auf den Bürgersteig und kam einige Meter vor ihr zum Stehen.

Der Polizist, der ausstieg, kam viel zu schnell auf sie zu. Nova beschlich sofort ein ungutes Gefühl.

»Nova?«

»Ja? Ist etwas passiert?«

»Darf ich in Ihre Tasche schauen?«

Nova hielt den Verschluss mit der Hand zu.

»Warum?«

»Weil ich es sage.«

»Sie haben kein Recht, hier einfach so aufzutauchen und …«

Der Polizist trat einen Schritt näher. »Wollen Sie mit mir aufs Revier kommen?«

Sie konnte es sich nicht leisten, verhaftet zu werden. Was, wenn sie jemand dabei beobachtete?

Der verdammte Bulle griff nach ihrer Tasche und zog sie grob zu sich. Hatte er einen Röntgenblick? Der Schulterriemen riss.

Er öffnete die Tasche, in der ganz unten die Patek Philippe lag.

Die Wolken am Himmel waren lang und dünn, wie sich langsam auflösende Kondensstreifen. Nova erwartete, dass der Bulle die Uhr hervorholte und ihr Fragen dazu stellte, doch stattdessen hielt er ihr Puderdöschen hoch.

Das war noch schlimmer.

Er schüttelte es und schraubte den Deckel ab.

FUCK. Auch wenn das Geheimfach nicht auf den ersten Blick

zu erkennen war, musste sie ihn irgendwie aufhalten. »Das ist nur mein Make-up«, sagte sie.

Aber der Polizist fummelte schon am Boden der Dose herum.

Sie hatte nicht gerade wenig Pillen dabei.

Nova spürte, wie sie die Kontrolle über ihren Atem verlor. Ihr Schädel pochte, Panik stieg in ihr auf.

Gefängnis kam nicht infrage – sie war nicht klaustrophobisch, aber sie würde verrückt werden, wenn man sie in eine Zelle sperrte. Außerdem war man in ihrer Branche so gut wie tot, wenn man länger als ein paar Tage verschwunden war – die Follower warteten nicht.

Der verdammte Bulle öffnete das Geheimfach, als wüsste er genau, wo es war.

Er zählte die Pillen und schüttete sie in einen kleinen Beutel. »Ich komme auf dreiundzwanzig Pillen«, sagte er.

»Keine Ahnung, was das ist«, sagte sie.

»Darauf stehen drei Monate Gefängnis.«

»Aber ich weiß nicht, wie das Zeug da hingekommen ist.«

Er schnaubte. »Bitte, verarschen Sie mich nicht.«

»Das Zeug gehört mir nicht.«

»Es ist Ihre Handtasche und Ihre Puderdose. Ihre DNA und Ihre Fingerabdrücke sind ganz sicher überall, auch im Geheimfach.«

Er öffnete die Autotür und legte den Beutel auf den Beifahrersitz. Dann wandte er sich wieder ihr zu. »Der Besitz von Betäubungsmitteln dieser Kategorie wird eine Gefängnisstrafe nach sich ziehen, auch wenn Sie nicht vorbestraft sind.«

Nova stöhnte auf. »Mein Gott, können Sie nicht mal ein Auge zudrücken? Ich habe gestern Abend einen Preis gewonnen, bei den Shoken Awards.«

Die Sonne ging zögerlich über den Dächern auf. Der Polizist starrte sie ohne Mitgefühl in seinen grauen Augen an. Er war ein

Darth Sidious, ein Tengil, ein Lord Tywin Lannister. »Ich kenne Sie doch«, sagte er. »Ich weiß, wer Sie sind.«

Ein Hoffnungsschimmer keimte in ihr auf.

»Ich kann auch nett sein«, sagte er.

Nova war kurz davor, sich auf ihn zu stürzen und ihn auf den Mund zu küssen, doch dafür war das Lächeln des Polizisten, bei dem sich nur ein Mundwinkel hob, zu unheimlich. »Ich wäre bereit, alles zu vergessen, aber das kostet.«

»Wie viel? Sagen Sie mir einfach, wie viel.«

Der Polizist schnalzte mit der Zunge. Er schien die Summe im Kopf zu überschlagen und grinste dabei schäbig.

»Zwei«, sagte er. »Ich will zwei Millionen Kronen.«

7

Emir war nicht in einer Gefängniszelle, sondern in einem Krankenhaus. Genauer gesagt, im selben Krankenhaus wie Isak. Die Polizei bezahlte seine Dialyse – Nikbin hatte sie dazu gezwungen.

Die Wände waren lila, das Bett bequem. Die Dialysemaschine sah aus wie eine Waschmaschine auf Rädern. Emir kannte das Kribbeln im Arm, die Müdigkeit, die nach ein paar Stunden wieder verschwand und frischer Energie Platz machte – die Kraft der Blutwäsche. Die Ärzte hatten es ihm hundertmal erklärt, aber er konnte sich nur an einen Bruchteil erinnern. Die Dialyse entfernte den Mist aus seinem Blut, trennte die winzigen Scheißmoleküle und half seinen erbärmlichen Nieren, ihre Arbeit zu machen. Das zu tun, wozu sie *vor dem Kampf* noch selbst in der Lage gewesen waren.

Die beiden mit seinem Unterarm verbundenen Schläuche vibrierten leise, die Fistel war mit einem Verband abgedeckt. Eine seiner Arterien war mit einer Vene verbunden gewesen, die sich durch den erhöhten Blutfluss und Druck geweitet hatte. Innerhalb weniger Wochen war sie so dick geworden wie die Plastikschläuche, an die man ihn hängte. Ein Zugang, den man immer wieder benutzen könnte, hatte es geheißen. *Fistel.* Was für ein Wort – es klang irgendwie unanständig.

Es war Nacht. Wahrscheinlich war es einfacher, ihn herzubringen, wenn es ruhig im Krankenhaus war. Laut der Anzeige auf dem Gerät dauerte es noch ein paar Minuten, aber Emir hatte genug.

Er beugte sich vor, riss den Verband ab und zog die Schläuche aus seinem Arm.

Er hatte nicht vor, sich an ihre Regeln zu halten. Er war nicht dafür geschaffen, den Rest seines Lebens im Gefängnis zu verbringen. Er wurde da draußen gebraucht, das durfte er nicht vergessen. Seine kleine Perle. Außerdem musste er Isak bei der Flucht helfen.

Er schwang sich aus dem Bett.

Seine Füße fühlten sich an wie Sandsäcke, seine Muskeln wollten ihm nicht gehorchen. Trotzdem fühlte er sich viel besser als vor der Behandlung.

Der Boden war kalt. Man hatte ihm keine Pantoffeln gegeben.

Er stieß die Tür auf und rechnete fest damit, davor auf Polizisten oder Sicherheitsleute zu treffen. Diesmal würde er schneller sein als sie.

Aber nein, der Flur war leer.

Abbou, das war Wahnsinn.

Wahrscheinlich rechneten sie nicht damit, dass jemand die eigene Dialyse abbrechen würde.

Aber sie kannten Emir nicht.

Die breiten Automatiktüren öffneten sich. Ein paar vereinzelte Besucher betraten das Krankenhaus, als wäre es ein angesagter Nachtclub. Emir suchte nach Schildern, die ihm den Weg zur Intensivstation wiesen. Wo Isak höchstwahrscheinlich lag.

Er wandte sich nach links. Der Boden war grau, noch kälter als in der Nephrologie.

Er lief einen breiten Flur entlang.

Von der Decke hingen Schilder, das Licht war grell.

Ein barfüßiger Mann auf der Flucht. Ein Glück, dass das Gebäude so gut wie leer war.

Der Flur wollte kein Ende nehmen. Dieses Krankenhaus war wie eine Welt für sich. Größer, als er gedacht hatte.

Er keuchte.

Er lief an vom Boden bis zur Decke reichenden Fenstern vorbei – so ein Bau hatte sicher eine Menge gekostet, dachte er aus unerklärlichen Gründen.

Draußen wurde es immer heller.

Er ging die Treppe hinunter. Keuchte noch stärker.

Seine Muskeln schmerzten – die Dialyse hatte schließlich nichts gegen die Schläge ausrichten können, die sie ihm bei der Verhaftung verpasst hatten.

Endlich sah er ein Schild: Intensivstation.

Emir riss die Tür auf. Die Wände waren blassgrün. Am Ende des Flurs unterhielten sich drei Krankenschwestern, die Kittel und chirurgische Masken trugen.

Er zwang sich, langsam zu gehen, öffnete eine Tür und sah einen Mann, der an Maschinen, Infusionen und eine Sauerstoffflasche angeschlossen war. Ein Arzt rief ihm zu, er solle die Tür schließen.

Er versuchte es mit dem nächsten Raum: ein Operationssaal, grüne OP-Vorhänge, Skalpelle, starkes Licht.

Eine Schwester auf dem Flur fragte ihn, was er hier zu suchen hatte. »Besucher sind auf der Intensivstation nicht erlaubt.«

Er öffnete die nächste Tür.

Im Raum dahinter lag Isak mit Schläuchen an einem Arm und einem Verband um den Kopf. Er sah tot aus, aber die Maschine neben seinem Bett blinkte rhythmisch: sein Puls. Er schlief – oder er lag im Koma.

Er sah so klein und schwach aus. Sein Gesicht war irgendwie eingefallen, kantig wie das eines Vogelbabys.

»Bruder«, flüsterte Emir. Er beugte sich vor. »Kannst du mich hören?«

Auf dem Rolltisch neben seinem Bett stand ein Strauß roter Blumen in einer Vase.

Isak lag reglos da.

Tausend Erinnerungen auf einmal.

Emir sprach etwas lauter. »Wach auf, Mann. Wir müssen hier raus.«

Auch Isak drohte die »Vier-Verstöße-Regel«: lebenslänglich.

Sein Kumpel schlug die Augen auf. Sie waren hellbraun, rund, schön.

»Emir?«

»Hamdullah.«

Ein schwaches Lächeln. »Was machst du denn hier?«

»Meinst du, du kannst aufstehen?«

»Nein, ich hänge am Tropf und so.«

»Tut mir leid, dass ich dich angeschossen habe«, sagte Emir.

Das Sprechen fiel Isak sichtlich schwer. »Nein, mir tut es leid.«

Die Tür flog auf. Zwei Gestalten stürmten ins Zimmer. Polizisten. Pseudomenschen, aber richtige Motherfuckers.

Emir richtete sich auf. Jetzt war keine Zeit mehr für Isak. Noch nicht für einen Plausch unter Kumpels.

Er machte einen Satz nach vorn.

Rannte den ersten Typen um und duckte sich unter dem Griff des zweiten hindurch.

Stürzte in den Flur hinaus.

Die Treppe hinunter.

Den nächsten Flur entlang.

Er keuchte wieder.

Das Krankenhaus war wirklich geradezu ein Palast: Das waren die protzigsten Fenster, die er je gesehen hatte.

Er schnappte sich einen grünen Stuhl aus einer erbärmlich kleinen Sitzecke und warf ihn gegen die Scheibe.

Nichts passierte.

Er hob den Stuhl auf und schleuderte ihn erneut gegen das Glas. Ein Mann mit Turban und weißem Kittel begann im Hintergrund zu schreien.

Ein Spinnennetz aus Rissen breitete sich auf der Glasscheibe aus.

Aller guten Dinge waren drei. Der Arzt mit dem Turban wollte ihn aufhalten, aber Emir war schneller. Er warf den Stuhl.

Die Scheibe zerbrach, es regnete Splitter, Scherben überall.

Das Glas war weg, und er kletterte hinaus.

Hinter ihm schrien die Bullenschweine.

Egal, Emir war draußen. Er rannte noch schneller, der Asphalt war kühl und rau unter seinen Füßen. Er spürte, wie ihn eine Woge zusätzlicher Energie erfasste.

Scheiße, er fühlte sich fast wieder wie der Prinz. Als wäre er wieder im Ring.

Er brauchte ein Auto. Emir rannte über den dunklen Parkplatz.

Ein Polestar fuhr gerade aus einer Parklücke.

Die Bullen brüllten hinter ihm.

Auf dem Dach hatte er versagt. Er war zu feige gewesen.

Er rannte direkt vor das Auto. Die Fahrerin starrte ihn an, als hätte sie Erdoğan oder ein anderes Gespenst gesehen.

»Steig aus!«, schrie Emir.

Die Frau war wie gelähmt und machte große Augen.

Er riss die Wagentür auf.

Hastig wich sie vor ihm zurück und kletterte auf die Rückbank.

Er sprang hinein. Schloss die Tür.

Starrte auf das Armaturenbrett.

Oder genauer gesagt, auf den riesigen, flachen Bildschirm. Das Auto sollte eigentlich von selbst fahren, während man Videospiele spielte oder einen Film sah.

Es hatte nicht einmal ein Lenkrad.

Emir hatte seinen Führerschein abgeben müssen, als er zur BOP erklärt worden war. Er war seit Jahren nicht mehr gefahren.

War dieses Ding überhaupt ein richtiges Auto?

Ein überdimensionaler Bildschirm. Ein Computer auf Rädern.

Die Autotür wurde aufgerissen.

Einer der Polizisten stand davor und hielt Emir die Glock vor die Nase.

»Das war's«, sagte das Schwein.

Sein Gefühl hatte ihn komplett getäuscht, das hier war nicht wie ein Kampf.

Er wollte nicht sterben. Das wäre unverantwortlich von ihm.

8

Sie zogen Fredrika die Kapuze wieder über den Kopf. Ihre Gedanken waren verschwommen und verwirrt. Man führte sie irgendwohin. Sie war nicht in der Lage, geradeaus zu gehen, dennoch fühlte sie sich ruhig und entspannt.

Sie setzten sie in ein Auto, das war offensichtlich. Sie fuhren eine kurze Strecke und zerrten sie wieder hinaus. Sie schwankte.

Sie führten sie ein paar Hundert Meter weiter. Sie spürte und hörte Kies unter ihren Füßen knirschen. Sonst nichts.

Sie versuchte sich zu konzentrieren, aber ihre Gedanken waren wie Schaum in einer Badewanne. In dem Moment, in dem sie nach ihnen greifen wollte, lösten sie sich in nichts auf.

Sie blieben stehen.

»Die Bewegung bedankt sich für die Informationen, die du uns gegeben hast«, sagte der Mann mit der Kufija.

Sie zerrte an den Fesseln. Ihr Verstand nahm die Arbeit allmählich wieder auf, aber bei dem, was der Terrorist gerade gesagt hatte, wurde ihr so übel, dass sie sich in die Kapuze übergeben wollte.

»Lasst mich frei«, murmelte sie.

»Auf die Knie.«

Sie wehrte sich nach Kräften, aber sie waren in der Überzahl, und sie waren stärker.

Sie spürte etwas Kühles und Hartes an ihrem Hinterkopf.

Sie wollten sie erschießen. Jetzt musste sie sich zusammenreißen. Man hatte ihr Drogen verabreicht, ihre Hände gefesselt und eine Kapuze auf den Kopf gesetzt. Aber sie würde sich wie eine Polizistin verhalten.

»Wir hinterlassen keine Zeugen«, sagte der Mann mit der Kufija. »Irgendwelche letzten Worte?«

Ihr Verstand war jetzt scharf, kristallklar. Sie war zu jung, um zu sterben. Sie hatte noch nicht alles getan, was sie sich vorgenommen hatte.

»Damit kommt ihr nicht durch«, sagte sie mit fester Stimme.

Sie zitterte.

Das unverwechselbare Geräusch der Sicherung einer Handfeuerwaffe war laut und deutlich zu vernehmen.

Jetzt war es vorbei.

Am liebsten hätte sie sich zusammengerollt, doch sie wagte es nicht, sich zu bewegen. Sie sah ihre Eltern, den Rest ihrer Familie vor sich. Sie dachte an all die Prüfungen, die sie mit Bravour bestanden hatte, an Taco.

Stille.

Warum sie überhaupt Polizistin geworden war? Es gab so viele klischeehafte Antworten: um anderen zu helfen, etwas zu bewirken. Aber das waren nie ihre eigentlichen Beweggründe gewesen. Sie war Polizistin geworden, weil sie die Aufregung liebte. Sie mochte Klarheit und Regeln, aber auch Action und Ansporn. Und jetzt nahm es ein solches Ende.

Sie wartete auf den Knall. Auf die Mikrosekunde, in der alles vorbei sein würde.

Sie fragte sich, was sie wohl fühlen würde.

Sie schloss die Augen, obwohl sie ohnehin nichts sehen konnte.

Nach einigen Minuten wagte sie zu sprechen. »Hallo?«

Keine Antwort.

Ihr Körper war steif, ihr Rücken schmerzte, die Wirkung der Droge, die man ihr verabreicht hatte, ließ langsam nach, und die Gedanken hämmerten auf ihren Verstand ein.

Sie streifte die Kapuze ab, indem sie mit dem Kopf über den Boden fuhr.

Dann richtete sie sich auf. Sie stand allein hinter einem Busch. In der Ferne sah sie eine Straße, und als sie sich umdrehte, sah sie die Trennmauer in die Höhe ragen. Sie war außerhalb der Zone.

Sie leben zu lassen, war eine Machtdemonstration – eine absichtliche Erniedrigung. Die Bewegung konnte grausam sein, aber die Bewegung konnte auch Gnade walten lassen. Die Bewegung konnte mit einer Polizistin machen, was sie wollte.

Eine Scheinhinrichtung.

Sie hatte Glück, dass A die beste Entscheidung getroffen hatte.

Sie ging zur Straße.

Sie hielt ein vorbeifahrendes Auto an, bat den Fahrer, ihr beim Lösen der Fesseln zu helfen, und um ein Telefon.

Die erste Person, die sie anrief, war Sara, die Betreuerin in der Hundetagesstätte.

»Ich habe Taco gestern mit nach Hause genommen«, sagte Sara. Sie klang verschlafen. »Ich konnte dich nicht erreichen.«

ZWEITER TAG

7. Juni

9

Kleine Hautschuppen fielen auf den Boden, als sich Novas Partner an der Wange kratzte.

»So, jetzt sind wir alle beisammen«, sagte er. »Und ich muss fragen: Wozu die Eile?«

Jonas war sofort zu ihr in die Villa gekommen, was an sich schon cool war. Aber ihre Nachricht war auch unmissverständlich gewesen: *Hier geht es um die größte Krise meines Lebens, und zwar ausnahmsweise mal wirklich.*

In ihr brannten die Gedanken wie Kajal, der aus Versehen ins Auge geraten ist. Sie hatte überlegt, den verdammten Bullen anzuzeigen oder ihre Familie um Hilfe zu bitten, aber dann würde er sie wegen der Tabletten drankriegen, und das kam nicht infrage. Schon gar nicht, wenn sie an ihre Familie dachte.

»Ich habe einen Anruf vom Finanzamt bekommen«, sagte sie.

»Oh.«

Hedvig machte sich Notizen, obwohl niemand sie darum gebeten hatte.

»Anscheinend wollen sie mir eine Zusatzsteuer aufbrummen.«

»Und da haben sie extra angerufen, um dir das mitzuteilen? Sie haben dir keine E-Mail geschickt oder es in der App gepostet?«, fragte Jonas.

Nova seufzte. »Nein. Sie haben angerufen. Ich habe selbst mit dem zuständigen Beamten gesprochen.«

»Verdammt«, stöhnte Jonas. »Ich hasse das Finanzamt. Die sind das Allerletzte. Wie viel verlangen sie?«

»Zwei Millionen Kronen.«

Er verstummte.

Hedvigs Gesicht wurde kreidebleich.

»Wann können wir das bezahlen?«, fragte Nova nach ein paar Sekunden.

Jonas legte den Kopf schief. Auch er sah blass aus. »So viel kannst *du* nicht bezahlen.«

»Ich muss aber. Es muss doch nach der Preisverleihung gestern mit den Follower-Zahlen nach oben gegangen sein?«

»Leider hat sich da nicht viel getan.« Jonas betonte jede einzelne Silbe und klang dabei wie ein Idiot.

Das konnte doch nicht wahr sein – hatte der Shoken-Preis ihr nicht einmal *ein paar mehr* Follower eingebracht? Oder wenigstens neue Sponsoren, neue Werbeaufträge – warum sonst hatten sie dafür bezahlt?

Hedvig blickte auf den Tisch.

Jonas seufzte. »Kaum jemand scheint sich noch für den Preis zu interessieren, das Interesse daran ist im Vergleich zum Vorjahr drastisch gesunken, und da waren es auch schon zwanzig Prozent weniger als im Jahr davor. Kurz gesagt: nein. Du hattest davor nicht die Mittel, um eine solche Steuerschuld zu begleichen, und hast sie auch jetzt nicht. Du musst Widerspruch einlegen.«

Nova hatte wirklich versucht, einen Überblick über ihre Finanzen zu behalten, aber Jonas hatte das stets erfolgreich verhindert. Eine weitere seiner Methoden, um die Kontrolle über sie zu behalten, wie sie sehr wohl wusste.

»Aber wir bringen ja bald das Parfüm auf den Markt. Und morgen ist der Dreh für Zoroast. Kann ich mir da nicht ein wenig Geld leihen?«

»Von wem denn?«

Nova wusste keine Antwort auf diese Frage. Sie wusste nur: Sie hatte in den letzten Jahren alles für Novalife gegeben. Da sollte sie doch wohl kreditwürdig sein.

Jonas starrte sie an. »Der Mietwagen, die Kleider, das Make-up, die Maniküre, das Reisebüro, die Shoken-Analysten, die PR-Leute. Manche Schulden sind seit sieben Monaten nicht bezahlt. Nichts ist mehr, wie es war. Die Leute wollen sich ihre Erlebnisse direkt in ihre Amygdala knallen, ihren Frontallappen und ihr *ventrales Tegmentum* oder wie auch immer das heißt. Also nein, du hast kein Geld, mit dem du die Steuer bezahlen kannst. Du musst Widerspruch einlegen – egal, was das Finanzamt sagt.«

Sie überlegte, ob sie ihm die Wahrheit sagen sollte – dass sie von einem verrückten Polizisten erpresst wurde. Sie hatte sich sogar einen Namen für ihn ausgedacht: Guzmán – schließlich benahm er sich wie ein Drogenboss.

»Meine liebe Nova, du hast kein Geld. Wie deutlich muss ich es noch ausdrücken?«

»Mein lieber Jonas, du kannst aufhören, mich so von oben herab zu behandeln. Ich habe vor, diese verdammte Steuer zu bezahlen, und dann werden wir schon sehen, was passiert.«

Sie schaute sich auf der Suche nach Zustimmung um. Hedvig betrachtete das edle Grau an der Wand mit einem bisher ungekannten Interesse. Kein Wunder, Nova hatte ihr gerade unterschwellig damit gedroht, sie um ihren Job zu bringen.

Verdammte Luschen.

10

Die dicken gestreiften Vorhänge des Verhörraums waren zugezogen, obwohl sich dahinter keine Fenster befanden. Die Stühle
hatten weiche Sitzflächen und Lehnen, und auf dem Tisch stand
eine Vase mit Plastikblumen. An der Wand hing sogar eine gerahmte Luftaufnahme von Stockholm.

Dieser Raum sah nicht wie die anderen aus, er stammte wohl
noch aus der Zeit, bevor sich die Privatisierung wie ein Virus aus-
gebreitet hatte.

Sie hatten ihn durch Flure und über Aufgänge gezerrt, in Aufzüge gesteckt und ihn schließlich hier in den Keller gebracht.

Emir wusste nicht, wo er war und warum.

Die Tür öffnete sich, und sein Anwalt Payam Nikbin kam herein.

»Hallo, mein Freund.«

Emir streckte die Hände aus, die Handschellen klirrten.

»Ich glaube, du hast nicht alle Tassen im Schrank«, sagte der
Anwalt.

»Die buchten mich sowieso lebenslänglich ein. Ich hatte nichts
zu verlieren.«

Nikbin grinste.

»Wenn sie mich verhören wollen, müssen sie mir die Fesseln
abnehmen«, sagte Emir.

»Weißt du, als ich vor zwanzig Jahren als Anwalt anfing, wurden noch kaum Handschellen angelegt«, sagte Nikbin. »Heutzutage verpassen sie dem kleinsten Ladendieb Fußfesseln, zumindest wenn er aus einer Sonderzone kommt. Die Zeit ist aus den
Fugen geraten, sage ich, aber AC/DC hört auch niemand mehr,
vielleicht hängt das irgendwie zusammen, und ich schnalle es nur
nicht. Der Untergang des Hard Rock und der brutale Aufstieg des
Polizeistaats.«

Emir verstand den Humor seines Anwalts nicht immer.

»Dir ist schon klar, dass wir in den Büros der Sicherheitspolizei sitzen, oder?«, sagte Nikbin. »Wir befinden uns im Kellergeschoss. Ich nenne diesen Ort gerne die Kuschelhöhle.«

»Machst du Witze? Bin ich hier, weil ich aus dem Krankenhaus abgehauen bin?«

»Nein, sondern weil sie bei der Säpo gut zu den Leuten sind und versuchen, eine nette Atmosphäre zu schaffen. Sie bieten ihnen Kaffee an und so weiter. Vielleicht sogar einen Butterkeks. Sie wissen, dass man durch Anschreien und Drohen nichts erreicht. Ich hatte mal einen Klienten, der extrascharfe Soße zu seinem Kebab aß. Einmal wurde er eines terroristischen Verbrechens verdächtigt und verhaftet. Weißt du, was die Säpo gemacht hat?«

Emir schüttelte den Kopf.

»Mitten im Verhör kamen sie mit dem Mittagessen, total zuvorkommend, könnte man meinen. Aber es war extrascharfe Soße auf dem Döner. So hat ihm die Säpo auf elegante Weise gezeigt, wo der Hammer hängt. Sie hatten ihn seit Jahren beobachtet.«

»Aber warum sollte die Säpo mich verhören wollen? Ich bin doch kein Terrorist.«

»Ich denke, das werden wir noch früh genug erfahren. Aber hier gelten die gleichen Regeln wie bei der normalen Polizei. Du musst keine Fragen beantworten, wenn du nicht willst. Der einzige Unterschied ist, dass sich die Person, die dich vernehmen wird, als Karin oder Anders vorstellt. So heißen sie immer, um ihre Anonymität zu wahren. Das ist die *Geheim*polizei.«

Emir lehnte sich zurück. Und wartete.

Es war ihm egal, was für Polizisten das waren.

Sie durften sich nicht ansehen, sie durften nicht kichern, sie durften nichts sagen, sie durften nur auf den Stühlen sitzen, die die Wachen aufgestellt hatten, und an die Wand starren.

Der Raum sah genauso halbfertig aus wie der Rest des Ein-kaufszentrums, die Betonwände waren noch feucht. Auf dem schmutzigen Boden stapelten sich die Brote, die Chipstüten und die Süßigkeiten, die er und Isak gestohlen hatten. Auch Emirs Handy, das ihm seine Mutter letztes Jahr geschenkt hatte, lag dort. Die beiden Wachen standen vor ihnen, ihre Mienen starr wie Metall.

Der Größere hatte seltsame Tätowierungen auf den Armen, die aussahen wie Kinderzeichnungen, und trug Handschuhe mit Polsterung. »Leert noch einmal eure Taschen«, sagte er mit rauer Stimme.

Seine Kleidung war dunkelgrün und seine Militärstiefel schwarz.

»Wir haben nichts mehr«, sagte Emir.

»HALT DIE FRESSE«, rief der Wachmann und machte einen Schritt auf ihn zu. Emir dachte, er würde eine Ohrfeige bekommen, aber der Wachmann blieb stehen, als sein Gesicht nur wenige Zentimeter von Emirs entfernt war.

»Sie verstehen offensichtlich nicht, was wir sagen«, meinte der andere Wachmann, wobei er kaum die Lippen bewegte.

»Ja, du hast recht. Dann machen wir es anders. Steht auf.«

Die Schuhe hatten sie bereits ausziehen müssen. Der Boden unter ihren Füßen war kalt.

»Zieht eure Pullover aus.«

Emir war noch nie beim Ladendiebstahl erwischt worden, aber Isak hatte ihm erzählt, wie fies das Sicherheitspersonal sein konnte. Trotzdem verstand er nicht, warum sie ihre Pull-over ausziehen sollten.

»Zieht auch die Hosen aus«, sagte der Wachmann.

Emir zog seine Jogginghose aus. Isak tat es ihm gleich. Es war sehr kalt hier.

»Zieht eure Unterhosen aus«, sagte der Wachmann.

»Kannst du vergessen«, sagte Isak.

Der Wachmann beugte sich vor und brüllte Emirs Freund direkt ins Gesicht: »DU TUST GEFÄLLIGST, WAS ICH SAGE.« Die Spucke traf sogar Emir.

Er sah seinen Freund an. Sollten sie darüber lachen oder sich wehren?

Aber Isaks Gesicht war auf eine andere Weise starr als zuvor. Leere in den Augen.

Emir wurde ganz heiß, seine Schläfen pochten. Trotzdem hob er ein Bein an und zog die Unterhose herunter.

Isak stand einen Moment reglos da. Dann zeigte der Wächter auf ihn. »Worauf wartest du noch?«

Kurz darauf standen sie so nackt da wie zwei verfluchte Guantánamo-Gefangene. Emir hielt die Hände vor seinen Schwanz.

Der Wächter stand breitbeinig vor ihnen, die Hände an den Seiten, Schlüssel, Schlagstöcke, Pfefferspray und all der andere Mist klapperten an seinem Gürtel. »Ihr seid wie Ratten, wisst ihr das?«

Der andere Wachmann nickte, als hätte er gerade den klügsten Gedanken des Jahres gehört.

»Ihr denkt, ihr könnt machen, was ihr wollt. Aber eins kann ich euch sagen. Ich kenne Typen wie euch. Leute wie euch sehe ich jeden Tag. Viele haben Angst vor so welchen wie euch, aber ich nicht, weil ich euch durchschaut habe. Ich weiß, dass ihr nichtsnutzige kleine Bastarde seid, die keine Eltern haben, die sich um sie kümmern. Ihr klaut und benehmt euch wie die Schweine und denkt, dass der Platz da draußen euch gehört. Und dann nehmt ihr Drogen und erschießt euch gegenseitig und beschwert euch, dass die Gesellschaft schuld ist.«

Emir starrte auf einen Punkt an der Wand, den einzigen Halt, den er hatte. Es war so kalt hier.

Der Sicherheitsmann zückte seinen Schlagstock. »Ihr habt euch selbst jede Chance verbaut. Ihr gehört nicht hierher. Schnallt ihr das nicht?«

Er stapfte mit gefletschten Zähnen um sie herum wie eine verfluchte Hyäne. »Was sollen wir mit euch machen?«

Nicht einmal sein Kollege antwortete.

Emir zitterte. Er hatte Gänsehaut.

Der Wachmann bückte sich und hob Emirs Handy auf. »Das ist wahrscheinlich auch gestohlen. Jetzt ist es meins.«

In der darauffolgenden Stille wurde es noch kälter.

Emir wollte etwas sagen, denn dieser Wachmann durfte das nicht tun, das konnte einfach nicht richtig sein. »Sie …«, setzte er an, »Sie dürfen das nicht nehmen.«

Der Wächter drückte den Stock gegen seinen Penis. Emir wagte es nicht, nach unten zu schauen, er spürte nur die Spitze des Stocks an seinem Hodensack.

»Ich glaube, ich werde dafür sorgen, dass du niemals Kinder bekommst«, sagte der Wächter. »Damit du deine dreckigen Gene nicht verbreiten kannst.«

Ein Schlag damit, und der Schmerz wäre sicher der schlimmste, den er je erlebt hatte. Ein Schlag, und er hätte wahrscheinlich keinen Schwanz mehr.

Die feuchte Kälte im Raum. Emirs Zähne klapperten. Er versuchte, die Tränen zurückzuhalten.

Versuchte, den Hass zu unterdrücken.

Nikbin brach das Schweigen. »Wann kommen die endlich? Ich habe nicht den ganzen Tag Zeit.«

»Ich auch nicht«, sagte Emir.

Der Anwalt lachte schallend. Blinzelte. Verpasste ihm einen Klaps auf den Rücken. »Das ist die richtige Einstellung, Emir. Egal was passiert, wir dürfen die Zuversicht nicht verlieren.«

Emir sah Nikbin an. In der Stimme des Anwalts lag etwas, das er noch nie zuvor bei ihm gehört hatte.

Etwas, das ihn zu Tode erschreckte.

Angst.

11

Koordinationsmeeting. Planungstreffen. Ermittlerbesprechung.

Es gab sicher viele Bezeichnungen für solche Zusammenkünfte, aber nur eine beschrieb wirklich, worum es ging: Krisensitzung.

Die Beamten am Tisch waren alle mehrere Dienstränge über Fredrika. Sie war nichts im Vergleich zu ihnen, sie hätte gar nicht hier sein dürfen. Aber ihr ehemaliger Vorgesetzter, Polizeichef Herman Murell, war zum Chefermittler dieser Untersuchung ernannt worden. Und er hatte auf ihre Anwesenheit bestanden.

Alle warteten nun auf ihn, damit die Besprechung beginnen konnte.

Die großen Zeitungen spekulierten, dass es sich um einen Angriff einer ausländischen Macht gehandelt hatte, vielleicht sogar unterstützt von bestimmten Elementen innerhalb der Polizei. Die alternativen Medien behaupteten, das Land sei endgültig in den Bürgerkrieg abgedriftet: *Die Muslime greifen an – jetzt übernehmen sie die Macht.* Russische Trollfabriken schrien ihre unverhohlene Schadenfreude heraus: Der Staat hätte sich früher um die Moslems kümmern sollen – implizit: Es war für ein Regime immer einfacher, seine Gegner zu vergiften. Die *New York Times*, die *Washington Post* und der *Boston Globe* berichteten stirnrunzelnd: *Schweden implodiert. Wieder einmal.* Zu diesem Zeitpunkt hatte es Fredrika noch nicht einmal übers Herz gebracht, Shoken, Twitter, Brainy und die anderen Plattformen anzuschauen.

Vor der Polizeiwache auf Kungsholmen demonstrierten Hunderte, in zwei Lager gespalten. Das eine Lager forderte einen Großeinsatz, um die Ministerin zu befreien oder die Sonderzone aus der Luft zu bombardieren: *Macht Järva dem Erdboden gleich – radiert die ganze Scheiße endgültig aus.* Die andere Hälfte beschwerte sich lauthals über Faschismus und strukturellen Rassismus. Forderte, dass die Polizeibehörde wieder geschlossen wurde und die Bewohner der Sonderzone mindestens fünfzig Prozent der Wohnungen in Östermalm bekommen sollten.

Einige wendige Oppositionspolitiker wandten sich per Webcast an die Bevölkerung, da ihre Accounts in den sozialen Medien gesperrt waren, und gossen Öl ins Feuer: Mit einem strengeren Gesetz hätten wir sie schon längst ausweisen können. Die Ministerpräsidentin müsse die Verantwortung übernehmen. Der Premierminister müsse seinen Hut nehmen. Oder andersherum: Die entführte Innenministerin müsse zurücktreten – sie sei ja für das Massaker am Järva-Platz verantwortlich. Wie sollte eine entführte Ministerin zurücktreten?

Die Ministerpräsidentin hatte vor einer Stunde eine Pressekonferenz gegeben – sie hatte gestammelt und völlig verloren gewirkt. Jeder wusste, dass die von ihr geführte Koalitionsregierung, der auch Henriksson angehörte, seit Monaten am Rande der Auflösung stand. Rechtsextreme, Islamisten und Umweltschützer hatten ebenfalls die Vorteile eines Bündnisses erkannt und profitierten von Unsicherheit und Chaos.

In weniger als drei Monaten standen Parlamentswahlen an. Bei der Schießerei auf dem Platz waren drei Menschen durch die Polizei getötet und mehr als fünfzehn verletzt worden, darunter vier Jugendliche. Die Innenministerin war spurlos verschwunden. Das Viertel stand in Flammen.

Krisensitzung. Die Chefs am Tisch waren nicht nur gestresst – sie standen unter immensem Druck. Fredrika wusste, dass der Stadtrat sie in endlosen Gesprächen bekniete und anflehte, sie anschrie und ihnen drohte.

Wenn sie scheiterten, würden einige von ihnen wahrscheinlich ihren Job verlieren.

Wenn sie scheiterten, würde ganz Schweden womöglich in ein noch größeres Chaos gestürzt.

Herman Murell betrat den Raum. Er trug Anzug und Krawatte, was ungewöhnlich für ihn war, und auch seine Augenbrauen waren nicht so buschig wie sonst.

Murell war nicht nur ihr Chef bei den Einsatzkräften in der Sonderzone gewesen, sondern auch eine Art Mentor.

»Ich möchte, dass du bei der Morgenbesprechung dabei bist«, hatte er mit seiner dunklen, vertrauten, rauchigen Stimme gesagt, als er sie mit einem Anruf auf ihrem privaten Handy geweckt hatte.

»Aber ich soll doch noch ärztlich untersucht werden.«

»Das weiß ich, aber das muss bis nach der Besprechung warten. Ich möchte, dass du beim Briefing dabei bist.«

Oh.

»Du hast die Täter gesehen«, fuhr Murell fort, »sowohl auf dem Platz als auch im Unterschlupf der Bewegung. Und du bist besonders gut darin, Gesichter wiederzuerkennen. Ich weiß, dass ich dir vertrauen kann. Komm jetzt in die Polhemsgatan.«

Und da war Fredrika nun seit geraumer Zeit. Sie hatte versucht, auf einem der Sofas im Pausenraum zu schlafen.

Das hatte nicht sonderlich gut geklappt. Die Scheinhinrichtung und die Bilder des Massakers waren immer wieder vor ihrem geistigen Auge erschienen.

Sie hatte sich verausgaben wollen, um alles zu vergessen. Heute wäre ihr Lauftag gewesen, aber das würde sie nicht schaffen, nicht einmal eine kurze Trainingseinheit unten im Fitnessraum.

Sie legte eine Hand auf den Oberschenkel und spannte den Muskel an. Es überraschte sie fast, dass er hart wurde, als hätte sie unterbewusst geglaubt, die in Gefangenschaft verbrachten Stunden hätten sie ihrer Fitness beraubt.

Der elliptische Tisch war eine Nachbildung eines skandinavischen Designermöbels: helles Holz, wie in schwedischen Regierungsbüros üblich – wahrscheinlich Birke.

Leitende Angestellte und Senior-Analysten hockten dicht an dicht daran.

Herman Murell setzte sich langsam. Am anderen Ende des Tisches saß Danielle Svensson, Leiterin der Anti-Terror-Einheit bei der Säpo und damit Fredrikas derzeit ranghöchste Vorgesetzte – sie übernahm die Leitung der Ermittlungen, wenn Vorkommnisse die Mitarbeiter des Personenschutzes betrafen.

Fredrika hatte Pierre Frimanson, den Generaldirektor der Säpo, noch nie im wirklichen Leben gesehen, aber sie erkannte ihn trotzdem – jeder wusste, wie er aussah. Er hatte eine Krankheit namens Alopezie – sie war nicht gefährlich, aber man verlor alle Haare, sogar die Augenbrauen und Wimpern, und viele Leute dachten, er müsste sich einer Chemotherapie oder einer ähnlich aggressiven medizinischen Behandlung unterziehen.

Neben Frimanson saß die Chefin des Verfassungsschutzes, die fast so jung wie Fredrika war, aber mit ihrer faltigen Stirn zehn Jahre älter aussah. Sie war ein politischer Shootingstar.

Der Nächste in der Reihe war der Direktor des Sondereinsatzkommandos, wo Fredrika selbst hinwollte. Seine Unterarme waren so muskulös, dass die Uhr an seinem Handgelenk wie ein Spielzeugarmband für Kinder wirkte.

Außerdem saß der Generaldirektor der FRA in der Runde.

Scheiße.

Fredrika hatte noch nie gehört, dass so viele Chefs aus verschiedenen Bereichen der schwedischen Polizeibehörde jemals in einem Raum versammelt gewesen wären.

Ihr Magen fühlte sich an wie ein harter Ball. Sie hatte nicht viel Zeit gehabt, sich mit der Situation vertraut zu machen und sich vorzubereiten, ganz zu schweigen von einer Nachbesprechung dessen, was sie letzte Nacht und in der Nacht davor erlebt hatte. Alles fühlte sich noch unwirklich an. Ob das Zeug, das sie ihr injiziert hatten, noch in ihrem Körper war?

»Fangen wir an«, sagte Murell mit absichtlich leiser Stimme, damit ihm alle ihre volle Aufmerksamkeit widmeten. »Wie Sie sehen, ist auch Fredrika Falck von der Säpo dabei. Ich kenne Fredrika gut. Sie war früher in meiner Einheit, ist aber seit drei Jahren beim Personenschutz. Fredrika war vor Ort und hat als Einzige von uns die Leute gesehen, die Basarto Henriksson entführt haben. Auch sie wurde später von der Bewegung festgehalten. Sie wird die Ermittlungslage für uns zusammenfassen.«

Er erwähnte nicht, dass dieselbe Organisation sie auch einer Scheinhinrichtung unterzogen hatte.

Murells Brille saß wie immer tief auf seiner Nase, und seine Stimme war derselbe dröhnende Bass wie immer – fast wie immer jedenfalls. Fredrika nahm noch etwas anderes wahr. Herman Murell war eine Legende bei der Polizei und hatte im Laufe der Jahre einige aufsehenerregende Einsätze in sozialen Brennpunkten geleitet. Aber sie kannte auch die Kehrseite seines Führungsstils. Die heikleren Aspekte.

Murell ließ sich nicht so leicht unter Druck setzen – doch in diesem Moment war es offensichtlich, dass er verdammt angespannt war.

Wahljahr. *Pulverfass.* Krise.

Fredrika holte tief Luft. Sie musste sich jetzt zusammenreißen.

»Die Auswertung unserer FR-Kameras zeigt, dass mehrere Personen, die mit der Bewegung in Verbindung stehen, in der Nähe des Tatorts waren, als die Rede gehalten wurde«, sagte sie. »Mitglieder der Bewegung waren auch an der Zerstörung der Absperrungen beteiligt. Wir haben gesehen, dass Akku-Winkelschleifer benutzt wurden. Wir glauben, dass die Bewegung über die nötigen Fähigkeiten und Ressourcen verfügt, und sie ist bekannt dafür, Entführungen als politisches Druckmittel einzusetzen. Aber es gab bisher keine Pressemitteilung, kein Video, kein Ultimatum, keine Forderungen, wie es sonst bei Aktionen der Bewegung üblich ist.«

Sie hielt inne. Alle schienen dasselbe zu denken – es hatte keinen Sinn, Forderungen zu stellen, wenn die Ministerin sowieso nicht mehr am Leben war.

»Wurde einer der Männer, die sie entführt haben, identifiziert?«, fragte Danielle Svensson.

Fredrika schüttelte den Kopf. »Die Gesichtserkennungskameras funktionieren nicht besonders gut, wenn sich jemand schnell bewegt. Und die Täter waren teilweise vermummt, zumindest der untere Teil des Gesichts. Aber die Bewegung hat in der Vergangenheit mehrfach Drohungen gegen die Ministerin ausgesprochen.«

Sie alle wussten, warum: EBH hatte *nicht* gegen das Gesetz über die Sonderzonen und den Beschluss über den Bau der Trennmauer gestimmt. Die Bewegung betrachtete sie als Mitläuferin.

Fredrika klickte auf einen Text, der daraufhin auf einem der Wandbildschirme erschien.

»Hier finden Sie eine Zusammenfassung der Informationen über die Ideologie der Bewegung.«

PEB – Politischer Einfluss der Bewegung. Website unserer politischen Abteilung, stand ganz oben.

»Sie alle kennen die sogenannten *Acht Forderungen*, das Manifest der Bewegung.«

Sie ließ den Versammelten etwas Zeit, um den Text zu überfliegen.

Die Bewegung ist eine Stadtguerilla im Sinne von Carlos Marighella. Wir haben klare und legitime politische Ziele. Wir sind die Freunde des kleinen Mannes. Wir richten uns nur gegen Großkonzerne, Klimaverräter und Politiker, die sich weigern, für eine bessere Welt zu arbeiten.

Im Hintergrund surrten die Lüftungsrohre an der Decke. Fredrika beobachtete, wie Murell die letzten Worte murmelte: *... nur gegen ... Politiker, die sich weigern, für eine bessere Welt zu arbeiten.*

»Wer ist Carlos Marighella?«, fragte Danielle Svensson.

»Besser gesagt: Wer *war* er«, antwortete Fredrika. »Ein brasilianischer Revolutionär, der das Konzept der Stadtguerilla erfunden hat.«

»Stadtguerilla?«

»So nennt die Bewegung ihren militärischen Arm. Als Terroristen bezeichnen sie sich selbst nur selten. Das ist wie bei den Leuten aus Östermalm, die stinkreich sind und sich nie als Oberschicht bezeichnen würden.«

Nur Herman Murell lachte – auch wenn es eher wie ein Husten klang. »Danke«, sagte er schließlich. »Noch Fragen?«

Sie wollten mehr wissen über die identifizierten Mitglieder der Bewegung, über den Schuss, der Niemi getroffen hatte, über das Auto, in dem die Ministerin weggebracht worden war und so weiter.

Fredrika entspannte sich. Sie hatte Antworten auf die meisten Fragen.

Die hohen Tiere waren gar nicht so gefährlich, wie sie befürchtet hatte, auch wenn im Augenblick auf allen Schultern der Ernst der Lage lastete.

»Dann wollen wir zum nächsten Punkt übergehen«, sagte Murell. »Und den übernehme ich selbst. Es geht um die Situation in der Sonderzone Järva. Wir sind uns ziemlich sicher, dass die Ministerin, tot oder lebendig, immer noch dort ist.«

Danielle Svensson beugte sich vor. Fredrikas Kollegen nannten sie manchmal »Brain Svensson«, und sie war zugegebenermaßen ein kluger und strategisch denkender Mensch. »Sollten wir nicht gleich zur Sache kommen?«

»Was meinen Sie damit?«, fragte Murell.

»Wir haben bereits umfassende Maßnahmen beschlossen. Aber wir sind uns doch einig, dass das nicht ausreicht, oder?«

Der Ventilator an der Decke surrte noch lauter.

Umfassende Maßnahmen: Die Einsatzkräfte konnten vorübergehend Sonderregelungen für Durchsuchungen, Hausdurchsuchungen und andere Zwangsmaßnahmen in einer Sonderzone in Kraft setzen. Ein Anfangsverdacht war nicht erforderlich, die Polizei konnte verhaften, wen sie wollte.

Murell äußerte sich nicht zu Svenssons Wutausbruch. Auch Pierre Frimanson sagte nichts.

»Die Ein- und Ausgänge der Zone sind blockiert«, fuhr Murell fort. »Einer ist gesprengt, der andere mit brennbarem Material verbarrikadiert. Es herrscht Chaos. Autos brennen, Geschäfte, Trafostationen, alles wird angegriffen. Selbst das Krankenhaus, Schulen und Kindergärten. Wir haben Berichte über Hunderte von sexuellen Übergriffen. Die Rettungskräfte haben praktisch keinen Zugang, da die Randalierer an vielen Stellen Straßensperren errichtet haben. Es wird geschätzt, dass mehr als zehntausend Menschen an schwerem Vandalismus, Ausschreitungen und so weiter beteiligt waren. Ob dies von der Bewegung, einer Bande oder den Dschihadisten organisiert wurde oder ob es sich um eine spontane Aktion handelte, ist derzeit nicht bekannt. Die Machtverhältnisse ändern sich in Järva so schnell, dass es schwierig ist, den aktuellen Entwicklungen zu folgen. Offen gesagt, wissen wir nicht einmal, welche Organisation welches Territorium gerade kontrolliert. Und vergessen Sie nicht: Es gibt dort mehr als zwanzigtausend Schusswaffen. In einigen Straßen liegen Leichen.«

Und auf dem Platz liegen Tote, die *wir* erschossen haben, dachte Fredrika.

»Außerdem«, fügte Murell hinzu, »haben wir die Polizeistation evakuiert.«

Fredrika konnte hören, wie einige ihrer Vorgesetzten nach Luft schnappten. Das hatte Murell vorhin nicht erwähnt.

»Ihr habt die Polizeistation evakuiert?«, wiederholte Danielle Svensson.

Murell nickte. Die Brille drohte ihm von der Nase zu fallen. »Ja, leider. Sie wurde angegriffen, und das nicht nur mit Schusswaffen und Molotowcocktails. Man hat eine Art Gaskanister an der Öffnung der Lüftungsanlage auf dem Dach angebracht. Mehrere Polizisten kämpfen derzeit um ihr Leben. Sie haben schwere Atembeschwerden. Wir vermuten Sarin. Das gesamte Personal wurde heute Morgen mit dem Hubschrauber evakuiert.«

Im Raum herrschte absolute Stille.

Das Personal auszufliegen – das war das Extremste, was Fredrika je gehört hatte. Gleichzeitig war sie froh, dass die Ausgänge der Zone unpassierbar waren – wenn sie mit Sarin angriffen, mussten sie vom übrigen Stockholm ferngehalten werden.

Murell räusperte sich. »Im Moment ist es also nicht möglich, mit größeren Einheiten einzudringen. Die unglückliche Schießerei auf dem Platz hat die Menschen dort nicht nur erschreckt, sondern in Aufruhr versetzt. In der Tat halten wir es im Moment für unmöglich, überhaupt mit mehrköpfigen Trupps reinzugehen. Eine Hubschrauberlandung wäre zwar möglich, würde aber zu viel Aufmerksamkeit erregen und als Provokation empfunden werden. Es ist eine heikle Situation: Wir müssen EBH finden, aber wir wollen die Situation in der Zone nicht verschlimmern. Die Unruhen könnten weiter eskalieren, und zwar auf eine Art und Weise, die für ganz Stockholm, für ganz Schweden gefährlich werden könnte.«

Der Ventilator dröhnte.

»Wir haben noch ein paar Männer von der Spezialeinheit drin«, fuhr Murell fort. »Aber die können sich nicht aus der Deckung wagen. Die Wut auf die Polizei ist dort im Augenblick enorm. Außerdem besteht die Gefahr, dass die Entführer unüberlegt handeln und EBH etwas antun, und das wollen wir unter allen Umständen vermeiden.« Er sah sich um. »Wenn sie es nicht schon getan haben.«

Die versammelten Entscheidungsträger rutschten auf ihren Sitzen hin und her. Starrten die Wand an.

Alle außer Svensson. »Das ist inakzeptabel«, sagte sie mit beinahe schriller Stimme.

Der Leiterin der Anti-Terror-Einheit sah sich um und ließ den Blick auf jedem Kollegen ruhen – besonders lange auf ihrem Vorgesetzten Frimanson. »Wir ziehen den Schwanz ein, obwohl wir eigentlich entschlossen handeln sollten.«

»Wir handeln entschlossen«, sagte Murell.

»Aber wir können nicht in die Zone.«

»Das stimmt.«

»Dann sind alle Maßnahmen sinnlos.«

Wieder Stille.

Svensson – Fredrikas Vorgesetzte – hatte unbestreitbar recht.

»Ich habe einen Vorschlag«, sagte Svensson.

Neugierige Blicke waren die Folge.

»Ich habe mich heute Morgen mit den Streitkräften in Verbindung gesetzt. Es ist technisch möglich, unsere C3-Drohnen umzurüsten.«

»Und wozu brauchen wir die?« Murells Stimme klang noch rauer als zuvor.

Svensson holte tief Luft. »Wir werden die Mitglieder der Bewegung einen nach dem anderen ausschalten, wenn sie EBH nicht freilassen.«

Die auf Svensson gerichteten Blicke waren nicht mehr neugierig, sondern schockiert. Doch Frimanson nickte: Der Chef der Säpo war einverstanden. Dennoch stellte er trocken fest: »Allerdings kennen wir nur die Identität weniger. Das wird ein Ratespiel.«

Schweigen.

»Wir setzen die Drohnen natürlich inoffiziell ein«, sagte Svensson. »Offiziell gehören sie zur Terrorismusbekämpfung.«

Die grauen Zellen der Anwesenden arbeiteten hart. Kluge graue Zellen, strategisch bestens geschult.

Als Murell wieder sprach, war seine Stimme so rau, dass man ihn kaum verstehen konnte.

»Für die Zone sind die dafür zuständigen Einsatzkräfte verantwortlich.«

»Herman«, seufzte Svensson. »Was wollen Sie auf der Pressekonferenz sagen? Dass Sie sich für einen Großeinsatz entschieden haben, dass aber keine Beamten in die Zone hineinkönnen? Dass Sie jeden ausgeflogen haben, der nach der Ministerin suchen könnte?«

Krise. Wahljahr.

Unkonventionelle Methoden.

Die beiden Chefs starrten sich an.

Der Direktor des Sondereinsatzkommandos wirkte verlegen.

Der Chef des Verfassungsschutzes senkte den Blick.

Pierre Frimanson sah aus, als müsse er sich übergeben – Fredrika fragte sich, was zum Teufel hier los war. Er war Svenssons Chef, eigentlich hätte er jetzt etwas sagen müssen.

Svenssons Augen waren gerötet – hatte sie vor diesem Meeting geweint? Wobei, dachte Fredrika, vielleicht waren sie immer etwas gerötet, und bei Danielle Svenssons extrem heller Haut fiel jede noch so kleine Farbveränderung sofort auf.

»Das reicht«, sagte Murell. »Ich habe bereits erklärt, wer die polizeilichen Entscheidungen auf dem Boden der Sonderzone trifft, oder in diesem Fall auch in der Luft darüber. Und das ist nicht die Säpo, sondern das bin ich.«

Der Ventilator brummte laut, brüllte geradezu.

Alle warteten darauf, was Frimanson sagen würde – aber der Chef der Säpo schwieg.

Da wandte sich Danielle Svensson plötzlich an Fredrika. »Dann möchte ich Fredrika Falck bitten, ihre Version der Ereignisse von gestern und heute Nacht zu schildern.«

Was führte Svensson im Schilde? Ein Verhör war hier kaum angebracht, nicht vor den Augen aller Chefs.

»Ich habe einen Bericht darüber geschrieben«, sagte Fredrika.

Svensson presste die Lippen aufeinander. »Ja, aber ich möchte dir ein paar Fragen stellen. Bitte erkläre genau, was passiert ist.«

Weder Murell noch sonst jemand widersprach.

Ihr blieb nichts anderes übrig, als mit der Schilderung anzufangen.

Als Fredrika verstummte, war Svenssons Blick stechend wie ein Angelhaken.

»Gehen wir das ruhig noch einmal durch«, sagte Murell.

»Wie haben sie dich in der Nacht aus der Zone gebracht?«, fragte Svensson.

»Ich weiß es leider nicht. Ich war nicht ganz bei mir.«

»Aber nicht durch einen der offiziellen Ausgänge, oder?«

»Ich glaube nicht. Ich habe keine Stimmen oder andere Geräusche gehört, die auf die Nähe eines Ausgangs hätten schließen lassen, soweit ich mich erinnern kann«, sagte Fredrika.

»Welche Fragen hat die Person gestellt, die sich A nannte?«

»Wie gesagt, ich kann mich leider nicht erinnern. Sie haben mir eine Spritze gegeben. Ich weiß noch, dass irgendwann die Worte *Infektion* und *Maulwurf* gefallen sind. Aber das habe ich in meinem Bericht erwähnt.«

»Infektion und Maulwurf? Was hat das zu bedeuten?«

»Ich weiß es leider nicht, ich war zu benommen.«

»Wenn du dich schon nicht an die Fragen erinnerst, die sie dir gestellt haben, dann vielleicht an deine Antworten?«

»Ich erinnere mich kaum an Einzelheiten.«

»Bist du sicher?«

Fredrika blickte zu ihrer Chefin. Dachte Svensson, dass sie log?

»Bedauerlicherweise erinnere ich mich sowohl an die Fragen, die mir gestellt wurden, als auch an meine Antworten nur bruchstückhaft.«

Sie fühlte sich wie die größte Idiotin der Polizeigeschichte.

»Lassen wir das. Dann möchte ich dich bitten, die Ereignisse noch einmal zu schildern, von dem Moment an, als der Tumult ausbrach.«

Fredrika wiederholte alles. Einige Chefs machten sich Notizen. Es war so peinlich. Sie warf Murell einen Blick zu, aber der unternahm nichts. Niemand fragte nach der Scheinhinrichtung.

»Warum hast du deine Waffe nicht auf dem Podium entsichert, als der Schuh die Ministerin traf?«, fragte Svensson.

»Ich dachte an Paragraph 17, vierter Absatz: *Aufgrund der Gefahr des unbeabsichtigten Auslösens der Waffe darf der Finger nur dann auf den Abzug gelegt und der Hahn der Pistole nur dann gespannt werden, wenn ein Schuss als unmittelbar bevorstehend angesehen wird.«*

»Deine Vorschriften kennst du anscheinend. Aber bist du

denn nicht zu dem Schluss gekommen, dass ein Schuss unmittelbar bevorstehen könnte, als dein Kollege Niemi angeschossen wurde?«

»Zu diesem Schluss bin ich nicht gekommen.«

Svensson behandelte sie, als wäre sie die Verbrecherin.

»Du hast gesehen, dass die Absperrung durchbrochen wurde, nicht wahr?«

»Ja.«

»Als es den Leuten gelang, die Absperrung zu durchbrechen, hast du da deine Waffe gezogen?«

»Nein. Ich dachte, ich müsste Basarto Henriksson zum gepanzerten Fahrzeug bringen.«

»Als die Menge auf die Bühne stürmte, hast du da die Waffe entsichert?«

»Nein, das Ausmaß des Aufruhrs war mir zunächst nicht klar.«

»Aber du hast gesehen, wie die Absperrung fiel.«

»Ja, aber ich hatte keine Zeit.«

»Du hattest keine Zeit?«

»Es ging alles so schnell, und ich habe mich darauf konzentriert, die Ministerin außer Gefahr zu bringen.«

»Aber schließlich hast du Basarto Henriksson verloren, nicht wahr?«

»Ja, leider wurde sie uns entrissen. Es waren zu viele, und Niemi war verletzt.«

»Hast du da deine Waffe entsichert?«

»Nein, ich habe versucht, zur Ministerin zu gelangen. Ich bin von der Bühne gesprungen.«

»Hast du dann deine Waffe entsichert?«

Fredrika holte tief Luft. »Darauf habe ich unter Berücksichtigung des Paragraphen 19 der Allgemeinen Richtlinien sowie in Übereinstimmung mit dem Gesetz von 1969 verzichtet, da zu viele Zivilisten in der Schusslinie waren.«

»Hast du das in diesem Augenblick wirklich gedacht?«

»Ja, warum?«

»Hast du in dieser Situation angefangen, Gesetze und Vorschriften auszulegen?«

Fredrika verstummte. Hatte Brain Svensson sie irgendwie ausgetrickst? Die Anwesenden starrten sie an.

»Regeln sind wichtig. Oder etwa nicht?«

Sie merkte, dass sie wieder einen Fehler gemacht hatte.

Svensson schaute ihr in die Augen. »Hier stellen immer noch wir die Fragen, oder?«

»Natürlich.«

»Gut. Du bist auf dem Boden gelandet?«

»Genau.«

»Und hast versucht, zur Ministerin zu gelangen?«

»Ja.«

»Und dabei hast du die Dienstwaffe gehoben?«

»Ja.«

»Und welche Befehle hat dir der Einsatzleiter gegeben?«

»Er gab viele unterschiedliche Befehle. Es war eine chaotische Situation.«

Svensson hielt kurz inne, bevor sie fortfuhr. »Du weißt schon, welche Befehle ich meine. Hat er dir gesagt, du sollst von der Dienstwaffe Gebrauch machen oder nicht?«

»Er hat mir gesagt, ich soll Warnschüsse abgeben.«

»Aber das hast du nicht getan.«

»Nein. Das ging nicht.«

»Warum nicht?«

»Meine Beurteilung der Lage hatte sich nicht geändert.«

»Bist du zur Ministerin gelangt?«

»Nein.«

»Aber wenn du geschossen hättest, hättest du sie vielleicht erreichen und etwas unternehmen können, oder?«

Schweigen.

Blicke.

Fredrika schluckte. Sie balancierte am Rande eines Abgrunds.

»Schließlich hast du sie doch erreicht, richtig?«

»Ja.«

»Weil unsere Scharfschützen auf die Leute geschossen haben, die dir im Weg waren. Stimmt's?«

Das war definitiv eine Falle.

»Es war ihre Entscheidung zu schießen.«

Svenssons Stimme klang schärfer und eine Oktave höher. »Nein. Sie *mussten* schießen. Weil *du* die Befehle missachtet hast. Weil *du* nicht geschossen hast. Nicht wahr?«

Fredrikas Kopf drohte zu explodieren. Svenssons Blick durchbohrte sie.

Sie gaben ihr die Schuld. Nicht nur für die Entführung der Ministerin, sondern für alles, was jetzt gerade passierte, für den Tumult auf dem Platz, die Unruhen.

»Ich habe dir eine Frage gestellt«, wiederholte Svensson.

»Danielle, ich glaube nicht, dass es eine richtige Antwort darauf gibt«, unterbrach sie Murell.

Svenssons Gesicht wurde noch röter, als es ohnehin schon war – sie warf Frimanson einen Blick zu, doch der Säpo-Chef schwieg.

»Hat noch jemand eine Frage an Fredrika?«, wollte Herman Murell wissen.

Alle packten ihre Sachen zusammen. Die Sitzung war beendet.

Sie fühlte sich wie ein ausgewrungener Lappen und hätte Danielle Svensson am liebsten eine dicke Ohrfeige verpasst. Es war alles so demütigend. Für solche Befragungen war die Sonderermittlungsabteilung zuständig, und ganz sicher fand sie nicht vor mehreren Vorgesetzten statt.

Sie musste nach Hause gehen und schlafen, ihr Gesicht in Tacos Fell vergraben und die ganze Scheiße vergessen. Sie würden eine interne Untersuchung gegen sie einleiten, dessen war sie sich jetzt sicher.

Gleichzeitig hatte sie die Verantwortung gehabt. Es war ihre Pflicht gewesen, Eva Basarto Henriksson zu beschützen. Und man lässt die Person, für die man verantwortlich ist, nicht im Stich.

Murell schaute auf sein Handy und begann zu husten.

Frimanson klappte seinen Laptop zu.

Svensson stand ruckartig auf.

»Moment mal«, sagte Murell.

Er hustete weiter.

Alle hielten inne und warteten, bis er fertig war.

Murell räusperte sich. »Ich habe eine Idee.«

Plötzlich war es still im Raum. Sogar der Ventilator schwieg.

»Warum sagen Sie das erst jetzt?«, fragte Svensson.

Herman Murell lächelte. »Weil ich erst jetzt erfahren habe, dass wir eine Person vor Ort haben. Und …« Er wurde von einem erneuten Hustenanfall geschüttelt. »Weil meine Idee den Einsatz *unkonventioneller Methoden* erfordert.«

Danielle Svensson presste die Lippen so kräftig aufeinander, dass sie unsichtbar wurden.

»Eine Sache noch«, sagte Murell und sah Fredrika an. »Fredrika, wie wär's, wenn du die Verantwortung für die Ausführung meiner Idee übernimmst? Unter Svenssons Aufsicht natürlich.«

12

Auf den Ledergriffen der Kleiderschränke stand Fendi. Nova hatte ihre Wohnung mit Möbeln von Givenchy, Lampen von Kenzo und einem Parkettboden mit Dior-Monogrammen in den Fliesen verschönert. Ihre Follower waren begeistert von dem LVMH-Dekor – mehr als zweihunderttausend Kommentare hatte sie erhalten, die Leute waren besessen von diesem Wahnsinn.

Einst hatte sie gedacht, sie könne nur eines: sich schminken. So hatte es angefangen: Sie schminkte sich, filmte sich dabei mit ihrem Handy und schaute sich die Videos später im Bett an, um herauszufinden, was sie besser machen konnte.

Eines Tages stellte sie ein Schminkvideo ins Internet. Sie bekam nicht viele Aufrufe und nur vier Kommentare – aber diese vier Kommentare waren wie fröhliche Grüße vom Schulhof, wie kurze, vertrauliche Textnachrichten von der besten Freundin, wie ein Klaps auf die Schulter von einem guten Kumpel.

Von diesem Tag an wollte sie mehr. Ihre Follower ließen sie aufblühen. Sie waren ihre Freunde, sie machten sie zu jemandem. Vor der Kamera war sie nicht die stille, unbeholfene, einsame Person. Vor der Kamera war sie Novalife.

Am Anfang hatte sie alle Kommentare gelesen und auch geantwortet, in ihren Videos direkt mit den Followern gesprochen. Die Angst verschwand, wenn sie vor der Kamera stand, sie brauchte keine Kopfschmerztabletten mehr, sie ging sogar zur Schule und hielt ihre Referate mit einer Energie, die sie nicht für möglich gehalten hätte.

Die ersten Jahre waren sorglos gewesen, spontan. Sie liebte ihre Follower, und ihre Follower liebten sie. Nova war zunächst aus eigener Kraft und später mit Jonas' Hilfe bekannt geworden. Sie war nicht nur die verrückte Influencerin gewesen, sondern auch die Ehrliche – die Echte, die Aufrichtige. Aber die Konkurrenz war ganz allgemein und durch Brainy im Speziellen größer geworden. In den letzten Jahren war sie immer weiter gegangen, hatte Grenzen überschritten. Sie hatte eine gnadenlose Diät gemacht, bis sie zur Reha musste, hatte alle möglichen Arten von Sex und zwei Abtreibungen gehabt, sie hatte Dutzende von B- und C-Promis gemobbt, sie war mit vielen Idioten ausgegangen, die auf Shoken gut aussahen, sowohl von vorne als auch im Profil, sie hatte ihre Eltern bloßgestellt, geweint und einen psychotischen Zusammenbruch erlitten, mit ihren Followern über zutiefst private Dinge gesprochen und sich so über Dutzende andere Influencer lustig gemacht, dass einige versucht hatten, sich das Leben zu nehmen. Sie hatte ihren Namen geändert, sich so sehr betrunken, dass ihr in der Notaufnahme der Magen ausgepumpt werden musste, ihren Namen erneut geändert und so viel Schokolade gegessen, dass sie zwanzig Prozent an Gewicht zugenommen hatte. Alles war gefilmt worden, sogar die Abtreibungen, und alles wurde auf ihren Kanälen veröffentlicht. Außerdem kannte Jonas eine Menge clevere Steuertricks, sodass sie vieles quasi umsonst bekam, Gegenstände, Renovierungsarbeiten, Reisen, ohne dem Staat auch nur einen Cent zu geben. Und, was vielleicht noch wichtiger war: Er hatte ihr Hunderttausende falsche Follower besorgt, die so echt wirkten, dass sie fast versucht war, ihnen ebenfalls zu folgen.

Und was hatte sie jetzt?

Bestimmt keine zwei Millionen Kronen.

Sie wollte sich übergeben, um nachzusehen, ob noch etwas in ihr war. Um nachzusehen, ob sie ein echter Mensch war oder nur ein Bot. Drei oder vier Tabletten hätten für den Abend gereicht – aber sie hatte ja dreiundzwanzig dabeihaben müssen.

Aber vielleicht gab es einen Ausweg. Sie öffnete den Garderobenschrank und ließ ihr Auge vom Sensor des Tresors aus dreißig

Zentimetern Entfernung scannen. Es machte klick, als der Safe sie erkannte – Döttling: der sicherste Tresor der Welt.

Sie hatte ihrem Team erzählt, sie brauche ihn, weil ihre Versicherung von ihr verlange, ihren Schmuck sicher aufzubewahren. In dem – von niemandem gesponserten, sondern vom eigenen Geld gekauften – Tresor befanden sich ihre Geheimnisse: Rolex, Audemars Piguet und die anderen Uhren, dazu ein paar Ketten von Tiffany und Cartier. Das alles hatte sie eigenhändig entwendet – sie war gut darin, reiche Idioten zu beklauen. Es war ihr ganz eigener Guerillakampf gegen die Konsumgesellschaft. Ihr Widerstand gegen das System, deren Galionsfigur sie selbst war.

In diesem Moment klingelte das Handy.

Guzmáns Stimme. »Nur damit du es weißt: Ich will das Geld morgen.«

Er war wirklich krank im Kopf. »Das ist unmöglich.«

»Für dich ist doch nichts unmöglich, oder?«

Nova beendete das Gespräch. Sie konnte nicht glauben, dass dieses Bullenschwein sie einfach so angehalten hatte. Es war, als hätte er gewusst, wonach er suchen musste. Als hätte jemand bei der Shoken-Verleihung oder auf der Afterparty die Tabletten bemerkt und sie verpfiffen. Hatte Jonas etwas gesehen? Oder Simon Holmberg?

Sie musste herausfinden, wie Guzmán wirklich hieß, aber wie?

Sie nahm die Patek Philippe aus der Handtasche und legte sie in den Safe. Es war der wertvollste Gegenstand, den sie je stibitzt hatte. Erstaunlicherweise hatte Guzmán nicht auf die Uhr reagiert. Na ja, wahrscheinlich hatte er gedacht, es wäre ihre. Armbanduhren waren ja nicht per se illegal.

Und deshalb konnte man Armbanduhren auch verkaufen.

13

Die Tür öffnete sich, zwei Frauen traten ein. Aufrechte Haltung, fester Schritt. Echte Polizistinnen.

Die eine war sichtlich gut in Form und hatte das mittelblonde Haar zu einem so strammen Pferdeschwanz gebunden, dass sich ihre Stirnhaut spannte. Sie stellte sich als Fredrika vor.

Die andere hatte schlohweißes Haar und trug ein graues Kostüm, das zehnmal billiger wirkte als Nikbins Anzug – sie reichte ihm nicht die Hand. »Danielle Svensson, Leiterin der Anti-Terror-Einheit, Sicherheitsdienst«, sagte sie nur knapp. Emir hatte das Gefühl, dass das tatsächlich ihr richtiger Name war, obwohl er aus den Augenwinkeln sehen konnte, wie Nikbins Mundwinkel zuckte.

Der Anwalt stieß ein kurzes Pfeifen aus. »Hoher Besuch, wie ich sehe. Danielle, erinnern Sie sich an den Globe-Fall? Ich musste während Ihrer Aussage so dringend aufs Klo, dass ich gar nicht zugehört habe. Daher hatte ich auch keine Fragen, als ich mit dem Kreuzverhör an der Reihe war. Nett von mir, oder?«

Keine der Polizistinnen lachte.

Svensson gab ihnen mit einem Wink zu verstehen, dass sie sich setzen sollten.

»Bevor wir beginnen«, sagte Nikbin jetzt mit ernster Stimme, »möchte ich Sie bitten, meinem Mandanten die Handschellen abzunehmen. Ich weiß, dass er gestern Abend einen kleinen Spaziergang gemacht hat, aber wie Sie wissen, leidet er an Nierenversagen. Und sollte er wieder auf den Gedanken kommen, sich verdrücken zu wollen, wird man ihn hier unten sowieso sofort finden. Es macht keinen Spaß, in eurem Wohnzimmer Verstecken zu spielen.«

Die Mienen auf der anderen Seite: immer noch so starr und eisig wie gefrorener Amphetaminbrei.

Doch die Polizistin, die sich als Fredrika vorgestellt hatte, beugte sich vor und löste Emirs Handschellen. Er widerstand dem Reflex, sich auf diese Schweine zu stürzen, ihnen die Nase zu brechen, ihre Schädel zu zertrümmern. *Baba Ganoush* aus ihren dummen weißen Gesichtern zu machen.

»Weißt du, was gestern in Järva passiert ist?«

Emir spuckte auf den Tisch. »Ich rede nicht mit euch.«

»Ich verstehe deinen Ärger und deinen Frust«, sagte Fredrika mit geheuchelter Freundlichkeit. »Aber soweit ich weiß, hattest du die Waffe in der Hand.«

Emir sah ihr in die Augen.

Die Beamtin fuhr fort. »Das sind die größten Unruhen und Ausschreitungen, die wir je erlebt haben. Die Lage ist momentan sehr chaotisch.«

Er starrte sie weiter an, während seine Kopfschmerzen immer stärker wurden.

»Du kommst aus Järva, oder?«

Emir atmete durch die Nase.

»Du willst also nicht reden. Und wenn ich dir sage, dass die schwedische Innenministerin entführt wurde? In deiner Sonderzone?«

Stille. Svensson saß schräg hinter Fredrika und starrte ihn mit geröteten Augen an.

Emir hatte mit all dem nichts zu tun. Die Bullen verwechselten ihn mit einem anderen, wahrscheinlich hatten sie einen Hitzschlag. Aber irgendwie beunruhigte es ihn doch: Eine Ministerin, die in seiner Hood entführt worden war – das bedeutete schlechtes Karma.

Diese Fredrika quatschte weiter von einem Zwischenfall während einer Rede auf dem Järva-Platz, dass ihr Kollege angeschossen und die Ministerin von der Menge davongezerrt worden war, dass die Scharfschützen das Feuer eröffnet hatten und niemand wirklich wusste, was danach geschehen war.

Als sie fertig war, beugte sie sich über den Tisch. Ihre Stirn war nur wenige Zentimeter von Emirs Gesicht entfernt. »Was hältst du von Eva Basarto Henriksson?«

»Warum willst du das wissen?« Sofort bereute Emir, etwas gesagt zu haben.

»Dazu komme ich noch. Beantworte einfach meine Frage.«

»Politik ist mir scheißegal.«

Die Polizistin lehnte sich wieder zurück. »Ich verstehe. Damit bist du ganz sicher nicht allein.«

Irgendetwas stimmte hier nicht. Emir erkannte an ihren Bewegungen, wie nervös die Bullen waren. Sie wollten etwas von ihm.

Sein Anwalt schaltete sich ein. »Wird das ein Verhör, oder was wollen Sie eigentlich von ihm?«

Für einen kurzen Moment dachte Emir, die Polizistin oder ihre Chefin würden ausflippen. »Wir wollen uns nur ganz normal mit Ihrem Mandanten unterhalten«, sagte Fredrika stattdessen mit ruhiger Stimme und wandte sich wieder direkt an Emir. »Ist das in Ordnung?«

Emir sah Nikbin an, der wiederum Svensson ansah. »So etwas wie ein *normales Gespräch* zwischen einem Polizisten und einem Verdächtigen gibt es nicht«, sagte er. »Im schwedischen Recht wird eine solche Situation nicht berücksichtigt. Wenn das hier ein Verhör ist, müssen wir uns an die dafür geltenden Regeln halten. Sie müssen uns mitteilen, was meinem Mandanten zur Last gelegt wird, alles muss aufgezeichnet werden und so weiter. Oder das hier ist gar nichts, und dann will ich wissen, wieso mein Mandant noch hier ist.«

»Wir hätten Sie gar nicht herbitten müssen, Payam. Aber wir haben es aus Höflichkeit Ihrem Klienten gegenüber getan«, sagte Fredrika.

Nikbin erhob sich und winkte Emir zu sich. »Dann wird es Zeit, meinen Mandanten wieder in seine Zelle zurückzubringen.«

Svensson erhob sich. Trat einen Schritt vor. Ihre Hände zitterten wie die einer verdammten Tablettensüchtigen.

»Nein, warten Sie.«

In Emirs Kopf setzte ein Blitzgewitter ein – die verfluchten Schmerzen durften nicht ausgerechnet jetzt anfangen. Nikbin hatte sie ebenso durchschaut wie Emir, denn er stellte sich noch tougher als sonst.

»Okay, wir hören uns an, was Sie zu sagen haben. Aber wenn Sie meinem Klienten gegenüber auch nur den kleinsten Verdacht äußern, brechen wir das Ganze ab«, sagte er.

Das weiche Sitzpolster des Stuhls wölbte sich leicht, als Emir sich zurücklehnte.

»Danke«, sagte Svensson sichtlich erleichtert.

Fredrika beugte sich wieder zu Emir. »Niemand hat sich dazu bekannt, weder wurde ein Ultimatum gestellt noch Forderungen erhoben, aber es wurde auch keine Leiche gefunden. Wir gehen also davon aus, dass die Ministerin noch lebt. Das Ganze ist natürlich eine menschliche Tragödie für Eva Basarto Henriksson. Sie hat eine Familie, sie hat Kinder. Ihre Mutter wurde entführt. Werden sie sie jemals wiedersehen?«

»Was wollt ihr eigentlich?«

»Es ist folgendermaßen: Emir, wir möchten, dass du in die Sonderzone Järva gehst und herausfindest, wo sich die schwedische Innenministerin Eva Basarto Henriksson aufhält«, sagte Fredrika.

Nikbin starrte die Polizistin mit großen Augen an. »So etwas habe ich ja noch nie gehört«, begann er.

»Einen Augenblick«, unterbrach ihn Fredrika, ohne den Anwalt anzusehen. »Emir, wenn du Erfolg hast, wird es keine Anklage und keinen Prozess gegen dich geben. Wir stellen die Ermittlungen ein, und du musst auch nicht lebenslänglich ins Gefängnis. Verstehst du das? Wenn du uns hilfst, die Innenministerin zu finden, bist du ein freier Mann.«

Emir verstand.

Die Kopfschmerzen hörten plötzlich auf. Es schien, als hätte sein Gehirn einen Sprung gemacht. »Wegen euch habe ich Isak angeschossen ...«

»Das ist kein verdammtes Spiel«, unterbrach ihn Fredrika. »Es ist nicht unsere Schuld, dass du auf deinen Freund geschossen hast. Das Leben einer schwedischen Ministerin steht auf dem Spiel. Wir erwarten deine Antwort innerhalb der nächsten Stunde.«

Die Polizistinnen standen auf und rückten die Stühle zurecht.

Doch dann drehte sich Svensson noch einmal um. Ihr billiges Kostüm raschelte. »Eine Sache noch«, sagte sie.

»Was?«

»Wenn du uns hilfst, helfen wir auch deinem Freund Isak. Man weiß ja nie, was so alles passiert ...«

Es war die abartigste Drohung, die Emir je gehört hatte.

Die Polizistin mit dem Pferdeschwanz schien zu erröten.

14

Fredrika saß in einem Zimmer am Ende des Flurs. Danielle Svensson war bereits gegangen: Sie hatte »keine Zeit, auf die Antwort dieses Idioten zu warten«, wie sie es ausgedrückt hatte.

Eigentlich hätte Fredrika nach Hause gehen, duschen und sich umziehen sollen. Sie wohnte nicht ohne Grund hier in der Nähe, auf Kungsholmen: Der Job bedeutete ihr alles. Aber dafür war jetzt keine Zeit mehr.

Das Ganze war Herman Murells Idee gewesen, und obwohl Svensson es nicht laut ausgesprochen hatte, war klar, dass sie sowohl gegen den Plan als solchen als auch gegen die Art und

Weise war, wie Fredrika mit Emir und seinem Anwalt gesprochen hatte.

Aber die Idee war, dass Fredrika Emir Lund briefen sollte, wenn er das Angebot annahm, weil sie am meisten über die Täter und die Bewegung wusste. »Und weil ich dir hundertprozentig vertraue«, fügte Murell hinzu.

Im Moment leitete er die Ermittlungen, also musste sich Svensson fügen. So wie Fredrika sich einst Murell gebeugt hatte.

Sie erinnerte sich. Sie nannte den Vorfall den Ian-Vorfall.

Ian und sie waren im selben Jahr an der PHS gewesen. Er war ein hervorragender Student gewesen. Er hatte einen fast so guten Abschluss wie sie selbst gemacht, mit nahezu perfekten Testergebnissen. Während des Studiums hatten sie viel Zeit miteinander verbracht, waren in derselben Clique angehender Polizisten gewesen. Aber als sie derselben Einheit der für die Sonderzone zuständigen Einsatzkräfte zugeteilt wurden, hatte er sich verändert, auch wenn sie nicht glaubte, dass Ian es selbst auch so gesehen hätte.

Die Veränderung hatte sich zuerst an seiner Sprache gezeigt. Die syrischen Migranten wurden zu »sogenannten Flüchtlingen«, die Vorstädte zum »Dschungel«, und die bettelnden Roma nannte Ian »diese kleinen Tiere«. Einige seiner Kollegen lachten, aber die meisten sagten nichts.

Sie hatten viele Kurse über rechtsstaatliche Werte und so weiter besucht. Fredrika gefiel es nicht, wenn Kollegen so redeten – sie untergruben das Vertrauen in die Polizei als solche. Aber solange aus Worten keine Taten wurden, hatte sie nichts dagegen tun können.

Ians Äußerungen – vorausgesetzt, es waren nur schwedische Kollegen anwesend – wurden immer ausfallender: Man müsse sich um die »Paviane« kümmern, die Polizeihunde würden

»afrikanisches Fleisch« nicht mögen, oder er frage sich, wann die »Soros-Leute« die Mietshäuser verkaufen würden. Er tat nichts, machte nur unpassende Bemerkungen. Und Fredrika schwieg.

Bis zu dem Vorfall.

Sie und Ian waren von der Leitstelle zu einer Wohnung in Järva gerufen worden, weil ein Nachbar Verdacht auf häusliche Gewalt beim Notruf gemeldet hatte. »Einer, der Frauen schlägt«, sagte Ian, »ist wahrscheinlich aus dem Nahen Osten.« Schreie und Schläge, Weinen und Fluchen, Kinder, die in ihrer Muttersprache beten.

Bei ihrem Eintreffen stellten sie fest, dass der Verdächtige unter Drogeneinfluss stand, ansonsten aber ruhig war. Er war allein im Wohnzimmer der Familienwohnung, seine Frau und die Kinder waren bei einer Nachbarin. Fredrika und Ian mussten beide Eheleute befragen, weshalb Fredrika zur Nachbarin ging. Ian sollte sich währenddessen mit dem Verdächtigen unterhalten.

Zehn Minuten später hatte Fredrika die Befragung beendet, die Frau war nicht sehr gesprächig gewesen und hatte auch keine Gewaltanwendung zu melden. Als Fredrika in die Wohnung zurückkam, hatte sich die Situation dort jedoch drastisch verändert.

Ian drückte dem auf dem Boden liegenden Mann das Knie in den oberen Rücken: Es war der sogenannte Osmo-Vallo-Griff, der vor vielen Jahren nach einem Gerichtsverfahren in den Polizeirichtlinien ausdrücklich verboten worden war – niemand wollte einen George-Floyd-Skandal heraufbeschwören. Ian wusste das genauso gut wie jeder andere Polizist. Trotzdem hörte er nicht auf, als Fredrika das Wohnzimmer betrat.

Die Hände des Mannes waren auf dem Rücken gefesselt.

»Was ist hier los?«

»Das siehst du doch, oder?«, sagte Ian.

Sie sah, wie er sein Knie noch fester in den Rücken des röchelnden Mannes drückte.

»Geh runter von ihm.«

Ian schielte zu ihr herüber. Der Mann versuchte etwas zu sagen.

Fredrika trat einen Schritt näher. »Runter von ihm, hab ich gesagt.«

Ian schnaubte. Sekunden vergingen. Der Mann keuchte.

Fredrika machte noch einen Schritt auf ihn zu.

Ian ließ von dem Mann ab.

Am nächsten Tag zeigte Fredrika ihn wegen Verletzung der Dienstpflicht an.

Ein paar Stunden später hatte Herman Murell angerufen.

»Wir müssen über deine Anzeige sprechen«, hatte er gesagt. »Sofort.«

Fredrika hatte sich über Emir Lund informiert.

Sein Vorstrafenregister wies insgesamt elf Verurteilungen auf, drei wegen schwerer und acht wegen weniger schwerer Delikte. In den übrigen Akten stand das, was bei jedem Vorstadtkind zu lesen war, das auf die schiefe Bahn geraten war: Anzeigen wegen Ruhestörung und Ermittlungen des Sozialamts, zahlreiche Verdächtigungen, die nie zu einer Anklage oder Strafverfolgung geführt hatten, Beschlagnahmung von teuren Uhren und Designerklamotten, obwohl er keine Steuern zahlte, Anzeichen von Drogenabhängigkeit, sozialer Umgang mit anderen jungen Männern in genau der gleichen Situation. Doch eines stach heraus: Emir Lund war einige Jahre lang einer der erfolgreichsten schwedischen MMA-Kämpfer in seiner Gewichtsklasse gewesen, ungeschlagen und mit neun K.o.-Siegen auf dem Konto. Seinen letzten Kampf gegen Yuri »die Bestie« Donetsk hatte er verloren, danach hatte er keine Wettkämpfe mehr bestritten und schien sich aus dem Sport zurückgezogen zu haben. Offenbar war er in sein altes Leben zurückgekehrt: Nach einem tätlichen Angriff war er zu einem Jahr Gefängnis verurteilt worden, er gehörte wieder zu den üblichen Verdächtigen, schien seinen Lebensunterhalt als Schuldeneintreiber und Erpresser zu verdienen. Er wurde als BOP eingestuft. Fredrika fragte sich, was bei dem letzten Kampf, an dem er teilgenommen hatte, passiert war. Warum hatte eine einzige Niederlage ihn dazu gebracht, alles aufzugeben? Warum hatte eine einzige Niederlage dafür gesorgt, dass Emir Lund wieder kriminell geworden war?

Er stammte aus Järva. Er hatte sein ganzes Leben in Järva verbracht.

Offensichtlich gab es einen Zusammenhang. Aber war das eine zwangsläufige Entwicklung?

Jeder Polizist wusste, wie sich die Sonderzonen entwickelt hatten: Bandengewalt, Schießereien, Explosionen. Eine Parallelgesellschaft, die Herrschaft der Clans, die Kultur des Schweigens: Irgendwann hatte der Staat reagiert.

Die erste gravierende Gesetzesänderung war die Einführung von Sonderstraf- und Fahndungszonen, was auf einem *geografisch begründeten* Strafrechtskonzept beruhte, wie es beispielsweise in Dänemark seit vielen Jahren angewandt wurde. Das bedeutete jedoch nicht, dass Segregation gleichbedeutend damit war, Menschen Gewalt und Kriminalität schutzlos auszuliefern. So wurden bestimmte Verbrechen doppelt so hart bestraft, wenn sie in bestimmten Gebieten begangen wurden. Diejenigen Einwohner, die sich an die Gesetze hielten, waren dankbar dafür – sie wollten ohne Angst durch ihre Straßen gehen können. Doch die Gewalt nahm nicht ab, im Gegenteil: Im ersten Jahr nach Einführung der Sonderzonen wurden in den Vororten Stockholms mehr als 400 Gewaltverbrechen mit Schusswaffen verübt. Unschuldige

Menschen litten darunter: Teenager, die ihre Hunde ausführten, Mütter, die ihre Kinderwagen durch die Gegend schoben, Kinder, die in Sandkästen spielten. Als Fredrika nach dem Ende ihrer Ausbildung auf die Straße ging, hatten die Schießereien und der offene Drogenhandel das Pro-Kopf-Niveau von South Los Angeles erreicht. Granatenexplosionen kamen häufiger vor als in Tillaberi. Vor allem aber breitete sich die Gewalt auch außerhalb der Zonen aus: Raubüberfälle auf Jugendliche entlang des U-Bahn-Netzes, Uhrendiebstähle in Östermalm, wo die oberen Zehntausend wohnten, Folter und Entführungen in den Wäldern um Järfälla, Schießereien in den Einkaufszentren auf Lidingö. Die Liste der von den Männern aus den Zonen begangenen Gewaltverbrechen nahm kein Ende.

Die Polizei war überfordert – niemand wusste, wie man dem Treiben der Verbrecher Einhalt gebieten konnte. Für Fredrika und ihre Kollegen war jedenfalls klar gewesen, dass man noch härter durchgreifen musste.

So waren die Sonderzonen entstanden, die zunächst als vorübergehende Lösung für diese Krise gedacht waren und später zu einem Dauerzustand werden sollten. Innerhalb von zwei Jahren wurden in Schweden mehr als dreißig Gebiete als *Sonderzonen* ausgewiesen, wobei man sich daran orientierte, wie die verschiedenen Stadtteile kurzfristig auf die Virusepidemie reagiert hatten. In Stockholm waren das Husby, Alby, Fittja, Malmvägen, Hallunda und Tensta/Rinkeby – letzterer unter der Bezeichnung Sonderzone Järva.

Den Behörden wurde die Erlaubnis erteilt, Identitäts- und Sicherheitskontrollen beim Betreten und Verlassen der Zonen durchzuführen und nach Waffen und Drogen zu suchen. Taser wurden ebenso eingesetzt wie Überwachungsdrohnen, die Mitglieder der Gangs und Clans wurden registriert. Doch die Gewalt eskalierte weiter.

Die Politiker waren handlungsunfähig, die Polizei zu schwach, die Wähler wütend – es dauerte nur wenige Jahre, bis das Parlament den Beschluss fasste, die umliegenden Gemeinden noch besser zu schützen. Individuelle Rechte konnten nicht immer über die kollektive Sicherheit gestellt werden. Die territorialen Grenzen waren klar: Die Trennmauer, die errichtet wurde, war nur der physische Ausdruck von etwas, das bereits existierte.

Die Probleme waren damit zwar nicht gelöst, aber zumindest eingedämmt, bis eine bessere Lösung gefunden war.

Doch nun hatte die Polizei auf unschuldige Menschen geschossen und gleichzeitig ihre Stellung aufgegeben – eine doppelte Niederlage. Fredrika konnte es nicht glauben. Sie mussten doch *mehr* Polizisten schicken, um zu zeigen, dass die Behörden ihre Aufgaben erfüllen und die Menschen im Inneren der Sonderzonen schützen konnten – anstatt wie verängstigte Kaninchen davonzulaufen. Ansonsten war das die endgültige Kapitulation.

Es klopfte an der Tür. Danielle Svensson kam herein.

»Ich habe von Lunds Anwalt erfahren, dass er zu einem weiteren Gespräch bereit ist.«

»Dann hoffen wir auf eine positive Antwort.«

Svensson lächelte nicht. »Dafür bist du zuständig. Ich habe keine Zeit.«

Fredrika spürte die plötzliche Belastung wie einen Schlag in die Magengrube. Machte Danielle Svensson das mit Absicht? Sie hatte bereits angekündigt, in Fredrikas Fall eine interne Untersuchung anzustoßen. Aber der implizite Vorwurf war noch schlimmer: *Deine Zögerlichkeit ist der Grund für alles, was jetzt passiert.*

Fredrika – die sich immer doppelt so streng an die Regeln gehalten hatte wie alle anderen.

Fredrika – die einfach nur die bestmögliche Polizistin hatte sein wollen.

Sie würde nicht nur ihren Job verlieren und strafrechtlich verfolgt werden, wenn man ihr grobes Fehlverhalten im Einsatz nachweisen konnte – man würde auch behaupten, dass der Niedergang Schwedens ihre Schuld sei. Weil sie nicht geschossen hatte.

Vielleicht hatte Danielle Svensson recht.

Vielleicht war Fredrika wirklich ein Weichei. Die Idee, Emir Lund loszuschicken, gefiel ihr nicht, obwohl ihm ihre Vorgesetzten ein klares Ultimatum stellten. Noch weniger gefiel ihr, dass Svensson damit gedroht hatte, seinem Kameraden Isak nicht die nötige ärztliche Versorgung zukommen zu lassen.

Offensichtlich waren *unkonventionelle Methoden* gefragt – aber vielleicht war Fredrika auch dafür zu zögerlich.

Nein. Sie wollte eine Elitepolizistin werden, da musste sie nun mal in den sauren Apfel beißen. Sie wollte für nichts zu schwach sein.

Obwohl Emir Lund stark abgenommen hatte, sah man an der Art, wie er sich bewegte, dass er früher ein durchtrainierter Kämpfer gewesen sein musste: langsam, ohne Eile, als vertraue er seinen Muskeln und seinem Körper. Er war nicht unansehnlich, nicht unattraktiv, im Gegenteil – obwohl sie sich bei dem Gedanken sofort schämte. So durfte sie ein kriminelles Element mit BOP-Rating nicht betrachten. Sie musste steinhart bleiben.

Fredrika setzte sich ihm gegenüber. Emir blickte auf den Tisch.

Dem Anwalt schien etwas unbehaglich zu sein.

»Sie wissen, dass Emir in fünf Tagen sterben wird, wenn er nicht die nötige Behandlung bekommt«, sagte er.

Svensson hatte ihr noch ein paar letzte Instruktionen mit auf den Weg gegeben. Fredrika bemühte sich, sachlich zu klingen. »Das wissen wir. Wir haben bislang die Natur seines Auftrags nicht erwähnt. Aber um zu verhindern, dass Ihr Mandant dies als Gelegenheit zur Flucht sieht, werden wir dafür sorgen, dass Emir

Lund von allen Dialysezentren in ganz Schweden sowohl für die Hämodialyse als auch für die Peritonealdialyse gesperrt wird, bis er seinen Auftrag erfüllt hat.«

Der Anwalt wirkte fassungslos.

Das Ultimatum war verrückt, aber Svensson hatte sich klar ausgedrückt.

Außerdem war der Anwalt selbst schuld: Er hatte diese Situation heraufbeschworen, indem er falsche Hoffnungen in seinem Mandanten geweckt hatte.

Das Ganze war für Lund viel zu gefährlich.

»Auf keinen Fall werden wir eine solche Bedingung akzeptieren«, sagte Payam Nikbin.

Fredrika schob ihren Stuhl zur Seite und erhob sich. Spielte das Spiel mit. »Dann haben wir nichts mehr zu besprechen.«

Da beugte sich Emir Lund vor und blickte auf. »Ich akzeptiere«, sagte er. »Ich helfe Ihnen, Ihre Ministerin zu finden.«

Er war offenkundig verrückt.

Fredrika nickte trotzdem. »Na schön. Und du weißt ja auch, wie du reinkommst.«

Emirs Augen waren noch dunkler als die des Anwalts. »Wie kommen Sie denn darauf?«

»Ich habe deine Akte gelesen.«

Emir fuhr sich mit der Zunge über das Zahnfleisch.

»Die Polizei der Sonderzone sprengt jeden Tunnel, sobald sie die Öffnung findet. Ich gehe nicht allein in so einen Tunnel, nicht ohne Schutz.«

Fredrika sagte: »Ich werde dafür sorgen, dass dir nichts passiert, wenn du uns zeigst, wo er ist. Du kannst mir vertrauen.«

Emir starrte sie an. Sie hatte noch nie jemanden gesehen, der jemandem weniger vertraut hätte als er ihr.

15

Panik wand sich wie eine Schlange in ihrem Körper – ausgelöst durch Guzmáns Drohungen. Nova musste diese Angelegenheit hinter sich bringen, so *weird* das alles auch war.

Sie joggte quer über den Norrmalmstorg und kümmerte sich nicht um die neugierigen Blicke. Sollten die Leute doch denken, was sie wollten: dass sie einen Bus zu erwischen versuchte, dass jemand hinter ihr her war, dass sie dringend aufs Klo musste.

Die Fassade des Hotels Nobel war mit einem Graffiti besprüht: *Ratte fällt. PAM*, stand da in großen Buchstaben. Nova wusste, was gemeint war. PAM war der politische Arm der Bewegung – und eine der vielen Terrorgruppen, die es heutzutage gab. Im Taxi auf dem Weg hierher hatte sie einen Clip über die sogenannten *Acht Forderungen* gesehen: die Kampfansage der Bewegung. Normalerweise interessierte sie sich nicht für solche Dinge, aber jetzt, angesichts der Entführung von Eva Basarto Henriksson und des Kriegszustands in der Sonderzone Järva, hatte sie fasziniert zugesehen.

Sie schaute auf ihr Handy, über das immer noch der Wortlaut der *Acht Forderungen* scrollte.

Das Klima und die Artenvielfalt der Erde befinden sich in einer Krise. Unsere Gesellschaften wurden vom Raubtierkapitalismus zerrissen. Die Ungleichheit ist größer als je zuvor in der Geschichte der Menschheit. Wir haben keine Zeit, auf die Bürokratie, den sogenannten freien Markt oder die Demokratie zu warten, um dieses Problem zu lösen. Die Unfähigkeit der Politiker, mutige Entscheidungen zu treffen, gefährdet uns alle. Deshalb ist es unser Recht und unsere Pflicht, Widerstand zu leisten. Das sind die Forderungen der Bewegung:
Die Klimaemissionen müssen netto Null betragen.

Alle Privatisierungen müssen zurückgenommen werden.

Deutliche Steuererhöhungen für die Reichsten, für Groß-konzerne und Unternehmen, die sich nicht an die Umwelt-politik halten. Die Vermögenssteuer, die Erbschaftssteuer und die Grundsteuer müssen wieder eingeführt werden.

Stopp des Handels mit Ländern, die das Amsterdamer Abkommen nicht unterzeichnet haben oder nicht einhalten.

Zeitarbeitsfirmen verbieten.

Ein neues Milliardenprogramm auflegen: die großen Bau-unternehmen und Immobilienkonzerne verstaatlichen.

Verbot der Klimaleugnung: Einführung von Gefängnisstra-fen für diejenigen, die wissenschaftlich belegte Schlussfolge-rungen leugnen.

Abschaffung der Trennmauer: Die wehrlosesten Gebiete sind zu Gefängnissen geworden. Die Mauern müssen abge-rissen werden.

Sie blickte auf. Das Uhrengeschäft war direkt vor ihr.

Die Handtasche fühlte sich schwer an, es war wohl das Wissen um ihren Inhalt, das ihr ein solches Gewicht verlieh. Das Gefühl, diese Uhr mit sich herumzutragen, erinnerte sie daran, wie sie sich als Kind zum ersten Mal die Kreditkarte ihres Vaters gelie-hen hatte, um im Café auf der anderen Straßenseite ein Magnum Ruby zu kaufen.

Die Bewegung ist eine Stadtguerilla, las sie noch auf dem Bild-schirm, bevor sie das Handy wegsteckte.

Alles in dem Raum war aus Leder. Die Schreibtischunterlage, die Sesselbezüge, die Uhrenetuis, der Lampenschirm. Selbst die Tapete sah aus, als wäre sie aus hellbraunem Leder. Es war ganz offensichtlich ein eleganter Laden, andererseits: So sahen solche Geschäfte immer aus, egal ob dort Uhren, Schmuck oder Luxusyachten verkauft wurden. Alles war konzeptionell, alles folgte einem einheitlichen, wenig kreativen Design. Ein bisschen so wie ein gewöhnlicher Influencer.

Kristoffer, der Ladenbesitzer, kam herein. Er war lässig gekleidet in Leinenjacke und Halbschuhen ohne Socken. Nova hatte ihn ein paar Mal bei Veranstaltungen auf dem roten Teppich getroffen.

»Nova«, sagte Kristoffer und küsste sie auf die Wange. »Wie schön, dich zu sehen.«

Die Handtasche fühlte sich an, als würde sie eine Tonne wiegen. »Ich bin im Auftrag eines Freundes hier«, sagte sie.

»Nun, das freut mich.«

»Mein Bekannter möchte eine Uhr schätzen lassen.«

Kristoffer lächelte breit. »Das ist unsere Spezialität.«

»Es ist eine ziemlich exklusive Uhr«, sagte Nova und setzte sich. »Und eine etwas heikle Situation. Ich möchte nicht, dass bekannt wird, dass ich hier war.«

Kristoffer lächelte noch breiter, als hätte er sich ein paar zusätzliche Zähne in den Mund operieren lassen. »Die Privatsphäre unserer Kunden ist uns heilig.«

Nova legte die Stofftasche auf den Schreibtisch. Kristoffer zog sich ein Paar dünne weiße Stoffhandschuhe über und holte die Armbanduhr heraus. *Patek Philippe Grand Complications.* Er verzog keine Miene.

Nova hatte auch ein paar andere Uhren, aber die ließ sie in ihrer Tasche.

Die Hände in den Schoß, ganz ruhig, ganz ruhig. Ihre Probleme würden sich in Luft auflösen, wenn die Uhr so viel wert war, wie sie dachte.

Kristoffer drehte die Uhr hin und her, knipste das Licht an, nahm eine Lupe heraus und klemmte sie vors Auge. Nach ein paar Sekunden legte er sie jedoch wieder weg.

»Wo hast du die her?«, fragte er.

»Von einem Freund, wie gesagt.«

Kristoffer streifte seine Handschuhe ab. »Das ist eine schöne Uhr.«

Nova kramte in ihrer Handtasche nach dem Beutel, in dem sie die anderen Uhren aufbewahrte. »Was würde mein Freund dafür bekommen?«

Kristoffer sah sie misstrauisch an, und sie fragte sich, ob er einen Verdacht hegte.

»Ich würde sie ihm für achthunderttausend Kronen abkaufen.«

Ihr Herz hüpfte vor Freude. Sie hatte noch mehr Uhren, vielleicht reichte es ja.

»Aber nur mit der Originalschachtel und dem dazugehörigen Zertifikat«, fügte er hinzu.

Nova unterdrückte ein Schnauben – das war unmöglich.

»Freut mich übrigens total, dass du den Shoken-Preis gewonnen hast …«, fuhr Kristoffer fort.

Nova war schon auf dem Weg nach draußen.

Der Uhrenhändler konnte sie mal kreuzweise.

Sie stand auf der Straße, schaute sich um und fragte sich, ob die Leute sie erkannten. Ob man an ihren Körperbewegungen, ihrer Haltung und ihrem unsicheren Blick erkennen konnte, dass sie keine Ahnung hatte, was sie als Nächstes tun sollte. Nun gab es nur noch einen Menschen, der ihr helfen konnte.

»Hallo«, sagte ihr Vater mit unerwartet fröhlicher Stimme, wenn man bedachte, dass sie seit über drei Monaten nicht miteinander gesprochen hatten. Er war wütend gewesen, weil Nova und ein Filmteam gleich dreimal bei ihm und ihrer Mutter aufgetaucht waren, um ihn wegen der vielen Demütigungen zur Rede zu stellen, die er ihr in ihrer Kindheit angetan hatte.

»Ich habe gerade überlegt, wie lange wir schon nicht mehr miteinander gesprochen haben«, sagte er in seiner typischen »Schlechtwetter«-Manier. Den Preis, den Nova gewonnen hatte, erwähnte er nicht, doch vielleicht hatte er auch nicht davon gehört.

»Ich muss dich etwas fragen«, sagte sie.

Ihr Vater lachte auf. »Ja, die Wohnung in Palma ist frei.«

»Nein, es geht um etwas anderes. Ich habe Probleme.«

»Das klingt nicht gut.«

»Das Finanzamt will zwei Millionen Kronen von mir.«

Nova hörte ihn am anderen Ende schnaufen, so klar und deutlich, als stünde er direkt neben ihr.

»Kannst du mir das Geld vielleicht leihen?«, fragte sie.

»Du musst Widerspruch einlegen. Es wird mindestens ein Jahr dauern, bis eine endgültige Entscheidung getroffen ist.«

»Aber ich habe noch andere Schulden. Und Jonas will die Anwaltskosten bei einem Streit mit dem Finanzamt nicht bezahlen. Er will, dass ich zahle, andernfalls wird er mich in die Privatinsolvenz treiben.«

»Was für eine Frechheit.«

Nova wartete darauf, dass er noch etwas sagte, aber es kam nichts. »Du und Mama, könnt ihr mir was leihen?«, fragte sie.

Papa atmete wieder laut in ihr Ohr, das war verdammt nervig. »Ich habe dir doch gesagt, dass du diese ganze Schleichwerbung, diese Kooperationen, wie ihr sie nennt, versteuern musst. Das habe ich dir schon vor vielen Jahren gesagt, weißt du nicht mehr?«

»Ja, aber wir dachten, wir hätten eine gute Lösung gefunden.«

»Nova, du musst erwachsen werden. *If it sounds too good to be true, then it probably is.* Ich glaube, ihr habt es mit der Moral nicht so genau genommen.«

»Das mit der Moral hast du damals auch gesagt, ich weiß. Aber wenn du meinst.«

»Moral ist wichtig. Du bist zweiundzwanzig Jahre alt. Mama und ich können dir nicht helfen …«

Er war der Letzte, der von Moral reden sollte.

Ihr Vater hatte ursprünglich als Chefarchitekt für eine Immobilienfirma gearbeitet, die irgendwelche Betonklötze in den Hochhaussiedlungen sanierte, um astronomische Mieten verlangen zu können. Doch als das Gesetz über die Sonderzonen in Kraft trat, wechselte er sein Spezialgebiet.

»Du hast die Zonenteiler gebaut. Du hast Millionen damit verdient, Menschen einzumauern. Was weißt du denn von Moral?«

»Aber du willst dir trotzdem Geld von mir leihen? Ist das nicht erst recht eine moralische Bankrotterklärung?«

Er war einfach zu bescheuert. Er kapierte nichts.

Nova beendete den Anruf.

Sie stand mitten auf dem Norrmalmstorg. Der einsamsten Straße Stockholms. Wegen ein paar Pillen verknackt zu werden, war nicht das Ende der Welt. Doch der Gedanke an eine Gefängniszelle, in der sie vergessen, arm und klaustrophobisch saß, versetzte sie in Panik.

Sie zitterte jetzt schon.

16

Die dunkelste Stunde des Tages näherte sich. Aus Sicherheitsgründen hatten die Bullen bis jetzt warten wollen – behaupteten sie jedenfalls. Dabei war es um diese Jahreszeit in diesem Land auch nachts ziemlich hell – sie belogen ihn auf eine Weise, die er nicht verstand.

Emir saß in einer Garage in einem Zivilfahrzeug. Er fragte sich, ob er ein Idiot war, weil er darauf wartete, dass die Polizei ihn zur

Mauer eskortierte. Er sollte die Autotür öffnen und einfach abhauen. Dabei gab es nur ein Problem: Er trug Handschellen.

»Warum hast du ja gesagt?«, hatte Payam Nikbin ihn gefragt, als sie nach der Unterredung mit den Polizisten unter vier Augen miteinander gesprochen hatten.

»Sie haben gedroht, Isak die medizinische Hilfe zu verweigern.«

Der Anwalt verstummte.

»Ich verstehe nur nicht, warum sie ausgerechnet mich wollen«, sagte Emir.

»Ich denke, die Frage kannst du dir selbst beantworten.«

Emir blickte auf die Fistel hinunter, die wenige Millimeter unter der Haut an seinem Unterarm entlang verlief und so dick war wie ein kleiner Finger. »Weil ich eine Dialyse brauche?«

»Genau.« Payam Nikbin schnaubte. »Lebenslange Haft ist ein gutes Druckmittel. Mit der Gesundheit eines Freundes zu drohen, ist besser. Aber Nierenversagen ist mit Abstand am besten. In diesem Fall werde ich darum bitten, dass sie dich auch von der BOP-Liste streichen, damit du wieder eine kostenlose Dialyse bekommst. Aber dir ist klar, dass wir deine schriftliche Begnadigung erst bekommen, wenn du deinen Auftrag erfüllt hast?«

Emir nickte.

»Und du hast Glück, dass sie dein anderes kleines Geheimnis nicht kennen.«

Emir hatte nicht geahnt, dass Nikbin es wusste.

Die Polizistin mit dem Pferdeschwanz setzte sich auf den Fahrersitz: Fredrika. Schweigend startete sie den Wagen.

Neben Emir auf dem Rücksitz saß ein muskulöser Mann, der ihm noch nicht vorgestellt worden war.

Fredrika schien ihn nicht nur nicht zu mögen, sie schien ihn regelrecht zu *hassen*. Als wäre *er* derjenige, der die Ministerin entführt oder die Unruhen verursacht hatte. Als sie ihm im Verhörraum den Vorschlag unterbreitet hatte, hatte sie sich dabei von ihm abgewandt, als wolle sie gar keine Antwort. Ja, sie sah gut aus, keine Frage: gerade Nase, nicht zu groß, nicht zu klein, durchdringender, klarer Blick. Aber es war eine Nase, die offensichtlich noch nie gebrochen worden war, es waren Augen, die noch nie richtigen Dreck gesehen hatten.

Die Polizisten waren immer so selbstsicher, sie schienen alles zu wissen. Aber vielleicht war das Problem der Schwachköpfe mit den Schlagstöcken, dass sie dumm waren, weil sie nicht wussten, dass sie dumm waren.

Er wiederholte diese Wahrheit mehrmals in Gedanken. Die Schwachköpfe hatten ihn und seine Kumpels mit den Schlagstöcken gedemütigt, noch bevor sie Teenager waren. Die Schwachköpfe mit den Schlagstöcken hatten ihn öfter fertiggemacht, als er sich erinnern konnte.

Emirs Rachefeldzug gegen die Schwachköpfe mit den Schlagstöcken dauerte schon ein Leben lang. Aber jetzt hatte ihm ausgerechnet eine Polizistin eine Chance gegeben.

Der muskulöse Bulle öffnete die Tür, und sie stiegen aus.

Das Gras glitzerte im Licht der Autoscheinwerfer. Das waren die Kleingärten, hier war er als Kind oft gewesen. Weiter vorne zeichneten sich die Hütten und Beete im Dunst ab, und er erinnerte sich, dass er und Isak dort zum ersten Mal geraucht hatten – er fragte sich, ob sich die Kinder aus der Zone heute noch so weit heraustrauten.

Was Isak betraf: Sein Freund musste überleben. Er musste freigelassen werden. Isak hatte geahnt, dass die Pokerspieler es nicht wert waren. Er hatte Emir gewarnt, er hatte sich geweigert, mit in die Wohnung zu kommen.

In fünfzig Metern Entfernung erhob sich die Mauer, sieben

Meter hoch, aus Beton, mit Bewegungsmeldern und Überwachungskameras. Die Mauer reichte mindestens so viele Meter tief in den Boden, wie sie über ihn hinausragte, weshalb es gar nicht so viele Tunnel gab, wie viele dachten. Wenn die Zonen-Polizei einen fand, wurde er geschlossen. Aber wenn die Kacke so sehr am Dampfen war wie jetzt, wenn ungewöhnlich viele Leute auf einmal versuchten, illegal die Sonderzone zu verlassen, dann benutzten sie Dynamit. Deshalb war die Bullentante ja dabei.

Obwohl die Sonne untergegangen war, war die Hitze noch spürbar. Emir überlegte sich, die Flucht zu ergreifen. Die Bullen waren wahrscheinlich bewaffnet, aber im Halbdunkel würde es ihnen schwerfallen, ihn zu treffen. Er musste sich irgendwo verstecken.

Eines war sicher: Er würde ihnen verdammt noch mal nicht helfen, irgendeine Ministerin zu finden. Er hatte zugesagt, aber er hatte nicht vor, ihre kleine Mission in die Tat umzusetzen. Und was die Dialyse anging: Emir kannte einen Arzt aus der nephrologischen Abteilung des Krankenhauses. Den konnte er bestechen oder, wenn nötig, bedrohen. Letzteres war immer noch sein Spezialgebiet.

Irgendwie musste Nikbin dafür sorgen, dass die Polizisten Isak in Ruhe ließen.

Der muskulöse Typ stand einige Meter hinter ihnen. Fredrika knipste ihre Taschenlampe an. »Zeig uns deine Übertrittsmöglichkeit.«

Übertrittsmöglichkeit, so wurden die Tunnel offiziell genannt.

Emir setzte sich in Bewegung. »Du weißt, dass in der Zone mehr als zweihunderttausend Menschen leben und dass die Tunnel notwendig sind, damit BOP, Migranten ohne Papiere und alle anderen, die die Demütigung, abgeschottet leben zu müssen, nicht ertragen, Medikamente bekommen und draußen Arbeit finden können.«

»Medikamente gibt es in Apotheken. Und in Järva leben keine zweihunderttausend Menschen«, antwortete die Polizistin. »Laut Statistik wohnen hier neunzigtausend Menschen.«

Der Schein der Taschenlampe fiel auf das Graffiti an der Wand: Es war sehr gelungen, auch wenn Emir den Text nicht lesen konnte. Die fetten Buchstaben waren zu verschnörkelt.

»Ja, aber weißt du«, sagte er, »heutzutage schafft ihr es kaum noch, jemanden abzuschieben. In welchem Teil Stockholms verstecken sich wohl all jene, die eigentlich zum Verlassen des Landes aufgefordert wurden? Im Stadtzentrum jedenfalls nicht.«

Das Gras raschelte unter ihren Füßen.

Von irgendwoher kam ein Geräusch, vielleicht von der anderen Seite der Mauer.

Die Polizistin schaute starr geradeaus.

Emir fuhr fort: »Es heißt, die Tunnel sind ein Ventil, um Druck abzulassen.«

Die Bitch seufzte künstlich. »Es gibt alle möglichen Gerüchte. Die Zone verfügt über Ein- und Ausgänge für normale Menschen, und es ist niemandem außer gewissen BOP verboten, einen bestimmten Bereich zu verlassen. Außerdem sind es Leute wie du, die diese Situation erst geschaffen haben.«

Emir blieb stehen. »Was soll das heißen? Ich habe das alles doch nur gemacht, weil *ihr* mich als BOP eingestuft habt, oder nicht?«

Die Geräusche wurden lauter, es klang wie Rufe aus der Ferne.

Emir stand weiterhin einfach nur da.

»Wir sind nicht hier, um über Kriminalpolitik zu diskutieren«, sagte Fredrika. »Beweg dich.«

Ein paar Minuten später waren sie da. Dass sie am richtigen Ort waren, erkannte Emir zum einen, weil er sich an diesen Eingang erinnerte, und zum anderen, weil er in seiner Zelle Zugang zu Google Maps gehabt und die Karte studiert hatte wie ein CIA-Agent.

Er erkannte die Felsen, rund und so hoch wie er selbst. Isak erzählte immer, dass sie seit der Eiszeit hier wären, aber mal ehrlich, was wusste Isak von der Eiszeit?

Sie kamen dem Tunnel immer näher. »Es ist hier irgendwo«, sagte er.

Die Äste, der Schutt und die Erde über der Öffnung waren entfernt worden, und die breite Luke war deutlich zu sehen. Vielleicht hatte jemand sie benutzt, um in die Zone einzudringen, so wie er es jetzt vorhatte. Wahrscheinlicher war jedoch, dass jemand geflohen war und einfach keine Zeit gehabt hatte, die Tarnung wieder anzubringen.

Der muskulöse Typ stand etwas weiter entfernt, kaum zu sehen in der Dunkelheit. Fredrika hob den Metalldeckel an und leuchtete hinein. In der Öffnung war eine Holzleiter mit sieben oder acht Sprossen zu sehen.

»Du wartest hier und passt auf, dass kein Zonen-Bulle die ganze Kacke über meinem Kopf in die Luft jagt, ja?«, sagte Emir. »Da unten gibt es keinen Empfang, du kannst du mich also nicht anrufen.«

»Wie lange dauert es bis zur anderen Seite?«

Er zog die Riemen des Rucksacks fest, den die Polizisten ihm gegeben hatten, und setzte den Fuß auf die erste Sprosse. »Etwa zehn Minuten. Wenn ich mich recht erinnere, ist es an manchen Stellen sehr eng. Ich rufe dich an, wenn ich oben bin.«

»Du hast doch meine Telefonnummer gar nicht.«

»Dann sag sie mir.«

»Speichere sie in deinem Handy.«

»Sag sie mir einfach, ich werde mich dran erinnern.«

Die Polizistin ratterte eine Nummer herunter.

Er stieg in die Dunkelheit hinab.

Sie wünschte ihm nicht einmal viel Glück.

17

Es war wieder eine sogenannte tropische Nacht, weil die Temperatur nicht unter zwanzig Grad fiel. Ungewöhnlich in Schweden, als Fredrika noch ein Kind gewesen war – heute Normalität von Mai bis Oktober. Manchmal wurde sie wehmütig, wenn sie an die weißen Winter ihrer Kindheit dachte, an die Schlittschuhtouren mit ihrem Vater, die Schlittenfahrten mit ihrer Mutter. Vielleicht war damit etwas für die Seele dieses Landes sehr Wichtiges verloren gegangen. Der Schnee würde nie mehr nach Stockholm zurückkehren.

Sie fragte sich, wie lange sie hier noch warten musste. Ihr Kollege war zum Auto zurückgegangen. Sie wollten kein Aufsehen erregen, indem sie länger als nötig herumstanden.

Dieser kriminelle Irre Emir war Fredrika eigentlich egal. Obwohl sie wusste, dass sie sich selbst belog – ihr Schutzobjekt war immer noch verschwunden. Es war ihre Pflicht, alles zu tun, um die Ministerin zurückzuholen.

Umso überraschter war sie, dass sie sich die Mühe gemacht hatte, auf sein Geschwätz über die Tunnel zu antworten. Sie war lange genug im Außendienst unterwegs gewesen und wusste, wie man mit Provokationen umzugehen hatte – indem man nie auf das Geschwafel antwortete, nicht auf Beleidigungen reagierte und einfach mit starrem Blick weiterging. Vielleicht war sie überhaupt nur wegen der Sturheit dieses Idioten hier – er hatte sich geweigert, in den Tunnel zu gehen, wenn nicht jemand währenddessen aufpasste.

Dass die Zonen-Polizei entlang der Mauern patrouillierte und jeden Tunnel zerstörte, den sie entdeckte, entsprach durchaus der Wahrheit. Das durfte heute Nacht nicht passieren.

Nach dem Gespräch mit Emir im Verhörraum hatte sich Fredrika von zwei verschiedenen Ärzteteams untersuchen lassen, war mit einem Blumenstrauß für ihren angeschossenen Kollegen Niemi nach Karolinska gefahren und hatte sich im Büro geduscht. Sie hatte eine Jogginghose angezogen und sich ein T-Shirt von einem Kollegen geliehen: *Nike – push the limits.* Sie hatte sich sogar vor dem großen Spiegel in der Umkleidekabine begutachtet und zurechtgemacht. Sie hatte die Haare gelöst, die schmalen Augenbrauen nachgezogen, die geraden Zähne betrachtet. Und dabei hatte sie auf die Dämmerung und einen Befehl von Murell oder Svensson gewartet.

Murell hatte definitiv seine eigene Art. Sie erinnerte sich, wie sie damals allein mit ihm in seinem Dienstzimmer gewesen war, nachdem sie ihren Kollegen Ian angezeigt hatte. Sie war zu diesem Zeitpunkt seit zweieinhalb Jahren bei der Zonen-Polizei gewesen, hatte mit ihrem Vorgesetzten aber noch nie unter vier Augen gesprochen.

»Sie haben die Polizeischule mit Bestnoten abgeschlossen, nicht wahr?«, fragte er sie als Erstes.

Sie nickte.

»Und Sie sind von mehreren Lehrern persönlich empfohlen worden?«

Wieder nickte sie.

»Als Sie sich hier beworben haben, war das Ergebnis Ihres Einstellungstests das beste, das ich je gesehen hatte.«

»Wirklich?«

Jetzt war er es, der nickte. »Und ich habe viele lobende Worte von Ihren Vorgesetzten gehört. Sie machen einen guten Job. Wer weiß, vielleicht werden Sie nächstes Jahr Polizeiinspektorin.«

»So schnell?«

»Ja, wenn Sie so weitermachen.« Murells dunkle Stimme klang wie ein leise vor sich hin rumpelnder Wäschetrockner.

Fredrika versuchte zu lächeln, obwohl sie ahnte, worum es in diesem Gespräch wirklich ging.

»Aber in Wirklichkeit wollen Sie der Sondereinsatztruppe beitreten, habe ich recht?«, fuhr Murell fort.

Sie wusste nicht, was sie sagen sollte. Er hatte recht.

»Da ist ein Stuhl«, sagte er.

Fredrika merkte, dass sie sich noch nicht einmal hingesetzt hatte, so nervös war sie.

Murell faltete die Hände. »So sieht es aus«, sagte er. »Wir haben hier alle unsere Pflicht als Polizisten zu erfüllen, oder?«

Sie wusste nicht, zum wievielten Mal sie nickte.

»Aber Polizeiarbeit ist kompliziert. Wir sollen Verbrechen verhindern, und dazu müssen wir Gewalt anwenden. Die Gesellschaft hat der Polizei das Gewaltmonopol übertragen. Aber Gewalt an sich ist nicht erwünscht. Da gibt es doch einen Interessenkonflikt, oder?«

Diesmal machte sie sich nicht die Mühe zu nicken.

Murell saß ganz still da. »Manchmal überschreiten einige Polizisten die Grenze, aber wenn jedes einzelne Mal an die Öffentlichkeit gelangen würde, wäre unser Ruf ruiniert. Ich rede nicht von Korpsgeist oder Kollegialität. Ich spreche vom Vertrauen in uns als Institution. Damit wir unsere Arbeit gut machen können, müssen die Bürger das Gefühl haben, dass sie uns vertrauen können. Verstehen Sie?«

Fredrika verstand sehr gut, wusste aber nicht, was sie sagen sollte. Sie stimmte Murell zu – auch sie war der Meinung, dass die Polizei das in sie gesetzte Vertrauen der Bevölkerung stärken müsse. Gleichzeitig war sie aber auch der Meinung, dass Polizisten sich wie alle anderen an die Regeln halten mussten. Zumindest sie wollte sich daran halten – sie wollte eine gute Polizistin sein.

Murell verbarg einen Husten hinter der Hand, seine buschigen Augenbrauen bewegten sich. »Was Ian getan hat, war falsch, und wir werden ihn von jetzt an im Auge behalten. Aber wir dürfen die Bewegungsfreiheit der Polizei in der Gesellschaft nicht weiter einschränken. Ich bin sicher, Sie stimmen mir zu.«

Fredrika stimmte zu. Fredrika stimmte nicht zu.

Aber sie gehorchte – am nächsten Tag zog sie ihre Anzeige zurück. Sie musste einen neuen Bericht ausfüllen: Der Verdächtige hatte sie bedroht, und sie hatte vor Angst einen Fehler gemacht. Sie hatte ein Kissen, das vom Sofa gefallen war, für Ians anderes Knie gehalten.

Murell teilte ihr mit, dass die erste Anzeige gar nicht im System registriert worden sei, weil sie so schnell zurückgezogen wurde. Die Sache war erledigt. Die Ehre der Polizei war fürs Erste gerettet.

Es roch nach Frühsommerblumen. Sie nahm ein traktorähnliches Geräusch wahr – so einen Dieselmotor hörte man heutzutage nicht mehr oft, aber sie erkannte ihn ganz eindeutig. Ihr Vater hatte früher viele Autos mit altmodischen Motoren besessen. Die Frage war nur, ob der Wagen in ihre Richtung fuhr.

Der Verkehr in dieser Gegend war eingeschränkt, alle Nebenstraßen waren gesperrt.

Dann sah sie die Scheinwerfer: Ein schwarzer Land Rover näherte sich. Der Wagen war zu einem krassen Safari-Mobil auf-gemotzt worden, deshalb wusste sie sofort, wer am Steuer saß.

Der Wagen hielt an. Das Licht blendete sie, und sie hielt sich die Hand vor die Augen. »Ihr könnt die Scheinwerfer ausschal-ten«, sagte sie.

Sie sah eng geschnürte Militärstiefel.

»Hände vor den Körper, damit wir sie sehen können«, sagte eine Frauenstimme.

Fredrika trug Zivilklamotten, für eine Jacke war es immer noch zu heiß. Vielleicht war ihre nachlässige Kleiderwahl ein Fehler ge-wesen. »Bitte stellen Sie den Motor ab und machen Sie die Schein-werfer aus«, sagte sie ganz ruhig. »Ich bin auch Polizistin.«

Die Person, die mit ihr gesprochen hatte, schaltete die Schein-werfer und den Motor aus. Fredrika erkannte eine gestärkte Uni-form mit Streifen auf den Schulterklappen. Vor ihr stand ein Teamchef mit Sonderstatus. Die Nummer 2525 auf dem kleinen Schild auf seiner Brust verriet ihr, dass er zu einer Spezialeinheit der Zonen-Polizei gehörte. Dieser Beamte war vor einigen Jahren Fredrikas Vorgesetzter gewesen: Sam. Aber Sam schien sie nicht wiederzuerkennen.

»Was machen Sie denn hier?« Der Unterton in seiner Stimme verriet Missbilligung. Er reckte das Kinn vor – Sams Kinn war in der Tat riesig, die Kieferpartie so ausgeprägt, dass es aussah, als hätte er sich operieren lassen, um der Starschauspielerin Angelina Jolie ähnlich zu sein. Sam war nicht-binär – was ihm bei den Machos der Zonen-Polizei vielleicht Probleme gemacht hätte, wäre Sam nicht der Brutalste von allen gewesen.

»Was ich hier tue, ist leider vertraulich«, sagte Fredrika.

»Sie wissen, dass wir hier Alarmstufe Rot haben?«

Fredrika nickte. Die anderen Polizisten, die nach und nach hin-zutraten, sollten wohl nicht wissen, dass sie sich von früher kann-ten.

»Sich hier aufzuhalten, ist gefährlich.«

»Ich weiß, Sam. Aber ich habe meine Gründe.«

Keiner der anderen Polizisten zeigte eine Reaktion, als Fredrika den Teamchef mit Vornamen ansprach. Zwei von ihnen gingen zurück zum Auto und holten etwas aus dem Kofferraum, das wie eine Metallkiste aussah, und trugen den Gegenstand zur Tunnelöffnung.

»Was habt ihr vor?«, fragte Fredrika.

»Das siehst du doch, oder?«

Sie stellten die Kiste in den Tunnel.

Sie würden den Eingang sprengen.

Wenn Emir die andere Seite nicht rechtzeitig erreichte, würde er lebendig begraben werden.

18

Jonas war ein Idiot und ein Trottel. Der Uhrenhändler war ein Idiot und ein Trottel. Aber ihr Vater war der größte Trottel und Idiot von allen. Sie sollte ihre Mutter anrufen und sich beschweren, aber die würde auch nicht auf ihrer Seite sein, nicht nach all den kritischen Posts über ihre Erziehung, die Nova in letzter Zeit geschrieben hatte.

Verdammt, es war eine Schande, dass zwei Millionen sie zu Fall bringen konnten, wenn man bedachte, wie stinkreich ihr Vater durch seine Geschäfte geworden war.

Es musste doch einen Weg geben, schnell an Geld zu kommen.

Inzwischen hatte sich Guzmán wieder gemeldet. Jetzt wollte der Bastard sie heute treffen, obwohl er ihr bis morgen Zeit gegeben hatte, das Geld zu besorgen. Wahrscheinlich, weil er ihr nur noch mehr Stress machen wollte.

Das Taxi fuhr über die Brücke, es war schon sehr spät.

Nova kurbelte das Fenster herunter. Es war so heiß, als wäre sie in einem anderen Land. Und die Gebäude am Nordufer jenseits des Stadsgården wirkten ja auch wirklich wie eine ganz neue Stadt mit beleuchteten Fassaden wie in Paris. Neue Gebäude schossen wie Pilze aus dem Boden, aber die eigentliche Stadt wuchs nie wirklich, denn sie war, wo sie war – die physischen Barrieren und das Wasser zwischen den Inseln sorgten dafür, dass jeder wusste, wer drinnen und wer draußen war. Die Außenbezirke hatten nichts zum Stadtleben beizutragen, keine begehrten Geschäfte oder Restaurants, keine Nachtclubs oder Kinos, keine Orte, an denen man sich aufhalten wollte. Die Vororte hockten wie Parasiten auf Stockholm – sie waren kein Teil der Stadt.

»Ich glaube, diese Ministerin hätte Gutes bewirken können«, sagte der Taxifahrer plötzlich.

»Sie meinen die entführte?«

»Ja.«

»Ich habe keine Ahnung, was Sie meinen.« Nova sah wieder aus dem Fenster, sie hatte keine Lust zu reden.

Aber der Fahrer war noch nicht fertig. »Sie ist bei vielen sehr beliebt. Die Linke hat es nie geschafft, sie aus der Partei zu ekeln. Sie ist die Tochter eines chilenischen Einwanderers, sie hat für die Umwelt gekämpft und eine solide Erfolgsbilanz vorzuweisen, wissen Sie: das Autoverbot in der Innenstadt, die Steuerzuschläge für umweltfeindliche Unternehmen, die Verbrauchssteuer auf Fleisch und Käse.«

Nova sah wieder aus dem offenen Fenster. Der laue Wind gab ihr das Gefühl, ihr Kopf befände sich in einem anderen Raum als der Rest ihres Körpers.

»Und die Waldplantagen im Norden – zwei Milliarden schnell wachsende Kiefern, die Kohlendioxid in Skandinavien binden«, fuhr der Fahrer fort. »Aber auch die Rechten haben sie nie schlechtreden können. Sie hat sich für härtere Strafen und all das eingesetzt und vor allem nicht *gegen* die Zonen-Errichtung gestimmt. In einer Live-Debatte glänzt EBH erst richtig, haben Sie schon mal eine gesehen?«

»Nein.«

»Das sollten Sie nachholen. Sie zähmt die Medien. Sie ist ein umgekehrter Trump – sie weiß, wie man Aufmerksamkeit erregt, aber ohne die dunkle Seite. Schweden ist so extrem geworden. Ich glaube, Eva Basarto Henriksson hat die größten Chancen, das Land zusammenzuhalten und das Chaos zu verhindern. Sie ist der letzte Stern der Demokratie. Eine Supernova.«

»Danke, Sie können hier halten.« Nova hatte nicht vor, die letzten Worte des Chauffeurs zu kommentieren.

Sie stieg aus.

Nova wusste nichts über Guzmán, außer dass er ein korrupter und bestechlicher Polizist war. Sie hätte nicht gedacht, dass es so etwas in Schweden gab, aber vielleicht hatte der Taxifahrer recht. Schweden war inzwischen extrem geworden.

In extremen Situationen musste man kreativ sein.

Sie hatte eine Idee. Sie hatte die Uhren noch in ihrer Handtasche.

19

Wer noch nie echte Dunkelheit erlebt hat, weiß nicht, was das ist. Man denkt, dass sich die Augen nach einer Weile daran gewöhnen und man nach ein paar Minuten in der Lage ist, Gegenstände zu erkennen. Aber Emir war einmal in einem solchen Tunnel gewesen. Seine Taschenlampe hatte nicht funktioniert, und der Akku seines Handys war leer gewesen. Wirkliche Dunkelheit war ein körperliches Phänomen, sie hatte ihn eingehüllt wie eine schwarze Baumwolldecke, nur dass sie weder schützend noch weich gewesen war. Aber in solch einer Lage würde er nicht noch einmal landen. Er trug eine Stirnlampe, hatte eine zusätzliche Taschenlampe im Rucksack und dazu ein normales Handy in der Hand.

Zum Glück war er die Bullenzicke los.

Und vor allem: Es war verdammt *nice*, aus der Zelle raus zu sein.

Er war frei, sie hatten ihm eine kostenlose Dialyse gegeben, und der Rucksack war voll mit Medikamenten, Resonium und anderem Zeug, damit die Nieren noch ein paar Tage durchhielten – jetzt konnten sie ihn alle mal am Arsch lecken.

Die schlammigen Wände des Tunnels waren feucht, von der Decke tropfte es an mehreren Stellen. Im weißen Licht der Stirnlampe glitzerten manche Steine, als wären sie in Alufolie eingewickelt. Die Deckenbalken sahen aus, als stammten sie aus dem Mittelalter, obwohl sie wahrscheinlich erst im Sommer vor drei Jahren eingezogen worden waren. Nach Fertigstellung dieses Tunnels waren innerhalb von fünf Wochen mehr als siebenhundert BOP aus Järva geflohen. Dann hatte man ihn wieder geschlossen, hatte er gehört. Die meisten BOP waren schließlich wieder gefangen genommen und deportiert oder in die Zone zurückgebracht worden, aber einige hatte man nicht mehr gefunden. Man nannte sie Überläufer, als wären sie aus den Fängen einer Sekte oder einer terroristischen Organisation entkommen. Außerdem waren die Tunnel schneller wieder offen, als die Zonen-Polizei »Übertrittsmöglichkeit« sagen konnte.

Das Knirschen der Kieselsteine unter den Füßen schallte bei jedem Schritt von den Wänden wider. Der Tunnel war etwa sechshundert Meter lang, aber an vielen Stellen hatte er sich ducken, und einmal, wenn er sich recht erinnerte, sogar auf allen vieren kriechen müssen – in der besten aller Welten hatten sie diesen Abschnitt inzwischen verbessert, ihn bequemer zu durchqueren gemacht.

Er hörte ein Geräusch.

Hatte die Zicke die Zonen-Polizei übersehen? Oder hatte sie ihn absichtlich verraten, auf ihre Abmachung geschissen? Es würde ihn nicht wundern. Vielleicht waren die Bullen gerade auf dem Weg zu ihm nach unten.

Es waren ganz eindeutig Stimmen, aber sie kamen aus der anderen Richtung, aus der Zone. Emir blieb stehen, dies war einer der engen Abschnitte, seine Schultern berührten zu beiden Seiten die Wand. Er war viel schlanker als früher, aber anscheinend immer noch zu breit für den Tunnel.

Er öffnete seinen Rucksack und kramte in der Ausrüstung, die ihm die Polizisten mitgegeben hatten: Handy, Kabel mit Mikrofon, Medizinfläschchen, Taschenlampen und Münzen – Gold, die beliebteste Währung der Zone. Er nahm das Pfefferspray heraus. Kein Bullenschwein würde ihn daran hindern, die andere Seite zu erreichen.

Die Geräusche kamen näher. Jetzt hörte er jemanden reden. Dann konnte er es deutlicher verstehen, es war ein Kind, ein Junge, der es nicht schaffte, leise zu reden. Weiter vorne im Tunnel sah er einen Lichtstrahl und dann Gestalten im Schein seiner eigenen Lampe: zwei Erwachsene und ein Kind. Sie leuchteten ihn an und verharrten reglos. Ein unheimliches Geräusch ertönte, wie das Klicken einer Schusswaffe in einem Videospiel.

»Wo wollt ihr hin?«, zischte Emir unnötig laut.

Die Familie rückte näher zusammen. Der Vater stellte sich vor sie, und jetzt sah Emir noch ein Kind: Den Kleinen auf dem Arm der Mutter hatte er zuerst nicht bemerkt. Sie waren mit Schmutz bedeckt, als hätten sie sich an den Tunnelwänden entlanggedrückt.

Dann sah er hinter ihnen noch mehr Gesichter von Erwachsenen und Kindern. Verdammt, das waren ja unzählige Familien.

»In der Zone ist die Hölle los«, sagte der Vater. Er war ziemlich dick, das schmutzige T-Shirt spannte über seinem Bauch. Fettleibigkeit ist ein Problem der Unterschicht, hatte Hayat oft gesagt. »Bitte, lass uns durch«, sagte der Mann. »Wir sind acht Familien.«

Emir hörte ein seltsames Geräusch, doch erst, als er den Jungen anschaute, der die Hand seines Vaters hielt, begriff er, woher es kam: Der Junge weinte. Trotzdem wollte Emir nicht umkehren, zu einer breiteren Stelle zurückgehen und darauf warten, bis sich die Familien an ihm vorbeigezwängt hatten. »Ihr müsst zurückgehen«, sagte er.

Der Junge sah aus, als hätte er Fieber, seine Augen glänzten. Der Vater ließ die Taschenlampe sinken. »Das Krankenhaus in der Zone ist nur eingeschränkt in Betrieb, und mein Sohn ist krank.«

»Und was kann ich dafür?«

»Wir beeilen uns. Wenn du nur ein kleines Stück zurückgehst, sind wir schnell an dir vorbei.«

Emir sah die Stirn des Jungen in der Dunkelheit glänzen. Ein paar Meter konnte er ja zurückgehen. Er nickte dem verdreckten Mann zu.

»Du solltest auch nicht in die Zone gehen«, sagte der Vater, als er sich an ihm vorbeidrängte. »Dort ist es wirklich übel.«

20

Die Zonen-Polizei hatte jedes Recht, den Eingang zu sprengen, die Tatsache, dass Emir den Tunnel zuvor benutzt hatte, sprach für sich – diese Tunnel waren illegal, aber trotzdem rege in Gebrauch und mussten verschlossen werden. Doch Fredrika hielt sich an das Gesetz: Emir konnte sowohl durch die Säpo als auch durch die Zonen-Polizei festgenommen werden. Allerdings hatten ihr sowohl Svensson als auch Murell eingeschärft, dass es sich hierbei um eine VO handelte – eine *verdeckte Operation*. Fredrika durfte der Zonen-Polizei nichts darüber verraten.

Die Polizisten standen an der offenen Luke. »Sprengsatz anbringen!«, verkündete Sam mit seiner hellen Stimme.

In diesem Augenblick vibrierte Fredrikas Telefon. Eine Nachricht: *Außer mir sind noch andere Leute im Tunnel, also bleib noch eine Weile.* Offensichtlich waren Emir andere Personen entgegengekommen. Sie ging auf die Öffnung des Tunnels zu. Im Scheinwerferlicht konnte sie deutlich erkennen, wie einer der Polizisten am Fuß der Leiter mit dem Sprengsatz hantierte.

Sie tippte Sam auf die Schulter. »Da unten könnten noch Leute sein.«

»Wir haben den Tunnel mit Wärmebildkameras abgesucht, aber niemanden gesehen.«

»Warte bitte trotzdem noch etwas ab.«

Der Beamte drehte sich zu ihr um, sein Kiefer war wirklich riesig, wie eine Baggerschaufel. Wenn es anfing zu regnen, würde Sam ertrinken. »Wer gibt hier die Befehle, du oder ich?«

»Du natürlich, aber wir sind doch auf derselben Seite. Im Tunnel befinden sich offenbar noch mehrere Personen, die anscheinend nicht auf euren Kameraaufnahmen zu sehen gewesen sind. Die Chance ist groß, dass sie beim Einsturz des Tunnels getötet werden.«

Im hellen Scheinwerferlicht wirkte Sam geradezu riesig. »Woher weißt du das?«

»Ich habe gerade eine entsprechende Nachricht bekommen.«

»Von wem?«

»Das darf ich nicht sagen.«

Sam seufzte. »Falls wirklich Leute im Tunnel sind – sind es Illegale?«

»Es gibt keine illegalen Menschen, nur illegale Handlungen«, sagte Fredrika.

Sam stemmte die Hände in die Hüften, trat noch näher an die Tunnelöffnung heran und beugte sich zu dem Polizisten herunter. »Leg los.«

Fredrika konnte ihren Blick nicht von dem Polizisten abwenden, der gerade dabei war, die Zündungsvorrichtung in der Tunnelöffnung anzubringen. Wenn ein Tunnel gesprengt wurde, stürzte er beinahe immer vollständig ein. In ein paar Sekunden würde es so weit sein, und die Menschen dort unten würden lebendig begraben.

Es war ein Fehler. Andererseits besaß Sam die Befugnis, Entscheidungen in Bezug auf die Trennmauer, die Sonderzone *und* mögliche Tunnel zu treffen. Fredrika ermahnte sich, nicht so zu denken, bis jetzt hatte ihr ihre Regel-Neurose alles verdorben. Es zählte nur, was aus polizeilicher Sicht im Moment das Beste war.

»Alle hinter mich!«, rief Sam, als der Polizist die Luke geschlossen und ihm den Fernauslöser übergeben hatte, und deutete hinter eine imaginäre Linie. »Wir sprengen in sechzig Sekunden.«

»Ihr müsst abbrechen und jemanden runterschicken, der zuerst den Tunnel durchsucht«, sagte Fredrika laut.

Sam machte sich nicht einmal die Mühe, sich zu ihr umzudrehen. »Ich gebe hier die Befehle, und ich habe gerade den Befehl gegeben, dass wir sprengen.«

Fredrikas Herz pochte.

Sam stand neben ihr und atmete ruhig.

»Dreißig Sekunden bis zur Detonation«, rief er und hob die Hand mit dem Fernauslöser.

Fredrikas Herz schlug schneller.

»Zwanzig Sekunden bis zur Detonation«, sagte Sam klar und deutlich.

Fredrika machte zwei Schritte nach vorne. »Abbruch«, rief sie. Niemand reagierte. »Ihr sollt aufhören«, schrie sie und ging zwei weitere Schritte an Sam vorbei in Richtung der Luke, die in den Tunnel führte. »Das ist ein Befehl.«

Sam bewegte sich hinter ihr, mehrere Männer riefen durcheinander. Fredrika beobachtete alles wie in Zeitlupe, ihre eigenen Worte schienen nur mühsam aus ihrem Mund kommen zu wollen. »Stoppt die Sprengung!«, rief sie erneut und rannte auf die Tunnelöffnung zu, um die Leute zu warnen, die womöglich dort unten waren.

»Oh Gott, was machst du da?« Sam versuchte sie zu packen.

Ein Warnsignal ertönte, ein Piepton im Sekundentakt.

Zehn.

Neun.

Fredrika riss sich los und rannte zum Tunnel.

Acht.

Sieben.

Sie stand vor der Tunnelöffnung. Sie bückte sich und riss die Klappe der Falltür auf.

Sechs.

Fünf.

Vier.

»Wenn ihr mich hören könnt, kehrt sofort um!«

Drei.

Zwei.

Dann knallte es.

21

Obwohl es dunkel war, hatte Nova eine Sonnenbrille aufgesetzt. Der Pilz wurde von LED-Lichtern beleuchtet – Stureplans berühmtestes Wahrzeichen sah jetzt aus wie ein UFO aus einem alten Film.

Warum hatte Guzmán vorgeschlagen, sich ausgerechnet hier zu treffen? Wäre es unter einer Brücke oder in einem dunklen Waldstück nicht passender gewesen?

Die Saudis hatten die Renovierung der Sturegalleria Anfang letzten Jahres abgeschlossen. In das Chedi Café im Zwischengeschoss des Einkaufszentrums kam man nur, wenn man eine gewisse Prominenz vorweisen konnte. Nur wenige drehten sich zu ihr um, als Nova eintrat; die Leute waren entweder an Berühmtheiten gewöhnt, höflich oder erkannten sie wegen der Sonnenbrille nicht.

Sie setzte sich an den ihr zugewiesenen Tisch und bestellte einen Kaffee. Guzmán war noch nicht da.

Wer war er eigentlich? Sie kannte nicht einmal seinen richtigen Namen. Sie hätte sich wenigstens das Kennzeichen des Polizeifahrzeugs notieren sollen, als er sie angehalten hatte.

Sie wollte es so schnell wie möglich hinter sich bringen. Die Patek und die anderen Uhren befanden sich noch in dem Stoffbeutel. Ihre Idee war nicht schlecht – sie würde ihm die Uhren direkt anbieten, vielleicht sogar ein wenig handeln, da er sie ohne Quittung bekam und so weiter. Trotzdem fragte sie sich, was dieser verrückte Polizist wirklich wollte.

Auf dem Kaffee, der ihr serviert wurde, schwamm eine ölige Schicht. Aber vielleicht war es auch nur einer der neueren Trends: *Retinol Oil Coffee,* vielleicht auch Omega-3-Kaffee. Sie dachte wieder an ihren Vater. Er versuchte, mit der Zeit zu gehen, war ungefähr in der Epoche stecken geblieben, als man den Sergels torg in Greta Thunbergs torg umbenannt und angefangen hatte, in Upplands Väsby Wein anzubauen.

Eine Hand auf ihrer Schulter: Sie erkannte die Stimme sofort.

»Schön, dich wiederzusehen, und noch dazu an einem entspannteren Ort.«

Das Chedi Café hatte nichts Entspanntes an sich, aber das verstand dieses Arschloch wohl nicht.

Guzmán setzte sich ihr gegenüber, heute in Zivil. Schwarzes Hemd, dunkelgraue Augen.

Er beugte sich vor. »Hast du meine zwei Millionen dabei?«

Nova beugte sich ebenfalls vor. »Du hast mir bis morgen Zeit gegeben«, sagte sie leise. »Weshalb wolltest du dich mit mir treffen? Um mich noch stärker unter Druck zu setzen?«

»Ja, das auch.«

Jetzt war der richtige Zeitpunkt gekommen. Es musste einfach funktionieren.

»Ich habe dir einen Vorschlag zu machen«, sagte sie. »Ich habe mehrere sehr kostspielige Gegenstände bei mir, die weit mehr als zwei Millionen Kronen wert sind.«

»Aber ich will die zwei Millionen, die du mir schuldest, in bar.«

»Ich schulde dir gar nichts.« Was für ein dämliches Geschwätz.

Guzmán lehnte sich zurück. »Wäre es dir lieber, dass ich dich anzeige?«

Hätte sie den Namen dieses Polizisten gewusst, sie hätte *ihn* angezeigt – Strafe hin oder her. Nova zwang sich, ruhig zu atmen. »Es handelt sich um Uhren, und ich habe sie schätzen lassen. Sie sind mehr wert als das, was du willst.«

»Aha.«

»Bist du interessiert?«

Guzmáns Augen wirkten wie die eines Hais.

»Ich bin nicht interessiert.«

Nova wurde übel.

»Die Regeln haben sich geändert«, sagte Guzmán.

Sie wollte ihn verprügeln, sie wollte ihren Vater verprügeln, sie wollte Jonas verprügeln. Was für egoistische Idioten – und was für eine Zeitverschwendung.

»Ich habe gehört, dass du morgen ein Shooting hast«, sagte er.

»Das geht dich nichts an.«

Plötzlich umrundete Guzmán den Tisch und setzte sich neben sie, als wäre er ihr Freund oder so etwas. Er beugte sich vor, und sein Mund war so dicht an Novas Ohr, dass sie seinen feuchten Atem spüren konnte. »Du sollst in William Agneröds spektakulärem Haus fotografiert werden.«

Sie wich vor ihm zurück. »Na und?«

Woher wusste Guzmán davon? Da fiel ihr ein, dass sie selbst in mehreren Posts ihre Teilnahme am Fotoshooting für Zoroast angekündigt hatte.

Jonas hatte gesagt, dass die *Location* eine Villa in den Schären war – so spektakulär, dass man kaum glauben konnte, dass sie sich in Schweden befand. Sie gehörte William Agneröd – und wer William Agneröd war, wusste einfach *jeder*: ein extrem reicher Supermensch.

Guzmán rutschte noch näher. Er presste seinen Mund regelrecht an ihr Ohr. »Wenn du dort etwas für mich erledigst, vergesse ich deine Schulden.«

»Was denn erledigen?«

»Du bist eine Meisterdiebin, nicht wahr?«

»Lass mich in Ruhe.«

»Ich nehme nicht an, dass du Kaufbelege für diese Uhren hast, oder?«

Er konnte kein Polizist sein. Wenn doch, dann war er der kränkste, unmoralischste Polizeibeamte, der je Stockholms Straßen unsicher gemacht hatte.

»Ich möchte, dass du morgen etwas aus Agneröds Haus stiehlst«, sagte er.

22

Die Tür ließ sich mühelos öffnen. Sie kam ihm so dünn vor, als würde sie auseinanderbrechen, wenn er dagegentrat. Dennoch war dahinter der geheime Eingang zu einem Tunnelsystem, das im Laufe der Jahre wahrscheinlich Tausende von Menschen durchquert hatten.

Emir verließ den Keller und trat hinaus auf die Straße.

Keine Straßenlaterne brannte, nicht eine einzige.

Er roch den Gestank von verbrannten Reifen.

Er hörte das Rattern von Maschinengewehrfeuer.

Willkommen in Paradise City.

Er hatte Fredrika per Nachricht darum gebeten, den Tunnel noch eine Weile im Auge zu behalten. Aber sie hatte sich nicht mal die Mühe gemacht zu antworten – Bullenfotze.

Emir war im südlichen Teil der Zone, in dem er eigentlich nichts zu suchen hatte. Auch wenn er keiner Gang angehörte, konnte man ihn erkennen.

Vor ein paar Stunden hatte er noch in einer nach Pisse und Verzweiflung stinkenden Zelle gesessen. Jetzt war er nicht nur auf freiem Fuß – er war wieder zu Hause, auf seinem Terrain.

Ein Stück weiter sah er ein Auto mit kokelndem Sitzbezug. Autos waren selten in dieser Gegend und meistens auf einen Mittelsmann zugelassen. Wer es sich leisten konnte, stellte es in einer bewachten Garage ab und nutzte es nur für Fahrten außerhalb des Viertels.

Er zog seine Sneaker aus und untersuchte sie. Die Polizisten hielten ihn wohl für bescheuert – als wüsste er nicht, dass sie irgendwo einen Peilsender angebracht hatten.

Nach einigen Sekunden hatte er ihn gefunden: Er hob die Einlegesohle hoch und ertastete einen weichen Peilsender, so groß wie ein Reiskorn. Er warf ihn auf den Bürgersteig. Er nahm das Handy und das Kabel aus seinem Rucksack und riss auch den Peilsender heraus, den sie in die Innentasche des Rucksacks eingenäht hatten.

Er warf den ganzen Mist auf den Boden.

Die Bullen dachten jetzt wahrscheinlich, dass er sich ungewöhnlich lange an ein und derselben Stelle aufhielt.

Bewegungslos. Regungslos.

Der Flur war dunkel – es roch nach Mamas Parfüm. Ihre Sandalen und die billigen Nikes standen wie immer im Schuhregal.

Er schaute in den Spiegel: Er sah scheiße aus, und genauso fühlte er sich auch.

Rechts war die Küche, blitzsauber. Putzen gehörte zu Mamas wenigen Stärken.

Genau wie schon als Kind benutzte er die Fußmatte im Flur als Surfbrett: Er sprang darauf und glitt mehrere Meter weit. Einmal war er dabei gegen den Spiegel geknallt, die Risse in der Scheibe waren immer noch zu sehen.

Er blickte zur Tür seines alten Zimmers hinüber, in dem inzwischen seine Mutter schlief. Er hörte sie, bevor er sie sah: Sie schnarchte. Wie immer schlief sie in einer Selbstvertrauen ausstrahlenden Position – nicht zusammengerollt in der Fötusstellung, nicht auf dem Bauch mit den Händen unter dem Kissen, nicht auf der Seite mit einem Bein angezogen: Mama schlief immer auf dem Rücken, als warte sie darauf, die Welt zu empfangen, als könne ihr nichts passieren. Wie eine Königin.

Und inzwischen hatte sie ihr eigenes Bett. Das war nicht immer so gewesen.

Es würde Ärger geben, wenn Mama nach Hause kam. Trotzdem setzte er sich aufs Sofa und wartete. Spielte mit seinem Handy, blickte ab und zu auf und lauschte auf ihre Schritte im Treppenhaus.

Ihr Wohnzimmer war ein Witz: Die Couch war nachts Mamas Bett, der Fernseher war winzig, und sie hatten keine Playstation.

Mama arbeitete als Raumpflegerin, zumindest sagte sie das – es war aber eigentlich nur ein anderes Wort für Putzfrau. Früher hatte er sie ein paar Mal zur Arbeit begleiten müssen, sie hatte zwei Kindergärten in der Umgebung und das Krankenhaus geputzt. Er hatte nicht in den langen Fluren spielen dürfen, wo die Patienten lagen, sondern weiter unten bei den Lagerräumen, Umkleideräumen und Büros. Dort war auch das Zimmer des Reinigungspersonals mit nichts außer drei Sofas und einer Kaffeemaschine, aber die Putzfrauen lachten und nannten ihn in siebzehn verschiedenen Sprachen »süßes Kerlchen«.

Mamas Arbeitstage waren nicht lang, das wusste er, denn sie hatte auch einen Kurs begonnen, von dem sie manchmal erzählte: »Politikwissenschaft im Fernstudium, Spatz.« Da hatte er immer abgeschaltet, er mochte die fremden Worte und das Geschwätz nicht.

Sie waren arm, das wusste er schon seit Langem, auch wenn seine Mutter das Wort nicht benutzte. Arm waren hier alle. Man brauchte nur die anderen Kinder in der Schule beobachten oder in die Mall of Scandinavia gehen und zusehen, wie sie auf die teuren Sachen schielten, die Emir und seine Freunde höchstens aus den Geschäften stehlen konnten. Er bekam hundert Kronen Taschengeld im Monat, das war alles. Seine Mutter konnte ihm nur Second-Hand-Klamotten kaufen. Alles, was Emir besaß, war alt und abgenutzt oder gestohlen. Ob es anders gewesen wäre, wenn sein Vater noch gelebt hätte? Ob er sich damals weniger auf dem Platz herumgetrieben hätte?

»Deine Mutter ist eine Kämpfernatur«, pflegte Isak zu sagen, und er hatte recht. Sie hatte ihn allein großgezogen, und Emir konnte sich an kein einziges Mal erinnern, dass sie sich darüber beschwert hätte. Gleichzeitig hatte er das Gefühl, dass sie in Kurdistan eine bessere Mutter gewesen wäre als hier. Einmal hatte er sie gefragt, ob sie nicht aus Järva wegziehen sollten, weil seine Mutter so wenig Interesse an ihrer Umgebung hatte. Sie schüttelte den Kopf: »Mein Schwedisch ist nicht gut genug, um woanders hinzugehen«, sagte sie, ohne zu seufzen oder zu klagen – so war die Welt eben.

Ganz am Rand des Couchtischs lag das Buch, das sie gerade las: Immerhin konnte sie gut Englisch.

Er hörte das Klicken des Türschlosses.

Das übliche Geräusch aus dem Flur.

Sie stand in der Tür und starrte ihn an.

»Die Schule hat heute angerufen.«

Emir senkte den Blick.

»So kann es nicht weitergehen. Du musst zum Unterricht erscheinen«, fuhr sie fort. »Und keinen Streit anfangen, keine Zankereien und jeden Morgen das Gesicht waschen. Verstanden?«

»Die sind mir alle scheißegal.«

Mama packte ihn an der Schulter. »Nein, Emir. Beruhige dich bitte. Die Schule ist wichtig. Du willst doch wie ein Peschmerga werden, oder? Stark.«

»Mama, du gehst doch in die Schule, stimmt's?«

»Kann man so sagen. Im Internet.«

»Und was für einen Job hast du?«

Es war, als würden unsichtbare Haken die Mundwinkel seiner Mutter nach unten ziehen. »Du bist unverschämt.«

Emir sprang auf, das Buch fiel vom Tisch auf den Boden. »Die wollen uns doch nur verarschen. Wozu brauche ich die Schule?«

»Geh in dein Zimmer«, sagte seine Mutter und hob das Buch auf. »Und bleib da.«

Er musste mit seiner Mutter reden, ihr sagen, dass er ihre Hilfe brauchte. Etwas anderes fiel ihm nicht ein.

Für ein paar Stunden konnte er so tun, als hätte sich nichts geändert. Solange sie schlief. So tun, als würde das Damoklesschwert der lebenslangen Haftstrafe nicht über ihm hängen. Als würde sein Freund nicht zwischen Leben und Tod schweben. Als hätte man ihn nicht von der Dialyse ausgeschlossen. Als wäre er ein kerngesunder Shuno in Hochform, der es mit den Besten aufnehmen konnte, als hätte er immer noch Hayat, als verdiene er seinen Lebensunterhalt auf legale Weise, als könne er sich in der Stadt bewegen, wie er wollte, und wäre nicht auf diese Dreckszone beschränkt.

Das Wohnzimmer war noch genauso eingerichtet wie damals, als er hier gewohnt hatte, aber statt des Fernsehers hing eine gerahmte Karte von Kurdistan an der Wand. Daneben ein großes Foto: sein Vater in Badehose am Pool. Emir wusste nicht, wo es aufgenommen worden war, aber es war, als würde er sein Ebenbild anschauen.

Er setzte sich auf die Couch.

Er fragte sich, was die Polizisten wohl tun würden, wenn sie herausfanden, dass er den Peilsender und das Telefon weggeworfen hatte und sie ihn nicht orten konnten.

So müde hatte er sich noch nie gefühlt.

Er legte den Kopf zurück und die Beine hoch.

Als er einschlief, hatte er das Gefühl, den kleinen warmen Körper eines Kindes neben sich auf der Couch zu spüren.

23

Sam lag über ihr und war ganz grün im Gesicht.

»Geh bitte beiseite, wenn du dich übergeben musst«, sagte Fredrika und rappelte sich auf. Sie konnte sich bewegen, sie konnte denken, wenn auch mit Mühe. Das Schrillen in ihren Ohren war immer noch da, wie der Alarmton des Staubsaugerroboters ihrer Eltern, als sie noch ein Kind gewesen war. Jedes Mal, wenn ein Staubbündel stecken geblieben war, hatte er einen anhaltenden Piepton von sich gegeben, der in der ganzen Straße zu hören gewesen war.

»Ein Krankenwagen ist unterwegs«, sagte Sam. Sein Gesichtsausdruck hatte sich verändert. Seine starr dreinblickenden Augen waren weit aufgerissen.

Fredrika klopfte sich den Staub ab, stand auf und ging in die helle Sommernacht hinaus. Die Tunnelöffnung glich einem Krater.

Sam holte sie ein. Seine Kiefer waren in ständiger Bewegung wie die eines Wiederkäuers. »Das könnte Folgen für uns beide haben, das ist dir doch klar?«

Selbstverständlich. Wenn Zivilisten ums Leben gekommen waren, wäre das eine Katastrophe für Sam. Zugleich hatte Fredrika einen genehmigten Polizeieinsatz behindert. Es konnte so oder so ausgehen, und je nachdem würde einer von ihnen entlassen werden, wobei Fredrikas Stuhl sowieso schon wackelte. Für diese Art von Kollegen konnte sie nicht viel Mitgefühl aufbringen.

Sie hörte einen dumpfen Aufprall. Fredrika sah nach unten. Ein Stück vor ihr lag eine Plastiktüte im Gras.

»Nicht bewegen«, sagte Sam. »Die werfen oft Sachen über die Mauer, wenn sie hören, dass wir hier sind. Es können Exkremente oder Müll sein, aber auch Säure oder ein ISS.«

Improvisierter Sprengsatz.

Fredrika trat ein paar Schritte zurück. Sie dachte an den Gasangriff auf die Polizeistation in der Zone.

Sam rief einen seiner Männer herbei – denselben Polizisten, der den Sprengsatz in der Tunnelöffnung platziert hatte.

Der Polizist sah sich die Tüte an. Sie war verknotet, und ein M, das Logo von Maxxix, dem größten Lebensmittelgeschäft in der Zone, war darauf zu erkennen.

»Da ist nichts Gefährliches drin. Sie müssen sie mit einer Schleuder oder einem Katapult oder so rübergeschossen haben.«

Sie befanden sich etwa dreißig Meter von der Trennmauer entfernt.

»Sie haben uns gehört, als wir den Tunneleingang gesprengt haben. Sie wissen, dass wir hier sind«, sagte Sam.

Der Polizist klappte seinen Schlagstock aus und stupste damit vorsichtig die Tüte an. »Soll ich sie untersuchen?«

Sam nickte. »Aber mit Schutzmaske und Handschuhen.«

Fünf Minuten später kam der Polizist mit der geöffneten Tüte zu ihnen herüber.

Sam blickte als Erster hinein.

Der Polizist leuchtete ihm mit einer Taschenlampe.

Fredrika sah nur ein weinrotes Papierbündel.

Dann bückte sich Sam, hob das klebrige Papier auf und entfaltete es langsam.

Fredrika hatte ein flaues Gefühl im Magen. Sie beugte sich vor, um besser sehen zu können.

Das Rote war offenbar Blut.

»Siehst du, was es ist?«, fragte Sam.

Es war länglich, drei bis vier Zentimeter groß und sah aus wie eine Wurst, die aus einem Hotdog herausragt. Fredrika kapierte nicht, was es war.

Sie war so müde, dass sie sich kaum konzentrieren konnte.

Das sah aus wie ein Fingernagel …

Dann wurde es ihr klar: Es war ein Finger, ein abgetrennter Finger.

Sam hielt einen Zettel hoch.

»Das war auch dabei.«

Sie bekommen sie zurück, wenn wir bis Mitternacht fünfzehn Millionen in Unzen erhalten haben. Sonst machen wir weiter. Der Finger ist erst der Anfang.

DRITTER TAG

8. Juni

24

Hätte das Haus einem anderem gehört, hätte sie sich niemals bereit erklärt, so früh aufzustehen, Shooting hin oder her. Aber nun hatte sie keine andere Wahl. Alle paar Stunden wachte sie auf und dachte an das, was Guzmán von ihr verlangt hatte. Sie fragte sich, ob der Milliardär selbst zu Hause sein würde. Weitaus länger grübelte sie darüber nach, wie sie das Ganze überhaupt schaffen sollte.

Nova blieb im Bett und sammelte ihre Kräfte.

Als sie gestern Abend nach Hause gekommen war, hatte sie William Agneröd gegoogelt. Das Meiste hatte sie allerdings schon gewusst – der Typ war vielleicht die meistdiskutierte dreißigjährige Person seit Gigi Hadid.

Milliardäre – die neuen Superstars.

Im Alter von dreiundzwanzig Jahren hatte William Agneröd so etwas wie einen Algorithmus für Brainy entwickelt – lange bevor irgendjemand Brainy kannte. Nova verstand die Technologie nicht und interessierte sich auch nicht dafür; was aus Agneröd und seiner Firma namens Kwelch geworden war, interessierte sie dagegen umso mehr: In weniger als fünf Jahren war das Unternehmen von einer Einzimmerwohnung in Solna mit ein paar Servern darin zum weltweit führenden Brainy-Anbieter aufgestiegen. Kwelch setzte mehr um als Apple und Netflix zusammen, und seit die Chinesen eingestiegen waren, wurde das Unternehmen mit über 200 Milliarden Dollar bewertet. Niemand wusste genau, wie viel Agneröd besaß, aber es war allgemein bekannt, dass er zu den reichsten Menschen Europas gehörte.

William Agneröd besaß nach dem britischen Königshaus den zweitgrößten Grundbesitz in England, ihm gehörten vier Inseln in der Karibik und die Hälfte von Fårö. Seinen dreißigsten Geburtstag hatte er gefeiert, indem er sich mit seinen zwanzig engsten Freunden von Elon und SpaceX zum Mond hatte fliegen lassen. Dort waren sie gelandet, hatten Champagner durch Strohhalme getrunken und »Hoch soll er leben« gesungen, bevor sie wieder nach Hause zurückgekehrt waren. Agneröd hatte AIK Football und die L.A. Lakers gekauft, ihm gehörten Larry Ellisons alte Yacht sowie Roman Abramovichs letzte Wohnung in Kensington, und er hatte Jeff Bezos ein Angebot für eine Villa in den Hamptons gemacht. Agneröd hatte Billie Eilish und die norwegische Kronprinzessin Ingrid Alexandra gedatet und war wahrscheinlich der begehrteste Junggeselle Schwedens und der Welt.

Verflucht – sein Haus war vermutlich besser geschützt als das des Ministerpräsidenten.

»Guten Morgen, meine Lieben«, sagte sie mit einem falschen Lächeln in die Kamera. Es war viel zu früh zum Arbeiten, aber Nova musste dieses Video drehen. »Jetzt erst mal ein wunderbares Frühstück«, trällerte sie mit heller, begeisterter Stimme. »Beginnen wir den Tag mit meinem Lieblingsmüsli.« Das grelle Licht der Fotolampen stach ihr in die Augen – aber es sollte ja so aussehen, als würde sie jeden Morgen in der Sonne sitzen und dieses eklige Müsli essen. Noch nie hatte sie so wenig Lust, ein Video zu machen, zu lächeln und zu zwitschern.

»Jonas, du weißt ja, was ich gerne hätte«, zwitscherte sie und blinzelte in die Kamera. Sowohl er als auch Hedvig waren oft im Bild, denn die Follower sahen es gern, wenn Nova mit anderen *interagierte*, wie Jonas es nannte.

»Nein, das weiß ich nicht.«

Nova schob den Unterkiefer vor. Er war manchmal so dumm.

»Doch, doch«, sagte sie.

»Frisch gepressten Saft?«

Nova stand auf, ging zum Kühlschrank und öffnete ihn. *Der denkende Kühlschrank*, wie ihn der Hersteller nannte, schnallte gar nichts, wenn man die Ware nicht mit dem Etikett genau in eine bestimmte Richtung stellte. Beim letzten Mal hatte das Teil sechs Liter japanische Sojamilch bestellt, obwohl das Mineralwasser ausgegangen war.

Normale Milch zu ihrem Müsli wollte Nova nicht – *normale* Milch trank kein normaler Mensch mehr.

Kokosmilch – aber im Kühlschrank war keine Kokosnussmilch, auch keine Hafer- oder Reismilch. Keine einzige milchfreie Milch, noch nicht einmal laktosefreie.

»Jonas«, sagte sie und hörte, dass ihre Stimme der ihrer Mutter ähnelte. »Warum bist du so nachlässig?«

Hedvig zuckte hinter der Kamera zusammen. Das hier stand nicht im Drehbuch, aber Nova war jetzt verdammt sauer.

»Ich war nicht nachlässig.« Jonas warf ebenfalls einen Blick in den unnötig vollgestopften Kühlschrank. Auch ihm war bewusst, dass Hedvig die ganze Zeit filmte.

»Du hast nicht aufgepasst. Du weißt doch, dass ich jeden Morgen Kokosmilch will, aber du hast nicht dafür gesorgt, dass sie bestellt wird.« Nova durfte sich auf keinen Fall über die sogenannte Intelligenz des Kühlschranks beschweren.

»Aber der Kühlschrank soll doch angeblich von selbst spüren, dass ihm was fehlt?«

Eigentlich hätte sie jetzt aufhören müssen, aber sie konnte sich nicht zurückhalten. Sie war zu müde, um sich zusammenzureißen – egal, was danach passierte.

»Du hast nicht aufgepasst, das ist alles.«

»Vielleicht sollten wir jetzt eine Pause machen. Hedvig, halt die Übertragung an«, sagte Jonas.

»Nein«, sagte Nova. »Gib einfach zu, dass du nicht aufgepasst hast, dann können wir gerne über etwas anderes reden.«

»Aber der Kühlschrank müsste doch selbst bestellen …«

Sie durften NICHT negativ über ihre Sponsoren reden, das musste er doch am besten wissen. Nova schlug die Kühlschranktür zu. »Du willst einem Küchengerät die Schuld geben?«

»Lass uns eine Pause machen.« Jonas sah Hedvig verzweifelt an.

Nova sah ohne zu lächeln in die Kamera. »Jonas, sag einfach, dass du nachlässig warst. Gib zu, dass du gestern nicht in den Kühlschrank geschaut hast.« Hedvig richtete die Kamera auf Jonas. In Großaufnahme: seine kleinen Mitesser und seine stumpfe Nase mit den großen Nasenlöchern.

»Sag es«, wiederholte Nova.

In Jonas' Mund bewegte sich etwas, es sah aus, als wollte er mit der Zunge etwas zwischen seinen Vorderzähnen herausziehen. So hatte Nova noch nie mit ihm gesprochen.

»Ich …«, begann er, blickte zu Boden und verstummte. Sein Gesicht war rot.

Nova fragte sich, wie lang seine Wimpern waren.

Jonas öffnete den Mund, aber es kam nichts heraus. Dann drehte er sich um, ging aus der Küche und knallte die Tür zu.

Das gerahmte Foto von Ilhan Omar fiel von der Wand.

Hedvigs Ohrringe baumelten wie Christbaumschmuck, während sie die Kamera wie ein Schutzschild vor sich hielt. Sie übertrug immer noch alles live.

»Okay, ihr kleinen Freaks«, sagte Nova leise. »Jetzt ist es so weit. Ich habe es satt, mich zu verstellen, ich habe es satt, Produkte zu feiern, die mir nichts bedeuten, und vor allem habe ich es satt, so zu tun, als wäre hier alles echt. Ich bin nie echt, wenn ich mit euch spreche oder irgendwas tue. Ihr und eure Kommentare seid mir scheißegal. Es ist mir scheißegal, was ihr von mir denkt. Leckt mich.«

25

»Was machst *du* denn hier?« Seine Mutter stand über das Bett gebeugt da, die Mundwinkel zurückgezogen, als wäre sie überrascht und enttäuscht zugleich, und vielleicht war sie das auch. Sie sah aus wie ein Frosch. Ein Frosch mit gescheitelten dunklen Haaren.

Er war auf dem Sofa eingeschlafen.

Seine Mutter trug wie üblich Schwarz: eine schwarze Hose, eine schwarze Bluse und schwarze Sandalen.

Er merkte, dass er gesabbert hatte. »Darf ich etwa nicht zu Hause bei meiner Mutter übernachten?«

»Du hast eine eigene Wohnung.« Sie setzte sich neben ihn auf die Sofakante. »Aber ich bin froh, dass sie dich wieder freigelassen haben.«

Seine Mutter kochte Kaffee, wie sie es immer tat. Sie kochte das Wasser im *Džezva*, rührte den Zucker hinein, bis er sich vollständig aufgelöst hatte, schüttete einen üppigen Teelöffel extrem fein gemahlenes Kaffeepulver aus einer Blechdose mit kurdischer Schrift darauf hinein, rührte aus irgendeinem Grund, den niemand kannte, im Uhrzeigersinn um und wartete. Sobald die kleinen Bläschen auftauchten und der Schaum an der Innenseite des *Džezva* emporstieg, kratzte sie ihn ab, gab ihn in die vorbereiteten Tassen, fügte noch etwas Wasser hinzu, damit der Kaffeesatz auf den Boden sank, und goss schließlich den Kaffee selbst hinein, dampfend, fast dickflüssig, wie Schokoladensauce.

Der Kaffee, den seine Mutter trank, enthielt massenweise Koffein.

»Wie geht es dir?«, fragte sie.

»Im Moment ganz gut.« Emir seufzte. »Ich habe eine kostenlose Dialyse bekommen.« Er überlegte, ob er ihr sagen sollte, was mit Isak passiert war, aber dann würde seine Mutter nur besorgt und wütend werden.

»Wie großzügig.«

Emir dachte an die Unzen, die er in seinem Rucksack hatte, und an die übrige Ausrüstung. »Und wie geht es dir?«

»Was hier gerade passiert, ist eine Katastrophe.«

»Es gab schon früher Unruhen.«

Mutter nippte an ihrem Kaffee. »Aber nicht solche. Jetzt herrscht Krieg. Die Polizei hat ganz normale Leute umgebracht. Und Jugendbanden haben das Zebra überfallen.«

Das Zebra: Das Krankenhaus hier hieß so wegen der dunklen, hohen Fenster, die wie schwarze Streifen am Gebäude entlangliefen. Seine Mutter arbeitete dort, daher wusste sie Bescheid.

»Die nephrologische Abteilung wurde geplündert und verwüstet, und dein Arzt ist geflohen«, fuhr sie fort. »Ich weiß nicht, wie du da noch an eine Dialyse kommen sollst.«

Er schwieg – eigentlich hatte er seine Mutter bitten wollen, ihm zu helfen, die Dialyse selbst im Krankenhaus durchzuführen, immerhin arbeitete sie ja dort. Aber jetzt? Jetzt war alles im Arsch.

»Vielleicht kann Hayat mir helfen«, sagte er.

»Hayat ist nicht mehr deine Freundin.«

»Ich weiß. Aber vielleicht, wenn du sie fragst?«

Seine Mutter seufzte. »Ich glaube, du verstehst nicht richtig. Die Dialysegeräte sind kaputt oder wurden gestohlen.«

Diese Wahnsinnigen.

»Die Ministerin hat gedacht, sie könnte hier auf Stimmenfang gehen«, sagte Mama. »Es war eine Provokation, das ist alles.«

»Die Ministerin, ja …«, sagte Emir. Er sollte ihr sagen, was los war. Seine Mutter hatte ständig über Politik geredet, und Emir hatte nie zugehört. Aber jetzt wurde er neugierig.

»Was ist das eigentlich für eine?«

»Eva Basarto Henriksson. Vor vielen Jahren war sie sogar hier im Stadtrat. Dann war sie im Reichstag. Aber sie hat nicht gegen die Mauer gestimmt, die sie um uns gebaut haben.«

Sie verfiel wieder in ihr typisches Geschwafel, und Emir hörte nach wenigen Worten nicht mehr zu. Jetzt wusste er selbst nicht mehr, warum er nach Basarto Henriksson gefragt hatte. Für wen die Bullen ihn auch immer halten mochten – er hatte weiterhin vor, ihren Auftrag nicht zu erfüllen. Er wollte nicht mit den Bullenschweinen zusammenarbeiten, er kam schon irgendwie anders an seine Dialyse. Er wusste nur noch nicht, wie.

Mama trank einen Schluck Kaffee. »Aber sie ist ein guter Mensch, glaube ich.«

»Warum?«

»Sie ist hier in Järva geboren. Basarto Henriksson ist eine von uns.«

»Hör auf. Sie ist eine rassistische Suedi wie alle anderen auch.«

»Sei nicht so zynisch.«

»Hör auf zu meckern.«

Seine Mutter nippte an ihrem Kaffee. »Du solltest irgendwann in deinem Leben mal versuchen, die Welt ein bisschen anders zu betrachten.«

»Was soll das heißen?«

»Was soll Mila denn von dir denken? Was für ein Vater willst du sein?«

Emir leerte seine Tasse. Mila – seine Perle. Seine Tochter.

»Ich habe sie viel zu lange nicht gesehen«, sagte er. Er hatte keine Kraft, sich mit ihr zu streiten.

»Ich auch nicht.«

Er wusste, dass sie manchmal versuchte, Mila zu besuchen, auch wenn er nicht dabei war.

Mila: sein fünfjähriger Motor. Wegen ihr hatte er sich nicht an dem Rohr in der Gefängniszelle aufgeknüpft. Sie brachte ihn immer wieder dazu, sich für das Leben zu entscheiden. Das Nierenversagen, die Kopfschmerzen und die Überfälle durchzustehen.

Von den Ausgaben für seine Dialyse abgesehen hatte er alles Geld gespart, an das er gekommen war. Mila sollte nicht so leben wie er. Er wusste schon, was er ihr irgendwann von dem Geld kaufen würde: eine Wohnung außerhalb von Järva. Einen Ausweg.

26

Sie wusste nicht, wo sie war, als sie aufwachte. Drei Sekunden lang war sie genauso verwirrt wie nach der Explosion gestern Abend, dann fand sie sich allmählich zurecht: Sie hatte wieder in einem Pausenraum geschlafen. Offenbar wurde das langsam zur Gewohnheit. Das Sofa war nicht so hart, wie es aussah.

Taco war bei ihren Eltern, sie hatte sie gestern gebeten, den Hund abzuholen. Fredrika hatte keine Ahnung gehabt, wie der Tag verlaufen würde, und hatte nicht auch noch von genervten Hundepensionsangestellten terrorisiert werden wollen.

Jetzt konnte sie ihn ja abholen – hier gab es für sie heute nichts zu tun. Fast hätte sie es bereut, der Personenschutzeinheit beigetreten zu sein, auch wenn es karrieretechnisch eine kluge Entscheidung gewesen war, da sie damit der Säpo angehörte. Aber das war eigentlich nicht ihr eigentlicher Beweggrund gewesen. Man hatte es ihr empfohlen, und sie wusste auch, warum: Sie dachten, sie wäre zu spießig, um als Bereitschaftspolizistin zu arbeiten. Aber warum sie so war, wussten sie nicht.

»Gott sei Dank, dass du lebst« – das war das Erste, was Danielle Svensson gesagt hatte, als Fredrika gestern Abend die Tür zu ihrem Büro hinter sich geschlossen hatte.

Fredrika hatte sich geweigert, einen Arzt aufzusuchen, aber sie war nicht umhingekommen, ihrer Chefin Bericht zu erstatten.

Svenssons Büro war überraschend steril. Keine Unordnung, keine Deko, keine Bilder der Kinder oder der Familie. Das Einzige, was an der Wand hing, war eine Landkarte von Schweden und ein gerahmtes Foto von Svensson selbst mit einer Sig Sauer in der Hand und Gehörschutz auf dem Kopf. Auch die Zielscheibe war zu sehen: Svensson hatte mit allen fünf Schüssen ins Schwarze getroffen. Sie war gut, keine Frage. Zu viele der führenden Köpfe der Säpo waren Juristen, Politologen, Psychologen, sogar ehemalige Lehrer waren darunter. Zu viele hatten noch nie eine Waffe in der Hand gehabt. Svensson gehörte eindeutig nicht dazu.

»Ich kann erklären, was beim Tunneleingang passiert ist«, sagte Fredrika. Am besten, man packte den Stier bei den berüchtigten Hörnern. Sam hatte gesagt, dass man den Tunnel mit Sonden durchsucht, aber niemanden gefunden hatte. Somit erschien Fredrikas Handeln hundertprozentig idiotisch.

Sie schloss die Augen. Wahrscheinlich war sie schon vorher geliefert gewesen – jetzt hatte sie auch noch versucht, die Zerstörung eines unbefugten Durchgangs zu verhindern. Sie spielte mit dem Gedanken, sich einfach umzudrehen und wegzurennen. Auf alles zu scheißen. Auf ihre Pflicht. Ihre Berufung. Die Karrierepläne. Vielleicht ergatterte sie ja einen Job als Wachfrau oder als Fahrkartenkontrolleurin beim ÖPNV.

Doch stattdessen schilderte sie genau, was passiert war.

Svensson zupfte an einem unlackierten Fingernagel. »Es ist nicht so schlimm, wie ich zuerst gedacht hatte. Immerhin hast du keinen offiziellen Einsatz behindert.«

Vielleicht wollte ihre Chefin nur nett sein. Dabei hatte sie mit ihrem bisherigen Verhalten deutlich gezeigt, was sie von Fredrika hielt.

»Aber es ist völlig inakzeptabel, dass du ständig irgendwelche Alleingänge versuchst.«

Fredrika nickte. »Selbstverständlich nicht. Aber man hatte mich darüber informiert, dass noch Personen im Tunnel waren.«

»Emir Lund hat dich informiert, ja. Warum hast du ihm geglaubt?«

»Das weiß ich nicht.«

»Genau. Wenn man nichts weiß, sollte man auch nichts unternehmen, sondern seine Befehle befolgen«, sagte Svensson – eindeutig eine Anspielung auf die Entführung der Ministerin. »Aber lassen wir das, du hast schon genug Sorgen. Ich bin froh, dass dir nichts passiert ist.«

Fredrika schämte sich. Trotzdem musste sie nachfragen: »Was machen wir mit der Forderung? Hier steht, dass sie bis Mitternacht fünfzehn Millionen in Unzen wollen.«

Svensson atmete schwer. »Wir werden das analysieren. Du brauchst dir darüber nicht den Kopf zerbrechen.« Sie beugte sich über ihren Schreibtisch. »Ich hielt es von Anfang an für eine schlechte Idee, dich hinzuzuziehen, aber Murell wollte es so. Von jetzt an wirst du dich von dem Fall Basarto Henriksson fernhalten.«

Fredrika spürte, wie sie errötete.

»Ich bin deine Vorgesetzte, nicht Herman Murell. Du bist persönlich in die Geschehnisse auf dem Platz involviert und Ziel einer internen Untersuchung, daher wirst du mit dieser Angelegenheit nichts mehr zu tun haben. Hast du das verstanden?«

Sie nickte und hoffte, dass Svensson ihren roten Kopf nicht sah.

Ihre Vorgesetzte war eine dumme Kuh.

27

Jetzt standen sie davor. Die Villa war wirklich außergewöhnlich.

Dass William Agneröd sie überhaupt für ein Shooting öffnete, war verrückt, aber offenbar war der Stylist einer der besten Freunde des Multimilliardärs.

Nova ging mit einem Auftrag in den Palast des Königs.

Jonas und Hedvig standen mit ihren Kameras und der Beleuchtungstechnik auf beiden Seiten des Tores, um Backstage-Aufnahmen zu machen. Nachdem sie sich ausgewiesen hatten, wurden sie vom Sicherheitspersonal eingelassen. Niemand kontrollierte ihre Ausrüstung.

Die Sonne brannte erbarmungslos auf sie herab.

Jonas war immer noch aufgeregt. »Das war brillant, Nova!«, rief er. »Du bist ein Genie.«

Es war fast unangenehm, dass es ihm nichts mehr ausmachte, vor Hunderttausenden beschimpft worden zu sein, aber anscheinend interessierte er sich nur dafür, dass die Follower-Aktivität geradezu explodiert war.

»Kann ich die Steuern nicht jetzt gleich bezahlen?«, fragte Nova.

Jonas hielt inne. »Nein, nein, dafür bist du noch zu hoch verschuldet. Gegen den Steuerbescheid musst du Einspruch einlegen. Ich kann dir dabei helfen.«

Nova konnte ihn nicht einmal ansehen. »*Du* bist verschuldet«, hatte er gesagt, nicht *wir*.

Die Tür öffnete sich, und eine überschminkte Assistentin mit falschem Lächeln begrüßte sie.

Allein der Teil des Gebäudes, in dem sie sich jetzt befanden, war wahrscheinlich über tausend Quadratmeter groß, aber die Treppen und Aufzüge verrieten, dass das Gebäude noch mindestens zwei weitere Stockwerke hatte. Eigentlich war die Bezeichnung Villa unangebracht – es war ein modernes Schloss, eine moderne Festung auf einer eigenen Insel.

Sie hatte nicht den blassesten Schimmer, was das für Gemälde waren, die an den fünf Meter hohen Wänden hingen, aber Jonas konnte den Blick nicht davon abwenden. »Das hier ist komplett irre. Allein die Bestechungsgelder für die Baugenehmigung müssen mehr gekostet haben als mein und dein Haus zusammen. Und die Kunstwerke, ach …«

Der Fußboden bestand aus grünlichem Marmor, der Jonas zufolge überhaupt nicht mehr abgebaut wurde. Jeder Stein stammte also aus einem bereits bestehenden Gebäude und war noch einmal zurechtgeschliffen worden.

Erst als sie die Panoramafenster auf der anderen Seite der Eingangshalle erreichten, blieb auch Nova stehen und sah sich richtig um. »In meiner Jugend gab es noch nicht so viele superreiche Leute. Damals hatten die reichsten zehn Prozent nur etwa doppelt so viel wie die ärmsten zehn Prozent«, hatte Novas Mutter einmal zu ihr gesagt, als sie eine Dokumentation über amerikanische Milliardäre gesehen hatten.

»Und was war damals dann besser?«

Mama hatte sich an den Ohren gekratzt, wie sie es immer tat, wenn sie nachdenken musste. »Vielleicht war gar nichts besser. Aber jetzt besitzen die vier reichsten Schweden so viel wie alle übrigen zusammen. Ich glaube, das wirkt sich auf die Einstellung der Leute zu ihrem Land aus.«

Nova blickte über den Horizont. Es war, als würde das Haus mitten auf dem Meer in der Luft schweben.

William Agneröd war einer der vier auf einer Seite der Waagschale.

Die Superreichen waren so abgekoppelt von der Wirklichkeit wie jene Siebzigerjahre, mit denen ihre Mutter alles verglich.

Nova hatte einige von ihnen auf verschiedenen Veranstaltungen getroffen, wobei sie aber ausgerechnet William Agneröd nie persönlich begegnet war. Es hieß, dass diese Personen reich geworden waren, weil sie Risiken eingegangen waren – und sie erzählten jedem, der es hören wollte, wie sie es geschafft, was sie alles geopfert und dass sie in einem Serverraum geschlafen, auf dem Boden gegessen oder ihre Villen verpfändet hatten. Aber sie hatten alle entweder von Haus aus Geld gehabt und deshalb Investitionen tätigen können, die niemand ohne finanzielle Sicherheit gewagt hätte – oder sie hatten ihr Geld in nur wenigen Jahren und immer, bevor sie Kinder bekamen, mit einer neuen Technologie, einem Start-up und dergleichen verdient. Keiner von ihnen war ein tatsächliches Risiko eingegangen, das war alles Quatsch. Sie behaupteten, extremer Reichtum sei die Belohnung für *Wagemut*. Aber das war nur eine Art, das Ungleichgewicht zu rechtfertigen.

»Da ist er«, flüsterte Jonas.

Sie blieben stehen.

William Agneröd stand ein paar Meter vor ihnen, lässig gekleidet in weißen Leinenshorts und einem hellblauen Hemd, braun gebrannt, mit einer Tasche in der Hand und einer Sonnenbrille im Haar. Seine weißen Zähne blitzten, als er sich zu Nova umdrehte. »Da bist du ja.«

Scheiße, Scheiße, Scheiße.

Agneröd löste sich aus der Gruppe von Männern, die um ihn herumstanden.

Ah, wie gut er aussah: selbstbewusst, ruhig und doch voller Energie.

Er kam mit einer Selbstverständlichkeit auf sie zu, als würden sie sich schon seit dem Kindergarten kennen.

»Hey«, sagte Nova.

William Agneröd gab ihr Luftküsse auf die Wangen. »Willkommen.«

Aus den Augenwinkeln sah sie, dass Jonas sich bewegte, als stünde er auf Zehenspitzen.

»Was für ein schönes Haus«, sagte Nova.

»Danke, es zu bauen hat über ein halbes Jahr gedauert, und es wurde erst vor drei Monaten fertiggestellt. Aber es gefällt mir.«

»Bist du oft hier?«

»Nein, ich bin viel unterwegs. Aber hier habe ich meine Basis. Ich liebe Schweden.«

Nova wusste nicht, was sie noch sagen sollte.

»Dann wünsche ich euch einen schönen Tag«, sagte William und schwang sich die Tasche über die Schulter. »Ich muss leider los. *Enjoy*!«

Sein Gefolge scharte sich um ihn. Es sah aus, als würden sie ihn vor sich hertragen.

Das Team bestand aus mindestens vierzig Leuten. Nova hatte zwar schon viele Shootings mit Fotografen, Fotoassistenten, Maskenbildnern, Assistenten, Werbeleitern, Requisiteuren, Beleuchtern und so weiter gemacht, aber noch nie mit so vielen auf einmal. Und noch nie so früh am Morgen.

Einige stellten sich vor, einer war hipper als der andere: Implantate, Rip-off-Tattoos – jeder ließ sich ja heutzutage seine alten Tattoos weglasern –, Gooey-Pullover und Adidas-Premium-Caps. Niemand saß in den weißen Ledersesseln, alle wuselten herum und versuchten, beschäftigt auszusehen. Im Hintergrund liefen dieselben Melody-Trip-Songs, zu denen Nova neulich mit Simon getanzt hatte. Ein junges Mädchen behauptete, sie sei aus L.A. eingeflogen worden, um sich um die Getränke des Stylisten zu kümmern, der anscheinend nur mexikanische Coca-Cola oder isländisches Kyögurvatten trinken konnte, das genau 21,2 Grad Celsius warm sein musste.

»Wir sind ein bisschen spät dran, und der Stylist ist noch nicht da«, sagte die überschminkte Assistentin. »Nova, du hast also noch ein wenig Zeit. Du kannst frühstücken, dich einfach hinsetzen und entspannen oder einen Spaziergang runter zum Wasser machen.«

Nova hörte kaum, was die anderen sagten. Was sie für Guzmán tun musste, war verrückt.

Sie drehte sich zu Jonas um. »Ich gehe spazieren.«

Er legte die Kamera weg. »Es ist zu heiß draußen. Deine Schminke wird verlaufen.«

»Wer hat denn was von Rausgehen gesagt?« Nova grinste.

»Sag mir Bescheid, wenn du etwas findest, das weniger als hunderttausend Kronen kostet«, kicherte er.

Sie hatte Jonas wirklich gedemütigt, als sie ihn heute Morgen runtergeputzt hatte. Er war ein netter Mann, der nur das Beste für sie wollte.

In den Kommentarbereichen war nach dem Wutausbruch die Hölle los: Nova war ein Schwein – Nova war eine starke Frau, die ihre Meinung sagte. Nova war eine Tyrannin – Nova war eine Anführerin, die Verantwortung übernahm. Nova war eine Heulsuse, die zu wenig gefickt wurde – Nova war ein Vorbild für alle Unternehmer. Nova sagte zur Abwechslung mal die Wahrheit. Sie zeigte *echte* Gefühle.

Sie konnten schreiben, was sie wollten. Sie würde jetzt einfach die reichste Person Schwedens bestehlen und dann mit dem ganzen Schwachsinn aufhören.

28

Das krasse Haus am Västerby Backe war eines der berühmtesten in der Gegend. Emir war selbst einige Male dort gewesen, bevor er Vater geworden war, bevor er mit Hayat zusammengekommen war.

Trotz der Sonne konnte man deutlich sehen, wie die Leuchtreklame ihre Farbe von Rosa zu Rot, dann zu Blau und wieder zu Rosa wechselte: *24H Gentlemen's Club.*

Das Bordell *Artemis VI: Järva* war auch als das größte legale Bordell Schwedens bekannt. »Legal« in Anführungszeichen, dachte Emir, denn auch wenn die Betreiber Formulare ausfüllten und ihr Etablissement von Zeit zu Zeit vom Ordnungsdienst abgenommen wurde, handelte es sich wohl kaum um ein sauberes Geschäft. Die Bordellbesitzer gehörten zu den Geschäftsleuten des Västra-Netzwerks, zu den wenigen, die es nach oben geschafft hatten. Zu denjenigen, die nicht verhaftet oder getötet worden waren oder sich selbst mit Drogen ruiniert hatten. Gerüchten zufolge machte allein das Artemis mehr Umsatz als der gesamte Kokainhandel in Västra Järva.

Er wusste nicht genau, warum er hier stand.

Vielleicht um Isaks willen – damit das, was er seinem Freund aus Versehen angetan hatte, nicht zur totalen Katastrophe führte. Und vor allem: Seine Mutter hatte Mila erwähnt. Was für ein Vater wollte er sein? Was für ein Mann? Vielleicht dachte er auch nur an sich selbst: Er würde sterben, wenn er keine Dialyse bekam. Er hatte geplant, die Polizisten zu täuschen und abzuhauen, aber jetzt wusste er wieder nicht weiter.

Mit Milas Mutter Lilly hatte er nie zusammengelebt. Es war ein One-Night-Stand, kurz bevor er mit MMA angefangen hatte, oder zumindest hatte er das damals gedacht. Zehn Wochen später hatte sich Lilly über Snapchat gemeldet und ihm mitgeteilt, dass sie schwanger sei und das Baby behalten wolle. Er hatte mit ihr sprechen wollen, aber sie hatte nicht geantwortet. Er hatte ihre Adresse nicht gekannt, ja noch nicht einmal ihren Nachnamen.

Er wusste auch nicht, in welchem Krankenhaus Mila zur Welt gekommen war, aber nach ein paar Monaten war Lilly mit Mila im

Arm aufgetaucht und wollte Kohle sehen – ihrer Meinung nach war es seine verdammte Aufgabe, welche aufzutreiben.

Emir wusste nicht viel über Milas Leben. Er wusste nicht, wie ihr Zimmer aussah, ob sie überhaupt ein eigenes Zimmer hatte, ob sie Freunde hatte oder welche Gutenachtgeschichten sie mochte. Aber er wusste, dass Lilly das alleinige Sorgerecht hatte und dass er seine Tochter nur zwei Stunden am Stück und im Beisein ihrer Mutter sehen durfte.

Trotzdem dachte er irgendwie ständig an Mila.

Er war den ganzen Vormittag herumgelaufen und hatte mit allen möglichen Leuten geredet: mit alten Bekannten, die noch im Bett gelegen hatten, mit den Dealern an den Straßenecken, mit Kindern, die gerade dabei gewesen waren, Autos in Brand zu setzen. Sie alle wussten, wer er war – der Prinz –, und sie vertrauten ihm. Es war nicht schwer, ihnen ein paar Gerüchte über die Ministerin zu entlocken, aber so richtig auspacken wollte niemand. Er weckte seinen alten Trainer, die Leute aus dem MMA-Club und sogar ein paar von Hayats Bekannten. Selbst wenn jemand etwas wusste, wollte niemand Namen nennen. Er klopfte an die Türen der Shunos, denen er Stoff verkauft hatte – gefährliche Typen –, und der Shunos, die ihm Aufträge gegeben hatten – noch gefährlichere Typen. Sie starrten ihn wortlos an und fragten sich, warum er überhaupt fragte. Es war hoffnungslos. So kam er nicht weiter. Also änderte er seine Strategie – er ging zu den Leuten, die er ausgeraubt hatte: Pokerspieler, Hehler, Rapper mit Goldkettchen. Sie alle hatten zwei Dinge gemeinsam. Erstens: Sie bewahrten Wertgegenstände zu Hause auf. Zweitens: Sie hatten eine Heidenangst vor ihm.

Ein Kerl, der sich auf Pferdewetten spezialisiert hatte, war so erschrocken, als Emir vor der Tür stand, dass er ihm seinen 75-Zoll-Bildschirm anbot, ohne zu fragen, was er überhaupt wollte.

»Ich will deinen Fernseher nicht.«

»Bitte. Ich bin pleite.«

»Ich brauche Informationen.«

Der Typ hatte das eine oder andere im Puff aufgeschnappt. Bingo.

Die Männer, die auf den Sesseln in der Lobby saßen, schlürften so laut Saft und Kaffee, dass man es noch an der Rezeption hören konnte.

Emir erinnerte sich an Hayats Kommentar, als sie die Prostitution legalisiert hatten: »Schweden ist bisher ohne Bordelle ausgekommen, warum sollten sie jetzt damit anfangen?«

Er hatte gegrinst. »Baby, du bist der klügste Mensch, den ich kenne, aber manchmal auch ziemlich naiv. Natürlich gab es bisher Bordelle. Jetzt ist es dasselbe wie vorher, nur mit Regeln.«

Sie spuckte auf den Boden. »Regeln? Im Gegenteil, das ist Deregulierung. Dieselben privaten Unternehmen, die die Mauern gebaut haben, haben auch in die Cannabisläden und Schulen investiert. Denselben Großkonzernen, die die Wohnhäuser hier an ausländische Risikokapitalgeber verkauft haben und unsere neuen privatwirtschaftlichen Gefängnisse bauen werden, gehört das Grundstück mit dem Bordell darauf. Die Leute, die von dieser ganzen Scheiße profitieren, leben nicht hier. Sie zahlen keine Steuern in diesem Land, aber ihre Unternehmen stehen an der Spitze der Börsencharts.«

Es schien eine Ewigkeit her zu sein, er und Hayat. Und doch hatten sie sich irgendwie ein Leben lang gekannt.

Es war so lange her.

Er war auf dem Weg nach Hause, allein auf dem Feldweg. Isak war bei seinen Cousins in Kista.

Er hörte jemanden hinter sich. Schritte auf dem Kies. Hayat.

Sie gehörte zu den braven Mädchen, aber nicht zu den stillen Strebern, sondern war ein kluger »leuchtender Stern«, wie Isak einmal gesagt hatte – das klang irgendwie cool. Wenn Hayat in der Schule die Hand hob, dann nie, um zu antworten, sondern um Fragen zu stellen, bei denen die anderen merkten, dass sie nichts kapiert hatten.

»Spielst du Minecraft?«

Eine seltsame Frage von einem Mädchen. Natürlich hatte er Minecraft gespielt, auf Isaks PS4 und auf seinem eigenen Handy.

»Willst du mit zu mir kommen und spielen?«

Emir sagte ja.

Sie trafen sich weiterhin, aber sie gingen nie aus, sondern blieben immer bei ihm oder bei ihr zu Hause. Es war schön, mit ihr zu reden. Er hatte das Gefühl, dass er mit Hayat offener reden konnte, über Dinge, über die sonst niemand sprach: Politik, nerdige App-Spiele oder die Bedeutung verschiedener schwedischer Wörter. Mit Hayat öffneten sich Türen in seinem Kopf, von denen Emir nicht einmal gewusst hatte, dass sie existierten.

Irgendwann erzählte er Isak, dass er sie ein paar Mal getroffen und wie der letzte Geek mit ihr Minecraft gespielt hatte. Isak sagte nur: »Alter, du hast eine Kizz, siehst du das nicht? Du solltest stolz sein und fragen, ob du ihre Memeks anfassen darfst.«

Die Frau hinter dem Plexiglas war auf ihr Handy konzentriert.

Emir klopfte an der Scheibe.

»Wie lange willst du Spaß haben?« Ihr Kichern klang wie ein schlecht getuntes Moped.

Die Preisliste: achthundert Kronen für zwei Stunden im Bordell, zwölfhundert für vier. Für drei Riesen durfte man vierundzwanzig Stunden bleiben. Emir fragte sich, ob man auch ein Armband erhielt.

Die Empfangsdame kicherte wieder. »Jede Therapeutin hat außerdem noch ihren eigenen Tarif.«

Emir nickte. *Therapeutin*? Fuck, warum sprach sie nicht einfach Klartext und sagte Hure oder etwas anderes – Nutte, Stricherin, Prostituierte. Sie rechneten selbst ab, nachdem sie die Kunden bedient hatten. Er legte eine Unze hin.

»Arbeitet Rezvan heute?«

So lautete der Name, den er von dem Typen mit den Pferdewetten bekommen hatte: Eine Person namens Rezvan arbeitete hier und wusste, wer die Ministerin entführt hatte.

Das Lächeln der Empfangsdame erlosch. »Keine Ahnung. Aber in unserer App kann man sehen, welche Therapeuten gerade da sind. Man kann auch reservieren, aber die meisten haben heute frei, weil draußen so viel los ist.«

Auf dem Unterarm der Empfangsdame war ein von einem Pfeil durchbohrtes Herz tätowiert.

An den Wänden des Flurs hingen digitale Werbetafeln.

Celebrity Look-Alikes London besucht Artemis VI Juni-August.

Rob Thesel: Zwei Jahre in Folge Gewinner des Gay-Oscars. Mach dich auf was gefasst!

Lolo Biryani – am besten bewertet auf Artemis Worldwide. Nur für dich.

Seine Mutter war so verdammt anti. Emir verstand nicht so recht, was das Problem war: Sex war in Schweden schon immer käuflich gewesen, und so gab es wenigstens gewisse Kontrollen. Niemand wurde geschlagen. Niemand wurde vergewaltigt. Niemand war unter achtzehn. Zumindest nicht offiziell.

In der Vergangenheit hatten die Leute dafür bezahlt, um zuzusehen, wie er verletzt wurde, wie seine Nieren kaputtgeschlagen wurden – Emir selbst hatte seinen Körper mehrmals verkauft, um andere zu unterhalten.

Er scrollte durch die Fotos der Prostituierten in der App: viele Frauen, ein paar Männer – aber niemand mit Namen Rezvan. Es waren sowieso ganz offensichtlich Pseudonyme. Unter jedem Foto stand eine kurze Beschreibung: Alter, Herkunftsland, Hobbys. Wer interessierte sich schon dafür, was für Hobbys sein Sexobjekt hatte?

Vielleicht war Rezvan einer der Männer, die sich prostituierten.

Der Gang war leer, aber einige Türen standen offen. Er blickte in eine große Halle mit einer Bar und einer Bühne mit Striptease-Stange darauf. Ein Shuno stand hinter dem Tresen und polierte Gläser, ansonsten saßen nur zwei Männer an einem Tisch.

Die Schnapsflaschen waren von hinten beleuchtet. Die Barhocker hatten weinrote, abgenutzte Sitzflächen, es roch nach verschüttetem Bier. Die Theke war aus schwarzem Marmor.

Der Barkeeper blickte mit einem Ruck auf, als wäre er überrascht, Emir zu sehen. »Ja?«

»Weißt du, wo Rezvan ist?«

Der Barkeeper polierte weiter das Glas, seine Haut war so dunkel wie die Farbe des Tresens. »Haben Sie die Regeln nicht gelesen? Steht alles in der App.«

Emir schüttelte den Kopf.

»Es ist verboten, über die Therapeuten zu sprechen. Wir können unsere Lizenz verlieren, wenn wir private Informationen weitergeben.«

»Ich will ihm ein Angebot machen.«

»Sprich so, dass ich es verstehe.«

»Ich bin nicht hier, um eine Dienstleistung in Anspruch zu nehmen.«

Der Barmann schwenkte das Glas in seiner Hand. »Ich kenne nur einen Rezvan, und der arbeitet im dritten Stock.«

Die Fahrstuhltüren öffneten sich lautlos. Das Bordell hatte mehrere Untergeschosse: *Spa- und Pool-Etage, Kinky Area, Darkroom, Bino-Theater.*

Letzteres war wohl ein virtuelles Bordell. Weiß der Geier wozu, das richtige lag doch zwei Stockwerke darüber. Vielleicht war es billiger. Oder ideal für die wirklich Schüchternen.

Der Flur war leer. Hinter einigen Türen waren leise Geräusche zu hören. Das Schild neben dem Knopf im Aufzug hatte ihm verraten, in welchem Stockwerk er sich befand: *Gay und Trans Fun.* An den Wänden standen Sofas und Sessel aus schmutzabweisendem Material, weiter hinten ein Getränkeautomat. Energydrinks und Geleepillen.

Wir sind bei der Gewerkschaft und werden mindestens einmal im Monat ärztlich untersucht. Aber im Mittelpunkt stehst du!, stand auf einem Schild.

Emir öffnete eine Tür. Auf einem Bett war ein junger Mann auf allen vieren. Hinter ihm stand ein alter, vollständig bekleideter Mann mit einem länglichen Gegenstand in der Hand, der wie eine Flasche aussah. Er war gerade dabei, ihn in den Hintern des anderen zu schieben.

Emir sah den Nackten an. »Bist du Rezvan?«

Der Alte hielt sich die Hände vor das Gesicht – er wollte offensichtlich nicht erkannt werden.

Den Jüngeren schien die Störung nicht zu kümmern. »Rezvan ist im letzten Zimmer, ganz am Ende des Flurs.«

Die Tür war abgeschlossen. Emir klopfte.

Nichts geschah.

Er klopfte wieder.

»*Hey,* du Vollidiot, hier hast du nichts verloren. Nur für Personal.«

Emir beugte sich zur Tür vor. »Ich bin kein Kunde«, sagte er.

Es klapperte. Er hörte leise Schritte.

Die Tür öffnete sich: ein Junge in Pinzai-Hose und einem Fendi-T-Shirt.

»Wo ist Rezvan?«, fragte Emir.

Die dunklen Locken des Jungen reichten ihm bis über die Ohren und waren so dicht und glänzend, dass es fast aussah, als würde er eine Perücke tragen.

»Ich bin Rezvan«, sagte der Junge krächzend. Er konnte nicht älter als vierzehn sein. Verdammt, so junge Leute sollten hier doch nicht arbeiten. »Was wollen Sie?«, fragte er.

»Ich will dir nur ein paar Fragen stellen«, sagte Emir.

»Vergessen Sie's.«

Emir hatte keine Zeit für langes Gequatsche. Er hob den Jungen hoch in die Luft – Rezvan wog nicht mehr als fünfundvierzig Kilo, er war leicht wie eine Feder.

»Ich möchte dir nur ein paar Fragen stellen. Ich weiß, dass du etwas weißt.« Emir hielt eine Unze hoch.

Der Junge betrachtete das Geldstück mit durchdringendem Blick.

»Die gehört dir, wenn du mir sagst, was du über die Ministerin weißt«, sagte Emir.

Dann ertönte ein anderes Geräusch, eine blecherne Stimme aus den Lautsprechern an der Decke: »*Eine Nachricht an alle Klienten und Therapeuten von Gay Fun und Trans Fun.*« Emir erkannte die Stimme: Es war die kichernde Empfangsdame. »*Wir haben gerade ein kleines Problem, das aber bald gelöst sein wird. Bis dahin müsst ihr in euren Zimmern bleiben und abschließen …*« Ein lautes Knistern drang aus den Lautsprechern, es folgte ein langgezogenes Quietschen, dann Stille.

Was zum Teufel war da los?

An Rezvans Hals pulsierte eine Ader.

Emir lockerte seinen Griff. Erst jetzt nahm er sich die Zeit, sich umzusehen. Es war kein Fickraum, sondern eine Art Werkstatt: zwei Werkbänke mit Kabeln und Werkzeugen, Tuben und Farbdosen. Auf mehreren hohen Regalen standen gummiartige Kopien von Männern und Frauen, die Arme und Beine in seltsamen Positionen verdreht, rasiert oder stark behaart, normale Genitalien und riesige Genitalien, Brüste, die wie Fußbälle aussahen, alles wirkte lebensecht, obwohl es schlaff und kalt dalag. Emir wusste, dass die digitalen Fick-mich-Puppen ziemlich wertvoll waren. Gleichzeitig ging ihm auf, dass der Junge hier immerhin nicht seinen eigenen Arsch verkaufte.

»Was soll das? Was meint sie damit?«

Rezvan richtete sich auf. »Ich bin mir nicht sicher. Aber ich habe nicht vor, noch länger hier zu bleiben.«

»Lass uns erst reden.«

Trotzdem ließ er den Jungen die Tür einen Spalt öffnen.

Männer strömten aus dem Aufzug am anderen Ende des Flurs. Viele Männer. Sie sahen alle gleich aus: weiße Kaftane, lange Bärte, Pilgerhüte auf dem Kopf.

Und alle hatten Eisenstangen in der Hand.

Sie machten sich daran, die Türen im Flur aufzubrechen. »*Kahbos*«, schrie der Kerl, der ganz vorne marschierte. Speichel spritzte dabei aus seinem Mund wie aus einem Springbrunnen.

Emir verstand sofort, was los war. Ganz schlechtes Timing. Er wollte doch nur ein paar Minuten mit Rezvan reden, und jetzt kamen diese Verrückten – sie wollten schon seit Jahren das Artemis dem Erdboden gleichmachen. Emir hatte die Plakate gesehen, von den Websites gehört, von den Shoken-Videos und den Hass-Podcasts.

Emir war scheißegal, wer wem einen blies. Aber diese Fanatiker gehörten alle gekreuzigt oder in die Klapsmühle gesteckt.

Die Kaftantypen zerrten die beiden Männer, die Emir vorhin überrascht hatte, in den Flur.

Die Eisenstangen trafen mit dumpfen Geräuschen auf ihre Körper – die Schreie des jungen und des alten Mannes hingegen waren schrill.

Emir schätzte, dass er es nicht bis zum Aufzug schaffen würde. Er saß in der Falle – zur falschen Zeit am falschen Ort.

Rezvan zeigte auf eine andere Tür weiter hinten in der Werkstatt, die hinter all dem Kram kaum zu sehen war.

Emir begann, das Zeug beiseitezuräumen: menschliche Körper aus Plastik und Silikon.

Der Junge öffnete die Hintertür.

Eine Wendeltreppe aus Metall.

Sie rannten los. Die Treppe hinunter.

Andere klappernde Schritte.

Verdammt – jemand war hinter ihnen her. Woran sich Emir in den letzten Tagen schon fast gewöhnt hatte.

Er drehte sich nicht um. Die Treppe klapperte – er nahm fünf Stufen auf einmal. Das Geländer vibrierte. Zweimal war er gescheitert – jetzt würde er sich nicht mehr aufhalten lassen.

Sie kamen unten an: ein Betonflur, an dessen Wand kleine Müllsäcke aufgereiht waren – Emir wollte gar nicht erst darüber nachdenken, was darin war. Rezvan war noch ein Stück hinter ihm auf der Treppe.

Er wartete. Der Junge kam nach.

Da tauchte ein Mann auf, der ein noch röteres Gesicht als die Bullenchefin Svensson hatte. Die nagelneuen Nike-Schuhe wirkten unwirklich im Kontrast zu seinem weißen MENA-Outfit. Die rostige Eisenstange lag schwer in seiner Hand. Sein Kaftan sah sehr sauber aus. Er packte Rezvan und schleuderte den Jungen mit voller Wucht gegen die Wand.

»Bist du schwul?«

»Ja«, sagte Emir so unbeschwert wie möglich. »Ist das ein Problem?«

»Du bist haram.«

Emir ging zwei Schritte auf den Idioten im Kaftan zu.

Aber der Schwachkopf hielt das Eisenrohr so über Rezvan, dass er dem Jungen mit einem Schlag den Schädel zertrümmern konnte.

Emir wusste noch nicht einmal, wo er gerade war und wie er hier wieder herausfinden sollte.

»Darf ich dich küssen?«, fragte er und zwinkerte übertrieben.

»Du bist krank«, sagte der Idiot und richtete die Stange nicht mehr auf Rezvan, sondern auf ihn. Und genau das hatte Emir gewollt.

Er holte Schwung, und zwar ohne irgendwelches Getue – er fuchtelte nicht mit den Armen oder gar Beinen herum, drehte sich einfach in der Hüfte, verlagerte seinen Körperschwerpunkt –, und trat mit voller Wucht gegen das Knie des Idioten.

Es knickte nach hinten ab, völlig verdreht.

Der Idiot schrie wie ein Schwein – mega-haram – und krachte in die Müllsäcke voller Kondome und Sperma.

Rezvan stand auf, rieb sich die Schulter und verzog das Gesicht vor Schmerz.

Emir half ihm auf. »Und jetzt zeigst du mir, wie wir aus diesem Puff rauskommen.«

29

»Vielleicht sollte ich zu dir in den Ruheraum ziehen. Das Sofa ist doch von Hästens, oder?«, grinste Arthur.

Sie saßen sich in der Kantine gegenüber, weit weg von den Kollegen. Danielle Svensson hatte Fredrika am Vorabend von dem Fall abgezogen.

Arthurs dunkles Haar glänzte rötlich, aber es war nicht mehr so zerzaust wie bei ihrer letzten Begegnung auf dem Platz. Es fühlte sich so an, als wäre es Wochen her.

Ob sich Arthur die Haare färbte? Manchmal kam er ihr wie fünfzig vor, dann wieder wie neunundzwanzig. Seine verschmitzte Art ließ ihn jünger erscheinen, ebenso – wie Fredrika erst jetzt bemerkte – sein gleichmäßig dunkles Haar. Seine Erfahrung und seine Routine wiederum ließen ihn älter wirken.

»Die Kaffeemaschine hat mich für Danielle Brain Svensson gehalten«, sagte Arthur und grinste noch breiter.

Die sprachgesteuerte Kaffeemaschine der Abteilung konnte angeblich Personen erkennen und sich ihre Kaffeevorlieben merken.

»Jetzt habe ich also Stevia und wahrscheinlich ein paar Benzodiazepine in meinem Kaffee.«

Fredrika versuchte, nicht zu lachen. »Na, dann wird es hier vielleicht endlich etwas ruhiger.« Dann wurde sie ernst. Ob Arthur zu den Scharfschützen gehörte, die die Menschen auf dem Platz getötet und verletzt hatten?

»Konntest du sie sehen, als sie weggezerrt wurde?«, fragte sie stattdessen.

Arthur nippte an seinem Kaffee. »Am Anfang schon, aber als der Tumult richtig losging, nicht mehr.«

»Ich auch nicht.«

»Ich weiß, aber du hast dein Bestes gegeben.«

»Nicht jeder denkt so. Die interne Abteilung hat mich gestern darüber informiert, dass der Verdacht eines Fehlverhaltens gegen mich besteht.«

Arthur erstarrte mitten in der Bewegung, die Kaffeetasse auf halbem Weg zum Mund. »Weil du *nicht* geschossen hast?«

»Können wir vielleicht ein paar Schritte gehen? Ich möchte hier lieber nicht darüber reden.«

Sie gingen gemächlich nebeneinander und sagten ausnahmsweise nichts, sondern warteten, bis sie außer Hörweite der aufgeregten Demonstranten und der Kollegen waren, die ebenfalls einen Mittagsspaziergang machten.

Nicht zum ersten Mal hatte Fredrika das Gefühl, Arthur schon viel länger zu kennen, als es eigentlich der Fall war. Sie kannte seine entschlossenen Bewegungen, seine humorvollen Bemerkungen und wusste immer, wann er scherzte und wann er es ernst meinte – etwas, das sie bei anderen Kollegen nicht immer zuverlässig erkannte. Eigentlich war er eine tolle Partie, aber ganz sicher nichts für sie. Andererseits, wer war das schon?

Zuletzt hatte sie über ein Jahr lang eine On-off-Beziehung gehabt, bis er ihr eröffnet hatte, dass er mit einer Frau in Örebro verheiratet war. Vor ihm war es ein Sondereinsatzleiter aus Göteborg gewesen, der sie für eine UN-Militärdienstmitarbeiterin verlassen hatte. Und davor nichts mehr.

Sie war eine Versagerin, wenn es um Männer ging. Das war klar. Und das war auch der Grund, warum sie soziale Bindungen scheute. Sie war zur Einzelgängerin geworden. Sie hatte Taco und den Job. Das war genug, damit war sie glücklich. Das hatte der Chef gesehen und ihr den Job beim Personenschutz angeboten. Und sie hatte festgestellt, dass er perfekt zu ihr passte.

Die Ladestationen waren leuchtend blau und die Blätter an den Bäumen gelb, als wäre der Herbst dieses Jahr vier Monate früher gekommen. Das riesige Vordach der Polizeistation wirkte aus der Ferne wie der Schirm einer Dienstmütze.

»Ich habe einen Fehler gemacht. Ich hätte schießen sollen«, sagte Fredrika, als sie den Kronobergsparken betraten.

»Das ist doch Blödsinn.« Arthur lächelte sie an. »Wir sollen Befehle befolgen, aber gute Polizisten müssen auch den gesunden Menschenverstand einschalten. Und du bist eine gute Polizistin.«

»Gesunder Menschenverstand ist für jeden etwas anderes, aber Befehle sind für alle gleich.«

Fredrika spürte es deutlich: Sie riskierte nicht nur, ihren Job zu verlieren und wegen einer Straftat verurteilt zu werden – sie riskierte noch etwas anderes: Die Polizeiarbeit war ihre Berufung, und sie wollte nichts anderes, als diese Arbeit gut zu machen. Sie wollte zum Sondereinsatzkommando, sie wollte in die höchsten Ränge der Polizei aufsteigen. Aber vielleicht hatte Arthur recht, vielleicht überreagierte sie, vielleicht würde man sie ja gar nicht entlassen. Sie sollte sich keine Sorgen machen, sie war keine zwanzig mehr, kein Welpe. Andererseits blieben inzwischen weniger als vierzehn Stunden, bis das Ultimatum der Entführer ablief.

Sie gingen an den Bänken und dem Spielplatz oben auf dem Hügel vorbei. Der Kronobergsparken war alt und eine der wenigen Grünflächen in der Innenstadt. Die Bäume hatten dicke Stämme: Eichen, Kastanien, Ahorne und Linden.

Arthur machte wie immer ein paar Witze. Er gab sich Mühe, sie aufzuheitern. Es fühlte sich unpassend an, ihn zu fragen, ob er jemanden auf dem Platz getötet hatte.

Eigentlich wusste sie nur sehr wenig über sein Privatleben. Sie war sich ziemlich sicher, dass er Single war, Arthur hatte noch nie eine Partnerin erwähnt, aber sie wusste nicht, woher er stammte oder was er nach der Arbeit machte, außer zu trainieren. Sie wusste nicht einmal, ob er Kinder hatte.

»Ich war letzte Nacht bei Svensson«, sagte sie, »und es gibt eine Sache, an die ich immer wieder denken muss. Warum haben sie die Ministerin entführt, wenn sie sie doch eigentlich töten wollten?«

Arthur schabte mit einem Schuh im Kies. »Die Entführung war ihr Plan B.«

»Aber wenn es Plan A war, sie zu töten, hätten sie das nicht schon längst getan?«

»Woher weißt du, dass sie es nicht getan haben?«

Sie überlegte, ihm von dem abgetrennten Finger zu erzählen, aber Arthur war nicht in die Ermittlungen involviert – und sie ja auch nicht mehr.

»Ich weiß es einfach.«

»Okay. In diesem Fall war ihre Priorität, euch – die sie umgebenden Beamten – auszuschalten, um die Entführung ungestört durchführen zu können. Ich habe mir viele Videos von den Ereignissen auf dem Platz angesehen, es gibt eine Menge.«

»Ich habe mir auch welche angesehen.«

»Und ich bin mir einer Sache immer sicherer.«

Fredrika hielt inne; es war tröstlich, dass Arthur diese Angelegenheit genau wie ihr offenbar keine Ruhe ließ.

»Welche denn?«

»Ich habe mir immer wieder angeschaut, wie Niemi dasteht, wenn der Schuss ihn zu treffen scheint. Ich habe mir die Videoclips in Zeitlupe angesehen, rückwärts, ich habe über die Ballistik nachgedacht, soweit es mir möglich war. Der Schuss hat ihn in die linke Schulter getroffen, und die ist EBH merkwürdigerweise nicht zugewandt. Daher glaube ich nicht, dass der Schuss für sie bestimmt war. Ich glaube, sie hatten ihn im Visier.«

Fredrika hörte Niemis Schrei und sah vor ihrem geistigen Auge, wie das Blut durch sein Jackett sickerte. Sie war nur zwei Meter von ihm entfernt gewesen, hatte aber nicht gesehen, wie er getroffen wurde. »Du meinst, sie wollten Niemi treffen?«

»Es könnte sein, ja.«

»Hast du das Svensson erzählt?«

»Natürlich.«

Fredrika musste an das Wort denken, das sie gehört hatte, als sie Gefangene der Bewegung gewesen war: Maulwurf. Was, wenn sie damit einen Maulwurf bei der *Säpo* gemeint hatten? Hatten sie etwa die Organisation infiltriert, für die Fredrika arbeitete? Sie hatte ihre Erfahrungen mit einem faulen Ei gemacht, aber Arthur nie von dem Vorfall mit Ian erzählt.

Sie sagte auch jetzt nichts. Das war etwas, womit sich ihre Vorgesetzten beschäftigen mussten.

Um den unteren Teil des Parks verlief ein dünner Metallzaun, der teilweise mit alten Flechten bewachsen war.

»Weißt du, was das ist?« Arthur deutete auf einige Bäume und hohe Sträucher hinter dem Zaun. Es sah nicht so aus, als würde sich die Parkverwaltung darum kümmern.

Hohe flache Steine, mit Moos bewachsen, einige davon umgestürzt: Grabsteine.

»Das ist der alte jüdische Friedhof, aus der Mitte des achtzehnten Jahrhunderts«, fuhr er fort.

Jetzt sah Fredrika auch merkwürdige Zeichen auf einigen Steinen, wahrscheinlich Hebräisch. Mitten in der Stadt gab es also einen Ort, der seit mindestens zweihundertfünfzig Jahren unberührt zu sein schien, an dem nichts geschehen war, an dem sich nichts verändert hatte.

Arthur setzte sich wieder in Bewegung. »Ist es nicht merkwürdig, dass man ihn einfach so stehen lässt?«

»Weil er geschändet werden könnte, meinst du?«

»Nein. Dass man ihn nicht einfach verlegt. Hier könnte ein Spielplatz sein.«

»Hier gibt es doch schon einen Spielplatz.«

»Ja, aber man könnte den Bereich auch für etwas anderes Nützliches verwenden.«

»Vielleicht.«

»Ich vermute, irgendjemand Mächtiges will, dass es so bleibt.«

Fredrika stellte sich vor, wie die Steine mit den alten Zeichen umgestürzt und zerbrochen wurden. Sie dachte wieder an die Nacht im Tunnel. Ihr blieben weniger als vierzehn Stunden.

Sie öffnete den Mund, um Arthur zu fragen, ob er zu den Scharfschützen gehörte, die geschossen hatten.

Da klingelte ihr Telefon.

Sie schaute aufs Display, aber die Nummer war ihr unbekannt.

Fredrika ging ran.

»Hallo, ich bin's«, sagte eine männliche Stimme am anderen Ende. »Emir Lund. Ich glaube, ich weiß, wer Ihre Ministerin hat.«

30

Die Musik aus dem oberen Stockwerk war auch unten zu hören. Das Haus war bestimmt das teuerste im ganzen Land, aber offensichtlich recht hellhörig.

Nova war sich sicher, dass niemand sie dabei beobachtet hatte, als sie die Wendeltreppe hinuntergegangen war. Sie war zwar das Motiv des Fotoshootings, und doch schien es, als wäre sie Luft für all die sogenannten Kreativen: Wahrscheinlich, weil sie nicht wirklich die Hauptperson war. Das Model war austauschbar, solange man den richtigen Stylisten hatte und am richtigen Ort war. Schließlich war allgemein bekannt, dass es Supermodels gab, die nicht im wirklichen Leben, sondern nur als Computeranimationen existierten. »Damit erschaffen sie Körperideale, die kein echter Mensch erfüllen kann«, klagte Hedvig manchmal, wenn sie in besonders radikalfeministischer Stimmung war. Die Botschaft dahinter lautete: Mit einem Computerprogramm als *Talent* wäre die Arbeit so viel leichter als mit Nova.

Installationen und Skulpturen überall. Manche größer als Nova selbst, andere auf Sockeln. Sie lief eine Weile umher.

Ob es hier Bewegungsmelder oder so etwas gab? Andererseits: Es arbeiteten aktuell vierzig Leute in diesem Haus, und es wäre wirklich umständlich, wenn jedes Mal ein Alarm ausgelöst wurde, sobald sich jemand ein bisschen verirrte. Versteckte Überwachungskameras gab es hier zwar, aber das Döschen, das Guzmán ihr gegeben hatte und das sich in ihrer Handtasche befand, störte jede Videoaufzeichnung im Umkreis von zehn Metern.

Der Polizist hatte ihr gesagt, sie solle in einem privaten Bereich nach einem mittelgroßen Safe suchen. Wahrscheinlich befand er sich in einem Schlafzimmer oder einem separaten Panikraum.

Guzmán verlangte nichts Unmögliches von ihr, das hatte er ganz deutlich gesagt. »Das ist die Chance für dich, deine Schuld zu begleichen. Aber ich kann nicht versprechen, dass es auch wirklich machbar ist. Agneröd ist, wie er ist, und außerdem hat sich diese Gelegenheit etwas überstürzt ergeben.«

Na logo – ihre verdammte Schuld war auch überstürzt gekommen, und was sie jetzt vorhatte, war noch überstürzter. Wenn Nova das hier schaffte, würde sie Guzmán *überstürzt* die Fresse polieren.

Ein Schlafzimmer: Vielleicht war das der richtige Ort.

Das Bett war eine Matratzenlandschaft mit unzähligen Kissen. Das Laken war offensichtlich für den Hausbesitzer persönlich angefertigt – überall sah sie die Initialen *WA*.

Ihr Vater hatte einmal gesagt: »Normalerweise tätigt man drei große Investitionen im Leben. Ein Wohnhaus, ein Ferienhaus und ein Bett«, aber ihr Vater lebte in der Vergangenheit. Kein normaler Mensch kaufte sich heute noch ein Sommerhaus, die Leute konnten es sich ja nicht einmal leisten, vor dem dreißigsten Lebensjahr von zu Hause auszuziehen.

Hier hing alles zusammen, alles bildete eine Einheit. Im Haus von Novas Eltern waren alle Handtücher gleich, sogar die kleinen an den Waschbecken, während bei Hedvig zum Beispiel ein heilloses Durcheinander diesbezüglich herrschte, als hätte sie ihre Handtücher auf einem Flohmarkt oder so gekauft. Aber hier passten nicht nur die Kissen zur Tagesdecke. Die Tagesdecke wiederum passte zu den Vorhängen, zu den Sesselbezügen und dem Sitzkissen auf der mindestens drei Meter langen Bank am Fußende des Bettes, zum Teppich und zum Stoff der Lampenschirme. Hätte man Nova vor drei Tagen gefragt, hätte sie gesagt, es sei ihr Traum, so etwas zu haben.

In dem Zimmer gab es keine Schränke, also wahrscheinlich auch keinen Safe – auch das war ein Zeichen von Klasse: Die meisten von Novas Freunden wohnten zwar exklusiv, hatten aber trotzdem Einbauschränke in ihren Schlafzimmern. Wohlhabende Leute dagegen hatten begehbare Kleiderschränke.

Aber etwas am Vorhang zog Novas Aufmerksamkeit auf sich: Die Falten wirkten merkwürdig. Sie schob ihn zur Seite.

Das kreisförmige Logo war unverkennbar: *Döttling*.

Es war seltsam, dass Agneröd ausgerechnet hier einen Safe hatte einbauen lassen, wo er langweilig und klobig aussah. Ihn in ein Schlafzimmer anstatt in einen Tresorraum oder wenigstens eine Art Büro zu stellen, wirkte irgendwie geizig. Aber wirklich reiche Leute waren ja auch exzentrisch.

»Ich bin mir zu neunundneunzig Prozent sicher, dass ich den Code kenne«, hatte Guzmán gesagt. »Er scheint dieselbe Kombination für alle Safes in all seinen Anwesen auf der ganzen Welt zu verwenden.« Sie hatte keine Ahnung, woher der Polizist das wusste, und konnte auch nicht begreifen, wie Agneröd so bescheuert sein konnte.

Nova holte das zweite Gerät hervor, das sie mitgebracht hatte. Es sah aus wie ein normales Tablet. Der Plan lautete, das Teil vor das Gesichtserkennungssystem des Tresors zu halten, nachdem sie den Code eingegeben hatte. Es schien fast zu einfach – gleichzeitig war sie beeindruckt, dass Guzmán diese Ausrüstung so schnell hatte beschaffen können.

Sie zog Latexhandschuhe über und tippte mit einer Hand die

Zahlenkombination auf dem Display des Tresors ein. Eine Diode leuchtete grün. Gleichzeitig hielt sie mit der anderen Hand das Tablet hoch, auf dem ein 3-D-Bild von Agneröds Gesicht zu sehen war.

Würde das wirklich funktionieren? Die Gesichtserkennung musste doch gerade auf solche Täuschungsmanöver vorbereitet sein und erkennen, dass es kein echtes Gesicht war, das ihr da entgegenblickte.

Dann klickte der Verriegelungsmechanismus.

Sie drehte am Griff, und die dicke Tür glitt auf.

Es roch nach Leder.

Die vielen Fächer, die vielen Uhrgehäuse erinnerten sie an das Uhrengeschäft, in dem sie neulich gewesen war.

Dann sah sie, welche Uhren da lagen.

Wow.

»Du darfst auf keinen Fall etwas anderes nehmen als das, was ich will«, hatte Guzmán gesagt. Aber Guzmán war ein Idiot.

Unglaubliche Stücke: eine *Audemars Piguet Royal Oak* ganz in Gold in limitierter Auflage, eine *Jaeger-LeCoultre Duomètre Sphérotourbillon* in Skelettbauweise, bei der das Uhrwerk sichtbar war, ebenfalls als Sondermodell. Und auf ihrem eigenen kleinen Lederkissen – sie hätte nie gedacht, dass sich so ein Modell in Schweden befinden könnte – eine *Richard Mille Black Skull Sapphire*. Vielleicht die einzige auf der Welt. Kein Edelmetall, nur Kautschuk, Carbon und rote Steine – und doch eine der teuersten Uhren, die je hergestellt worden waren. Diese Uhr war die Hauptattraktion auf der Messe *Important Time Pieces* in Abu Dhabi im vergangenen Jahr gewesen.

Nova liebte Armbanduhren.

Worauf genau der Drecksbulle hinauswollte, hatte sie nicht verstanden, aber die Anweisungen waren glasklar. »Alle Geräte, die auf irgendeine Weise Informationen speichern. USB-Sticks, Festplatten, Dokumente.«

Vorsichtig hob Nova eine Uhr nach der anderen heraus. Das Leder fühlte sich durch das Latex wie Haut an. Sie stellte sich auf die Zehenspitzen und leuchtete mit dem Handy in den Safe: Er war leer bis auf das letzte Fach, das man wie eine Schublade herausziehen konnte, und darin: eine Mappe aus gelbem Krokodilleder.

Sie hob sie hoch. Darunter befand sich ein Memory-Stick neueren Datums.

Das war definitiv etwas, das Guzmán wollte: ein Speicherstick voller Daten.

Sie steckte ihn in ihre Handtasche. Dann legte sie eine Uhr nach der anderen in der richtigen Ordnung zurück, bis sie bei der Richard Mille angelangt war. Wenn sie sie nur für ein Zwanzigstel ihres Wertes verkaufen könnte, wären all ihre finanziellen Probleme gelöst. Es war so einfach und nur fair, sie zu nehmen.

Guzmán würde davon nichts mitbekommen. Allerdings wusste sie nicht, wie sie so ein Stück auf dem Schwarzmarkt loswerden sollte – sie hatte es ja nicht einmal geschafft, eine Patek Philippe an den Mann zu bringen.

Nova hörte Schritte, dann eine Stimme – doch sie konnte sich nirgendwo verstecken. Sie legte die letzte Uhr zurück und schloss vorsichtig die Safetür.

»Nova?« Jonas erschien in der Tür. »Was machst du hier?«

Sie drehte sich um, ihr Atem ging schneller. Sie verbarg die Hände hinter dem Rücken, damit er die Latexhandschuhe nicht sah. »Ich musste auf die Toilette.«

»Die sind oben, das weißt du doch. Wir haben dich gesucht.« Er klang misstrauisch.

Nova brachte kein Wort über die Lippen.

»Wir fangen jetzt an.«

»Ja.«

»Warum bist du nicht ans Telefon gegangen?«

»Ich kann doch wohl nicht rangehen, während ich pinkle, oder?«

Sie sah auf den Boden: Verdammt, sie hatte vergessen, die scheißteure Mappe aus Krokodilleder zurückzulegen. Sie hob sie auf und steckte sie neben das Tablet in ihre Handtasche. Die Mappe ragte etwas heraus, aber das war nicht mehr zu ändern. Sie konnte den Safe ja schlecht noch einmal öffnen.

Außerdem war es nur recht und billig, dass sie auch etwas für sich mitnahm. Die Mappe passte super zu den Textilien, die sie zu Hause hatte.

31

Die Küche sah aus wie Beirut.

Emir hatte seit Monaten nicht mehr geputzt – vielleicht hatte er auch die Küche *noch nie* geputzt, jedenfalls nicht richtig. Putzen war nicht sein Ding.

Der Geruch von alter Pizza und Wasserpfeifentabak waberte bis in den Flur hinaus, er hatte ihn gerochen, als er den Jungen in seine Wohnung gelassen hatte.

Als Allererstes war er in die Hocke gegangen und hatte unter das Waschbecken geguckt. In sein Versteck. Zweihundertfünfzigtausend Kronen in bar in einem zugeklebten Schuhkarton. Er wusste nicht, wie lange Banknoten in diesem Land noch als Zahlungsmittel gelten würden – bald musste er das Geld irgendwie auf ein Konto einzahlen. Doch das war ein Problem für später. Zweihundertfünfzigtausend – immerhin. Mit dem Doppelten konnte er sich eine Wohnung außerhalb der Zone kaufen, außerhalb Stockholms. Er selbst würde nicht dorthin ziehen können, weil er als BOP eingestuft war, aber Mila könnte ein anderes Leben führen.

Emir spülte eine Pfanne und schlug zwei Eier auf.

Er hatte oft mit Mila gegessen. Meistens bei seiner Mutter, aber manchmal auch hier, und ein paar Mal waren sie sogar zum Dönerladen gegangen. Mila liebte Döner, aber ohne Soße, ohne Zwiebeln, ohne Salat, ohne Tomaten, ohne Peperoni, nur Fleisch und Reis.

Danach spielten sie App-Spiele auf seinem Handy oder kickten mit einem Ball im Hof; einmal holte seine Mutter das alte Schachbrett von Kurdi heraus. Emir hatte vergessen, wie sich die Figuren bewegten – er lernte es gemeinsam mit seiner Tochter. Mila liebte das Spiel.

»Schachmott«, sagte sie.

Emir lachte. »Das heißt schachmatt.«

»Schackmutt.«

»Nein, matt.«

Mila ahmte nach: »Sch-a-ck m-i-tt.«

Eine kurze Wut durchzuckte Emir. Warum schnallte sie das nicht?

Dann senkte er den Blick und sah sie an. Milas kleine dunkle Augen funkelten wie Diamanten. »Schach mitt heißt es«, sagte sie und lächelte.

Emir packte sie und fing an, sie zu kitzeln.

Seine Tochter war nicht nur das süßeste Mädchen der Welt, sondern auch das lustigste. Keine andere Fünfjährige konnte sich so über ihren Vater lustig machen wie Mila. Schackmutt, na klar.

Danach schlief sie neben ihm auf dem Sofa ein. Ihre geöffneten Hände lagen auf den Sofakissen, die kleinen Finger leicht gekrümmt. Ihr warmer kleiner Brustkorb bewegte sich so ruhig auf und ab, dass es kaum zu sehen war.

Dabei fiel ihm ein, dass sie sich in den letzten Jahren nur etwa alle zwei Monate gesehen hatten, ein, zwei, höchstens drei Stunden. Es war das erste Mal, dass er sie schlafen sah.

Ihre Ruhe war erstaunlich. Diesen Frieden wollte er ihr für ihr ganzes Leben schenken. Die Ruhe, die er selbst nie gehabt hatte.

Rezvan war anscheinend dreizehn Jahre alt und sollte eigentlich in der Schule sein. »Aber die Schulen sind geschlossen«, sagte er. Wahrscheinlich pfiff er sowieso auf den Unterricht. Emir wusste noch, wie er in dem Alter gewesen war.

Der Rucksack, den Emir von den Bullen bekommen hatte, lag auf dem Boden, das Telefon, das er sich von seiner Mutter geliehen hatte, auf dem Tisch. Gerade hatte er die biestige Fredrika angerufen. Aus einem einfachen Grund: Sie war die einzige Polizistin, deren Nummer er hatte, sie hatte sie ihm gesagt, bevor er in den Tunnel gegangen war – und Emir konnte sich Zahlen gut merken. Er hatte nicht vorgehabt, die Nummer zu benutzen, aber jetzt saß er hier und wartete.

Fredrika hatte ihm gesagt, dass sie ihn zurückrufen werde, sie müsse mit ihrer Vorgesetzten sprechen. Derselben Vorgesetzten, die gedroht hatte, Isak nicht zu helfen, wenn Emir nicht kooperierte.

Rezvan rührte in dem Glas mit Tee, das Emir ihm hingestellt hatte. Teetrinken aus dem Glas: die eigentliche Wasserscheide zwischen normalen Leuten und Schweden. Die Schweden tranken Tee aus Tassen wie Idioten – so konnten sie nicht einmal an der Farbe des Getränks erkennen, wie stark es war. Wer einmal Tee aus dem Glas probiert hat, will nicht mehr zurück.

Rezvan gab mindestens einen Deziliter Honig dazu. Tee mit Honig. Für den Jungen: Honig mit Tee.

Emir wendete die Eier, das Eigelb war noch flüssig. Er legte sie auf ein Stück Toast und schob dem Jungen den Teller hin.

Rezvan benutzte weder Messer noch Gabel. Er hob das Brot an seinen schmalen Mund und versuchte, es mit einem Bissen hinunterzuschlingen. Vielleicht hatte er Angst, dass Emir ihm das Essen wieder wegnehmen würde.

»Es wäre einfacher, wenn du es schneidest«, sagte Emir und setzte sich ihm gegenüber.

»Du bist nicht meine Mutter«, sagte Rezvan mit weit aufgerissenem Mund. Die Masse aus Brot und Ei bedeckte seine Zähne.

»Aber ich kenne dich.«

»Okay.«

»Du bist der Prinz. Ich habe deine Kämpfe angeschaut, als ich klein war. Du warst mein Vorbild.«

Der Kerl war ein Frühstück wert. Er hatte bereits sehr interessante Informationen preisgegeben.

»Die Södra-Gang hat bei uns viel gefeiert«, hatte ihm der Junge erzählt. »Ein paar waren die ganze Nacht im Artemis.«

»Und?«

»Der Boss, Roy Adams, ist ein PF.«

»PF?«

»*Puppenficker*. Er bestellt immer ein normales Mädchen, aber er macht nichts mit ihr. Stattdessen fickt er meine Roboterpuppen. Deshalb kommen er und seine Jungs nur zu uns ins Artemis.«

»Und?« Emir verstand nicht, worauf Rezvan hinauswollte, obwohl es krank war, dass einer der mächtigsten Gangster von Järva nicht darauf stand, normale Mädchen zu ficken. Jeder kannte Roy, aber dass er ein Freak war, war neu.

Rezvan lehnte sich zurück. »Sie hatten die ganze obere Etage für sich, haben Hennessy für über zweihundert Riesen bestellt und auf dem Dach in die Luft geschossen wie auf einer krassen Hochzeit. Und weil Roy mich so gut kennt, erzählt er mir manchmal was.«

»Was denn?«

»Er meinte, dass sie bald reich sein werden wie die Juden. Dass sie vorher nur eine Sache verkaufen müssten. Verstehst du?«

Emir schüttelte den Kopf. »Wem wollen sie diese Sache verkaufen?«

»Das weiß ich nicht, aber *ladayhim laha*«, flüsterte Rezvan.

»Ich kann kein Arabisch.«

Dann verstand er.

Das Södra-Netzwerk hatte gefeiert wie die Könige.

Ihr Boss hatte gesagt, sobald sie etwas verkauft hätten, würden sie stinkreich sein. Emir zählte eins und eins zusammen. Was war in letzter Zeit passiert, das jemanden reich machen konnte?

In seinem Kopf machte es klick.

»Sie wollen *sie* verkaufen?«

Der Junge nickte.

Das Handy klingelte. Er sah das Gesicht der Polizistin auf dem Display.

Sie drehte die Kamera so, dass auch Polizeichefin Svensson zu sehen war. Sie hob die Hand, aber sie winkte nicht. Hielt nur kurz die Hand hoch.

»Was hast du herausgefunden?«, fragte Fredrika.

»Zuerst möchte ich wissen, wie es Isak geht.«

»Dein Freund wird gerade wieder operiert. Bitte erzähl mir, was man dir gesagt hat.«

Emir konzentrierte sich: Er schilderte ihr genau dieselbe Geschichte, die Rezvan ihm erzählt hatte. Sie war nur wenige Sätze lang.

Weder die biestige Fredrika noch die biestige Chefin sagten etwas, als er fertig war.

»So«, fuhr Emir fort, »jetzt habe ich euch geholfen. Jetzt habe ich euch Informationen gegeben, wie ihr eure Ministerin finden könnt.«

Fredrika sah aus, als hätte sie gerade gemerkt, dass sie Pisse getrunken hatte. »Können wir den Jungen befragen, der dir das erzählt hat?«

Emir sah zu Rezvan hinüber, den er bislang noch nicht im Bild gezeigt hatte. Der Junge schüttelte den Kopf.

»Wartet kurz.« Emir stellte den Ton ab und legte das Handy auf den Tisch.

»Nie im Leben rede ich mit denen«, sagte Rezvan. »Ich bin kein Verräter.«

»Aber du verrätst doch niemanden.«

Rezvan stand auf. »Was quatschst du da? Roy hat einen Ruf zu verlieren. Er wird nicht nur mich umlegen, wenn er das erfährt. Er wird meine ganze Familie töten, er wird meine Nachbarn töten, alle.«

»Ich bitte dich. Er wird nie erfahren, dass du etwas gesagt hast.«

Rezvan machte ein paar Schritte auf die Küchentür zu. »Ich muss los.«

»Warte.«

Rezvan war schon im Flur.

Emir hörte, wie die Wohnungstür geöffnet wurde – er rannte hinterher.

Es war zu spät, der Junge war bereits im Treppenhaus.

»Tut mir leid, aber ihr könnt ihn nicht befragen«, sagte er, nachdem er an den Küchentisch zurückgekehrt war.

Fredrika sah aus, als wäre sie gerade in einen Haufen Hundescheiße getreten.

»War er nicht gerade noch bei dir?«

»Jetzt nicht mehr.«

»Kannst du ihn holen?«

»Er ist abgehauen. Was soll ich machen?«

»Du hättest ihn festhalten können.«

»Keine Sorge, er hat die Wahrheit gesagt, da bin ich mir sicher. Walla.«

Fredrika stöhnte. »Wofür hältst du uns? Eine Ministerin der Regierung dieses Landes wird entführt, und wir sollen dir vertrauen?«

Die Polizeichefin, die neben ihr saß, hatte ein Zucken in einem Augenlid – er hatte es gestern schon aus nächster Nähe gesehen. »Emir, was du sagst, könnte die Wahrheit sein, da es eine Forderung gab. Sie wollen Geld. Bis Mitternacht.«

»Was habt ihr ihnen geantwortet?«

»Wir haben noch nicht geantwortet. Jetzt geht es darum, sie so lange wie möglich hinzuhalten. Die Bewegung kann nicht erwarten, dass wir nach ihrer Pfeife tanzen.«

»Aber Roy Adams gehört nicht zur Bewegung.«

»Woher weißt du das?«

Emir verstummte. Natürlich *wusste* er es nicht. Mal ehrlich, in diesen Tagen wurde so viel über die Bewegung geredet: Jeder konnte zu diesem Scheißverein gehören.

Erneut ergriff Fredrika das Wort. »Wir wollen mehr Informationen. Du hast deinen Teil der Abmachung noch nicht erfüllt. Was du uns da erzählt hast, ist zu wenig, Emir. Das verstehst sogar du.«

Das war einfach nicht zu fassen.

Sein bester Freund war schwer verletzt – und jetzt saß da diese biestige Zicke und redete Scheiße.

»Jetzt hör mal zu, du Fotze. Ich habe euch alles gesagt, was ich weiß«, sagte er. »Was zum Teufel soll ich tun? Roy anrufen und mir eine Kugel in den Kopf jagen lassen?«

Fredrika sah jetzt aus, als hätte sie die Hundekacke verschluckt. »Letzteres wollen wir nicht. Aber ersteres könnte eine gute Idee sein.«

»Warum sollte Roy Adams überhaupt rangehen, wenn ich anrufe?«

Svenssons Augenlid zuckte schneller – aber Fredrika-Bitch antwortete. »Ich habe eine Idee. Eine *unkonventionelle* Methode.«

Ein paar Stunden später: Emir stand vor dem Haus an der Ecke Rinkebystraße. Was für ein Witz: Es war fast genau dort, wo er aus dem Tunnel gekommen war.

Ein normales Wohnhaus, kleiner als die Häuser im Westen. Das Haus strahlte keine schlechten Vibes aus, es war nur Beton und Blech, in dem sich die Sonne spiegelte. Die müde Gleichförmigkeit der Architektur sollte den Leuten das Gefühl geben, dass nicht *ich* hier lebe, sondern dass *wir* hier zusammenleben. In dieser Nachbarschaft konnte man nicht sein eigener Shuno sein, nur Teil einer Masse.

Er würde es versuchen.

Noch ein letztes Mal: um Isaks willen, um Mamas willen – und vor allem um Milas willen.

Die Trennmauer: hundert Meter hinter ihm – die Grenze, die er gestern Abend überquert hatte, aber in der falschen Richtung. Die Bewegungsmelder und Scheinwerfer hockten wie Tauben auf dem Dach. Der fünf Meter breite Bereich davor erstreckte sich über die gesamte Länge des verfluchten Sperrgürtels. Die Trennmauer war nicht einfach nur eine Mauer: Sie sollte Respekt einflößen.

Roy Adams, auch bekannt als der Sahib von Södra, hatte einem Treffen mit Emir zugestimmt. Er war der Anführer des Netzwerks, mindestens genauso verrückt wie Abu Gharib, nur dass Emir nicht Teil dieser Gemeinschaft war. Für sie war er genauso ein Feind wie ein Zivilbulle auf Patrouille.

Es war die Schuld der verdammten Bullen, dass er hier war: Fredrika-Bitch und ihre Chefin hatten ihn verarscht, die Informationen, die er von Rezvan bekommen hatte, hatten locker gereicht.

Aber so war es nun einmal. Er sollte mehr herausfinden, hatten sie gesagt.

Fredrika hatte eine Idee gehabt: »Wir können dir Roys Nummer besorgen, und du bietest ihm Stoff an.«

Stoff anbieten – Emir hatte so einen Vorschlag noch nie aus dem Mund eines Polizisten gehört.

Und doch hatte es keine fünfzehn Minuten gedauert, bis er eine Antwort von der Nummer erhalten hatte, die die Bullen ihm gegeben hatten – und einen Ort und eine Zeit: *Rinkebyvängen 12. Warte draußen.*

Roy war interessiert.

Emir hatte ihm fünfzig Kilo Koks angeboten. Scheißviel. Er hatte noch nie gehört, dass eine der Gangs eine so große Menge gekauft hätte. Aber das Irrste war, dass es Fredrikas Idee gewesen war, so zu tun, als hätte er Stoff zu verkaufen.

Wie sollte er Roy glauben machen, er hätte Koks im Wert von über zehn Millionen Kronen? Wenn er aufflog, würden sie nicht nur *ihn* abknallen; wenn er aufflog, würden sie seine Mutter zerstückeln und vor der Trennmauer verteilen.

Vorausgesetzt, er bekam den Puppenficker überhaupt zu Gesicht.

32

Fredrika war auf dem Weg zu ihren Eltern. Sie musste Taco abholen.

Sie wollte einen langen Spaziergang machen und versuchen, einen klaren Kopf zu bekommen. Dazu *brauchte* sie Taco.

Emir Lund hatte angerufen. Sie hatte sich von diesem BOP-Knallkopf anbrüllen lassen, und sie hatte ausgetüftelt, wie er an Roy Adams herankommen konnte. Und trotzdem durfte sie nicht dabei sein.

»Obwohl dieser Emir Lund zu glauben scheint, dass du an den Ermittlungen beteiligt bist, möchte ich dich daran erinnern, dass dies nicht der Fall ist«, hatte Svensson gesagt.

Fredrika hätte Svensson gerne darauf hingewiesen, dass Herman Murell die Ermittlungen leitete, aber sie hatte geschwiegen.

Sie brauchte ohnehin etwas Ruhe.

Emir war eine Nervensäge, und er war es nicht wert, dass man zu viele Gedanken an ihn verschwendete. »*Du Fotze*«, hatte der Arsch geschrien – sie hätte das Gespräch auf der Stelle beenden sollen. Trotzdem ging er ihr nicht aus dem Kopf. Was zum Teufel war denn mit ihr los? Sie dachte nur an Taco und Emir, während sie sich eigentlich das Hirn über eine einzige Sache zermartern sollte: Eva Basarto Henriksson vor Mitternacht zu finden.

Die Türme waren bereits vom Odenplan aus zu sehen: Die Hochhäuser im nördlichen Teil Stockholms waren nicht alt, aber schon weltberühmt. Das behauptete zumindest ihr Vater Johan, der erst vor Kurzem mit ihrer Mutter dorthin gezogen war. Gävleskrapan war über dreihundertfünfzig Meter hoch und damit das höchste Gebäude Skandinaviens.

»Es ist der große Zustrom in die Stadt, der das verursacht, die Urbanisierung ist immer noch offensichtlich«, pflegte ihr Vater zu sagen – in der festen Überzeugung, dass er wusste, wie der Hase lief. »Wenn es der Wirtschaft gut geht und die Menschen Wohnraum brauchen, entscheiden sich die Politiker immer für höhere Häuser. Auch die, die vorher dagegen waren.«

»*Fredrika ist angekommen*«, verkündete Siris sanfte, gestelzt klingende Stimme über den Lautsprecher.

Der Blick durch die Panoramafenster verblüffte jeden, der zum ersten Mal zu Besuch kam. An einem klaren Tag konnte man bis zum Flughafen Arlanda sehen.

Taco stürmte herein und wedelte wild mit dem Schwanz.

»Hey, mein Großer.« Fredrika kraulte ihn überall da, wo er gern gekrault wurde. Taco leckte ihr die Hand ab.

»Hallo«, ertönte eine Stimme aus dem Wohnzimmer. Ihre Mutter Isabella kam herein, wie immer mit ausgestreckten Armen und viel zu viel Make-up.

»Wie geht's dir?«

Ihr Vater folgte in Sportkleidung ein paar Schritte hinter ihr.

»Mir geht es gut«, sagte Fredrika. »War er auch brav?«

»Oh ja«, strahlte ihre Mutter. »Er ist so süß.«

»Aber heute ist es draußen zu heiß für ihn«, sagte Papa. »Ich habe ihn mit nach oben genommen, aber er ist bei der Hitze ganz lethargisch geworden.«

In den oberen Stockwerken des Gebäudes befanden sich ein Restaurant, ein Spa, zwei Padelplätze, ein Juweliergeschäft, ein *GenEnhance*-Showroom und ein neu eröffneter Herrenclub. Letzterer hieß ganz originell *The Top Notch*. Ihr Vater war natürlich Mitglied – der Club organisierte Vorträge über Anlageideen und veranstaltete Weinproben. Wenn er sagte, er sei *oben* gewesen, meinte er damit, dass er im Fitnessstudio des Clubs trainiert hatte.

Ihre Mutter setzte sich auf das Svenskt-Tenn-Sofa. Ihr Vater blieb stehen, wollte ungern die Möbel vollschwitzen. Im Fernsehen lief eine Dokumentation über Königin Victoria und ihr erstes Jahr als Monarchin.

»Aber wie geht es dir *wirklich*?«, fragte Mama.

Fredrika setzte sich neben sie. »Es ist natürlich nicht einfach. Der Druck ist groß.«

Ihr Vater packte ein Bein am Knöchel und dehnte seinen Oberschenkelmuskel auf die altmodische Art. Taco starrte ihn an, als hätte er ihn noch nie gesehen.

»Haben sie dich beurlaubt?«

»Sozusagen.«

Fredrika konnte ihnen nicht sagen, wie kritisch die Lage in echt war. In weniger als zehn Stunden musste das Lösegeld bezahlt werden, sonst drohte eine totale Niederlage.

Sie nahm eine kandierte Mandel aus einer der von der Haushaltshilfe mit Früchten und Nüssen gefüllten Schalen.

»Sie schreiben viel darüber, was da auf dem Platz passiert ist«, sagte Mama.

Die Nuss knirschte wie Kieselsteine in ihrem Kopf. »Ich habe mein Bestes gegeben.«

Die Augen ihrer Mutter waren so hellblau, dass sie fast durchsichtig schienen. »Aber vielleicht solltest du dich nicht immer so streng an die Regeln halten?«

»Was meinst du damit?«, fragte ihr Vater.

»Regeln sind nicht alles auf der Welt. Weißt du noch, wie wir früher *Kasino* gespielt haben?«

»Als ich ungefähr acht Jahre alt war?«, sagte Fredrika.

»Ja, genau. Hast du das etwa vergessen? Du hast immer gewonnen, Fredrika.«

»Ja, ja, aber was hat das damit zu tun?« Ihr Vater starrte ihre Mutter an.

Taco sprang auf ihren Schoß. Sie kraulte ihn hinterm Ohr. »Ich habe geschummelt«, sagte ihre Mutter.

Fredrika griff nach einer weiteren Nuss. »Du hast beim Spielen geschummelt?«

»Ja. Ich habe gegen die Regeln verstoßen, um dich gewinnen zu lassen.«

Ihr Vater stöhnte auf. »Liebling, du bist verwirrt. Du solltest heute keinen Wein mehr trinken.« Er ging in die Küche.

Fredrika stand auch auf. Ihre Mutter benahm sich merkwürdig.

Taco folgte ihnen in die Küche, offensichtlich in der Hoffnung, von ihrem Vater etwas Leckeres zugesteckt zu bekommen.

Er schälte eine Banane. »Ich verstehe, dass das schwer ist. Aber für das, was da passiert ist, kann dir niemand die Schuld geben, Fredrika. Meiner Meinung nach hast du getan, was du tun musstest.«

Fredrika zuckte nur mit den Schultern, weil sie nicht zeigen wollte, wie gut es sich anfühlte, mit ihm zu reden – auch wenn er sich irrte: Man gab ihr sehr wohl die Schuld.

Ihr Vater gab die Bananenscheiben in den Mixer und schüttete Quinoa, Eiweißpulver und etwas Keksähnliches dazu, das er von der GenEnhance-Klinik bekommen hatte. Dann bückte er sich und gab Taco ein paar Kekse.

Tacos Augen waren groß und rund. Er verschlang sie sofort.

»Papa, gib ihm kein genmanipuliertes Zeug.«

Papa hatte schon den Mixer angestellt. Das Gerät war lauter als ein Flugzeugabsturz. Gleichzeitig sagte Siri etwas, von dem sie kein Wort verstanden.

Ihre Mutter kam in die Küche. »Jemand möchte dich sprechen.«

Herman Murell stand im Flur.

Sein graues Haar sah normalerweise aus wie Stahlwolle – jede Strähne hatte ihren eigenen Plan –, aber jetzt war es schweißnass, flach und glatt.

»Können wir unter vier Augen reden?« Die Stimme ihres Vorgesetzten klang so rau, dass Fredrika schon fast glaubte, er wäre wirklich krank. Nicht nur Lungenentzündungen waren durch die vielen resistenten Bakterien zu einer tödlichen Krankheit geworden. Wenn jemand so klang, erinnerten sich die Menschen ganz schnell wieder an Corona.

Fredrika nickte und deutete auf das Arbeitszimmer ihres Vaters.

»Nein, ich will nicht, dass Siri zuhört«, sagte Murell.

Er hatte auf der Straße geparkt, nicht im Parkhaus. Taco zog an der Leine.

Ihr Chef öffnete die Hintertür für Taco und die Beifahrertür für sie, dann ging er auf die andere Seite und setzte sich hinters Steuer. Ein Gentleman.

»Ich werde mich kurzfassen, damit du es verstehst«, sagte er. »Wir haben Chats aus bestimmten Foren extremistischer Gruppen analysiert. In einem dieser Chats vom Vormittag des 6. Juni heißt es unter anderem: *Die große Fotze wird heute noch ein Loch bekommen.*«

Ach du Scheiße.

»Mit anderen Worten: Jemand wusste von dem geplanten Attentat auf Basarto Henriksson. Vielleicht war es ein Scherz, vielleicht ein Zufall, aber man sollte es nicht ignorieren.«

Fredrika verstand sofort. Aber warum war Murell gekommen, um ihr das zu sagen?

»Wissen wir, wer da gechattet hat?«

»Nein. Aber wir können sehen, dass der Beitrag unter einem Pseudonym namens *Höss* gepostet wurde. Mit einer IP-Adresse irgendwo in Tallänge.«

Tallänge?

Murell verstummte. Taco hechelte auf dem Rücksitz.

Dabei regte sich etwas in ihrer Erinnerung, aber sie kam nicht darauf. Und sie wusste immer noch nicht, warum ihr Chef hier war.

»Erinnerst du dich, dass ich dich gebeten habe, eine Anzeige zurückzuziehen?«

Der Vorfall mit Ian, dem Kollegen, der einen Verdächtigen angegriffen hatte. Herman Murell sah Fredrika an, dass sie sich sehr gut erinnerte.

»Ian wohnt in Tallänge. Jetzt kannst du zu Ende bringen, was wir damals nicht geschafft haben.«

»Ich weiß nicht, was …«

»Du sollst ihn benutzen. Wir haben Ian analysiert. Er ist schon lange radikalisiert, und er ist ledig und hat keine Kinder. Wir glauben, er könnte zu denen gehören, die an dem Chat beteiligt waren.«

»Und was hat das mit mir zu tun? Ich habe ihn seit Jahren nicht gesehen.«

»Das weiß ich. Aber wir haben uns noch einmal alles angesehen, was wir über ihn haben: seine Persönlichkeitsmerkmale, seinen moralischen Kompass, Videos von Trainingseinheiten.« Murell trommelte mit den Fingern auf das Armaturenbrett. »Der Analyse leistungsfähiger Algorithmen zufolge könnte eine persönliche Annäherung zum Zwecke der Informationsgewinnung erfolgreich sein, wenn du verstehst, was ich meine.«

Fredrika atmete tief durch. »Aber so eine Beziehung hatte ich doch nicht zu Ian. Ich kann ihn nicht einfach anrufen.«

»Du sollst ihn auch nicht *anrufen*. Ich will, dass du zu ihm fährst.«

Das war völlig verrückt und konnte nur schiefgehen. Sie war für solche Einsätze nicht ausgebildet.

»Glaubst du wirklich, ich bin eine Frau, die die Männer dazu bringen kann, das zu tun, was ich will?«, fragte sie.

»Nein, aber viele Männer finden dich attraktiv. Und du bist eine gute Polizistin und willst Karriere machen.«

Leider finden mich nie die richtigen Männer attraktiv, dachte sie.

»Svensson hat mir verboten, mich an den Ermittlungen zu beteiligen.«

»Diese Leute haben unserer Innenministerin bereits einen Finger abgeschnitten und wollen bis Mitternacht das Lösegeld für sie.«

»Aber ...«

»Es gibt kein Aber, es gibt keinen Aufschub. Es gibt nur eine Aufgabe. Und ich weiß, dass du sie gut erledigen willst.«

Ein Lächeln umspielte Murells Lippen. »Du solltest auch Taco mitbringen. Er ist ein weiterer Pluspunkt: Unseren Analysen zufolge mag Ian große Hunde.«

33

Abgeschminkt und Neraxoparzan intus – und trotzdem war sie nicht entspannt.

Das Bullenschwein hatte ihr direkt nach dem Fotoshooting bei Agneröd eine Nachricht geschrieben: *Hast du es?*

Nova hatte nicht geantwortet.

Sie war zu Hause. Alle Fenster weit geöffnet. In dieser Woche war es in Stockholm so heiß, dass ihre Kopfhaut ständig feucht war und ihre Stimmung so wankelmütig hin und her pendelte wie die Griffe eines Crosstrainers.

Das Fotoshooting war gut verlaufen, der Stylist hatte Nova zugezwinkert und gemeint, sie sei es wohl »gewohnt, vor der Kamera zu stehen«.

William Agneröd selbst war nicht noch einmal in sein Haus zurückgekehrt, vielleicht war er gar nicht mehr in Schweden.

Was hatte sie überhaupt aus seinem Safe genommen?

Der Speicherstick war nicht größer als eine Haarspange. Auf einer Seite war ein stilisiertes Logo zu erkennen. Sie steckte ihn in den Computer. Die Mappe aus Krokodilleder, die sie versehentlich mitgenommen hatte, war noch in ihrer Tasche.

Um den Inhalt des Sticks betrachten zu können, brauchte man ein Passwort. Natürlich – wie bescheuert sie doch war.

Sie versuchte es auf gut Glück mit demselben Code, den Guzmán ihr für den Safe gegeben hatte. Es funktionierte – was ihr auf eine perverse Art nachlässig vorkam. Agneröd schien ihr ein noch größerer Idiot zu sein, als sie gedacht hatte. Aber wer konnte heutzutage noch den Überblick über seine vielen Zugangscodes behalten?

Sie sah sich den Inhalt an.

Abgespeicherte E-Mails. Viele waren sehr kurz und umfassten nur ein oder zwei Zeilen, einige waren auch länger. Die meisten waren an William Agneröd adressiert oder von ihm verschickt worden, manche mit Anhängen und Dokumenten. Es war viel Text. Sie klickte einige Mails an und entdeckte darunter auch die Zusammenfassung eines Aktionsplans. *Nationalfeiertag*, lautete die Überschrift.

Sie klickte darauf: E-Mails und Anhänge.

Sie las noch eine Weile weiter.

Shit.

Ihr wurde ganz kalt. Sie scrollte weiter. Alles drehte sich. Sie las weiter. Verspürte eine Art Schwindelgefühl.

Dann sah sie vom Bildschirm auf: Das war echt krankes Zeug. Sie hoffte, dass alles nur ein Fake war.

Aber gleichzeitig wusste sie, dass der Mist echt war. Welchen Grund hätte William Agneröd, gefälschtes Material in seinem Safe aufzubewahren? Die Daten auf dem Stick waren hochbrisant.

Offensichtlich wollte Guzmán den Milliardär erpressen.

Ihr Telefon blinkte: eine neue Nachricht. *Ich bin in zehn Minuten da, um alles abzuholen.* Der Bulle war auf dem Weg.

Das geht nicht, schrieb sie zurück. Hedvig war gerade hier und arbeitete.

Ich bin schon unterwegs, lautete die Antwort.

Andererseits wollte Nova die Sache hinter sich bringen. War sie verrückt? Sie hatte sich darauf eingelassen, einen Speicherstick zu stehlen, der vielleicht direkt zur Villa zurückverfolgt werden konnte. Könnte sie sich damit in noch größere Schwierigkeiten bringen?

Nova musste irgendetwas tun. Sie öffnete die Glasschiebetür und trat auf die Holzterrasse hinaus. Und schon wieder waren die dunklen Spuren von Feuchtigkeit wie schwarze Pinselstriche darauf zu sehen, dabei hatte sie die Dielen schon dreimal austauschen lassen. Sie hatte schon lange vor, den Verbraucherschutz, oder wie immer das auch hieß, deshalb hierher zu zitieren; das könnte ein erfolgversprechender Shoken-Post werden.

Sie überlegte, ob sie noch mehr Beruhigungsmittel schlucken sollte. Ihr Lebensstil machte es unumgänglich, Benzos und Axoparzan zu nehmen.

Das Influencer-Ding war vorbei, das war ihr klar. Früher war es ihr noch wie Softeis erschienen: verlockend, begehrenswert und verführerisch, ein Lebensstil, den sie immer gewollt hatte, der aber nach mehrmaligem Schlecken langweilig und eintönig wurde – der bedeutungslose Scheiß, die Selbstverliebtheit, die Anspruchslosigkeit. Und vor allem: die doppelte Verlogenheit. Die Werbung basierte ebenso wie die Politik oder die Anti-Aging-Versprechungen der Hautpflegeprodukte auf Lügen, aber was Novalife tat, sollte authentisch wirken: ungeschminkt, weinend, ängstlich, nahbar. Es war ein doppelter Betrug. Ein Bluff in einem Bluff.

Sie ging in die Küche, gab ein paar Eiswürfel in ein hohes Glas und füllte es mit Wasser. Sie dachte an den Stylisten, der extra eine Angestellte aus L.A. mitgebracht hatte, die sich um sein Wasser kümmerte. Wasser direkt aus der Leitung zu trinken – und noch dazu sehr wohlschmeckendes –, war immer noch ein schwedischer Luxus, den nur wenige andere Länder bieten konnten. Vielleicht war gutes, kostenloses Trinkwasser das letzte Alleinstellungsmerkmal Schwedens.

Sie musste nachdenken.

Dabei wusste sie ja nicht einmal, was sie gestohlen hatte. Was, wenn Agneröd dadurch viel Geld verlieren würde? Wobei, vom Verlust von ein paar Millionen würde er vermutlich nicht einmal erfahren – sicherlich kümmerte sich einer seiner Angestellten um die Idioten, die versuchten, ihm das Geld aus der Tasche zu ziehen. Und dass es die gab, daran war er mit dem miesen Code für seine Safes selbst schuld.

Sie rief Guzmán an.

»Es ist völlig unnötig, dass du herkommst.«

»Ich bin gleich da.«

»Aber das bringt nichts.«

»Was hast du mitgenommen?«

»Nichts. Es ging nicht.«

Die Stimme des Polizisten blieb ruhig. »Was ist passiert?«

»Der Code für den Safe war falsch«, sagte Nova.

Guzmán schwieg einen Moment. »Wenn du mich anlügst, wird das Konsequenzen haben«, sagte er dann.

»Ist mir klar.«

»In diesem Fall wirst du mein Geld besorgen müssen, zwei Millionen. Ich will es in drei Tagen haben. Sonst …«

»Ich weiß. Ich kümmere mich darum«, sagte Nova. »Keine Sorge.«

Sie würde selbst versuchen, die Informationen auf dem Stick zu verkaufen.

Das Bullenschwein konnte sie mal.

34

Roy Adams.

Der Gangsterboss war so unwirklich groß, dass der Sessel, in dem er saß, im Vergleich zu seinem breiten Hintern wie ein Kindermöbel wirkte.

Seine Finger waren so dick wie Knüppel, die Falten in seinem ausrasierten Nacken so tief wie die eines Pitbulls, die Oberarme muskelbepackt wie die Oberschenkel eines durchtrainierten MMA-Kämpfers. Um im Achteck eine Chance gegen ihn zu haben, hätte Emir direkt auf seinen Hals oder die Augen zielen müssen: Gegen so jemanden – Typ John Cena – hat man nur eine einzige Chance.

Der Boss der Södra-Gang saß nach vorne gebeugt da und säuberte seine Fingernägel mit einem schwarzen Carbonfaser-Klappmesser.

Am linken Handgelenk eine Day-Date aus Platin, die Gangsteruhr schlechthin. Die Jüngeren versuchten, mit Hublot, Audemars Piguet oder Varianten der Rolex Fat Diver zu protzen, aber die Könige trugen immer die Day-Date: die Präsidentenuhr, die ewige Uhr für die, die das Sagen hatten, für die, die ganz oben waren.

»Ich weiß, wer du bist.« Der Sahib schob die Messerspitze unter seinen hellen Zeigefingernagel. Ein Goldzahn blitzte auf.

An der Wand standen drei Shunos, die Arme verschränkt, das Kinn hochgereckt, als hätten sie gerade Nasenbluten gehabt. Ihre Pistolen steckten im tiefen Hosenbund, die Griffe waren aus Holz mit Silberverzierungen: Luxusknarren. Hurensöhne.

Bevor er zu Roy hatte gehen dürfen, hatten ihm die Muskelprotze so oft mit dem Metalldetektor in den Schritt geklopft wie sonst nur Schwuchteln oder Polizisten. Andererseits gab es Gerüchte von Verrückten, die Messer mit Keramikgriff zwischen ihren Hinterbacken oder Säurebeutel unter ihren Hodensäcken versteckten. Die Shunos in diesem Teil Stockholms waren bereit, für ihre Brüder zu sterben, aber sie wollten nicht für den Rest ihres Lebens als entstellte Säureopfer durch die Gegend laufen.

»Warum verkaufst du dein Zeug nicht an jemanden in Västra, wenn es so gut ist?« Roys Stimme war so tief wie die von Idris Elba in einem James-Bond-Film. Der Sahib sah tatsächlich aus wie eine jüngere und dickere Version von Idris: dasselbe Lächeln wie eine auf dem Kopf stehende Pyramide, dasselbe kräftige Kinn. Was bedeutete, dass Roy nur deshalb ins Artemis gehen musste, weil er auf Puppen stand – er hätte im Süden jede Braut haben können, die er wollte.

Emir wusste, was er sagen musste. »Da kann sich niemand das Zeug leisten.«

Roy drehte sich zu seinen Jungs um.

Säuberte den nächsten Nagel.

Schnalzte mit der Zunge – machte einen auf supercool, ließ Emir wissen, wer auf wen zu warten hatte.

Der Raum sah aus wie ein ehemaliges, überdimensioniertes Badezimmer: eine Mischung aus gekacheltem Konferenzraum und Gangster-Spa.

Die hohen Zimmerpflanzen waren verwelkt.

In der einen Ecke war eine dreieckige Whirlpoolwanne, in der anderen lagen ein paar längliche Holzkisten, wie aus einem Kriegsfilm. Emir fragte sich, ob der Chef seine Fickpuppen hier auspackte, wenn niemand zusah. Durchgeknallter Freak.

Gleichzeitig war Roys lockere Art kein Grund, ihn nicht ernst zu nehmen.

Emir kannte Leute wie diesen *Shurdan* – Roy war wie einer dieser giftigen Fische, die sich als Stein tarnen, um ihre Beute zu täuschen. Du siehst ihn nicht, du siehst ihn nicht – du streckst die Hand aus: Und du schnallst es nicht einmal, da hat er dich schon getötet.

»Bist du interessiert oder nicht?«, fragte Emir. Er musste in die Offensive gehen.

Roy stürzte vor. Packte ihn im Genick.

Hielt das Messer an Emirs Hals. »Kleiner Emir. Prinz. Was willst du hier?«

Emir konnte sich keinen Millimeter bewegen.

Ruhig, ganz ruhig.

Dann spürte er etwas anderes: Ein Blitz traf seinen Kopf.

Der *neurologische Tribut.*

Emir zwang sich, flach zu atmen – vielleicht war es nur ein Spiel, ein Test seiner Nervenstärke. Die Messerspitze auf der Haut an seinem Hals war jedenfalls echt. Und die höllischen Kopfschmerzen auch.

Scheiße.

»Ich habe was zum Probieren mitgebracht.« Seine Nackenmuskulatur war erstarrt.

Roys Gesicht war ganz nah, jede Pore groß wie ein Granatenkrater. Er gab einem seiner Männer mit einem Wink zu verstehen, Emirs Rucksack aus dem Flur zu holen. Ein Kilo. Die Bullen hatten das Zeug mit einer Drohne geschickt wie eine stinknormale Lieferung. Er hatte ja gewusst, dass die Polypen listig waren, aber damit hatte er nicht gerechnet …

Ein Vorschlaghammer donnerte gegen die Innenseite seines Schädels.

Die Tür ging auf, und der Muskelprotz kam zurück.

Roy nahm das Päckchen in eine Hand. Sein Inhalt war ein kristallines Pulver.

»Probiert es.«

Emir hörte einen der Männer schmatzen. Es würde ein paar Minuten dauern. Da musste er durch.

»Ich selbst nehme das Zeug nicht mehr«, sagte Roy aus heiterem Himmel. »Weil ich einen DNA-Test gemacht habe. Du weißt schon, man gibt einfach eine Speichelprobe ab und kriegt direkt das Ergebnis.«

Emir versuchte, Roy nicht ins Gesicht zu schauen. Er richtete den Blick nach innen, nun waren die Kopfschmerzen etwas weniger schlimm.

Währenddessen spürte er ständig die Messerspitze an seinem Hals. Das Pochen in seinen Schläfen.

»Leider habe ich eine genetische Veranlagung für Dickdarmkrebs, und wie du weißt, ist der Stoff schädlich für den Darm«, fuhr Roy fort. »Und so richtig bemerkenswert ist meine genetische Herkunft. Vor über tausend Jahren hatte ich mal schwedische Vorfahren. Ist das nicht merkwürdig?«

Alles, was dieser Verrückte von sich gab, war merkwürdig.

Roy grinste. »Meine Mutter wurde in Äthiopien geboren, mein Vater in Somalia. Wie kann ich da ein *Wikinger* sein?«

Der Typ, der die Ware testete, gab hoffentlich bald sein Okay.

»Was meinst du dazu?«, fragte Roy mit unbewegter Miene. Auch seine Art zu sprechen war merkwürdig – insbesondere angesichts der Tatsache, dass er nur einen Millimeter davon entfernt war, Emir die Kehle durchzuschneiden.

»Ich persönlich bin der Meinung«, sagte Roy langsam, »dass wir nicht glauben sollten, wir wären alle gleich geboren. So ein Unsinn, denn es ist genau umgekehrt. Wir kommen alle völlig unterschiedlich aus unseren Müttern raus, aber weil sie uns zwingen, gleich zu leben, werden wir einander ähnlich. Ich bin als Wikinger geboren, aber sie haben mich gezwungen, hier zu leben.«

Dann endlich erklang die raue Stimme des Soldaten in seinem Rücken. »Roy, das ist beste Qualität. Erstklassig.«

Roy beugte sich noch weiter vor, seine Nase berührte fast Emirs Ohr. »Es gibt nur ein Problem dabei, Prinz. Dass ein Loser wie du so viel Koks hat, so eine große Menge, das kaufe ich dir nicht ab. Du willst mich verarschen.«

Emir hatte gewusst, dass so etwas kommen würde – aber er hatte sich keine gute Antwort überlegt, und im Moment konnte er überhaupt nicht denken.

Ruhig atmen. Den Schmerz vergessen.

»Bruder, hast du vor, mir zu antworten, oder nicht?«, fragte Roy. »Was willst du *wirklich* hier?«

Er wollte mehr über das herausfinden, was Rezvan ihm erzählt hatte.

Roy fuhr mit dem Messer an seinem Hals hinauf.

Die Klinge glänzte.

Und hielt direkt vor Emirs Auge inne. Emirs Gehirn hatte die Arbeit eingestellt. Ruhig, er musste ruhig bleiben.

Das Messer, mit dem der Irre kurz zuvor seine Nägel gesäubert hatte, war einen Millimeter von seinem Auge entfernt. Sein Schädel drohte zu explodieren.

Er musste etwas antworten.

Die Idee durchdrang den Schmerz wie ein warmer Lichtstrahl. Ganz langsam öffnete er den Mund. »Mann, ich will dich nicht verarschen. Der Scheiß gehört Abu Gharib. Ich bin in *seinem* Namen hier.«

Dafür würde er später büßen müssen, man nahm die Namen der Bosse nicht ungestraft in den Mund. Aber im Moment waren ihm die verrückten Shunos da draußen scheißegal.

Roy nahm den Kopf zurück, aber nicht das Messer. Er starrte Emir an. »Du arbeitest nicht für Gharib.«

»Hör dich um, wenn du mir nicht glaubst.«

»Er soll selbst kommen.«

Emir holte tief Luft. »Du hast doch von dem Polizeieinsatz gehört, bei dem ein Mann angeschossen wurde, oder? Das war Isak. Frag deine Jungs hier, die können dir sagen, dass wir beide in dem Moment bei Abu Gharib waren. Wir konnten die Ware retten.«

Megarisiko. Von Kokain war dort keine Spur gewesen, aber das wussten diese Shunos ja womöglich nicht.

Roy musterte seine Jungs, einen nach dem anderen.

Der Typ, der das Pulver getestet hatte, nickte. Natürlich hatte er gehört, dass Emir mit Gharib auf dem Dach gewesen war. Solche

Nachrichten verbreiteten sich hier noch schneller als Al Jazeeras *Hot News*.

Roy beruhigte sich – als hätte er mit einem Atemzug eine ganze Wasserpfeife inhaliert.

Er ließ das Messer sinken. Schnippelte wieder an einem Fingernagel herum.

»Habibi, ich bin interessiert.«

Emir hätte sich am liebsten auf dem Boden ausgestreckt und sich etwas Kühles auf die Stirn gelegt. »Es muss schnell über die Bühne gehen«, stieß er hervor. »Cash auf die Hand. Zehn Millionen.«

Wieder schnalzte Roy mit der Zunge. »Chill mal, Bruder. Ich bin kurz davor, der schwedischen Regierung etwas zu verkaufen, was ihr eine Menge Kohle wert ist. Mehr als fünfzehn Millionen. Also keine Sorge, das Geld hab ich.«

Der schwedischen Regierung etwas verkaufen.

Rezvan hatte recht gehabt.

»Weißt du«, sagte Roy. »Ich liebe die Mauer, die sie gebaut haben.«

Obwohl er jetzt nur noch wegwollte, glotzte Emir ihn verwundert an.

Roy gluckste. »Jetzt kann ich hier nämlich machen, was ich will.«

Emir öffnete die Tür. Roys Schläger starrten ihn an.

»Warte noch«, sagte Roy. »Setz dich. Ich will das Zeug mal durch den Scanner jagen. Nur eine Routinekontrolle.«

Oh nein.

35

Obwohl das Flugzeug nur vierzehn Sitze hatte, wirkte die Kabine ungewohnt leer. Fredrika war der einzige Passagier.

Durch die Fenster kam ein surrendes Geräusch, die Motoren waren überhaupt nicht zu hören: Der monotone Geräuschpegel hätte eigentlich beruhigend wirken müssen. Es war das erste Mal, dass sie mit einem Elektroflugzeug flog, aber ihr Vater lobte die Dinger stets mit einer Verve, die sonst seinem *Top Notch*-Club und dem Djurgården IF vorbehalten war: »Sie sind so klein und praktisch, und man muss nicht im Stau zu irgendeinem ekelhaften Flughafen stehen.« Andererseits war ihr Vater auch Aktionär eines der größten Hersteller.

Wobei: Es war nicht ganz richtig, dass Fredrika der einzige Passagier war. Taco schlief zu ihren Füßen.

Sie waren auf dem Weg nach Tallänge.

Sie klappte den Sitz zurück, schloss die Augen und versuchte, ihr Gehirn auszuschalten.

»Die Informationen, die uns Emir Lund bis jetzt gegeben hat, sind äußerst zweifelhaft, und wir waren nicht in der Lage, irgendetwas über Roy Adams aus einer anderen Quelle in Erfahrung zu bringen«, hatte Murell gesagt.

»Wirst du Svensson sagen, dass ich nach Tallänge fliege?«, hatte sie gefragt.

»Natürlich. Ich bin für diesen Einsatz verantwortlich, aber Svensson ist zu wichtig, um sie außen vor zu lassen.«

Erst Zonen-Polizei, dann Personenschutz bei der Säpo: Für einen solchen Einsatz war sie nicht ausgebildet und hatte auch keine Erfahrung damit. »Ab jetzt unterstehst du nur noch meinem direkten Befehl. Diese Aktion findet außerhalb des Dienstwegs statt«, hatte ihr alter Chef gesagt.

Sie brauchte jemanden, der eine klare Linie vorgab. Sie musste Murell folgen. Schließlich ging es darum, herauszufinden, wer die Person war, die unter dem Pseudonym »Höss« geschrieben hatte: *Die große Fotze wird heute noch ein Loch bekommen.*

Die Vermutung, dass Ian etwas mit der Sache zu tun hatte, war ein Schuss ins Blaue. Aber wenn Murell seinen Algorithmen und Analysen vertraute, dann musste Fredrika das auch tun.

Die Gangway war wackelig. Tallänge lag fünfhundert Kilometer nördlich von Stockholm, trotzdem schlug ihnen die Hitze entgegen, als wären sie am Äquator.

Taco hob ruckartig die Pfoten an, das Metall war sicher glühend heiß.

Sie ging schnurstracks zur Toilette, ließ das Wasser aus dem Hahn sprudeln, bis es wenigstens kühler war als die stickige Luft, spritzte es sich ins Gesicht und bückte sich, um Taco aus ihrer Hand trinken zu lassen. Dann sah sie sich im Spiegel an. Eine Nanosekunde lang war sie überrascht, nicht mehr dreiundzwanzig zu sein. Arthur pflegte zu sagen, dass sich jeder in einem bestimmten Alter sieht. Egal ob zwanzig oder vierzig, alle hatten solch ein Alter, und Fredrikas war dreiundzwanzig. Sie mochte ihr Haar lieber in dem vorgeschriebenen engen Knoten als so, wie sie es jetzt trug: offen.

Eigentlich würde sie sich lieber weiter von Danielle Svensson verhören lassen, als hier zu sein.

Sie hatte Ian seit über drei Jahren nicht mehr gesehen, obwohl sie einander auf Instagram folgten. Sie wusste, dass er hier in Tallänge als Wachmann arbeitete. Sie hatte ihn vor ein paar Stunden angerufen und gefragt, ob er Zeit hätte, sich mit ihr zu treffen. Murell war sich absolut sicher, dass Ian nie von der Anzeige erfahren hatte, die sie während ihrer gemeinsamen Dienstzeit gegen ihn erstattet hatte.

»Ich wohne inzwischen in Tallänge«, hatte er gesagt.

»Ich stehe kurz davor, meinen Job zu verlieren«, hatte sie geantwortet.

Das Café Vinge sah wahrscheinlich immer noch so aus wie am ersten Tag. Die sporadisch aufgestellten Stühle wirkten bequem, aber schlecht platziert, und es war schwierig, dort einen Kaffee zu trinken – die Gefahr, dass einem der Kaffee in den Schoß kippte und empfindliche Körperteile verbrannte, war groß. Hinter der Glastheke lagen glänzende Pralinen, Kardamomkugeln und Mazarintörtchen – auch das wurde hier wohl schon seit Jahrzehnten verkauft.

Die Zeiten hatten sich geändert: Der chinesische Staat besaß in Stockholm mehr Immobilien als HSB, SKB und Allmännyttan zusammen, werdende Eltern konnten ihren ungeborenen Kindern die Erbanlagen für Laktoseintoleranz und Legasthenie entfernen lassen, und Alex Schulman war ständiger Sekretär der Schwedischen Akademie. Aber diese Backwaren waren ewige Konstanten und die Bestätigung, dass manches noch war so, wie es immer war. Ein sicherer Ort, der alle einschloss, ohne die Tradition zu opfern. Das war das ursprüngliche Folkhem. Aber Fredrika wollte hier auf keinen Fall irgendetwas essen – es war zu ungesund.

Taco schlief zu ihren Füßen ein.

Sie beschloss, so schnell wie möglich zu verschwinden, zum Flughafen zu fahren oder ein Auto zu mieten – das hier war zu gefährlich und konnte zu persönlich werden.

Sie weckte Taco, stand auf und machte sich auf den Weg zum Ausgang. Der Hund folgte ihr widerwillig.

Andererseits war Murell der Meinung, dass es eine wichtige Spur war, die es zu verfolgen galt. Eine Chance, Eva Basarto Henriksson zu retten. Durch gute Polizeiarbeit. Sie hatte nicht die Befugnis, von ihren Anweisungen abzuweichen. Sie hatte einen Auftrag. Die Frist lief in wenigen Stunden ab.

Sie deutete auf die Mazarintörtchen hinter der Glastheke. »Ich nehme zwei Stück davon, bitte«, sagte sie zur Kassiererin.

Sie trug das Gebäck auf einem Tablett zurück zum Tisch und setzte sich wie ein echter Jason Bourne mit dem Rücken zur Wand, um jeden Winkel des Raums überblicken zu können.

Als Ian draußen die Straße überquerte, bemerkte sie, dass seine Haltung noch so gerade wie früher war, er hätte einen Fußball zwischen seine Schulterblätter klemmen können. Sein Haaransatz dagegen war ein wenig nach oben gewandert.

Sie umarmten sich.

Als Ian Taco bemerkte, beugte er sich sofort zu ihm hinunter und begann, ihn zu streicheln. Taco schlackerte mit den Ohren, und sein Lächeln war breiter als das eines Delfins.

»Wie geht's dir?« Obwohl Ian keine Miene verzog, klang er so, als wäre er wirklich interessiert

Aber vielleicht war er das ja auch – Murells Analyse hatte ergeben, dass Ian sich aufrichtig um sie sorgen würde, wenn er wüsste, dass sie Probleme hatte.

»Geht so.« Sie schob ihm ein Stück Mazarintorte zu. Erneut half ihr Murells Analyse, der zufolge Ian diesen Kuchen besonders mochte.

Vorsichtig hob er das Stück mit den Spitzen von Daumen und Zeigefinger auf, wobei er darauf achtete, dass er den Rest seiner Hand nicht beschmutzte. »Hast du dir gemerkt, dass ich die mag?«

Fredrika lächelte. »Du hast in der Schule ständig am Automaten gestanden. Das werde ich nie vergessen.«

Im nächsten Moment brach Ian eine Ecke ab und gab sie Taco.

»Gib ihm nichts Süßes«, sagte Fredrika.

Ian nahm einen Bissen von der Torte, während er Taco mit der freien Hand streichelte. Dabei schaute er sie fragend an.

Sie erinnerte sich an den kurzen Spaziergang mit Arthur im Kronobergsparken – es fiel ihr immer leichter, sich zu unterhalten, wenn sie sich dazu bewegte.

»Können wir nicht draußen reden?«, fragte sie. »Taco scheint wieder neue Energie bekommen zu haben, seit er dich gesehen hat.«

Vom See her wehte ein laues Lüftchen, und der Kies unter ihren Füßen war so trocken, dass jeder Schritt eine riesige Staubwolke aufwirbelte.

Taco lief vor ihnen her, kam aber in regelmäßigen Abständen mit heraushängender Zunge zurück.

»Gegen mich wird ermittelt. Die werden mich nicht nur einfach feuern.«

Das Geräusch ihrer Schritte knirschte in Fredrikas Kopf, als würde sie auf einem Bonbon kauen. Auch Ian hatte vor einigen Jahren seinen Job bei der Polizei verloren. Nicht wegen ihrer Anzeige, sondern wegen mehrerer anderer Anzeigen aus der Zivilbevölkerung.

»Ich habe niemanden, mit dem ich über das reden kann, was passiert ist, niemanden, der versteht, wie ich mich fühle«, fuhr sie fort. Den Rest des Satzes brauchte sie nicht auszusprechen: *außer dir.*

Ein paar Kinder sprangen von den Felsen ins Wasser. Ians Gesicht wurde irgendwie glatter, zufriedener. »Deshalb willst du also mit *mir* reden?«

»Du bist der Einzige, dem ich vertraue. Weil du das Gleiche durchgemacht hast.«

Sie verließen die Strandpromenade und gingen in Richtung Wohngebiete. Es war eine andere Welt: *Vorstadt* hoch zehn. Große

Rasenteppiche, gestutzte Büsche, Fußballplätze und lautlose Mini-Polestars, die eher an Rasenmäher erinnerten als an Autos.

Fredrika erzählte von ihrer Angst, arbeitslos zu werden, wie sehr sie ihre Arbeit vermissen würde, dass sie gerne als Personenschützerin arbeitete und ihre Kollegen und sogar einige Vorgesetzte sehr schätzte. Sie spürte, dass er ihr zuhörte, auch wenn sie nur erahnen konnte, welche Parallelen er zu seiner eigenen Situation zog. Gleichzeitig fühlte es sich gut an, mit Ian zu reden, alles auszusprechen, sich jemandem anzuvertrauen, der sie kannte, der selbst Polizist gewesen war.

Aber sie hatte einen Auftrag dort. Nach Murells Analyse würde er selbstsicherer werden, wenn er das Wort hatte und ihr etwas erklären konnte.

»Erzähl mir, was du hier in Tallänge erreicht hast«, sagte sie.

»Nein, jetzt geht es doch um dich.«

»Aber ich kann meine eigene Stimme schon nicht mehr hören. Bitte erzähl mir was.«

Ians Augen funkelten. »Was willst du wissen?«

»Alles.«

Taco kam angelaufen und sprang an ihr empor.

Zwanzig Minuten später redete er immer noch über das Tal. »Du musst wissen, dass eigentlich nicht wir diese neue Art von Vertragsgesellschaft ins Leben gerufen haben.«

Fredrika versuchte, neugierig zu klingen. »Erzähl mir mehr darüber, wie das bei euch hier oben läuft.«

»Na ja, die Menschen hier hatten einen Vertrag mit der Gesellschaft geschlossen, wie auch in diesen Sonderzonen. Aber die übrige Gesellschaft erfüllt ihren Teil des Vertrags nicht mehr, sie schützt uns nicht, sie verteidigt unsere Werte nicht. Also stellen wir unsere eigene Polizei ein, kümmern uns um unsere eigene Gesundheitsversorgung, bauen unsere eigenen Schulen.

Im Gegenzug dürfen wir die Steuereinnahmen behalten, abgesehen von einer Abgabe an die schwedische Regierung. Damit kommen wir gut zurecht.« Ian sah aufrichtig glücklich aus. »Wir haben eine der niedrigsten Pro-Kopf-Raten an Gewaltverbrechen in ganz Schweden, nur ab und zu ein paar Kneipenschlägereien, aber das kann man nicht verhindern.«

Fredrika nickte. Sie fragte sich, ob er sich überhaupt daran erinnerte, dass sie ihn bei der Ausübung des Osmo-Vallo-Griffs erwischt hatte. Ihre Schultern berührten sich leicht.

»Und was ist das?«, sagte sie und zeigte auf ein modern aussehendes, zweistöckiges Gebäude, dessen nach unten gewölbtes Dach an japanische Architektur erinnerte. Die Sonnenkollektoren schienen das Licht gleichzeitig zu absorbieren und zu reflektieren.

»Das ist das Sebastian-Olofsson-Zentrum«, sagte Ian. »Es wurde vor drei Jahren mithilfe einer großen Spende von einer der reichsten Familien Schwedens gebaut und beherbergt die gesamte Marketing- und PR-Abteilung der Partei. Zuerst nehmen wir Tallänge, *then we take Berlin*«, trällerte er – wahrscheinlich hatte er keine Ahnung, dass er das Lied eines jüdischen Sängers zitierte. Fredrika dagegen wusste, was in diesem Bürokomplex wirklich vor sich ging: Hier war das Hauptquartier der Tallänge-Partei. Seit der Eröffnung des Sebastian-Olofsson-Zentrums hatte die Zahl der Online-Kampagnen, der ausgeklügelten Troll-Attacken, der aufwendig gefakten Videos und sogar der gewöhnlichen politischen Werbung in U-Bahnen und Bussen rapide zugenommen. Ihr Slogan lautete: *Wir sind die Freunde des Volkes.* In den letzten Jahren hatte eine Reihe von Politikern versucht, diese Aktivitäten zu unterbinden, und der Gesetzgebende Rat prüfte offenbar derzeit einen Vorschlag, um sogenannte *unethische Unterstützungskampagnen* zu verbieten.

Es lügen sowieso alle, dachte Fredrika.

Dann dachte sie, vielleicht sollte sie Ian noch einmal berühren, den Körperkontakt unauffällig verstärken – auch wenn es ihr absolut widerstrebte.

Er wandte sich ihr zu, seine markanten Augenbrauen bewegten sich. Er musterte sie.

»Zeig mir mehr«, sagte sie schnell.

Er deutete auf ein anderes Gebäude. »Das ist unser Gymnasium. Wir haben eine spezielle Turnhalle für die Jungs gebaut, damit sie neben dem Kampfsport mehr Zeit mit Krafttraining verbringen können, vor allem mit Freihanteln, denn ein solches Training ist eine ikonische Manifestation von Männlichkeit, die das Selbstbild stärkt«, sagte er lächelnd. »Man könnte sagen, die Männer hier sind wie du. Aber keiner schießt so gut.«

Fredrika lachte. »Weißt du das noch?«

»Den Schießstand in der Polizeischule werde ich nie vergessen.«

Taco stand jetzt zwischen ihnen und hechelte laut.

Ian ging auf die Knie und streichelte ihn. Dabei sah er zu Fredrika auf. Jeglicher Argwohn schien wie weggeblasen, nachdem sie gelacht hatte, seine Miene strahlte jetzt eher Neugier aus.

»Wollen wir nicht irgendwo essen gehen?«, fragte Fredrika.

»Hier gibt es nicht viele gute Restaurants, nur ein paar Pizzerien und Kneipen.«

Sie benutzte Taco, um an ihn heranzukommen. Aber noch mehr verließ sie sich auf die Wirkung ihrer Person: Sie bemühte sich, enttäuscht auszusehen.

»Aber natürlich kann ich uns ja was Leckeres kochen«, sagte Ian. »Bei mir daheim.«

36

Nova kochte in einer fremden Küche.

Vor ihrer Ankunft hatte sie mehrere Stunden lang versucht, William Agneröd zu erreichen, doch sie besaß weder Telefonnummer noch E-Mail-Adresse des Milliardärs. Sie hatte die Adresse seines Schlosses in den Schären, aber ihm einen Brief zu schicken, war sinnlos, die Post wurde ja nur noch alle fünf Tage zugestellt.

Es war offensichtlich, dass sein Shoken-Account nicht von ihm verwaltet wurde. Nova erstellte ein E-Mail-Konto im Darknet und kontaktierte darüber einige seiner Assistenten. *Ich habe Informationen, die William Agneröd betreffen*, schrieb sie, ohne ihren Namen zu nennen. *Der Preis dafür, dass ich sie für mich behalte, ist drei Millionen Kronen.*

Damit blieben ihr noch ein paar Kronen für sich, nachdem sie Guzmán bezahlt hatte.

Sie erhielt keine Antwort. Agneröds Angestellte erhielten tagtäglich wahrscheinlich Hunderte von seltsamen E-Mails.

Daraufhin kontaktierte sie Simon Holmberg, den Journalisten und Dokumentarfilmer. »Hallo, hier ist Nova.«

Simons Stimme klang schläfrig. »Wer?«

»Novalife. Du hast mir bei den Shoken Awards einen Preis verliehen. Wir haben getanzt.«

Er lachte. »Ja. Natürlich. Tut mir leid.«

Nova achtete auf den Klang seiner Stimme. Es war nicht auszuschließen, dass er sie verdächtigte, seine Uhr gestohlen zu haben.

»Ich habe eine Frage. Eine sehr heikle, um ehrlich zu sein.«

»So etwas gefällt mir.« Er klang weder misstrauisch noch skeptisch.

»Ich bin über Informationen gestolpert, die die Zeitungen und Fernsehsender interessieren könnten. Und dich sicher auch.«

»Das klingt unleugbar spannend.«

»Ich würde dich gern treffen und besprechen, was ich damit machen sollte.«

Simons Küche war klein, aber alles darin wirkte hochwertig: Allein der Backofen, eine italienische Marke, kostete so viel wie ein halbes Auto. Er war immer noch so entspannt wie am Telefon, bewegte sich geübt vom Schneidebrett zum Kochtopf und zur Fritteuse, ohne Nova auch nur einmal versehentlich anzufassen oder zu berühren.

Sie war noch nie mit jemandem in einer privaten Küche gewesen, der so gut kochen konnte wie er. Ihre eigenen Eltern speisten dreimal in der Woche auswärts, die restlichen vier Male aß Papa in seinem Dachzimmer, und Mama begnügte sich mit Joghurt samt verschiedenen Extrakten, vielleicht sogar Hanfsamen, wenn es gerade in Mode war. Es war unleugbar, dass ihre Mutter manchmal ein bisschen benebelt war.

Unleugbar, dachte Nova – dieses Wort hatte Simon am Telefon benutzt. Er benutzte viele komplizierte Worte, dabei gab es immer ein anderes, einfacheres, das er hätte sagen können.

Sie half mit: Gemüse schnippeln und Misosuppe abschmecken. Simon hatte versprochen, sich die Sache anzusehen, wegen der sie ihn kontaktiert hatte, aber nur, wenn sie bereit war, ihm ein Interview zu geben. Sie kannten sich nicht, es war ein Geben und Nehmen. Und vielleicht war seine Idee, ein Buch über das Zeitalter der Influencer zu schreiben, gar nicht so schlecht.

»Ich möchte analysieren, welches Paradigma sich durchgesetzt hat und welche Veränderungen dadurch stattgefunden haben«, sagte er. Nova nickte. *Paradigma* war der Name eines sehr beliebten Podcasts über Hautpflegeprodukte, bei dem sie ein paar Mal als Gast aufgetreten war.

Sie wollte Informationen verkaufen, er wollte sein Buch schreiben. Simon war der einzige Journalist, den sie kannte. Sie hätte auch zu Jonas gehen können, aber der war zu hitzköpfig für so etwas.

»Ich weiß, darauf zu bestehen, dass du zuerst mit mir dinierst, ist Erpressung«, sagte Simon und reichte ihr ein Glas. »Aber eine solche Gelegenheit darf man nicht ungenutzt verstreichen lassen. Ein Glas Wein vielleicht? Albariño?«

Sie nahm das Glas. *Dinierst*, meine Güte. Plötzlich hatte sie das Gefühl, dass das alles noch eine Weile warten konnte.

Die Wohnung war klein, aber hübsch eingerichtet. Das einzig Merkwürdige war, dass überall Bücher herumstanden. Wenn er so reich war, dass er eine Patek Philippe Grand Complications besaß – oder vielmehr besessen *hatte* –, warum leistete er sich keine größere Wohnung? Aber Schreiberlinge waren bekannterweise seltsame Menschen. Schreiberlinge und Dokumentarfilmer.

Sie fragte ihn, wie er zu seinem Beruf gekommen war.

»Zuerst habe ich für verschiedene Zeitungen gearbeitet, dann habe ich ein Buch über Gamer und die Online-Foren geschrieben, in denen sie sich tummeln«, erzählte Simon.

Der Knoblauch brutzelte sanft in der Pfanne.

»Die machen richtig viel Umsatz«, meinte Nova.

»Ja. Aber was mich am meisten interessiert hat, war die Verbindung zur *Alt-Right*-Bewegung.«

»Aha.«

Eines der Bilder, die an der Wand hingen, sah aus, als wäre es aus diversen handgeschriebenen Texten zusammengesetzt. Sie verstand nicht, wie jemand so etwas als Kunst bezeichnen konnte.

»Was hast du sonst noch geschrieben?«

»Viele Berichte, und dann habe ich noch ein paar Bücher geschrieben, darunter eines über die Unabhängigkeit Kaliforniens.«

Nova hatte davon gehört: Kalifornien hatte sich abgespalten und war ein eigenes Land geworden.

»Verdienst du viel mit deinen Büchern?« Vielleicht war sie ein bisschen plump.

Simon gab den Knoblauch in einen Topf. »Nein, aber ich habe sehr hohe Tantiemen für einen Dokumentarfilm über den chinesischen Influencer *Ayching Jynly* bekommen. Die Rechte wurden international verkauft. Wenn ich mich für ein Thema interessiere, will ich es intellektuell erfassen und kritisch aus möglichst vielen Blickwinkeln betrachten.«

Nova kapierte den letzten Teil nicht ganz, aber ihr wurde klar, dass Simon Holmberg wie jeder andere war – sobald er Geld hatte, rannte er los und kaufte sich Luxusartikel. Die Uhr hatte an seinem Arm geradezu riesig gewirkt.

»Warum machst du überhaupt, was du machst?«, fragte er.

Der Wein war kalt und schmeckte fruchtig. »Ist das schon das Interview?«

»Ja, warum nicht?«

»Was meinst du mit dieser Frage?« Das war eine kluge Gegenfrage.

»Was treibt dich an?«

»So viele Menschen wie möglich zu erreichen.«

»Fühlt sich das nicht manchmal ein wenig geistlos an?«

Geistlos – mein Gott, dieser Mann hatte echt nicht alle Latten am Zaun. Aber ihr fiel schneller als erwartet eine ehrliche Antwort ein.

»Ich mag das Oberflächliche, es ist leichter zu handhaben.«

Sie trank einen Schluck Wein.

Simon hob den Frittierkorb mit dem tropfenden Tofu darin hoch.

Nova trank noch einen Schluck. Das Interview war bereits aus dem Ruder gelaufen, sie hätte wissen müssen, dass solche Fragen kommen würden.

»Ich zeige ihnen nicht nur das perfekte Leben, ich zeige ihnen auch die Tiefen. Aber das ist alles nur ein Konstrukt, und meine

Anhänger wissen das. Novalife ist eine Figur. Novas Leben ist nicht real.« Sie hatte das Gefühl, die Zusammenhänge besser zu verstehen, wenn sie sie in Worte fasste.

Aber es war einmal real gewesen, vor langer Zeit. Sie hatte die Follower gebraucht, um ihre Schüchternheit zu überwinden, ihre *soziale Phobie,* wie ihr Vater sich ausgedrückt hatte. Sie war nicht durch und durch kommerzialisiert. Oder doch?

Simon hob sein Glas und prostete ihr zu. »Interessant.«

Nova tat es ihm gleich. »Zum Wohl.«

Die Haut an seinem Handgelenk war heller an der Stelle, an der sich die Uhr hätte befinden sollen.

Simon sah, wie sie die Augen zusammenkniff. »Apropos Prost und apropos Alkohol: Ich war ziemlich betrunken auf der Afterparty.« Er blickte auf die helle Stelle an seinem Handgelenk. »Ich glaube, da habe ich etwas verloren. Ich habe es erst am nächsten Morgen gemerkt.«

Sie fragte sich, ob er den Diebstahl der Uhr bei der Polizei angezeigt hatte.

»Was hast du denn verloren?«

»Ach.« Er holte eine Rolle Papiertücher hervor. »Nicht so wichtig.«

Er nahm die Tofuwürfel einzeln aus dem Frittierkorb und legte sie auf das abgerissene Papier.

Tropf, tropf.

Gebratener Tofu mit Knoblauch und Ingwer, dazu Pak Choi – weich, aber bissfest –, hausgemachte Chili-Mayonnaise, Thai-Salat mit rotem Reis und Sesam.

Simon stellte weitere Fragen: Wie sie als Influencerin angefangen hatte, wie sie Jonas kennengelernt hatte, worum es in ihren ersten Posts gegangen war und welcher Strategie sie bei der Kommunikation mit ihren Followern folgte.

»Welche Filme haben dich beeinflusst?«, fragte er. »Welche Fernsehsendungen magst du?«

Nova erzählte und erzählte, und die Antworten wurden mit jeder Frage länger. Vielleicht war es das Verdienst des Weins – *Verdienst*, halleluja, sie klang ja schon fast wie Simon.

Er kam ihr sehr erwachsen vor im Verhältnis zu ihr selbst. Erwachsen wie Novas Eltern, als sie noch ein Kind gewesen war, aber er verstand alles, was sie sagte und dachte, und das hatte sie noch bei niemandem erlebt. Seine Offenheit hatte keine Hintergedanken, er war nicht wie diese verdammten Shoken-Interviewer, die ihr Geheimnisse zu entlocken versuchten oder in ihrer Vergangenheit wühlen wollten.

»Welche Bücher haben dich beeinflusst?«, fragte er.

Nova verstummte. Sie las keine Bücher, hatte nie welche gelesen.

Sie hatte eine Idee. »Wenn ich in diesem Jahr nur ein Buch lesen könnte, welches sollte ich dann lesen?«

»Was für Bücher magst du denn?«

Verdammt, er war eine Nervensäge – aber auf eine nette, offene Art.

»Nicht zu komplizierte.«

Simon blickte auf. »Kafka«, sagte er.

»Kafka? Wie die chinesische Elektroautomarke?«

Simon gluckste. »Franz Kafka war Schriftsteller. Ich glaube, *Der Prozess* würde dir gefallen.«

»Worum geht es?«

»Du musst es selbst lesen und darüber nachdenken. Das ist der Sinn der Übung.«

Er stand auf und räumte den Tisch ab.

Sie überlegte, ob sie ihm von dem korrupten Polizisten Guzmán und ihrem Diebstahl bei Agneröd erzählen sollte, aber sie wartete ab, falls er ihr womöglich doch nicht helfen wollte.

219

Simon war ihre letzte Hoffnung.

Es war so weit. Nova legte das Besteck in den Korb des Geschirrspülers. Es war eine Schande, die Stimmung zu verderben, aber sie musste es tun, sie musste die Frage stellen, wegen der sie gekommen war.

Sie ging hinaus auf den Flur, um ihre Tasche zu holen. Draußen hing ein seltsames Kunstwerk: Es sah aus wie ein Buch, das in langsam trocknende Farbe getaucht worden war. Tropfen hingen wie Stalaktiten von der Unterseite herab. Der Titel war unter den Farbschlieren noch zu erahnen: *Schöne neue Welt.*

Sie nahm den USB-Stick in die Hand. Sollte sie das wirklich tun?

Was in Järva geschehen war, lief überall in den Nachrichten. Vielleicht sollte sie lieber gleich zur Polizei gehen. Es war nur so: Wenn sie das Geld nicht auftreiben konnte, würde sie in einer Zelle landen.

Sie ging zurück in die Küche und legte den Stick auf den Tisch.

Simon hatte Wein nachgeschenkt.

»Auf dem Stick sind Kopien von vielen E-Mails. Ich will ihn verkaufen.«

Simon wirkte enttäuscht. »Bist du wegen Geld hier?«

Es gab keinen Grund, ihn anzulügen. »Ich bin wegen *viel* Geld hier. Der Mann, von dem ich den Stick habe, ist nicht irgendwer, sondern William Agneröd.«

Simons Pupillen weiteten sich.

»Was glaubst du, wer würde dafür am meisten bezahlen?«, fragte Nova.

»Das kann ich so nicht beantworten. Ich muss erst wissen, worum es geht.«

Nova wusste es inzwischen. Sie hatte sich die Dokumente auf dem Stick genauer angesehen. Der *Nationalfeiertag* wurde in mehreren Mails und Anhängen erwähnt.

Sie würde es ihm sagen.
Informationen über As wahre Identität.
Ein heiliger Rassenkrieg.
Wie wir EBH befreien können.

37

Herzschlag im Babooz-Tempo.
Ein Messer am Auge.
Schweiß auf der Stirn.
Und jetzt saß er in einem Nebenraum und wartete, während Roy die Ware scannte. Emir war nicht besonders beunruhigt: Roys Soldat hatte ja gesagt, der Stoff sei von bester Qualität.
Kahle Wände. Kaltes Licht.
Das Södra-Netzwerk hatte sie – das war zu neunzig Prozent sicher. Roy Adams wollte der »schwedischen Regierung« etwas verkaufen.
Herzschlag im Melody-Trip-Tempo.
Roy hatte ihm seine Geschichte abgekauft.
Er hatte Emir sogar seinen Rucksack und sein Telefon zurückgegeben.
Er schickte Nikbin eine Nachricht: *Sie haben sie. Sag den Bullen, dass ich meinen Auftrag erfüllt habe.*
Nikbins Antwort kam schnell. *Hast du etwas aufgenommen?*
Nein, ich habe das Zeug weggeworfen, bevor ich reinkam.
Es dauerte ein paar Sekunden, bis Nikbin antwortete. *Du hast also die Information, dass einer der berüchtigtsten Kriminellen Schwedens dir gesagt hat, dass er etwas an den Staat verkaufen wird?*
Nikbin war so kleinkariert, aber dann schrieb der Anwalt: *Da*

du selbst schon mit der Polizei gesprochen hast, schlage ich vor, dass ich sie jetzt anrufe. Ich kann Druck machen und ein bisschen Tarzan spielen. Dann werden wir sehen, was sie tun. Wenn sie ein Team schicken, heißt das, dass sie denken, es reicht.

Zum ersten Mal seit Tagen fühlte sich Emir ein wenig glücklich.

Übrigens, schrieb Nikbin, *weißt du, wer mich gerade gebeten hat, sie zu verteidigen?*

Der Anwalt wartete nicht auf eine Antwort: *Deine neue beste Freundin, Fredrika Falck. Ihre üble Vorgesetzte ist der Meinung, sie hätte sich in dem ganzen Schlamassel nicht korrekt verhalten.*

Emir steckte das Telefon weg.

Es gefiel ihm, dass Fredrika-Bitch Ärger hatte: Dann war sie vielleicht nicht mehr so zickig.

Sie hatte etwas an sich, das ihm keine Ruhe ließ. Sie war das Paradebeispiel einer Korinthenkackerin. Die fiese Gans hatte ihn nicht aus dem Gefängnis lassen wollen.

Aber das war noch nicht alles. Im Ring versuchten alle Kämpfer, so gefährlich wie möglich zu wirken, alle bemühten sich um einen steinharten Blick. Hinter Fredrikas harter Fassade hatte er etwas erahnt: Sie glühte.

Wie lange dauerte es, ein Kilo Stoff zu testen?

Roy müsste längst fertig sein.

Aber der Sahib war wahnsinnig und tödlich. Das Beste für Emir wäre, an die Tür zu klopfen, die Ware zurückzufordern und den Deal für geplatzt zu erklären. Und dann schleunigst das Weite zu suchen.

Noch eine Nachricht von seinem Anwalt: *Jackpot.*

Emir las weiter. *Svensson bestätigt, dass die Ermittlungen gegen Roy mit »Einsatzkräften vor Ort« weitergeführt werden. Das bedeutet, dass sie entweder schon Leute vor Ort haben oder ein Einsatz-*

kommando schicken. Und das wiederum bedeutet, dass wir in ein paar Stunden wissen werden, ob sie sie gefunden haben.

Emir konnte kaum glauben, was der Anwalt gerade geschrieben hatte. *Und wenn sie sie finden, bin ich frei?*

Nikbin antwortete schnell: *Ja, aber es kommt noch besser: Selbst wenn sie sie nicht sofort finden, könnten sie auf Hinweise stoßen, die zu ihr führen, und das ist in diesem Fall auch dein Verdienst. Solange dieser Roy keinen Mist verzapft hat, kommst du frei, egal wie die Sache ausgeht. Kein lebenslanges Gefängnis für dich.*

Es war unglaublich. Ein weiterer Beweis, was Nikbin für ein Ausnahmeanwalt war.

Emir erinnerte sich an das erste Mal, als ihm Nikbin vom Gericht zugeteilt worden war.

»Es gab keine Zeugen am Tatort. Ich verspreche dir also, dass du nicht mit dem Raubüberfall in Verbindung gebracht wirst«, sagte Payam Nikbin, bevor sie zur Haftanhörung gingen. Der fünfzehnjährige Emir fand ihn ungefähr so glaubwürdig wie Donald Trump.

Seine Mutter saß im Gerichtssaal und weinte, als das Gericht entschied, dass er trotz seines jugendlichen Alters ins Gefängnis müsse.

Er musste mehr als neun Wochen auf seinen Prozess warten.

Er bat darum, von seiner Mutter besucht werden zu dürfen, aber der Staatsanwalt lehnte ab.

Er bat darum, sie oder Isak anrufen zu dürfen, aber die Gefängnisverwaltung lehnte ab.

Er bat darum, seine Freizeit im großen Hof verbringen zu dürfen, aber die Wärter lehnten ab – sie erlaubten ihm nur eine Stunde täglich im Käfig.

Der Einzige, den er sehen durfte, war sein Anwalt.

Nikbin besuchte ihn zweimal in der Woche. »Um mich zu vergewissern, dass du dich auch unter den Achseln wäschst«, scherzte er.

Emir hatte bereits bei den Gerichtsverfahren seiner Freunde zugesehen. Payam Nikbin war unerfahren, stotterte manchmal und traute sich nicht, den Staatsanwalt anzuschreien, wie Emir es die anderen Anwälte hatte tun sehen. Doch als Nikbin am letzten Verhandlungstag sein Schlussplädoyer hielt, sah Emir etwas, das er noch nie zuvor gesehen hatte: Nach wenigen Minuten griff der Richter zu Stift und Papier. Er schrieb mit und hörte erst auf, als der Anwalt fertig war. Ernsthaft: Emir hätte sich nicht träumen lassen, dass sie Payam Nikbin so aufmerksam zuhören würden.

Eine Woche später wurde das Urteil gesprochen. Emir wurde wegen Waffenbesitz, Drogendelikten und Sachbeschädigung verurteilt, aber nicht wegen schweren Raubes, noch nicht einmal wegen Beihilfe zum Raub. Er bekam nur sechs Monate Jugendstrafe – und ein neuer Stern war am Anwaltshimmel aufgegangen.

In der Jugendstrafanstalt lernte er mehr als irgendwo zuvor. Die Wärter nannten das Gefängnis »die Tierfabrik«.

Er hörte den Schlüssel in der Tür. Endlich. Emir stand auf.

Zwei von Roys Muskelprotzen. Tiefhängende Trainingshosen, schnelle Turnschuhe, enge T-Shirts.

»Ist Roy zufrieden?«

Da war irgendetwas faul. Die Jungs standen sichtlich unter Stress – es würde Ärger geben.

Der erste Shuno holte einen Taser hervor.

Die grünen Plastikklappen flogen davon, die durchsichtigen

Drähte schossen heraus, das Konfetti – die Zettel mit den Seriennummern der Waffe – und die Funken sprühten.

Es war unmöglich, den Projektilen auszuweichen – sie bohrten sich in seine Haut und jagten sechsundzwanzig Watt durch seinen Körper.

Emir verlor völlig die Kontrolle: Seine Muskeln gehorchten ihm nicht mehr.

Er fiel um.

Knallte auf den Boden. Zuckte spasmisch.

Anstatt frei war er nun k.o.

»Du warst mal ein MMA-Star, oder?«, sagte einer der Jungs.

Emir versuchte zu antworten, brachte aber nicht mehr als ein Gurgeln zustande.

»Was für ein Idiot«, sagte der Typ und grinste. »Aber das passiert, wenn man versucht, Roy zu verarschen.«

38

Taco war als Erster im Haus. Obwohl er noch nie bei Ian gewesen war, schien er sich hier pudelwohl zu fühlen.

Im Flur lehnte ein Gewehr an der Wand. Ian bemerkte ihre Reaktion. »Ich jage.«

»Ja, natürlich. Das habe ich auf Insta gesehen.« Sie musste sich zusammenreißen. »Schießt du immer noch mit Norma Magnum Oryx?«

Ian lachte. »Du hast dich echt schlau über mich gemacht. Das ist gute Munition, und ein Erfolgskonzept sollte man nicht ändern.«

»Echt schwedische Qualität.«

Er sah zufrieden aus.

Fredrika fiel wieder ein, dass die schwedische Schulaufsicht im vergangenen Jahr beschlossen hatte, eine Schule hier im Ort zu schließen, weil sie nicht länger die demokratischen Werte vertrat. Die Schule hatte sich geweigert, woraufhin sich die Frage gestellt hatte, wer die Schließung durchsetzen sollte. Da die örtliche Polizei nicht zur Kooperation bereit gewesen war, hatten Spezialkräfte aus Stockholm hinzugezogen werden müssen. Acht Polizisten waren beim Versuch verletzt worden, sich einen Weg durch die Menge der selbsternannten Verteidiger Schwedens zu bahnen, die sich um die Schule herum versammelt hatten. Sie fragte sich, was Ian von solchen Dingen hielt, schließlich war er trotz allem Polizist aus Leidenschaft gewesen.

Sie fragte sich auch, inwieweit er in den Extremismus der SFF verwickelt war – der Schwedischen Freiheitsfront. Das hatte ihr auch Murell nicht beantworten können – diese ganze Geschichte war ein Himmelfahrtskommando.

Sie gingen in die Küche.

»Weißt du, wie hoch der Ausländeranteil in Schweden aktuell ist?«, fragte Ian. Taco schmiegte sich an sein Bein.

»Ich glaube nicht, dass es eine gute Idee ist, wenn wir darüber reden.«

»Vielleicht nicht, aber ich möchte, dass du verstehst, warum ich es gut finde, wie es hier läuft. Warum ich Stockholm verlassen habe. Mehr als vierzig Prozent der Menschen, die heute in diesem Land leben, wurden außerhalb Nordeuropas geboren oder haben zumindest einen Elternteil, der kein gebürtiger Schwede ist. Der große Bevölkerungsaustausch hat bereits stattgefunden, das ist eine Tatsache.«

Die Zahlen waren übertrieben, aber sie musste das Gespräch auf andere Themen lenken: Mit wem er hier Kontakt hatte, in welchen Online-Foren er unterwegs war, ob er jemanden kannte, der sich Höss nannte. Hatte er sich dafür nicht schon offen gezeigt?

Aber Ian fuhr fort: »Es geht um Verrat, das verstehst du ja auch. Diejenigen, die diese Volksgemeinschaft über Generationen aufgebaut haben, die daran gearbeitet haben, etwas Gutes zu schaffen, sollten das Recht haben, in Ruhe und Frieden in ihrem eigenen Land leben zu können. Die heutige Kolonisierung Europas und insbesondere Schwedens ist viel grausamer als die Kolonisation, die Europa vor vierhundert Jahren betrieben hat. Es ist nicht falsch, für die Freiheit zu kämpfen.«

»Aber es ist falsch, den Anweisungen der Polizei nicht zu gehorchen, oder?«

»Das hängt davon ab, ob es sich um eine vom Volk legitimierte Polizei handelt oder nicht. Ist es nicht unser Recht und unsere Pflicht, Widerstand zu leisten?«

Fredrika blickte zu Taco hinüber. Sie kannte diese Worte: das *Recht und die Pflicht, Widerstand zu leisten.* Das war nicht nur das Motto der Menschen hier oben, sondern auch das der Bewegung.

Der marinierte Lachs war gut und schmeckte nach Mittsommer. Nachdem Ian seine ideologischen Tiraden beendet hatte, unterhielten sie sich mit beunruhigender Vertrautheit über alte Kollegen, alte Vorgesetzte und die gemeinsame Zeit bei der Polizei. Fredrika erwähnte auch einige ihrer Verflossenen, wodurch sie ihm signalisierte: Sie war Single und wurde durchaus begehrt. Manchmal jedenfalls.

Er schenkte ihr ein Getränk ein, das wie trübes Bier aussah. »Das ist *Mölska*, Honigwein mit Bier gemischt«, erklärte er. »Sehr erfrischend.«

Das Mölska schmeckte beschissen, es war zu süß und zu alkoholisch.

»Vielleicht hättest du trotzdem auf diese Bestien schießen sollen«, sagte er. Sie wusste sofort, was er meinte. Es war das erste

Mal seit über zwei Stunden, dass er etwas über die Ereignisse auf dem Platz sagte.

»Aber so bin ich nicht.«

Ian schnitt den Fisch mit einer Präzision in Stücke, die an einen Gehirnchirurgen am Operationstisch erinnerte. »Und da mussten andere Polizisten den Job übernehmen.«

Taco war auf dem Sofa im Wohnzimmer eingeschlafen.

Draußen dämmerte es.

Sie schluckte. Wechselte das Thema.

»Ich habe ein Hotelzimmer reserviert. Es ist schon spät.«

Ians Gesicht lag im Schatten, aber sie konnte sehen, wie seine Stirn glänzte und dass er sie musterte. Murells Analyse hatte ergeben, dass Ian gerne mal einen über den Durst trank. Er hatte viel von diesem süßen Bier intus.

»Obwohl ich dachte …«, fuhr sie zögernd fort, »dass ich vielleicht …« Sie beobachtete ihn aufmerksam und versuchte, seine Miene zu deuten. »… stattdessen bei dir auf der Couch schlafen könnte? Dann muss ich Taco nicht wecken.«

Das war ihre bisher deutlichste Einladung.

Und sie fragte sich, ob sie in der Lage sein würde zu handeln, wenn die Zeit gekommen war.

Fredrika hatte sich im blitzsauberen Badezimmer die Zähne geputzt. Jetzt saß sie nur mit Boxershorts und T-Shirt bekleidet auf dem Sofa.

Er kam herein, um ihr eine gute Nacht zu wünschen.

»Kennst du viele Leute hier?«, fragte sie.

Er starrte etwas zu lange auf ihre Beine und ging vor ihr in die Hocke.

»Ich habe viele Kameraden. Bei der Arbeit, in der Ausbildung. In der Politik.« Er streichelte Taco über den Rücken. Er mochte den Hund wirklich sehr.

Sie nickte, ohne zu wissen, wie sie weitermachen sollte.

»Danke, dass du mir heute zugehört hast.« Sie lächelte so liebevoll, wie sie konnte. »Schlaf gut.«

Ian senkte den Kopf. Sah er nicht ein wenig enttäuscht aus? »Gute Nacht«, sagte er leise.

Natürlich schlief sie nicht.

Sie wartete. Sie hatte eine gewisse Spannung gespürt, aber das reichte noch nicht. Sie musste aktiver werden. Die Entführer hatten ein Ultimatum gestellt: das Geld bis Mitternacht. Wahrscheinlich verhandelten Murell und sein Team mit ihnen. Trotzdem: Die Uhr tickte.

Taco schlief wie ein Stein auf ihren Beinen.

Ian und seine Gruppe lebten hier oben in ihrer eigenen Blase, aber sie hatten Anhänger in ganz Schweden. Sie waren bei den Kommunalwahlen vor fünf Jahren mit siebenundzwanzig Prozent der Stimmen stärkste Partei geworden und hatten die passive Unterstützung einer Reihe anderer Parteien. Daraufhin waren Menschen mit ähnlichen Ansichten in das Dorf gezogen, und bei den letzten Wahlen hatte die Tallänge-Partei fünfundfünfzig Prozent der Stimmen erhalten und keine Koalition eingehen müssen. Gleichzeitig hatte einer der größten schwedischen Lebensmittelkonzerne seine Produktion hierher verlegt. Das Unternehmen war mehrfach wegen Diskriminierung verurteilt worden und hatte Entschädigungen in Millionenhöhe zahlen müssen, aber der Eigentümer hatte deutlich zu verstehen gegeben, dass ihm das egal war. In Osteuropa verkauften sich die Produkte des Konzerns wie geschnitten Brot unter dem Label CCEH: *Certified Christian European Heritage.*

Es ging darum, dass die Menschen ihre Entscheidungen selbst trafen. Wer nicht dazugehörte, zog weg. Das Tal wurde autark. Die Bewohner brauchten keine Trennmauer, um ihre Traumgemeinde, ihre *Paradiesstadt*, zu schaffen.

Inzwischen waren mehrere Gemeinden im Land dem Beispiel Talländges gefolgt und verlangten zum Teil sogenannte Loyalitätszertifikate. Dabei wurde geprüft, wie viele Generationen gesetzestreuer Bürger Schwedens unter den Vorfahren waren: Um Zugang zu kommunalen Dienstleistungen zu erhalten, mussten mindestens drei Generationen nachgewiesen werden.

Nach etwa einer halben Stunde hörte sie leise Schritte. Taco war es nicht, der schnarchte immer noch zu ihren Füßen. Fredrika war bereit. Sie hatte die Tabletten geschluckt, die Murell ihr gegeben hatte.

Es waren nur noch wenige Minuten bis Mitternacht. Fredrika wusste, was das bedeutete: Gut möglich, dass gleich alles zu spät war.

Dennoch musste sie weitermachen.

Ian stand da und sah sie an. »Ich konnte nicht schlafen«, sagte er. Es klang so klischeehaft. »Und dann dachte ich, ich würde hören, wie du dich hier auf dem Sofa hin und her wälzt.«

Fredrika setzte sich auf. »Lass uns noch ein bisschen Met trinken, was meinst du?«

Laut Algorithmus bestand eine siebzigprozentige Wahrscheinlichkeit, dass er zustimmen würde. »Es heißt Mölska«, sagte Ian.

Er hatte vier Flaschen getrunken. Fredrika hatte drei intus, aber die Rikena-Tabletten minderten die Wirkung des Alkohols. Sie spürte sie, aber ihre Gedanken waren noch klar. Wie es mit der Ministerin gelaufen war, wusste sie nicht.

»Wir haben hier auch wissenschaftliche Einrichtungen«, lallte Ian, und seine Wangen glänzten im Schein der Sofalampe. »Vor allem wird zum Thema Fruchtbarkeit geforscht. Du weißt ja, wir Nordländer sind dabei, uns selbst auszurotten, die durchschnittliche Kinderzahl in einer schwedischen Familie liegt bei 1,2. Das reicht nicht für eine stabile Bevölkerung.«

»Also bekommen die Leute hier mehr Kinder? Das klingt gut, in vielerlei Hinsicht.« Sie versuchte, kokett zu klingen.

Ian bewegte sich jetzt langsam, wie jemand, der versucht, nüchterner zu wirken, als er ist.

Fredrika stand schwankend auf und setzte sich neben ihn auf die Armlehne des Sessels. Sie hatte schon erwartet, dass er den ersten Schritt machen würde, aber Ian war so vorsichtig.

Plötzlich erhob sich Taco vom Boden und streckte sich. Seine Augen waren schmal, als wäre er skeptisch. Doch dann stürzte er schwanzwedelnd auf Ian zu.

Sie ergriff die Gelegenheit: »Komm, lass uns ins Schlafzimmer gehen.«

Sie standen gleichzeitig auf. Taco schien den Wink verstanden zu haben. Er legte sich auf die Couch und schlief so schnell ein, wie er aufgewacht war.

Das Bett war breit, obwohl Ian allein hier wohnte.

Er stellte sich vor sie, lehnte seine Stirn an ihre und streichelte ihre Wange. Dann trafen sich ihre Lippen.

Sie standen eine Weile so da, dann schob sie ihn in Richtung Bett.

Sie dachte: Was zum Teufel mache ich hier? Bin ich eine Nutte oder eine Polizistin?

VIERTER TAG

9. Juni

39

Power Walk durch die Villenidylle. Die Straßen waren menschenleer und ruhig, jeder hier schien seine Kinder im Kindergarten oder in der Schule abgeliefert zu haben und seiner langweiligen Arbeit nachzugehen.

Nova wusste nicht, ob die vergangene Nacht erfolgreich für sie gewesen war oder nicht. Simon hatte versprochen, sich noch am Vormittag zu melden. Ihre Magenschmerzen ließen allmählich nach.

Sie postete einige Livestreams, in denen sie über ihr Training, ihren Morgenkaffee, das Fotoshooting bei Agneröd und natürlich die Shoken Awards sprach. Ihre Follower waren immer noch ganz aus dem Häuschen über ihren Ausraster, bei dem sie Jonas und auch sie selbst beschimpft hatte.

Sie dachte an die gestrige Unterhaltung. Sie wusste, dass die Oberfläche immer wichtiger war als das, was darunter lag. Alles, was tiefer ging, konnte kommen und gehen. Die wahre Nova war wechselhaft und manchmal schwer zu fassen, aber das, was an die Oberfläche gelangte, blieb in Erinnerung. Bei Simon war ihr klar geworden, dass sie vielleicht mehr über das wissen wollte, was sich unter dieser Oberfläche befand, über sich selbst. Sie würde sich ein Buch dieses Autors besorgen, der so hieß wie die chinesische Automarke.

Simon war ein sanfter Mann. Von einer Partnerin hatte er nichts erwähnt, und in seiner Wohnung hatte sie nichts entdeckt, was darauf hingedeutet hätte. Sie fragte sich, was er sich wirklich davon versprochen hatte, einen Abend mit ihr allein und ein bisschen betrunken zu verbringen, nachdem sie ein paar Tage zuvor eng aneinandergeschmiegt getanzt hatten.

U-Bahn-Station Ropsten. Hier pflegte Nova zu wenden und wieder nach Hause zu gehen. Auf den großen digitalen Bildschirmen über dem Bahnhofseingang liefen Werbespots. Einer davon gehörte offensichtlich zu einer politischen Kampagne. *Wir müssen die Demokratie retten*, hieß es da. *Wenn der Populismus zu sehr an Boden gewinnt, wird es Zeit zum Umdenken. Wir brauchen Grenzen.*

Schon merkwürdig, dachte Nova, wenn die Leute nicht so wählten, wie manche Politiker es wollten, sprach man von *Populismus*, und dann war die Demokratie anscheinend nicht mehr so viel wert.

Dann lächelte das große Gesicht einer Politikerin auf sie herab. Eva Basarto Henriksson.

Was für eine Ironie, dass die Dateien auf dem Stick ausgerechnet diese Ministerin betrafen. Jeder kannte sie. EBH hatte dank Influencern wie Nova Karriere gemacht – sie wurde so oft eingeladen und präsentiert, dass sie den Spitznamen »Spam-Ministerin« verliehen bekam. EBH war Trauzeugin bei Husseyns zweiter Hochzeit gewesen, EBH war mit Blondgirl nach Mexiko gesegelt, um dort mit Delfinen zu schwimmen, EBH war mit #Novalife in einem *Privatjet* geflogen. Die Influencer fühlten sich nützlich, wenn sie mit einer echten Politikerin auftraten, und EBH gewann so junge Wähler. Die Ministerin war im Laufe des kurzen Nachmittags, den sie vor den Fotografen verbracht hatten, wirklich nett gewesen. Das Flugzeug hatte das Gate nicht verlassen, es hatte nur einen gewissen Hintergrund liefern sollen, der gut ankam.

Vielleicht war es doch dumm von Nova, den beschissenen Stick verkaufen zu wollen. Ihrer Familie würde das nicht gefallen, sollte das eines Tages rauskommen. Sie selbst hatte in der Unterhaltung mit Simon von »nationaler Sicherheit« gesprochen. Aber es war ja wohl nicht ihre Schuld, dass sie da hineingeraten war. Guzmán war verantwortlich, wenn sie etwas falsch machte.

Es war zehn Uhr. Ob Simon erst in letzter Minute anrief? Sie fragte sich, wie viel Geld sie für die Informationen auf dem Stick bekommen würde.

Sie ging nach Hause. Sie hatte Magenkribbeln vor Nervosität. Das durfte kein Follower mitbekommen, obwohl Jonas sie oft aufforderte, mehr Emotionen zu zeigen: »Wenn du Angst hast, wollen wir das sehen.« »Wenn du unglaublich glücklich und dankbar bist, dass das Leben so gut zu dir ist, wollen wir das auch sehen.« Sie erinnerte sich noch an das erste Mal, als Great Media Entertainment sie mit der Bitte kontaktiert hatte, nicht nur für verschiedene Produkte zu werben, sondern auch für politische Botschaften. Unter dem Motto *Eine herrliche Einstellung zum Leben* sollte Novalife in ihren Sendungen positiv, sympathisch und aus weiblicher Perspektive für strengere Gesetze in den Sonderzonen eintreten. *Ich fühle mich gerne sicher, Sie nicht?*

Das bereute sie jetzt. Es war wie ein peinliches Familiengeheimnis.

Die Entführung von Eva Basarto Henriksson hing irgendwie mit dem Konzept der Sonderzonen im Allgemeinen zusammen. Der ganze Mist, an dem ihr Vater mitgebaut hatte.

Sie sollte Simon anrufen, den Stick zurückfordern – und damit zur Polizei gehen. Auch wenn sie die Forderung des korrupten Bullen nicht erfüllen konnte.

Eine Stunde verging.

Sie hatte Simon bestimmt schon zehnmal angerufen, aber nicht erreicht.

Sie rollte die Gymnastikmatte aus und machte ein paar Sit-ups. Dabei dachte sie an Guzmán.

Nachdem sie sich im Café Chedi getroffen hatten, war sie ihm ein Stück weit durch die Straßen gefolgt, die voll feierwütiger Leute gewesen waren. Nova war ihm immer in gebührendem Abstand gefolgt wie ein Chimecho-Pokémon persönlich und hatte so getan, als ginge sie ganz unbekümmert die Straße entlang. Dabei hatte sie den verrückten Polizisten nicht aus den Augen gelassen. Guzmán wohnte ganz in der Nähe: Die Jungfrugatan war eine der engsten Straßen in Östermalm, aber sie hatte Klasse. Er war also ein echter Östermalmer, was die Sache noch verrückter machte.

Nova rief Simon wieder an. Sie hatte sich entschieden. Sie wollte zur Polizei gehen – zur richtigen Polizei.

Simon meldete sich nicht.

40

Ein Räuspern über ihm.

Eine Stimme.

Emir hatte keine Kraft, die Augen zu öffnen, er hatte versucht zu schlafen, aber es war sinnlos.

Er lag zusammengekrümmt auf dem Betonboden. Wie in einer Gefängniszelle. Ein Lagerraum in einem Keller, der nach Feuchtigkeit und alten Zigarettenstummeln roch. Seine Hände waren gefesselt, das Klebeband schnitt wie Draht in die Handgelenke. Ein Fuß war mit einem Fahrradschloss gefesselt, das an einem weiteren Fahrradschloss hing, das wiederum an der Wand befestigt war.

Roy hatte einen Hustenanfall, der so klang, als hätte er gerade eine fette Zigarre geraucht.

Emir starrte Södras Sahib an.

»Du siehst aus wie ein Müllhaufen«, sagte Roy. »Setz dich hin.«
Die Ketten der Fahrradschlösser rasselten.

Der Mann, der Emir den Elektroschock verpasst hatte, stand neben ihm.

Roy holte einen Joint hervor. »Weißt du, als Kind habe ich meine Mutter einmal gefragt, was mit dem Müll passiert, und sie hat gesagt: *Den Müll bringt man zur Müllkippe.*«

Wie lange war Emir schon hier? Warum hielten sie ihn fest?

Früher hatte er bei Stress Kopfschmerzen gehabt, aber jetzt fühlte er sich eher wie ein Hirntoter. Keine Schmerzen, nichts. Nur Müdigkeit.

Roy trug jetzt ein dunkles Adidas-Sweatshirt und eine Hose aus diesem ultraleichten Material, das heutzutage alle anhatten. Vielleicht war es noch Nacht, das kalte Licht einer Neonröhre irgendwo im Keller drang durch den Spalt unter der Kellertür, das Halbdunkel im Raum war so grau wie nasser Beton.

Roy quatschte weiter: »Dann habe ich meine Mutter gefragt, was passiert, wenn die Müllhalde voll ist, und sie hat gesagt: ›Dann macht man eine neue Müllhalde auf.‹« Södras Sahib entzündete den Spliff über der kurzen Flamme seines Feuerzeugs. Hin und her, hin und her, die rhythmische Bewegung der kleinen Flamme fühlte sich unheimlich nah an: ein warmes, pulsierendes Licht in der Stille.

»Dann macht man einfach eine *neue* Müllhalde auf«, wiederholte Roy mit rauer Stimme. »Da wurde mir klar, dass alles im Arsch ist. Mir ging auf, dass wir gefickt sind, egal was wir tun. Wir haben keinen Plan, niemand hat einen Plan. Wir wissen nicht einmal, was wir mit unserem Müll machen sollen. Wir rennen einfach blindlings durch die Dunkelheit.«

Er beugte sich zu Emir herab. »Du wolltest mich verarschen. Also hör mir zu, Bruder. Ich bin zu allem fähig, ich kenne keine Grenzen mehr, weil wir sowieso am Arsch sind.«

Emir hatte keine Ahnung, wovon der Sahib sprach.

Roy packte ihn am Ohr und zog ihn zu sich heran. »In dem Beutel ist synthetischer Dreck. Auf dem Zahnfleisch fühlt es sich wie echter Stoff an, aber das Scheißpulver kann Nervenschäden verursachen. Und du wolltest mir die Scheiße andrehen.«

Es war sinnlos, irgendetwas zu erwidern. Entweder hatten die Bullen ihm falsches Kokain untergejubelt, oder sie hatten keine Ahnung von den verschiedenen Derivaten der Droge.

Dann fiel ihm siedend heiß ein: Roy hatte seinen Rucksack genommen. Die Medikamente, die er von den Polizisten bekommen hatte, waren weg. Und wenn Emir keine Dialyse bekam, würde er bald Resonium und den Urintreiber brauchen.

Roy Adams war nicht nur ein Drogenbaron, sondern bald auch ein Drogenbaron mit einem toten Ex-MMA-Star im Keller.

Sie schleppten ihn durch Abwasserkanäle, durch schwere Metalltüren und über Treppen hinauf. Durch weitere Korridore. Halb Järva drängte sich in diesen Gängen.

Dann stießen sie ihn in einen Aufzug.

Im besten Fall hatten die Bullen die Innenministerin schon gefunden, und die Sache war erledigt.

Die Taser-Typen führten ihn nach draußen: achter Stock, oberste Etage.

Die Metalltür neben ihnen, die sonst immer verschlossen war, stand offen: die Tür, die aufs Dach führte.

»Wie spät ist es?«, fragte Emir.

»Warum fragst du so viel?«, fragte einer der Männer und hielt sein Handy hoch, damit Emir es sehen konnte. Es war schon elf Uhr morgens. Roy hatte ihn eine Ewigkeit gefangen gehalten, die ganze Nacht. Trotzdem freute er sich – die Polizei hatte die Ministerin sicher schon längst gerettet. Weil er die Information dazu geliefert hatte. Nikbin hatte ja gesagt, sie hätten Leute geschickt. Ende gut, alles gut. Nur Roy selbst war noch auf freiem Fuß, aber wahrscheinlich würden die Einsatzkräfte auch bald hier auftauchen und die Bude stürmen, wie sie es in der Wohnung getan hatten, in der Abu Gharib Poker gespielt hatte. Sie würden Emir befreien.

Die Typen führten ihn eine knarrende Wendeltreppe auf das Flachdach hinauf. Die Sonnenstrahlen trafen ihn wie Speere – die Hitze im Freien war immer noch unwirklich.

Von hier aus konnte man die ganze Gegend überblicken: 360-Grad-Panorama. Die Dachpappe des Nachbarhauses glitzerte, als wäre sie aus Wasser, hier war es glühend heiß, die Hitze war bis in die Schuhsohlen zu spüren. Etwas weiter entfernt standen etwa zwanzig Männer.

Das Dach, das war sein Fluch. Erst die Flucht vor der Polizei, bei der er Isak aus Versehen angeschossen hatte, und jetzt das.

Was war hier los?

Er kannte ein paar von den Männern. Sie gehörten zu Södras Elite.

Roys Grinsen war so breit wie die Vereinigten Arabischen Emirate, sein Goldzahn blitzte, als hätte er einen Scheinwerfer im Kiefer.

»*Le Prince*, willkommen hier oben in der Sonne.«

Emir erkannte den Mann, der neben Roy stand, sofort. Er hatte schon vorher ein flaues Gefühl im Magen gehabt, aber als er seinen alten Kampfnamen hörte und gleichzeitig sah, wer der Kerl neben Roy war, wurde ihm richtig übel. Es war Yuri »die Bestie« Donetsk.

Die Bestie trug Shorts und MMA-Handschuhe und schlug träge in die Luft.

The White Knight, der Star, der Emir zu Fall gebracht hatte, der seine Karriere beendet hatte, der seine Nieren irreparabel ruiniert hatte. Der sein Leben zerstört hatte.

Er hatte Gerüchte gehört, dass die Bestie genau wie er selbst für Geld Leute verprügelte, aber er hatte es nicht geglaubt. Yuri war nicht einmal aus Järva, Yuri hatte richtige Sponsorenverträge gehabt. Selbst wenn er inzwischen mit MMA aufgehört hatte – warum sollte er gleich zum Berufsverbrecher werden? Aber die Bestie stand hier oben und wartete.

Roy wandte sich nach rechts und links, nicht nur der Goldzahn strahlte, nein, der ganze Sahib leuchtet mit seinem verschwitzten Gesicht. »Wir alle haben lange auf diesen Rückkampf gewartet. Die Idee ist mir gestern gekommen. Der Prinz hatte neun Mal in Folge durch K.o. gewonnen, aber dann traf er auf die Bestie im Ring. Viele von euch waren damals dabei, nicht wahr? Und viele von euch haben auf den Prinzen gesetzt.«

»Hör auf«, zischte Emir.

Roy zischte zurück: »Du wolltest mich verarschen. Das hast du jetzt davon.«

Yuri Donetsk zog überrascht die Augenbrauen hoch: Er hatte wohl nicht damit gerechnet, dass Emir mit auf dem Rücken gefesselten Händen und bereits ziemlich lädiert auftauchen würde.

»Und jetzt ist es endlich so weit«, rief Roy. »Der Prinz bekommt seine Revanche.«

Die Männer traten näher, Emir sah Unzenmünzen und Handy-Displays mit Bezahl-Apps – sie wetteten nicht um Kleingeld.

Sie schnitten seine Fesseln auf.

Die Männer standen im Halbkreis um sie herum: wilde Gesichter, gierig nach Blut und Unterhaltung.

Der Kampf fand am Rand des Daches statt.

Sie stopften ihm einen Mundschutz in die Fresse und zogen ihm Handschuhe an. Wie vor einem richtigen Kampf.

Roy brüllte. »Meine Brüüüüder, jetzt ist es so weit. In der einen Ecke Emir ›der Prinz‹ Lund, die Kampfmaschine aus Järva, unser Battallah, endlich zurück, *hamdullah*. Und in der anderen Ecke …« – er gestikulierte wild – »haben wir heute Yuri ›die

Bestie‹ Donetsk, *The White Knight*, den Eintreiber, den Krieger aus Norsborg. Jetzt kommt es zur Neuauflage, jetzt hat der Prinz die Chance, sich zu rächen.«

Einige Männer grölten.

Roys goldener Zahn leuchtete heller als die Sonne. »Es ist ganz einfach, Jungs. Einer gewinnt, einer verliert. Entweder werdet ihr auf Händen rausgetragen oder landet dort.« Er deutete in die Tiefe. Bis zum Boden waren es über zwanzig Meter.

Es war das Irrste, was er je erlebt hatte, schlimmer als ein schlechter Film. Emir hatte nicht mehr trainiert, seit seine Nieren versagt hatten, nicht einmal in einem normalen Fitnessstudio. Er hatte den ganzen Morgen nichts gegessen und getrunken und litt noch unter den Folgen der Taser-Attacke: eine leichte Gehirnerschütterung. Aber das war nicht das Schlimmste: Das Schlimmste war, dass er nicht wusste, ob er überhaupt noch kämpfen *konnte*.

Neun Knockouts. Die Typen machten sich über sein Tattoo lustig, sie bemerkten seinen feigen Blick, seine Unsicherheit.

Die Bullen mussten die Ministerin doch inzwischen gefunden, sie mithilfe *seiner* Informationen *befreit* haben.

Er liebte dieses Wort: befreien. *Freiheit.*

Er hatte immer versucht, vor seinem Schicksal zu fliehen, weil er glaubte, dass es möglich war, ihm zu entkommen. Aber heute floh er nicht. Wenn er verlor, war es vorbei für ihn, aber er war ein freier Mann.

»Los geht's«, schrie Roy.

Sie umkreisten sich.

Emir musste ständig an die Dachkante denken. Die Bestie und er waren zwei Meter vom Tod entfernt – daher waren ihre Bewegungen kürzer, ihre Angriffe härter, die Fußarbeit energischer. Mehr Kniestöße und Aufwärtshaken als Tritte und Schwinger.

Die Kante.

Yuri schlug auf Emir ein wie auf einen Boxsack. Dieser schützte seinen Kopf, so gut er konnte – und vor allem die Nieren.

Sein linker Unterarm schrie bereits vor Schmerz, vielleicht war jetzt schon etwas gerissen. Aber er war noch auf den Beinen. Und er hatte nicht alles verlernt: Immer wieder täuschte er an, duckte sich, platzierte harte Schlagkombinationen.

Er sah die Überraschung in den Augen der Bestie.

Was hatte ihm der Sahib von Södra versprochen? Dass Emir sich freiwillig hinlegen und sterben würde? Dass er sich vom Dach werfen lassen würde, anstatt wie ein Mann zu kämpfen?

Sie gingen in einen Clinch. Ihr Schweiß mischte sich.

Die Bestie schlug von unten, Emir von der Seite. Dann lösten sie sich voneinander. Emir hielt seine Deckung aufrecht und versuchte, Yuris Bewegungen zu verstehen und daraus zu folgern, wie er heute kämpfte.

Er war so müde. Jemand hatte ihm Gewichte an die Arme gehängt. Er wollte sich nur hinlegen und einfach friedlich atmen. Die Männer um ihn herum brüllten, als wäre es ein ganz normaler Fight.

Sie gingen erneut in einen Clinch.

Zwei schweißdurchnässte *has-beens* standen da und tanzten Walzer miteinander, hin und her, hin und her, und hatten eine Scheißangst, vom Dach zu fallen.

Emir weigerte sich loszulassen.

Das Biest keuchte ihm ins Ohr.

Yuri war das einzig Stabile hier oben. Sie wechselten die Griffe, ohne einander loszulassen – wie ein Teenager-Paar, das nicht mit dem Knutschen aufhören konnte.

Da befreite sich Emir aus dem Griff der Bestie. Er holte mit der Rechten aus, als wolle er zuschlagen. Yuri drehte sich, um auszuweichen, schnallte aber nicht, dass es nur eine Finte war. Emirs rechtes Knie traf die Bestie mit voller Wucht in den Bauch.

Yuri krümmte sich zusammen. Emir packte seinen Kopf und riss ihn nach unten, gegen sein Knie. Immer wieder. Es war, als träfe er eine Gipsplatte. Die Bestie taumelte rückwärts.

Emir stürzte sich auf ihn, um diesem Arschloch den Rest zu geben.

Die Männer brüllten wie wild.

Da traf ihn die Faust der Bestie. Sein Kiefer knirschte. Alles drehte sich, wurde schwarz, nur eine Sekunde lang, ein einziger Gedanke: Er musste zurückschlagen, aber es war zu spät.

Yuri warf sich auf ihn. Drückte ihn zu Boden.

Seine Oberschenkel legten sich um Emirs Beine wie ein Schraubstock.

Die Dachkante war sehr nah.

Die Männer um sie herum brüllten wie verrückt.

»Abbrechen«, rief Roy, aber Emir wusste nicht, *wen* er damit meinte.

Er war so müde.

Die Kante.

Emirs Kopf ragte darüber hinaus – die Bestie lag jetzt mit dem Bizeps in festem Griff um Emirs Hals auf der Seite: *Arm triangle choke*.

Die Männer in der Nähe gaben keine menschlichen Laute mehr von sich, es klang eher wie ein Jaulen.

Er bekam keine Luft.

Eine ruckartige Bewegung war genug, um ihn vom Dach zu stoßen. Die Bestie hinter ihm keuchte, seine Wärme und sein Schweiß waren ein Teil von Emirs Körper.

Der Sauerstoff wurde knapp.

Emir klopfte mit der Handfläche auf den Untergrund und gestand seine Niederlage ein.

Gleich war es vorbei. Er wollte so schnell wie möglich weg von der Dachkante. Was auch immer geschah, er hatte gewonnen, denn er hatte die Informationen über die Ministerin geliefert.

Doch die Bestie ließ nicht los. Emir schlug erneut mit der Handfläche auf den Boden.

Er hörte Roys Stimme aus der Ferne. »Leben oder Tod.«

Das war sein Schicksal: immer gegen die Bestie Donetsk zu verlieren.

Lilly war unangekündigt bei ihm aufgetaucht, stark geschminkt und mit geweiteten Pupillen. Sie wollte, dass Emir und seine Mutter Mila für ein paar Stunden zu sich nahmen. Sie hatte immer lautstärker von Verantwortung geredet und Geld gefordert, »weil Mila eine Winterjacke braucht«. Emir wusste genau, dass sie die Kohle nicht dafür ausgeben würde, damit Mila es warm hatte, aber er konnte nicht viel dagegen tun. Er hätte vor einem schwedischen Gericht keine Chance gehabt, das Sorgerecht zu bekommen. Aber er nahm mit Freuden jede Gelegenheit wahr, seine Tochter zu sehen.

Mila war zwei Jahre alt, ihre Wangen waren noch babyweich, und seine Mutter nannte sie auf Kurdisch »meine kleine Prinzessin«. Sie saßen im Wohnzimmer seiner Mutter und sahen sich Pling-Plong-Videos auf einem Tablet an. Mila plapperte fröhlich vor sich hin. Emir wünschte, Hayat wäre dabei gewesen, aber sie gehörte nicht mehr zu ihm.

Mama kochte in der Küche vegetarisches Kefta.

Sein Telefon klingelte. Es war Isak. Zuerst wollte Emir nicht rangehen, aber sie hatten ein großes Ding in Planung – ein neuer Hawala-Händler hatte in Västra ein Geldtransferbüro eröffnet, in dem es sicher viel Bargeld und Unzen gab. »Wir sehen uns in einer halben Stunde, Bruder.«

»Ich kann nicht. Tut mir leid.«

Isak wurde wütend. Er begann zu fluchen und zu jammern.

»Kumpel, wir machen das später, aber nicht jetzt«, sagte Emir.

Aber Isak wurde nur noch wütender. »Bruder, willst du mich hängen lassen?«

Schließlich hielt es Emir nicht mehr aus. »Halt bitte deine Scheißfresse. Ich habe Mila bei mir.«

Isak verstummte am anderen Ende der Leitung.

Mila blickte vom Bildschirm auf. »Was bedeutet Scheißfresse?«

Seine Mutter stand in der Tür. »Du bist Milas Vorbild, Emir. Denk darüber nach, wie du redest.«

Er würde sterben. Konnte nicht mehr gegenhalten.

Die Bestie würde ihn über die Kante drängen. Aber vielleicht war er ja auch schon tot, wenn er unten aufkam.

Wieder eine Stimme in seinem Kopf. Etwas, das Rezvan zu ihm gesagt hatte, hallte durch die Dunkelheit. *»Du warst mein Vorbild.«*

Vorbild. Das hatte der Junge gesagt.

Und dann wieder die Stimme seiner Mutter im Kopf. *Milas Vorbild.*

Alles verschmolz miteinander.

Es war noch nicht vorbei.

Schnell rollte er sich herum.

Die Bestie lockerte den Würgegriff um einen Zentimeter. Emir schaffte es, eine Hand unter den Arm seines Gegners zu schieben. Er warf sich nach vorne, um Schwung zu holen, und verpasste dem Bastard dann einen Kopfstoß.

Das Blut spritzte.

Die umstehenden Männer schrien auf, als hätte jemand auf sie geschossen.

Emir rappelte sich auf.

Schlug zu.

Yuris überraschter Blick.

Yuris aufgesprungene Lippen.

Zertrümmerte Nase.

Ein Vorbild?

Emir stand auf.

Plötzlich herrschte Totenstille auf dem Dach.

Roys Mund war so klein wie der einer Puppe. Yuri »die Bestie« Donetsk lag reglos an der Dachkante.

Kein Applaus, keine Hurrarufe, nichts.

Der Sahib von Södra schnippte wild mit den Fingern, als litte er unter heftigen Entzugserscheinungen.

»Wir haben einen Sieger«, sagte einer seiner Jungs.

Emir drehte sich nicht um.

Die Treppe nach unten kam ihm so steil vor, als könnte er jeden Moment hinunterfallen.

41

Sie saß Ian gegenüber. Saft, Kaffee und Haferbrei. Ein spätes Frühstück.

Ian hatte die Lachsreste vom Vorabend zusammengekratzt und Taco hingestellt. Obwohl es nicht gut war, ihn an Menschenfutter zu gewöhnen, sagte sie nichts. Wahrscheinlich hatte sie Taco noch nie so glücklich gesehen wie beim Fressen des sorgfältig gesäuberten rosa Fisches.

Ian rief bei der Arbeit an und meldete sich krank. Er sah aus, als hätte er in der vergangenen Nacht wie ein Verrückter bis um fünf Uhr gefeiert. Fredrika fragte sich, an wie viel er sich von der letzten Stunde erinnerte, bevor er eingeschlafen war. Was er glaubte, was passiert war.

Sie hatte es geschafft, eine zerdrückte Schlaftablette in seine vierte Flasche Mölska zu schmuggeln. Keine drei Minuten nachdem sie sich ins Bett gelegt hatten, war Ian bereits eingeschlafen. Sie hatten nicht einmal annähernd das getan, was er sich erhofft hatte – ein Kuss auf den Mund, das war alles.

Sie hatte sich gemerkt, wo er sein Handy hingelegt hatte. Es war ganz einfach gewesen: Sie hatte es ihm vor die Nase gehalten, doch mit geschlossenen Augen hatte ihn die Gesichtserkennung nicht erkannt und sich geweigert, den Bildschirm zu entsperren. Es hatte erst geklappt, als sie seine Augenlider angehoben hatte.

Ian hatte dabei geschlafen wie ein Stein.

Sie hatte nur ein paar Sekunden gebraucht, um sich auf seinem Handy zurechtzufinden. Neben den üblichen Apps entdeckte sie auch eine Reihe von Messaging-Diensten für verschlüsselte, anonyme Nachrichten. Als Erstes hatte sie das Telefon an den Laptop angeschlossen, den Murell ihr gegeben hatte, damit alle Daten vom Handy auf den Computer gespiegelt werden konnten. Gleichzeitig hatte sie die üblichen Anwendungen – Telefonbuch, Nachrichten, WhatsApp, QuicksonBits, E-Mails und so weiter – nach ein und demselben Begriff durchsucht: *Höss*.

»Ian ist unsere beste Chance«, hatte Murell gesagt.

Genau wie Emir Lund vor ein paar Tagen, dachte Fredrika.

Posteingang, Postausgang, Entwürfe und Ablagen. Sie benutzte verschiedene Schreibweisen: *Hess, Hoess* und *Hoeß*. Sie suchte nach *Rudolf* und nach *Kommandant*. Sie suchte sogar nach *Auschwitz*. Nichts.

Sie öffnete die anderen, obskureren Apps: Wickr, Telegram, Zuzzo und wie sie alle hießen. Sie hatten nicht so viele Funktionen und waren einfacher zu bedienen, doch bei den meisten waren alle damit geführten Chats gelöscht worden. Hoffentlich konnten die Analysten in Stockholm einige davon rekonstruieren.

Schließlich hatte sie sich die auf dem Handy gespeicherten Fotos angesehen: Screenshots von verschiedenen Gaming-Seiten, Fotos von schönen Sonnenuntergängen, vom Biertrinken, von einem Skiurlaub, von Jagdausflügen und von verschiedenen Autos.

Nichts Interessantes.

Es war wenige Minuten nach Mitternacht gewesen. Wenige Minuten nachdem das Ultimatum der Entführer abgelaufen war. Zu diesem Zeitpunkt hatte sie nicht gewusst, was mit EBH passiert war – trotzdem hatte sie sich beeilt.

Dann waren die Telefondaten komplett gespiegelt gewesen – sie war fertig.

Sie scrollte ein letztes Mal durch die Bilderflut auf dem Handy. Dann sah sie etwas. Auf einem der Biertrinker-Fotos lächelte ein übergewichtiger Mann mit einem Krug in der Hand in die Kamera. Er trug ein weißes T-Shirt. Fredrika zoomte näher heran. Über seiner Brust stand: *Alles Gute Höss 40 Jahre.*

Jackpot.

Sie ging ins Wohnzimmer und setzte sich wieder auf die Couch. Ian schnarchte im Schlafzimmer.

Fredrika schickte Murell das Foto. *Siehe Aufdruck auf dem T-Shirt.*

Ihr Vorgesetzter antwortete sofort. *Wir checken umgehend, wer er ist.*

Wie ist es gelaufen? Wurde das Lösegeld übergeben?, fragte Fredrika.

Jetzt verzögerte sich die Antwort. Sie legte sich hin.

Warum antwortete er nicht?

Die Minuten vergingen.

Die Frist ist abgelaufen, oder?, schrieb sie.

Nach einer Weile vibrierte ihr Telefon wieder.

Ich kann das jetzt nicht im Detail erklären. Es ist uns gelungen, einen Aufschub von einigen Stunden auszuhandeln. EBH lebt, das haben sie uns mit Fotos bewiesen.

Fredrika war aufgestanden, um ihre Sachen zu packen, um Ians Haus und Tallänge zu verlassen. EBH lebte, und sie hatte erreicht, warum sie hierhergekommen war. Jetzt war es an Murell, Brain Svensson und den Analysten in Stockholm, mehr über den Mann im Höss-T-Shirt herauszufinden.

Da hatte ihr Handy erneut vibriert. Eine Nachricht von Murell: *Bleib bei ihm, vielleicht brauchen wir dich noch mal. Wir haben nicht mehr viel Zeit.*

Warum hatte sie das nicht überrascht?

Das Frühstück zog sich in die Länge. Sie unterhielten sich über dies und das, Ian legte sich auf den Boden und spielte mit Taco, erzählte aber kaum noch von Tallänge.

»Wir hatten gestern viel Spaß.« Er blinzelte in die Morgensonne.

Fredrika lachte. »Ja. Der Lachs, den Taco gerade frisst, war fantastisch.«

»Ich meinte nicht nur das Abendessen, sondern überhaupt alles. Findest du nicht?«

Wieder fragte sie sich, woran er sich erinnerte.

»Ich war so unglaublich besoffen«, fuhr er fort. »Du doch sicher auch?«

»Mölska ist für Wikinger.«

Ian lachte. »Ja, oder?«

Offensichtlich waren ihm wesentliche Teile des Abends entfallen. Sie nickte und versuchte, schüchtern zu wirken.

»Ich freue mich, dass du hergekommen bist. Du kannst gerne noch etwas länger hierbleiben«, sagte Ian, »wenn du dir die Kosten für ein Hotel sparen möchtest.«

Nein, sie wollte zurück nach Stockholm, sie hatte ihre Aufgabe hier erfüllt.

Ihr Telefon vibrierte.

»Sorry«, sagte sie und stand auf.

Sie schloss sich im Bad ein.

Eine Nachricht von Murell: *Wir wissen, wer Höss ist: Er heißt Max Strömmer und wohnt in Tallänge. Wir versuchen herauszufinden, wo er sich gerade aufhält.*

Als sie zurückkam, drehte sich Ian zu ihr um. Taco stand zwischen seinen Beinen und hechelte.

»Ich habe eine Idee. Wir haben hier die größte OCR-Bahn Schwedens mit Ausnahme von Rävnäs. Wenn ich mich recht erinnere, hat dir Hindernislauf doch immer Spaß gemacht. Sollen wir hinfahren und ein paar Runden drehen?«

Extremhindernislauf – *Obstacle Course Running* – machte ihr immer noch Spaß, das war richtig. Doch was sollte sie ihm antworten? Wie wollte sie zu Max Strömmer alias Höss gelangen, wenn sie Hindernislauf trainierte?

Ians Augenbrauen zuckten auf und ab, er sah fast aus wie Taco. Er wollte wirklich noch mehr Zeit mit ihr verbringen.

42

Nova hatte noch ein paar weitere Posts für verschiedene andere Plattformen verfasst, in denen es um die Hitze, ein neues Parfüm, das sie auf den Markt bringen wollte, und eine geplante Reise auf die Seychellen ging.

Jetzt war es schon nach Mitternacht. Sie hatte noch dreimal versucht, Simon anzurufen. Konnte man sich nun auf ihn verlassen oder nicht?

Warum hatte er nicht zurückgerufen?

Eine Woge der Enttäuschung überkam sie.

Er hatte es versprochen.

Sie rief noch einmal an. Es klingelte, aber Simon Holmberg ging nicht ran.

Scheiße, vielleicht hatte er sie verarscht. Er war in den besten Jahren und von der alten Schule. Vielleicht war sie für ihn nur Dreck, mit dem man umspringen konnte, wie man wollte.

Da hatte er sich aber geirrt. Das würde sie ihm schon zeigen.

Vor seiner Wohnung. Unangekündigt. Nova klopfte leise.

Sie legte ein Ohr an die Tür und lauschte. Sie hörte nichts. Vielleicht war er im Büro oder so?

Sie klingelte.

Nichts geschah.

Sie drückte die Klinke herunter. Die Tür war offen.

»Hallo«, rief Nova.

Auch jetzt bekam sie keine Antwort. Aber wenn er in seinem Büro war oder wo er sonst auch immer arbeitete, wäre die Tür nicht unverschlossen gewesen.

»Simon!«, rief sie.

Das Schlafzimmer war leer.

Sie ging ins Wohnzimmer.

Er saß auf dem Sofa, den Kopf gegen die Wand gelehnt.

Sie setzte sich neben ihn. »Simon«, flüsterte sie. »Zeit zum Aufstehen.«

Etwas Nasses, Klebriges glänzte auf einem Sofakissen.

»Simon«, sagte sie wieder. Die Vorhänge waren zugezogen, es war dunkel.

Sie knipste die Lampe an und blickte auf ihn herunter. Das Kissen war dunkelrot.

Der Raum kam ihr plötzlich sehr eng vor, die Wände neigten sich nach innen.

»Simon?« Sie hörte ihre eigene Stimme, hoch und schrill.

Irgendetwas an seinem Leinenhemd war seltsam, irgendetwas stimmte nicht mit seinem Bauch.

Dann sah sie es.

Sein Bauch war völlig zerfetzt. Man hatte ihn erschossen oder erstochen. Überall Blut.

Sein Gesicht war verzerrt.

43

Eine Augenbraue blutete, seine Rippen fühlten sich an wie zerbrochene Streichhölzer, sein Schädel wie ein zerplatzter Wasserballon – und doch konnte Emir nicht aufhören zu lachen.

Er hatte sich selbst gerettet. In seinem Kopf hatte sich etwas verändert, das spürte er ganz deutlich. Ein neues Licht war darin aufgegangen, eine neue Sicht auf die Welt.

Und auf der Straße kam ihm eine bekannte Gestalt entgegen: Rezvan.

»Ich habe von dem Kampf gehört«, sagte der Junge. »Sieht aus, als hättest du gewonnen.«

Emir grinste, woraufhin sein ganzes Gesicht schmerzte. »Was machst du denn hier?«

»Ich hatte davon gehört und mir Sorgen gemacht. Dann habe ich dich gesucht.«

»Kann ich mir mal dein Handy ausleihen?«

Emir rief Nikbin an. Der ging nicht ran.

Er rief Fredrika-Bitch an. Auch sie ging nicht ran.

Er hinterließ Nachrichten.

Sie setzten sich auf eine Parkbank. Rezvan hockte sich auf die Rückenlehne, genau wie Isak, als sie noch klein gewesen waren.

»Wen hast du angerufen?«

»Meinen Anwalt und die Leute, die mich hergeschickt haben, aber ich spreche nur mit einer ganz bestimmten Polizistin. Ich warte darauf, dass sie mich zurückrufen.«

»Warum sprichst du nur mit ihr?«

»Sie ist berechenbar. Weißt du, was das bedeutet?«

Rezvan schüttelte den Kopf.

»Dass sie das Gegenteil von dir ist.« Emir klopfte dem Jungen auf den Rücken. »Danke, Kumpel. Danke, dass du dich um mich kümmerst.«

Rezvan war noch lange nicht verloren.

Wenig später rief Fredrika zurück. Ihr pixeliges Gesicht erschien auf dem Display.

»Habt ihr sie gefunden?«, fragte Emir.

»Nein«, antwortete sie. »Wir gehen noch den Informationen nach, die du uns gegeben hast.«

»Worauf wartet ihr denn?«

»Das weiß ich nicht. Im Augenblick wird verhandelt. Du hast genau das getan, was du tun solltest, vielen Dank dafür. Was ist mit deinem Gesicht passiert?«

»Nichts.«

»Du siehst nicht gut aus. Deine Augenbraue ist verletzt.«

»Das ist eure Schuld.«

Die Polizistin sah ihn verständnislos an.

»Ihr habt mir synthetische Drogen geschickt«, fuhr er fort. »Und ich musste dafür büßen.«

Er konnte ehrliche Überraschung im Gesicht von Fredrika-Bitch sehen.

Sie öffnete den Mund. »Ich werde herausfinden, wie das passiert ist«, sagte sie nur.

Emir stöhnte. »Scheiß drauf. Wann holt ihr sie raus?«

Fredrika machte wieder eine zuversichtliche Miene. »Keine

Angst, der Einsatz wird erfolgreich sein. Unsere Leute sind auf dem Weg in die Zone. In ein paar Stunden wirst du ein freier Mann sein.«

Eine Wärme breitete sich in seinem Körper aus, was nicht an der Sonne oder der heißen Luft lag. Sie kam von innen. Was er gerade mit der Bestie oben auf dem Dach erlebt hatte, ging ihm jetzt vollkommen am Allerwertesten vorbei. Unglaublich, aber wahr – plötzlich verspürte er sogar den Drang, ein wenig mit der Bitch zu schäkern.

»Fredrika, wo bist du?«

»Das tut nichts zur Sache«, sagte sie.

»Willst du nicht herkommen und mit mir feiern?«

Sie schürzte die Lippen. »Als wir das letzte Mal miteinander gesprochen haben, hast du mich eine dumme Fotze genannt. Schon vergessen?«

»Tut mir leid. Ich war frustriert, aber jetzt bin ich happy und …«

»Das reicht«, unterbrach sie ihn. »Ich habe keine Zeit für …«

»Eins noch.« Nun fiel Emir ihr ins Wort. »Wie geht es Isak?«

Sie schüttelte den Kopf. »Ich habe keine Ahnung.«

»Gute Neuigkeiten?«, fragte der Junge, nachdem Emir aufgelegt hatte.

Emir nickte. »Mein Freund liegt immer noch im Krankenhaus. Aber ich bin endlich fertig.«

»Haben sie sie gefunden?«

»Nein, aber sie sind dabei.«

»Haben sie Polizisten hergeschickt? *Chansir*?«

»Ja.«

Rezvans Stimme klang angespannt und ernst zugleich. »Das wird nicht funktionieren.«

»Was wird nicht funktionieren?«

»Verstehst du denn nicht? Roy wird erfahren, dass die Bullen hier sind, noch bevor sie ihre Autos oder Hubschrauber abgestellt haben.«

»Die können alles. Das ist eine Elitetruppe.«

Das war Bullshit. Eine kleine Stimme in seinem Kopf wiederholte das Wort, das Rezvan gerade gesagt hatte: *Hubschrauber.* Wie wollten die Bullen eigentlich in die Zone kommen, durch die Tunnel oder mit dem Hubschrauber? Den Tunnel, durch den er selbst gekommen war, gab es nicht mehr. Vielleicht kletterten die Polizisten ja auch mit Leitern über die Mauer, durchtrennten den Stacheldraht mit Bolzenschneidern oder sprengten sich den Weg frei – egal, wie sie es anstellten, ob sie flogen, kletterten oder die ganze Scheiße in die Luft jagten: Die Leute hier würden sie sehen.

Sie hören.

Sie entdecken.

Emir wusste mit jeder Faser seines Körpers, dass der Junge recht hatte. Die Bullenschweine würden es nicht schaffen. Nicht hier. Nicht in der *Sonderzone Järva.*

Aber auch wenn die Bullen die Ministerin nicht retten konnten, er hatte Infos geliefert und seinen Teil beigetragen.

»Was hast du jetzt vor?«, fragte Rezvan.

»Was geht dich das an?«

»Ich will nur helfen.«

»Ja, aber warum?«

Rezvan balancierte mit dem Hintern auf der Lehne der Parkbank. »Keine Ahnung.«

Sie schwiegen.

Der Himmel war so blau wie gemalt.

Dann öffnete Rezvan den Mund. »Weißt du, die Lehrer, die Tanten vom Sozialamt, die Jungs aus der Klasse, alle haben mich wie Dreck behandelt. Aber ich kannte deine Kämpfe auswendig, jeden Schlag, jeden Tritt, ich hatte T-Shirts mit deinem Gesicht drauf, ich hatte dich als Hintergrundbild auf meinem Handy. Und wenn sie mir auf die Jacke gepisst und mir gegen das Schlüsselbein getreten haben und der Lehrer meinte, ich wäre der faulste Schüler von ganz Järva, bin ich trotzdem zur Schule gegangen. Weißt du, warum?«

Emir merkte, dass ihm der Mund offen stand.

Rezvan sah da oben aus wie ein Affenjunges. »Weil du im Ring nie aufgegeben hast. Egal, wie viele Schläge du einstecken musstest.«

Emir blickte zu Boden. Der verbrauchte Asphalt bröckelte.

»Ich bin immer noch der Prinz«, sagte er. Emirs Hirn war wie umgepolt. Emir glaubte jetzt an etwas – er wusste nur noch nicht, woran.

Er wollte seine Wunden lecken und sich eine Tüte gönnen oder drei. Vor allem aber musste er sich ausruhen. Man hatte ihn halb totgeschlagen, seine Augenbraue musste genäht werden. Morgen würden sich die Nierensymptome bemerkbar machen, wenn er nicht behandelt würde. Bis dahin musste er raus hier. Als freier Mann.

Der Junge starrte ihn weiter an. »Quatsch.«

»Was meinst du mit Quatsch?«

»Du bist nicht mehr der Prinz.«

Das tat weh.

»Vielleicht willst du es sein, aber du hast nicht den Mumm dazu.«

Warum konnte der Junge nicht aufhören mit seinen Sticheleien? Emir hatte gerade die Bestie besiegt – er hatte den Mumm für alles.

Jetzt begriff er, was sich oben auf dem Dach verändert hatte. Jetzt wusste er, woran er glaubte. Bisher hatte er nicht vorgehabt, die Ministerin selbst zu suchen. Die Bullen dachten, er wäre fertig, er hätte seinen Teil getan. Aber die Bullen kamen nicht unbemerkt an Roy vorbei. Die Ministerin war geliefert.

»Habibi«, sagte er. »Weißt du, was der Prinz tun wird?«

Rezvan schüttelte den Kopf.

»Der Prinz wird die verdammte Ministerin nach Hause bringen«, sagte Emir.

Die Prinzessin brauchte einen Vater, der Verantwortung übernahm.

Rezvans Mundwinkel zuckten, er setzte zu einem Grinsen an.

»Zuerst musst du dir deine Augenbraue richten. Nicht einmal Yuri ›die Bestie‹ Donetsk würde mit dieser Wunde in den Kampf ziehen.«

44

Die Hindernisbahn sah aus, wie Hindernisbahnen typischerweise aussahen. Balancierbalken, Holzwände, Armleiter, Römische Ringe, Dips Walk und so weiter. Es war eine große Bahn mit gelben Metallgeländern und schwarzen Auffangnetzen. Viele der Hindernisse waren in zwei oder drei Größen ausgeführt, was sehr kostspielig war. Der Parcours befand sich mitten im Wald und war völlig leer – normale Leute waren an so einem Tag bei der Arbeit.

Fredrika hatte keine richtige Sportkleidung dabei, aber sie hatte sich von Ian Shorts geliehen. Wenn sie schon mal hier war, konnte sie ja eine Proberunde drehen. Sie hatte mit Emir auf der Straße vor dem Haus telefoniert – und dabei gesehen, wie Ian am Fenster gestanden und sie beobachtet hatte. Er hatte Verständnis dafür gehabt, dass dienstliche Gespräche vertraulich waren.

Er ging zur Kletterwand. »Komm mit.«

Taco folgte ihm.

»Ich glaube, das ist einer der besten Parcours in Schweden. Mal sehen, ob wir es schaffen«, sagte Ian.

Die Wand war breiter und höher als bei vielen anderen Hindernisparcours, die sie kannte.

Dahinter erstreckte sich der Wald.

Fredrika spürte, wie Ian sich in ihrem Rücken bewegte. »Okay«, sagte sie. »Ich zuerst.«

Bei dieser Disziplin waren eine hohe Geschwindigkeit und der Blick nach vorne wichtig. Nach oben. Wenn man gerade auf die Wand schaute, landete man auch genau dort, also musste man den Blick nach oben richten und sich das letzte Stück hochziehen und ein Bein über die Kante schwingen.

In ihrem Kopf blitzten Erinnerungen auf: das Blut, das Niemis Jackett durchtränkte, nachdem er getroffen worden war, wie die Ministerin von der Bühne geschleift wurde, das zerschossene Gesicht des Mannes in der Menge, der Junge, der einen Stein auf sie geschleudert hatte. Dann sprang sie hoch, stieß sich mit dem Fuß von der Wand ab und packte die Oberkante mit der rechten Hand. Das Holz fühlte sich trocken an.

Sie sprang mit explosiver Kraft darüber.

Der Boden auf der anderen Seite war weich.

Ian landete nach ihr mit einem dumpfen Geräusch im Gras. Er war beeindruckend kräftig.

Und er lächelte nicht mehr.

Nur Taco lächelte noch. Ian nahm die Leine.

Instinktiv machte Fredrika ein paar Schritte zurück. »Ich könnte mir vorstellen, hier zu leben«, sagte sie im Versuch, ihre frühere Unterhaltung fortzusetzen.

Ian antwortete nicht.

Fredrika folgte seinem Blick. Weiter hinten, zwischen den Bäumen, war ein Mann aufgetaucht.

Er kam auf sie zu. Er war übergewichtig und hatte mittellanges, helles, strähniges Haar, trug eine grüne Militärhose und ein kurzärmeliges Hemd mit Schulterklappen.

Sie erkannte ihn von dem Foto auf Ians Telefon: Max Strömmer.

Einen Moment lang dachte Fredrika, dass Ian ihr geholfen hatte. Dass sie ihm irgendwie verraten hatte, wen sie suchte, und dass er die Zielperson für sie hergelotst hatte.

Aber sie hatte ihm nichts verraten, und sie hatte auch keine Ahnung, woher er es sonst wissen sollte.

Max Strömmer grüßte nicht. Er stand nur da und starrte sie an. Dann zückte er eine Luger P08 – er hatte sie wohl hinter dem Rücken versteckt. Sie hatte sie nicht gesehen.

»Wir wissen, warum du hier bist«, sagte er mit dunkler Stimme.

»Es gibt mehrere Gründe, warum ich hier bin.«

Sie spürte, wie ihr Puls sich beschleunigte.

Taco erkannte die Situation und fletschte die Zähne.

»Ist ja gut, ist ja gut«, versuchte Ian, ihn zu beruhigen.

Strömmer stand vier Meter von ihr entfernt da und starrte sie an. Tacos Leine war straff. Ian hatte sie ausgetrickst, aber sie hatte schließlich zuerst versucht, ihn auszutricksen.

Max Strömmer hielt die Waffe so schlaff in der Hand, als wäre sie aus Plastik.

Sie hatte tausendmal geübt, jemanden zu entwaffnen. Man musste die Hand der betreffenden Person packen, in der diese die Waffe hielt, sie verdrehen und die richtige Stelle zwischen Daumen und Zeigefinger treffen. Doch wie sollte sie mindestens drei Meter überbrücken, ohne dass ihr der Kopf weggeschossen wurde?

Taco knurrte.

»Ist schon gut, Junge, ist schon gut.« Ian versuchte noch einmal, ihn zu beruhigen, aber Taco zerrte an der Leine.

Strömmer entsicherte die Waffe. »Bring den Hund zum Schweigen.«

»Ich mach das schon«, sagte Ian und bückte sich. Taco bellte.

Fredrika fragte sich wieder, *wie* Ian von ihrem Auftrag erfahren hatte. Nur Murell und vielleicht Svensson wussten, dass sie hier war.

Strömmer hielt die Pistole jetzt fester in der Hand.

»Moment«, sagte Fredrika, so sanft sie konnte. Sie wandte sich an Ian. »Ich bin hier, weil ich einen Auftrag habe. Aber ich hätte diesen Auftrag auch ablehnen können.«

Es fiel ihr schwer, den Blick von der Waffe abzuwenden, doch sie bemühte sich, ihren ehemaligen Kollegen liebevoll anzusehen. »Ich *wollte* dich sehen. Und was gestern Abend zwischen uns passiert ist, gehörte nicht zu meinem Auftrag. Dafür waren meine Gefühle verantwortlich. Wirklich.«

Ians Blick flackerte jetzt so heftig, dass es aussah, als hätte er einen Anfall.

Dann schnappte Taco nach ihm, er stolperte rückwärts und ließ dabei die Leine los.

»Halt den Hund fest«, rief Strömmer.

Fredrika machte einen Schritt nach vorne, noch drei Meter lagen zwischen ihr und Strömmer. Im selben Moment begriff er, was sie vorhatte.

Taco stürzte sich auf Strömmer.

Der Knall hallte wie ein Donnerschlag durch den Wald.

Taco jaulte auf und brach mitten im Sprung zusammen.

»NEIN!«, schrie Ian. »Was machst du denn da?«

Einen Sekundenbruchteil lang bewegte sich Fredrika auf Taco zu, er sah aus, als wäre er dort im Gras eingeschlafen. Dann änderte sie die Richtung und stürzte sich auf Strömmer.

Dieses Arschloch. Sollte er sie doch erschießen, wenn er es schaffte. Das war ihr egal.

Er schaffte es nicht.

Sie drückte auf den Nerv in seiner rechten Hand, entriss ihm die Waffe und trat ihm in die Eier. Dann warf sie sich auf die am

Boden liegende Luger, packte sie und ging auf ein Knie – Schuss-position. Sie feuerte diesem Bastard eine Kugel in den Oberschen-kel.

Max Strömmer fiel um, als hätte man ihm den Teppich unter den Füßen weggezogen. Dabei schrie er schlimmer als ein Schwein. Aber er würde nicht sterben, die Kugel war direkt durch den Muskel gegangen.

Verdammter Tiermörder!

Ians Augen traten hervor, als würde sie jemand mit einem Staubsauger aus den Höhlen saugen.

Taco lag reglos da. Fredrika tastete seine Brust ab. Er bewegte sich nicht.

Nichts. Sie spürte nichts.

Sie legte ihre Hand an seine Nase, bitte, bitte, sie wollte die Luft spüren, die er ausatmete.

Nichts.

Nein.

Auch sie selbst schien kurz keine Luft mehr zu bekommen. Aber sie weinte nicht. Sie richtete nur die Waffe auf Ian: »Bring Strömmer zum Auto.«

Taco blieb liegen, in einem Waldstück in der Gemeinde Tal-länge. Sie würde ihn später holen. Später um ihn trauern. Jetzt gab es anderes zu tun.

45

Sie war noch im Wohnzimmer.

Sie hyperventilierte.

Sie war schon viel zu lange in der Wohnung, aber sie wusste nicht, was sie tun und wohin sie gehen sollte.

Sie fühlte sich, als wäre sie auf dem Sofa gefangen. Das klebrige Blut breitete sich auf den Polstern aus, obwohl sich Nova nicht bewegte. Simons Leiche saß halb, lag halb auf dem Sofa, aber er sah so normal aus, als würde der Tod noch darauf warten, ihn in seinen Farben zu bemalen. Es hätte sie nicht einmal gewundert, wenn er sich plötzlich in Bewegung gesetzt hätte. Aber sein Magen war zerfetzt, die Züge in seinem Gesicht schmerzverzerrt und so angespannt, als träume er einen besonders grausamen Albtraum.

Das einzige Geräusch im Raum war ihr eigener Atem.

Das Ganze war natürlich völlig bizarr, aber trotzdem: Sie musste etwas tun. Sie musste handeln.

Dann kam ihr ein weiterer Gedanke: Was, wenn sie nicht allein war?

Sie drehte sich wieder um und sah Simons verstümmelten Körper an.

Die grüne Sofadecke war auf den Boden geglitten. Das graue Licht, der Teppich, die dunklen Holzvertäfelungen der Wände, die graue Tapete, alles stürzte auf sie ein.

Sie musste ruhiger atmen.

Sie hyperventilierte immer noch. Sie musste klarer denken.

Und sie musste darauf lauschen, ob noch jemand in der Wohnung war.

Sie stand kurz davor, sich in Atome aufzulösen, so sehr zerriss die Angst ihren Körper. Sie wollte ohnmächtig werden und konnte sich nur mit Mühe vom Zittern abhalten.

War da was? Ein knarrendes Geräusch?

Sie lief ins Schlafzimmer. Sie musste die Polizei rufen, aber ihre Handtasche war im Flur. Langsam ging sie auf den zugezogenen Vorhang zu, dessen dicker, dunkler Stoff vom Boden bis zur Decke reichte. Stand da jemand dahinter?

Mit einer schnellen Bewegung zog sie den Vorhang zurück. Niemand. Natürlich.

Sie schlich in die Küche.

Es roch noch immer nach gebratenem Tofu und Knoblauch. Die Sonne schien direkt auf den Küchentisch, alles sah viel unordentlicher aus als gestern Abend, aber auch hier war niemand.

Sie blieb stehen und lauschte wieder: Das Geräusch eines Busses auf der Straße.

Vielleicht war wirklich niemand in der Wohnung.

Sie stand im Flur und versuchte ein paar Mal tief durchzuatmen. Sie musste klar denken. Dann fiel ihr etwas ein, das sie weder im Schlafzimmer noch in der Küche noch hier gesehen hatte: der Speicherstick, den sie bei Simon gelassen hatte. Er musste ihn irgendwo versteckt haben.

Sie ging noch einmal durch die Zimmer, zog Schubladen auf und schaute in die Schränke. Gebügelte Hemden, zerknitterte Jacketts.

Neben der Balkontür im Schlafzimmer stand ein betonartiger Tisch mit Aluminiumschubladen, der eher an eine Bank erinnerte. Sie zog eine Schublade nach der anderen heraus. Sie musste den Stick finden – und dann die Polizei rufen.

In der ersten Schublade lagen OCB-Papier und ein Tütchen, das eindeutig Marihuana enthielt, außerdem ein paar Snus-Dosen und eine verdammt eklige Packung Marlboro. In der nächsten Schublade befanden sich weitere Tütchen. Ihr Inhalt sah ebenfalls wie Gras aus, war aber vermutlich Tabak für eine Wasserpfeife. In der dritten waren seine Uhren – oder besser gesagt ein länglicher, schmaler Behälter aus Leder und Metall mit einem Glasdeckel, in den drei Uhren passten, in dem aber nur zwei an ihren Lederriemen darin befestigt waren. Sie dachte an Agneröds Safe. Warum hatte die Person, die Simon getötet hatte, die Uhren nicht mitgenommen? Jeder normale Einbrecher hätte sich den Behälter doch nicht entgehen lassen.

Als sie ihn auf das Fensterbrett legte, sah sie, was sich darunter befand – der USB-Stick.

Da wurde ihr klar, dass man *sie* verdächtigen würde. Ihre Fingerabdrücke waren überall in der Wohnung. Vielleicht hatte sie auch jemand von nebenan gesehen? Sie konnte nicht erklären, warum sie hier war, und wenn man sie verhaftete und ihre Wohnung durchsuchte, würde man eine Uhr finden, die dem Mordopfer gehörte. Sie schaute auf ihre Hose hinunter und wusste sofort, was der rötliche Fleck unten auf ihrem Oberschenkel war: Sie hatte neben der blutüberströmten Leiche auf dem Sofa gesessen.

Nova griff zum Telefon und wählte die Nummer der einzigen Polizistin auf der Welt, der sie vertraute: ihrer älteren Schwester.

Das Freizeichen ertönte.

In Novas Kopf pochte es. Geh ran, Fredrika. Ich weiß, ich bin eine nervige Zicke, aber bitte, geh ran.

46

Ein hoher Zaun – kein Holzzaun wie in seiner Kindheit. Oder täuschte ihn seine Erinnerung? Wollte er unbewusst, dass die Hinterhöfe in Järva so aussahen?

Er krallte die Finger um das Gitter. Mila spielte zehn Meter von ihm entfernt im Sandkasten. Sie trug ein weißes Hemd, das ihre Mutter ihr gekauft hatte, und ihr Haar zu zwei Zöpfen gebunden.

Er wunderte sich, dass Lilly sie nach den Tumulten überhaupt nach draußen zum Spielen ließ. Aber vielleicht war es in der Wohnung zu heiß, und Mila konnte nirgendwo anders hin. Schließlich konnte Lilly ja gerade wer weiß was treiben – wahrscheinlich saß sie oben in der Wohnung, völlig zugedröhnt.

Er hatte den Schuhkarton geöffnet und den Inhalt in eine Plastiktüte geschüttet. Das Geld und die Unzen, alles, was er besaß. Seine Rippen schmerzten, und seine Augenbraue fühlte sich an, als wäre sie abgefallen – aber das war egal: In ein paar Stunden konnte er bereits tot sein, da wollte er, dass Mila das wenige bekam, das er hatte – es würde nicht für ihr ganzes Leben reichen, wie er gehofft hatte, aber es war wenigstens etwas.

Es würde ganz schnell gehen, er wollte ihr einfach die Tüte geben und ihr alles erklären.

Er stieß einen Pfiff aus.

Mila blickte auf und schielte in Richtung Zaun. Sie erkannte ihn nicht, jedenfalls nicht von Weitem, und wandte sich wieder dem Sandkasten zu. Neben seiner Tochter spielte eine andere Mutter mit ihrem Kind.

Emir rief Milas Namen.

Sie schaute wieder auf. Trotz der Entfernung sah er, wie ihre kleinen Augen aufleuchteten.

Kurz darauf stand sie am Zaun. »Papa?«

Er nickte und nestelte dabei an der Tüte in seiner Tasche herum.

»Du siehst schlimm aus«, sagte sie.

Er hatte sich schon seit Längerem nicht gewaschen.

»Schon gut«, sagte er so ruhig wie möglich. »Ich hatte einen Kampf.«

Milas Haar war glänzend und schwarz, und sie hatte dieselben kleinen Wangengrübchen wie ihre Mutter. »Hast du gewonnen?«

Emir wusste nicht, ob sie wusste, dass er früher an MMA-Wettkämpfen teilgenommen hatte. Er drückte sein Gesicht an den Zaun. »Kann man so sagen. Kriegt Papa einen Kuss?«

Mila lehnte sich gegen die Gitterstäbe und gab ihm einen.

Ein Ziehen in der Magengegend. Nein, es war nicht der Magen, es war die Seele, die schmerzte.

Er holte die Tasche hervor. »Meine kleine Prinzessin, Papa hat ein Geschenk für dich. Aber es ist geheim, du musst es zu Hause irgendwo verstecken. Du darfst es niemandem erzählen, nicht einmal Mama. Verstanden?«

»Was ist es?«

»Nur Oma musst du sagen, wo du es versteckt hast, wenn du sie das nächste Mal siehst.«

»Sind das Süßigkeiten?«

Emir holte tief Luft. »Ja, mein Schatz. Das sind Bonbons für die Zukunft. Du darfst sie jetzt noch nicht essen.«

Jemand schrie.

Verdammt – Lilly kam aus dem Haus. Ihre Dreadlocks wanden sich wie Schlangen um ihren Hals.

Emir steckte die Tüte wieder in die Hosentasche. Er lächelte Mila an. »Ein andermal, Liebling.«

Was für ein Idiot er doch gewesen war. Natürlich konnte sie Lilly nichts verheimlichen, geschweige denn sie anlügen. Von Mila konnte er so etwas nicht verlangen.

Trotzdem wollte er das Geld an einem sicheren Ort aufbewahren. Bei jemandem, dem er vertraute. Wo weder die Bullen noch Roy nachsehen würden, wenn etwas schiefging.

Da kam nur eine Person infrage.

Der Code im Erdgeschoss war immer noch derselbe, aber der Aufzug funktionierte nicht.

Als er die Treppe hinaufging, zitterte er. Nicht wegen der Verletzungen, die er sich bei dem Kampf zugezogen hatte – sondern weil er sie seit Jahren nicht gesehen hatte.

Die Türklingel funktionierte nicht. Emir klopfte laut und hoffte, dass sie zu Hause und nicht im Krankenhaus war.

Der Schlüssel drehte sich im Schloss, und Hayat öffnete die Tür. Breitbeinig stand sie im Flur.

Vans und Chucks standen ordentlich aufgereiht im Schuhregal – wie früher.

Emir starrte sich im Spiegel an der Flurwand an. Als er zum letzten Mal einen Blick auf sein Gesicht geworfen hatte, hatte es kacke ausgesehen, aber jetzt sah es wie *tote* Kacke aus und er wie ein Zombie, ein wandelnder Toter mit einer zerfetzten Augenbraue. Dass Mila ihn überhaupt erkannt hatte, war ein Wunder.

»Oh Gott«, rief Hayat.

»Ich bräuchte deine Hilfe, wegen der Augenbraue.«

»Ich will gar nicht wissen, was passiert ist.«

Wenige Minuten später saß er auf einem Stuhl in ihrer Küche. Sie hatte die Wunde desinfiziert und Steri-Strips darauf geklebt. Die Wände waren neu gestrichen, leuchtend gelb.

»Das müsste eigentlich genäht werden, damit es richtig verheilt«, sagte Hayat.

»Kannst du das?«

»Natürlich, aber ich habe nicht die richtige Ausrüstung hier.«

Sie hatte die Tatsache, dass sie sich seit Jahren nicht gesehen hatten, nicht einmal kommentiert, aber sie hatte sich auch nicht verschleiert, als er zur Tür hereingekommen war – irgendwie waren sie sich also immer noch nahe. Oder?

»Wie geht es dir?«, fragte er.

»Ich habe die ganze Nacht gearbeitet.«

»Ach was.«

»Man tut, was man tun muss.«

»Da draußen herrscht Krieg«, sagte Emir.

»Es ist kein Krieg.«

»Warum nicht?«

Hayat seufzte. »Weil ein Krieg ein Ende hat.«

Sie trug eine komische Hose in Tarnfarben mit vielen Taschen an den Seiten, womit sie aussah wie eine Paintball-Fanatikerin, aber sie redete wie früher. Und sie sah so umwerfend aus wie eh und je. »Würde es nur ein Zehntel so heftige Unruhen außerhalb einer Sonderzone geben, hätte der Premierminister längst den nationalen Notstand ausgerufen und das Militär geschickt. Aber hier schicken sie nicht einmal die Bereitschaftspolizei rein. Sie haben sogar die Polizeistation aufgegeben.«

»Ich möchte dich noch um etwas bitten«, sagte er.

Hayat zog die Plastikhandschuhe aus.

Emir legte die Tüte mit dem Geld auf den Tisch. »Das Geld hier ist für Mila. Sie soll es später einmal bekommen.«

Hayat musterte ihn argwöhnisch. »Warum gibst du es mir?«

»Weil ich nicht weiß, wie es mit mir weitergeht, und du und Mama die Einzigen seid, denen ich vertraue.«

»Steckst du in der Klemme, Emir?«

»Ich suche die Ministerin.«

»*Die* Ministerin?«

»Ja.«

»Wirklich?«

»Ja, wirklich.«

»Das hätte ich nicht von dir gedacht.«

»Ich bin ein neuer Mensch. Du hast doch immer gesagt: *Vom Regen in die Traufe.*«

»Genau. Aber weißt du überhaupt, was das bedeutet?«

»Dass man aus dem Regen kommt und neue Energie …«

»Nein, Emir, es bedeutet, aus einer schlechten Situation in eine noch schlechtere zu kommen.«

Er sah sie an. Sie war so schön. Und eines wusste er genau: Niemand konnte so entschlossen aussehen wie Hayat. Zu einer anderen

Zeit und an einem anderen Ort hätte sie die Chefin dieses Landes sein können, die Premierministerin. Sie wäre diejenige gewesen, die das Militär angefordert hätte, um in der Zone aufzuräumen. Die das Verbot einer kostenlosen Dialyse und eines gemeinsamen Sorgerechts für als BOP eingestufte Männer aufgehoben hätte.

Hayats Handy klingelte.

Sie ging ran und gab es dann überrascht an Emir weiter.

Es war Roy Adams.

Shit.

»Bruder, ich bin's. Warum gehst du nicht ans Telefon?«

»Weil du es mir weggenommen hast, du Idiot. Warum rufst du bei Hayat an?« Gegenfrage.

Roy lachte auf. »Ich konnte dich nicht erreichen. Aber meine Jungs haben gesagt, dass du vielleicht bei deiner Ex bist. Wir haben das Zeug getestet. Es ist clean.«

Emir wusste schon, warum der Sahib von Södra ihn finden wollte. Die Polizei hatte ihm eine neue Drohne geschickt. Diesmal mit echtem Kokain, sechsundneunzig Prozent. Die Bullen glaubten anscheinend, so an Informationen über die Entführte zu kommen. Roy hatte den Stoff offenbar erhalten und wollte mit Emir reden, obwohl er ihn die ganze Nacht in Ketten gelegt und diesen schrecklichen Pseudokampf auf dem Dach inszeniert hatte. Er war wirklich verrückt.

»Bruder, was zum Teufel willst du noch?«, fragte Emir. »Wegen dir wurde ich da oben auf dem Dach total vermöbelt.«

Roy tat, als wäre nichts geschehen. »Tut mir leid. Sei nicht so eine Pussy. Ich dachte eben, du wolltest mich reinlegen, aber die Probe jetzt war sauber. Warum hast du mir beim ersten Mal so einen Scheiß gegeben?«

»Jeder kann sich irren.«

Roy schwieg eine Weile und gab dann ein schmatzendes Geräusch von sich. »Ich will kaufen«, sagte er.

Emir sah Hayat an. Sie schien noch nicht verstanden zu haben, worum es ging.

»Hör zu«, sagte Roy mit viel zu lauter Stimme. »Bald hab ich die Kohle.«

»Wann?«

»Sie sagen, ich bin gesegnet«, sagte Roy. »Meine Shunos sagen: ›Nun bist du bereit.‹ Sie sagen: ›Geh hin und nimm das Geld.‹ Denn du weißt, ich bin gebenedeit, und gebenedeit ist der Stoff, mit dem ich bald das krasseste Geschäft machen werde …«

Emir wusste, was der Puppenficker damit meinte – und gleichzeitig: Dieser Freak war vielleicht sogar noch vor A im Moment der meistgejagte Mann Schwedens.

»Ich hatte immer vor, von hier zu verschwinden, wenn ich zwanzig Millionen gemacht habe«, fuhr Roy fort. »Dann verlasse ich dieses Arschlochland und hüpfe wie ein Flummi durch ganz Europa, bis ich ans Meer komme. Da parke ich dann den Ferrari, kaufe mir eine Hütte und setze mich hin, um alt zu werden. Was machen Shunos wie wir, wenn wir alt werden?«

»Chillen?«

»Nein, Bruder. Weil wir nicht alt werden. Entweder landen wir im Gefängnis, oder wir sterben.«

»Nicht jeder von uns stirbt.«

»Doch. Vielleicht nicht unbedingt an einem Stück Metall, aber wir sterben, weil wir aufhören … du weißt schon … verflucht …« Roy klang verwirrt. »Mir fällt das Wort nicht ein, Bruder.«

Emir verstand nicht, worauf der Sahib hinauswollte.

»Wir hören auf …«, sagte Roy noch einmal.

»Willst du die Ware kaufen oder nicht?«, unterbrach ihn Emir mit klarer Stimme.

Roy schmatzte erneut mit den Lippen. »Man stirbt, weil man aufhört, *ein Mensch zu sein*. Das habe ich gemeint. Man stirbt innerlich. Verstehst du?«

Emir drehte sich um, das Telefon an sein Ohr gepresst.

Hayats strenger Blick verschaffte ihm beinahe körperliche Schmerzen.

»Aber ich will mich nicht zur Ruhe setzen«, schnaubte Roy dann. »Weil ich immer mehr will.«

»Willst du das Zeug jetzt kaufen oder nicht?«

»Ich werde deine Ware kaufen, weil ich sie noch teurer verkaufen kann. Sag mir, wie du dein Geld haben willst.«

Emir überlegte. »Ich schicke dir eine Datei, die du auf dem Handy öffnen kannst, und darin steht, wie du den Zaster überweisen sollst.«

»Im Ernst?«

Emir versuchte, selbstsicherer zu klingen als der Boss persönlich. »Wieso hast du eigentlich so viel Kohle?«

»Habe ich das nicht schon mal gesagt? Ich werde der Regierung etwas verkaufen.«

»Was denn?«

Roy schwieg.

Komm schon, antworte.

»Nicht so wichtig. Schick mir einfach die Datei.«

Damit war das Gespräch beendet.

Emir spürte Hayats Blick: Er konnte nicht anders.

Sie hatte die Arme verschränkt. Ihr Gesicht war rot. »Worum ging es da gerade?«

»Es hat mit der Ministerin zu tun.«

Emir war ungefähr zwei Jahre mit Hayat zusammen gewesen, aber er hatte sie gekannt, seit er zehn war. Er hatte sie noch nie schreien gehört. Bis jetzt. Es war das schlimmste Geräusch überhaupt, und es bohrte sich in seine Ohren wie heiße Grillspieße.

»Hältst du mich für blöd oder was?« Ihre Augen funkelten vor Wut. »Emir. Du hast mir versprochen, damit aufzuhören.«

»Du verstehst das nicht. Ich muss das tun, sonst verhaften mich die Bullen wieder …«

»Hör auf.« Ihre zu Fäusten geballten Hände wurden immer weißer. »Emir, du hältst dich für mutig und glaubst, dass du dich im Krieg mit der Polizei befindest, mit dem Staat. Dass du hart bleiben musst, nicht nachgeben darfst. Aber es ist die Feigheit, die dich antreibt. Hörst du? Du bist ein Feigling. Du machst nur das, was man von dir erwartet. Einmal hattest du den Mut, etwas anderes zu tun, da hast du an den MMA-Kämpfen teilgenommen, aber das ging nicht lange. Es wird Zeit, dass du mal echten Mut zeigst.«

»Aber Hayat, du verstehst das nicht.«

»Hör auf, mir ins Gesicht zu lügen.«

Es war hoffnungslos.

»Verschwinde«, sagte sie.

Emir wich vor ihr zurück.

Seine Augenbraue schmerzte. Sie musste genäht werden, hatte sie gesagt. Aber das war jetzt gerade nicht möglich.

47

In Ians Haus war es ruhig und friedlich. Vielleicht auch nur im Vergleich zu dem, was sie gerade auf dem Hindernisparcours erlebt oder überhaupt in den letzten Tagen durchgemacht hatte. Sie hatte Ian hereingeführt, die Luger gegen seinen Rücken gepresst, ihn anschließend gefesselt, den Mund zugeklebt und ihn an der Heizung in seinem Schlafzimmer festgebunden. Dann hatte sie die Tür geschlossen.

Er war selbst schuld.

Anschließend hatte sie den wimmernden Strömmer reingebracht, den blutenden Oberschenkel verbunden, ihn an Händen und Beinen gefesselt und ebenfalls den Mund zugeklebt. Jetzt saß er in der Küche auf einem Stuhl.

Er war *erst recht* schuld. Tiermörder.

Dann rief ausgerechnet Nova an, aber dafür war es jetzt absolut nicht der richtige Zeitpunkt.

»Max, ich will ehrlich zu dir sein. Keine Spielchen.« Fredrika riss ihm das Klebeband vom Mund. »Uns läuft die Zeit davon. Eva Basarto Henriksson wird seit fast drei Tagen vermisst. Du kannst es mir also gleich sagen. Sonst wird es unangenehm.«

»Ich weiß nichts.«

Sie beugte sich über ihn. »Du hast ein Pseudonym benutzt«, sagte sie nur. Sie wollte ihm noch weitere Vorwürfe machen – dass er in einem verschlüsselten Chat angedeutet hatte, dass jemand versuchen würde, die schwedische Innenministerin zu erschießen. Aber nur in schlechten Fernsehsendungen spielten die Ermittler alle Trümpfe auf einmal aus.

Max Strömmer blickte sie verständnislos an. »Wenn ich es doch sage: Ich weiß nichts.«

»Und ob du etwas weißt.«

Er riss die Augen auf. »Wenn du wirklich eine Polizistin bist, musst du dich an die Vorschriften halten. Das weißt du so gut wie ich. Ohne Anwalt sage ich nichts.«

Er hatte recht. Sie konnte ihn schikanieren und anschreien, ihm vielleicht sogar drohen, aber er hatte das Recht zu schweigen, so lange er wollte. Er hatte auch das Recht auf einen Anwalt. Das waren die Regeln. Sie riss ein weiteres Stück Isolierband ab und klebte dem Dreckskerl den Mund wieder zu.

Ihr Chef ging beim ersten Klingeln ran.

»Ich bin bei Ian und habe Max Strömmer in meiner Gewalt.

Er ist verletzt, aber nicht lebensgefährlich. Ich habe ihn angeschossen.«

Murell murmelte. »Jetzt hast du also doch geschossen?«

»Er hat Taco getötet.« Sie hörte selbst, wie bescheuert das klang.

»Hast du ihn verhört?«

»Noch nicht. Er will einen Anwalt und hat bereits deutlich gesagt, dass er nichts weiß. Er wird nicht reden.«

»Wir haben keine Zeit für Anwälte und diesen ganzen bürokratischen Mist.«

»Das ist nicht nur bürokratischer …«

»Hör zu«, unterbrach sie Murell. »Das ist ein Fall für Paragraph 10. Strömmer muss sofort verhört werden, er war Teil einer Art von Terrorzelle. Du wirst mit allen Mitteln versuchen, ihn zum Reden zu bringen.«

Fredrika konnte nachvollziehen, dass sie nicht auf einen Anwalt warten musste, dafür gab es Ausnahmen in der Strafprozessordnung und im Polizeigesetz: Man konnte einen Verdächtigen ohne Anwalt verhören, wenn Gefahr im Verzug war. Aber er hatte noch etwas anderes gesagt. »Welche Methoden soll ich anwenden?«, fragte sie.

Murell erklärte es ihr. Fredrikas Magen krampfte sich zusammen, sie umklammerte fest das Telefon.

Sie versuchte etwas zu sagen, suchte fieberhaft nach einem Argument, aber ihre Gedanken prallten immer wieder gegeneinander. Sie mussten Strömmer so schnell wie möglich zum Reden kriegen, auch wenn Murell ihr nicht sagte, wie die Verhandlungen mit den Entführern liefen.

Murell schien ihre Gedanken gelesen zu haben. »Denk nicht darüber nach. Tu einfach, was ich dir sage.«

Das war ein Befehl.

Und Max Strömmer hatte ihren Hund umgebracht.

Fredrika hielt das Handtuch unter den Wasserhahn und trat dann auf ihn zu.

»Ein alter und bewährter Verhörtrick in einigen Teilen der westlichen Welt«, hatte Murell die Methode genannt. Fredrika selbst hatte davon nur im Internet gelesen. Wobei, das stimmte nicht ganz: Sie hatte auch schon oft über härtere Verhörmethoden wie diese nachgedacht.

Strömmer gab durch das Isolierband Geräusche von sich.

Sie riss es ab, die Haut um den Mund war gerötet.

Sie legte das nasse Handtuch auf sein Gesicht. Er zerrte an den Fesseln, aber sie hatte ihn fest verschnürt.

»Nein!«, schrie er. »Lass mich gehen.«

Sie hob die Karaffe mit Wasser.

»Was machst du da? Bitte nicht.«

Sie begann, Wasser auf das Handtuch zu gießen.

Er schrie wie am Spieß.

Sie war froh, dass das nächste Nachbarhaus hundert Meter entfernt war.

Ian zitterte sichtlich. Er lag zusammengekauert da. Das Bett war nicht gemacht. Der Vorhang war zugezogen. Ihr war übel.

Sie stand über ihm und wich seinem Blick aus.

»Woher wusstest du, dass ich Strömmer suche?«, fragte sie.

Ian versuchte, etwas durch das Klebeband zu sagen.

Ritsch.

»Was machst du da draußen mit ihm?«

»Beantworte meine Frage.«

Er schüttelte den Kopf.

»Wusstest du, dass er eine Waffe dabeihat?«, fragte sie.

Ian schüttelte wieder den Kopf. Es war nicht klar, ob er nicht antworten wollte oder ob er nicht gewusst hatte, was Strömmer vorgehabt hatte.

Sie spürte, dass Ian ihren Blick suchte.

»Du tust ihm weh«, sagte er.

»Ich *verhöre* ihn.«

»Du folterst ihn, nicht wahr?«

Fredrika konnte seinem Blick nicht mehr ausweichen.

Aus der Küche war Strömmers Keuchen zu hören.

Was sollte sie Ian sagen? Was *konnte* man dazu überhaupt sagen? Dass es keine Folter, sondern eine Verhörtechnik war?

Sie ging rückwärts zur Tür.

Zurück in die Küche.

Fredrika zählte im Kopf mit.

Zwanzig Sekunden.

Max »Höss« Strömmer röchelte. Er versuchte, den Kopf wegzudrehen.

Sie hielt ihn an den strähnigen blonden Haaren fest.

Kaltes Wasser.

Gurgelnde Geräusche.

Eine Minute.

Sie hielt inne, hob das Handtuch.

Strömmer schnappte nach Luft. »Hör auf, ich flehe dich an.« Er weinte und schniefte.

»Ich will wissen«, sagte Fredrika, »woher du von dem Anschlag auf Eva Basarto Henriksson gewusst hast.«

Strömmer schüttelte den Kopf. Er war vor lauter Schniefen und Würgen kaum zu verstehen. »Ich … weiß … nicht, wovon du redest.«

Fredrika legte das nasse Handtuch zurück auf seinen Kopf. Das Wasser, das sie darüber goss, war kristallklar.

»Ich will wissen, warum du geschrieben hast, *dass die große Fotze heute noch ein Loch bekommt.*«

Strömmer schüttelte verzweifelt den Kopf.

Er schluchzte und hyperventilierte.

Er ertrank wieder und wieder. So fühlte es sich an, das wusste sie.

Waterboarding. Wasserfolter.

Volle Nasenlöcher und voller Mund. Volle Nasennebenhöhlen und voller Rachen.

»Ich will eine Antwort«, sagte sie.

48

Sie saßen im Wohnzimmer und warteten auf Fredrika, als würden sie einen verdammten Familienrat abhalten wollen: ihr Vater im geblümten Svenskt-Tenn-Sessel, ihre Mutter und Nova auf dem Svenskt-Tenn-Viersitzersofa. Auf dem Svenskt-Tenn-Couchtisch waren Teetassen und Kekse. Daneben lag der kleine USB-Stick, um den sich alles drehte. Der war nicht von Svenskt Tenn.

Nova war müde – sie hatte lange geweint und sich Sorgen gemacht. Sie trug ihre alte Jogginghose aus der Gymnasialzeit, ausgewaschen, an den Knien abgewetzt, aber so bequem wie eine zweite Haut. Sie war nicht gesponsert, nicht in Zusammenarbeit mit einer Marke entwickelt, nicht mit fremdem, sondern mit eigenem Geld bezahlt. Die Jogginghose stammte nicht nur aus der Prä-Novalife-Zeit – sie war auch von jemand anderem getragen worden, einer Person, die sich nicht getraut hatte, in der Schule ein Referat zu halten oder eine Freundin anzurufen. Jetzt, wo sie sich tatsächlich mit der Realität auseinandersetzen musste, erschien ihr diese Hose äußerst passend.

»Du musst trotzdem die Polizei anrufen«, hatte ihr Vater gesagt, sobald sie sich gesetzt hatte.

»Hab ich doch. Hast du vergessen, dass Fredrika Polizistin ist?«

»Ja, aber sie geht nicht ran, also musst du jetzt den Notruf wählen.«

»Warum denn, wenn meine eigene Schwester Polizistin ist? Außerdem werden sie denken, dass ich Simon das angetan habe.«

»Warum das denn?«

»Hört auf«, sagte Mama und griff nach einem Keks. Im schummrigen Licht ihrer Designerlampen wirkte sie blass, ein Eindruck, der durch das seltsame Grün ihrer Bluse noch verstärkt wurde. »Wenn Fredrika kommt, werden wir ja hören, was sie dazu zu sagen hat. Gut, dass du jetzt hier bist, Nova. Du armes Ding.«

Wir werden ja hören, was Fredrika dazu zu sagen hat – das ging nun schon Novas ganzes Leben so. Auf Fredrika hörte man. Mit Nova schimpfte man. Auf Fredrika wartete man. Nova schenkte man alten Tee ein.

Fredrika war die kantigste, frigideste und modeunbewussteste Person der Welt. Fredrika war Fräulein Hyperkorrekt, Miss Bloß-nichts-falsch-machen, Madame Hauptsache-ich-werde-Polizistin-der-Rest-ist-mir-egal. Dass sie Nova helfen würde, war ungefähr so lächerlich wie der Gedanke, dass Guzmán irgendwo als Berater für Moral und Ethik tätig war. Aber heute würde ihr das Lachen im Halse stecken bleiben wie zehn von den trockenen Keksen auf einmal. Und doch hatte Nova Fredrika angerufen – die war natürlich nicht rangegangen.

Fredrika mochte eine spießige Person sein, aber Nova kannte auch niemanden, der so energisch sein konnte, wenn es nötig war.

»Die Hose passt dir noch«, sagte ihre Mutter und tauchte den Keks so lange in den Tee, bis sich die äußere Schicht aufgelöst hatte und wie hellbraune Kackhäufchen an der Oberfläche schwamm.

Die Hose passte ihr *nicht*, aber Nova sagte nichts. Ihre Mutter log selten, was bedeutete, dass sie die Hose wirklich gut fand. Zugleich hatte die Bemerkung etwas Tröstliches – ihre Mutter hatte selbst in den schwierigsten Situationen immer versucht, sie aufzumuntern. Das tat sie oft, auch bei Fredrika.

Nova nippte an dem Tee, Kusmi, es war derselbe, den sie immer getrunken hatte, als sie noch zu Hause gewohnt hatte. Sie mochte besonders die hübschen Dosen. Ihre Mutter versicherte ihr, dass es nicht dieselben Teeblätter wie damals waren.

Sie lag auf dem Boden. Fünfzehn Jahre alt.

Ihre Eltern hatten gerade das Haus renoviert und eine neue Heizung eingebaut. Und eine Küche mit einem teuren Officine-Gullo-Dampfgarer, einer sehr teuren Officine-Gullo-Mikrowelle, einer noch teureren Officine-Gullo-Espressomaschine und dem teuersten Officine-Gullo-Herd, den Officine Gullo je hergestellt hatte – er kostete mehr als ein BMW X5, hatte Papa mit Genugtuung verkündet. Sie hatten auch Teppichböden in ihrem und Novas Schlafzimmer verlegen lassen. So sei es gemütlicher, fand ihre Mutter. Vielleicht hatte sie recht, der Teppich war dick und roch gut, es fühlte sich fast so an, als läge man auf einer Matratze. Aber das war egal – kein weicher Teppich, kein angenehmer Geruch konnte Novas Einsamkeit heilen. Ihre Mutter war beim Training und ihr Vater bei einem Meeting, aber selbst wenn sie zu Hause gewesen wären, hätten sie Nova nicht gestört.

Schlafprobleme. Ängste. Magenschmerzen. Einsamkeit. Nova traute sich nichts zu: Sie konnte nichts, wagte nichts. Sie hatte keine Freunde. Niemand wusste, wie es ihr ging. Niemand hörte ihr zu.

Sie hörte Geräusche im Flur.

»Hallo?«, rief jemand. Es war die Stimme ihrer großen Schwester. Was wollte sie hier?

Fredrikas steife Schritte in der Küche. Nova erhob sich vom Boden und legte sich aufs Bett.

Fredrikas steife Stimme vor der Tür. »Bist du da?«

»Ja.«

»Darf ich reinkommen?«

»Okay.«

Ein schwarzes Loch im Herzen. Eine Dunkelheit aus Angst und Stress im Gehirn.

Die Tür ging auf.

Ihre ältere Schwester trug eine Uniform: Schulterklappen, klimpernder Gürtel, Embleme auf den Ärmeln. Ein Schild mit der Aufschrift POLIZEI auf der Brust. Es war unwirklich: Ein neuer Mensch stand da – jemand, den Nova nicht kannte.

Aber hatte sie ihre ältere Schwester überhaupt je gekannt?

Fredrika kam herein, ging neben dem Bett in die Hocke und legte ihre Hand auf Novas Schulter.

»Wie geht's?«, fragte sie.

»Gut«, log Nova.

»Wirklich?«

»Raus.«

»Aber ich sehe doch, dass es dir nicht gut geht.«

Nova drehte sich zu ihr um.

Fredrika sah sie mit großen Augen an. »Ich wollte nur die Schlüssel für die Wohnung in Palma abholen. Aber ich kann noch ein bisschen bleiben. Möchtest du einen Film anschauen oder so?«

Ihr Blick war warm.

Es war lange her, dass jemand Nova wahrgenommen hatte.

Sie schaute ihre Eltern an.

Ihr Vater war wie Fredrika, trocken wie Schnupftabak, zumindest oberflächlich. Ihre Mutter war eher wie Nova – sie lebte für das Schöne, eine Bluse oder eine Lampe. Nova fragte sich, was sie im anderen gesehen hatten, als sie sich vor langer Zeit begegnet waren.

Vor allem aber fragte sie sich, was sie in ihr sahen.

49

Abend. Er hatte ein Telefon in der Hand – es war das von Hayat. Er hatte es einfach mitgenommen. Dafür hatte er die Tasche mit Milas Geld bei ihr gelassen.

Aus dem Lautsprecher drang Roys Stimme. »*Sag ihnen, das ist die Summe, um die es geht, und Punkt.*«

Tausend Prozent Konzentration. Roys Stimme war das Einzige, was zählte. Emir merkte sich jedes Wort.

Er hatte die Datei mit den Zahlungsinformationen wie besprochen an den Sahib geschickt. In Wirklichkeit war es Spionagesoftware: *Malware*, ein Abhörprogramm, das sich installiert hatte, sobald Roy die Datei geöffnet hatte. Isak hatte es Emir oft gezeigt, immer wenn er jemanden hatte abhören und herausfinden wollen, ob er Geld hatte oder *wirklich* pleite war.

So bekam Emir alles mit, was in der Nähe von Roys Telefon gesprochen wurde. Wie Roy mit der Zunge schnalzte und vom Weed eine krächzende Stimme bekam, wie jemand furzte und mindestens vier Männer lachten. Er konnte hören, wie sie *Sharp* in Dauerschleife spielten, sie kommentierten etwas, bei dem es sich wahrscheinlich um einen Pornofilm handelte, Roy schrie jemanden an, den er Wada nannte, eine Tür knallte, und Roy stieß fünf Minuten lang Flüche und Obszönitäten aus, ohne dass jemand anderes etwas sagte. Dann ging die Tür wieder auf und zu.

Nach einer Weile verstand Emir, warum – Wada lief hin und her.

Wie Roy das angestellt hatte, spielte keine Rolle. Das Einzige, was zählte, war, dass es tatsächlich stimmte – der Sahib hatte Eva Basarto Henriksson in seiner Gewalt.

Fuck.

»*Sie wollen sie sehen*«, sagte Wada. Offensichtlich hatte er mit der Polizei gesprochen.

»*Was meinen die mit ›sehen‹?*«, rief Roy. »*Sie haben doch mit ihr gesprochen.*«

»*Bruder, sie sagen, dass ihre Stimme gefakt sein könnte. Ein Roboter.*«

»*Ich ficke ihren Roboter ins Ohr. Sie haben doch schon ihren Finger.*«

»*Sie wollen sie live sehen. Wenn wir das nicht erlauben, ist das ein Deal-Breaker, haben sie gesagt.*«

Diesmal fluchte Roy nur drei Minuten lang, bevor er sich wieder beruhigte. »*Dann sollen sie sie sehen. Schneidet ihr noch einen Finger ab, während sie zugucken. Mit Roy sollte man keine Spielchen treiben.*«

»*Soll ich ihr wirklich noch einen abschneiden?*«

»*Ja.*« Roy gähnte. »*Und dann wirf das Telefon weg, mit dem du sie filmst. Vernichte alle verdammten Beweise.*«

Das reichte.

Höchstwahrscheinlich würde ein Shuno namens Wada bald aus dem Haus kommen, in dem Roy sich befand.

Emir musste vom Dach herunter.

Er brauchte Hilfe, aber sein bester Freund wurde in einem Krankenhaus auf der anderen Seite der Mauer operiert.

Er respektierte Isak, und Isak respektierte ihn. Mit Isak hatte er viel durchgemacht. Aber jetzt gab es noch einen weiteren Shuno, der viel für ihn aufs Spiel gesetzt hatte – einen dreizehnjährigen Bordellmechaniker.

Gleichzeitig durfte er den Jungen nicht noch tiefer in die Sache hineinziehen, als er es ohnehin schon getan hatte. Rezvan war ein Kind und hatte schon zu viel riskiert. Aber er war auch wie ein Bruder, und Emir würde dafür sorgen, dass dem Jungen nichts Schlimmes passierte, das schwor er – bei Gott.

Der Wohnkomplex in Rinkeby sah anders aus als neulich. Irgendwie größer, fand er.

Irgendwo da drin war die Ministerin.

Das Eingangstor war geschlossen.

Im Hintergrund ragte die hohe, graue Trennmauer auf. Es war unheimlich ruhig hier, die Unruhen schienen im Södra-Viertel nicht so schlimm zu sein.

Rezvan wartete bereits auf ihn. Der Wind hatte aufgefrischt.

»Respekt, du bist schnell.«

»Wen suchen wir?«, fragte der Junge.

»Einen Kerl, der es ziemlich eilig hat und vielleicht Wada heißt.«

»Und was machen wir mit ihm?«

»Ich werde ihm ein paar Fragen stellen.«

»Über die Ministerin?«

»Ja.«

»Der wird nichts sagen.«

»Jeder macht den Mund auf, wenn der Prinz es so will.«

Der dunkle Schleier des Himmels spannte sich über das Viertel wie das kugelsichere Dach einer Moschee, und der Wind war jetzt ungewöhnlich stark – wie ein Menetekel heulte er zwischen den Häusern. Doch der wahre Sturm war erst im Anmarsch.

Rezvan blieb an Emirs Seite: ein gehorsamer Hund – oder ein echter Freund.

Emir konnte Roy nicht mehr hören, der Boss musste das Telefon ausgeschaltet oder in ein anderes Zimmer gelegt haben.

Bisher hatten nur drei Leute den Komplex verlassen – momentan blieb man lieber zu Hause.

Alle drei hatten behauptet, dass sie nicht Wada hießen, da hatte sie Emir noch so bedrohen oder verprügeln können. Außerdem hätte er sowieso nicht wissen können, ob sie Wada waren oder nicht.

Außerdem – wenn es wirklich Roys Leute gewesen waren, hatten sie längst ihrem Chef von ihm erzählt.

Emir war ein Idiot.

Plötzlich fing es an zu regnen: kein normaler Regen, sondern ein heftiger Schauer. Wie in Thailand während der Monsunzeit – Regen ohne Kälte, mit Tropfen so groß wie die Glasmurmeln, mit denen er und Isak in der Grundschule in Kalaha gespielt hatten.

Er stand mit Rezvan unter einem Vordach vor einem Tor.

Der Regen trommelte wie eine AK-47, der Wind war schlimmer als je zuvor.

»Haben wir ihn verpasst?«, rief Rezvan.

Dann hörte Emir das Geräusch. Es klang nicht wie Regen oder Wind – es klang wie ein Sturm. Da begriff er, was gerade passierte: *Chop-chop-chop* – die Rotorblätter eines Hubschraubers.

Er schaute auf.

Der Hubschrauber flog schnell auf das Haus zu, wie ein riesiges Insekt von einem anderen Planeten. Das waren die Bullen, hundertprozentig.

Was für Idioten, jetzt erst kamen sie, um die Ministerin zu retten? Was für beschissene Anfänger. Wahrscheinlich hofften sie, dass der Regen ihren Angriff verbarg.

Es war das Sondereinsatzkommando oder ein anderes SWAT-Team. Trotz des Regens konnte Emir die Polizisten erkennen, die sich scheinbar geräuschlos aus dem Hubschrauber abseilten. Der Lärm der Rotorblätter und der Sturm übertönten alles.

Einer nach dem anderen löste sich vom Seil und schwärmte aus. Jetzt hörte er sie schreien und beobachtete, wie sie das Tor zum Wohnblock aufrissen.

Rezvan sah aus, als würde er gleich in Panik ausbrechen.

Sie mussten die Fliege machen.

Aber Emir konnte den Blick nicht von der Szenerie vor ihm abwenden. Es waren seine Informationen, die zu diesem Einsatz, zu dieser Rettungsaktion geführt hatten. Bald würden sie mit der Ministerin herauskommen.

Rezvan hatte sich geirrt. Die Bullenschweine hatten zugeschlagen, ohne dass Roy etwas geahnt hatte.

»Und jetzt weg hier. Wir treffen uns später am Wasserturm«, sagte Emir dem Jungen.

Er beobachtete das Spektakel noch eine Weile: Polizisten stürmten ins Haus. Der Regen peitschte auf den Asphalt und die Häuserfassaden.

Der Hubschrauber hing am Himmel: groß, schwarz, bedrohlich. Auch er kämpfte mit dem Sturm, die grellen Scheinwerfer waren eingeschaltet. Er flog zwischen den Häusern hindurch wie eine Atomrakete – bereit, abzustürzen und die ganze Gegend in die Luft zu jagen. Der Lärm war ohrenbetäubend.

Einige Polizisten sicherten die Umgebung, andere liefen hin und her, und er fragte sich, was da so lange dauerte. Sollte er ihnen helfen? Ihnen sagen, in welchem Stock die Ministerin war?

Es gab so viele Filme und Fernsehsendungen, in denen SWAT-Teams versagten. Besonders die Rolle der Einsatzkommandos war immer so vorhersehbar. Im wirklichen Leben meisterten sie die schwierigsten Aufgaben, aber in der Fiktion scheiterten sie immer. Da wurde immer nur der Einzelkämpfer als fähig dargestellt, niemals das Team.

Dann sah er es. Der Scheinwerfer schwenkte nur kurz über eine Gruppe von Polizisten, die an einem Klettergerüst vorbeikamen, aber das genügte – Emir erkannte ihr Gesicht ganz klar von den Fotos und Videoclips, die die Bullen ihm gezeigt hatten. Drei Einsatzkräfte begleiteten Basarto Henriksson zu einem Seil, das vom Hubschrauber herabhing. Es sah aus, als würden sie sie wie ein Maskottchen festhalten. Sie schützten sie mit ihren Körpern.

Sie hatten die Ministerin gerettet.

Es war vorbei – Emir hatte ihnen die Informationen geliefert, und *jetzt* war es wirklich vorbei.

Er lachte laut. Er war der König. Er war der Prinz.

Die Polizisten halfen der Ministerin in das Gurtzeug, das am Seil befestigt war. Wieder glitt ein Scheinwerferlicht über das Wohnhaus.

Da sah Emir noch etwas – etwas, das er durch den Regen nur erahnen konnte, aber es reichte.

In weiter Entfernung beugte sich Roy durch ein offenes Fenster. Er war unverwechselbar – niemand sonst war so groß wie dieser Freak, und er hielt etwas in den Händen.

Das Geräusch des Hubschraubers wurde lauter, bald würde er abheben.

Basarto Henriksson stand immer noch auf dem Boden, war aber im Gurtzeug festgeschnallt und bereit zum Hochziehen. Sie trug eine Kette um den Hals, an der eine Art Stein hing.

Trotzdem wanderte Emirs Blick wieder zu Roy.

Der Sahib von Södra hielt etwas in den Händen.

Ein Rohr.

Der Puppenficker legte sich ein über einen Meter langes Rohr auf die Schulter. Mitten im Regen.

Emir fielen die militärgrünen Waffenkisten ein, die in Roys Wohnung auf dem Boden standen.

Der Sahib richtete das Rohr auf den Helikopter.

»Er will schießen!«, rief Emir, ohne zu wissen, ob die Polizisten ihn überhaupt hören konnten. »Er wird euch abschießen!«

50

Sie hatte auf dem ganzen Weg von Tallänge nach Stockholm vergeblich versucht, das Auto dazu zu bringen, schneller zu fahren, doch wegen des Wetters hatte es fast fünf Stunden gedauert. Zuerst hatte sie vorgehabt, zum Präsidium auf Kungsholmen zu fahren, jetzt nicht mehr. Stattdessen war sie unterwegs zu einer Garage an einer anderen Adresse. Es war dunkel, es regnete wie verrückt, die Scheibenwischer arbeiteten wie auf Amphetaminen, das Garagentor war kaum zu sehen.

Sie hatte das Auto bei der zentralen Ladestation in Tallänge gemietet. Fredrika war es nicht gewohnt, dass selbstfahrende Autos selbst entschieden, wann sie die Scheibenwischer einschalteten. Und schon gar nicht war sie Fahrzeuge gewohnt, die sich konsequent weigerten, die Geschwindigkeitsbegrenzung zu überschreiten. Bei der Personenschutzeinheit fuhren sie aus Sicherheitsgründen gewöhnliche, von Menschen gesteuerte Autos, die sich im Notfall nicht selbst einen Fluchtweg suchten oder an Zebrastreifen eine Vollbremsung hinlegten, sobald irgendwo in der Nähe ein Fußgänger einen Furz ließ. Sie hatte das Gefühl, dass bei diesen Fahrzeugen mehr fehlte als nur das Lenkrad – sie mochte es auch nicht, wie das Auto sie in den nach hinten gelehnten Sitz drückte, als ob es dachte, es wäre Zeit für sie zu schlafen.

Wahrscheinlich hatte es recht. Aber sie war nicht in der Lage gewesen, auch nur für eine Sekunde die Augen zu schließen.

Sie hatte nicht geweint, aber versucht, alle Erinnerungen an Taco zu verdrängen. Als sie zum Hindernisparcours zurückgekehrt war, nachdem sie Strömmer verhört hatte, war er nirgendwo zu finden gewesen.

Immer wieder musste sie die beschissenen Gedanken beiseiteschieben. Die Leute sagten immer, sie sei wie ein Roboter. Jetzt musste sie auch einer werden.

Während der Behandlung, die sie Max Strömmer hatte angedeihen lassen, hatte sie zweimal auf die Toilette rennen und sich übergeben müssen. Danach hatte sie sich stets sorgfältig den Mund abgewischt und einen Kaugummi hineingesteckt.

Gefühle prallten aufeinander, Prinzipien widersprachen sich. Sie musste alles tun, um die Entführung aufzuklären, aber was bedeutete das?

Sie hatte Murell angerufen, aber der hatte nur seine Anweisungen wiederholt. »Wir haben keine Zeit, Fredrika. Die üblichen Vorschriften gelten jetzt nicht mehr. Mach weiter. Du musst herausfinden, woher er wusste, dass jemand auf EBH schießen würde.«

Sie hatte Fragen gestellt wie: Warum hatte Höss in der Chatgruppe geschrieben, *dass die große Fotze heute noch ein Loch bekommt?* Wer wusste noch davon? Wer hatte ihm das gesagt? Hatte er schon Tage vorher von dem Attentat auf die Innenministerin gewusst? Von der Entführung?

Sie wandte alle erdenklichen Verhörtechniken an und noch ein paar weitere. Stellte die gleiche Frage acht Mal, formulierte alle Fragen so, dass er darauf mit Ja oder Nein antworten konnte, und so weiter.

Und am Ende war Max Strömmer eingeknickt. Er hatte nicht nur geweint, hyperventiliert, Wasser erbrochen und um sein Leben gefleht – schließlich hatte er auch geredet, abgehackt und mit brüchiger, quäkender Stimme. Er hatte ihr alles gesagt.

Fredrika hatte erneut Murell angerufen. »Komm zurück nach Stockholm«, hatte er gesagt. »Ich schicke jemanden, der sich um Strömmer und Ian kümmert. Lass sie einfach, wo sie sind.«

Nova hatte mindestens zwanzig Mal versucht, sie zu erreichen, und ebenso viele Nachrichten geschickt, aber Fredrika hatte weder Zeit noch Lust, die Anrufe entgegenzunehmen oder zu lesen, was ihre kleine, nervende Schwester schrieb.

Aber dann rief ihr Vater an. Mit ihm konnte man schon eher sprechen.

Seine Stimme klang gestresst, fast atemlos. »Wo bist du?«

»In Dalarna, auf dem Weg zurück nach Stockholm.«

»Was hast du denn dort gemacht?«

»Gearbeitet.«

»Du musst sofort herkommen.«

»Was ist passiert?«

»Nova hat den ganzen Nachmittag und Abend versucht, dich zu erreichen, aber du bist nicht rangegangen.«

»Ich gehe nie ran, wenn sie anruft. Ich habe gearbeitet, und danach war ich im Auto. Sie will mich doch nur mit ihren Posts fertigmachen.«

»Ihr Kontaktmann ist heute ermordet worden.«

Fredrika zuckte zusammen. »Was?«

»Es geht um Dinge, die für euch wichtig sein könnten.«

»Was meinst du?«

»Sie hat diesem Mann – einem gewissen Simon Holmberg – Informationen über die Identität von A und andere Dinge zugespielt, die mit der Entführung zusammenhängen.«

»A?«

»Der militärische Führer der Bewegung. A.«

»Was hat Nova mit A zu tun?«

»Das muss sie dir selbst erzählen. Komm einfach her.«

»Hat sie die Polizei verständigt?«

»Du weißt doch, wie sie ist. Die einzige Polizistin, mit der sie reden will, bist du.«

Einen Augenblick später parkte das Auto von selbst in der Garage ihrer Eltern, hier roch es nicht einmal nach Abgasen.

Fredrika versuchte, die Wagentür zuzuschlagen, aber sie wehrte sich und schloss sich schließlich von selbst mit einer ruhigen, sanften Bewegung.

»*Danke für die nette Gesellschaft und viel Glück*«, sagte das Roboterauto mit übertrieben sanfter Stimme.

51

»*Fredrika ist angekommen.*« Klang Siri etwa aufgeregt? Unmöglich. Siri war eine Roboterstimme.

Nova blickte in den Flur.

Mit ihren beigen Funktionsshorts und den aschfarbenen selbstschnürenden Turnschuhen passte Fredrika irgendwie nicht so recht in die Wohnung ihrer Eltern. Wie immer lief sie rum wie ein Outdoor-Freak.

Aber etwas war anders als beim letzten Mal: Nova kam es so vor, als hätte Fredrika einen grimmigeren Gesichtsausdruck, neue Falten um die Augen. Sie sah sich den Raum und die Menschen darin so genau an, als wäre sie zum ersten Mal hier.

»Erzähl mir, was passiert ist«, war alles, was sie sagte. Kein »Hallo«, kein »Wie geht's?«, nur ein Befehl.

Wäre es nur ein Befehl gewesen, dann hätte es Nova nicht gekümmert, aber hinzu kam, dass Fredrika sie auf *diese* Weise ansah.

Sie brauchte nur ein paar Minuten, um die Geschichte noch einmal zu erzählen: der gestrige Abend bei Simon, wie sie ihn um Hilfe gebeten hatte, die Informationen auf dem Speicherstick zu verkaufen, wie sie früher am Tag beschlossen hatte, zu ihm zu fahren, und wie sie ihn tot im Wohnzimmer gefunden hatte. Nova erzählte nicht genau, wie sie an den Stick gekommen war, sie sagte nur, dass sie ihn während des Fotoshootings bei Agneröd »gefunden« hatte.

»Papa sagt Nova schon den ganzen Abend, dass sie die Polizei anrufen und alles melden soll, aber sie wollte auf dich warten«, sagte ihre Mutter entschuldigend. »So etwas muss doch so schnell wie möglich gemeldet werden, oder?«

Dieses Spiel mussten sie nicht spielen. Jeder wusste, dass man ein Verbrechen sofort zu melden hat, wenn man es entdeckt, vor allem wenn es sich um ein so schweres wie einen Mord handelt und erst recht, wenn man selbst am Tatort war und als verdächtig gelten könnte. »Das musst du auf der Stelle melden«, würde ihre ältere Schwester gleich sagen. Fredrika war Polizistin und tat immer das Richtige. Sie wusste auch alles am besten.

Aber Fredrika schwieg und sah aus dem Fenster. »Nein«, sagte sie schließlich. »Es ist besser, wenn Nova zuerst zu einem Anwalt geht. Ich kümmere mich um den Stick.«

Was zum Teufel war denn jetzt los? Hatte Fredrika gekifft oder was?

Ihr Vater sprang auf. »Aber Nova ist unschuldig. Sie braucht keine Angst zu haben, zur Polizei zu gehen.«

Fredrika ging durch das Zimmer und setzte sich neben Nova. »Ich glaube trotzdem, es ist besser, wenn du erst zu einem Anwalt gehst und dich beraten lässt.«

Die Augen ihres Vaters waren so groß wie die Äpfel in den Obstschalen der Haushaltshilfe. »Aber Fredrika, wir müssen uns doch an die Vorschriften halten … oder etwa nicht?«

Fredrika legte den Arm um Nova. »Nach Artikel sechs der Europäischen Konvention hat eine verdächtige Person das Recht auf einen Anwalt, also ist alles nach Vorschrift. Jetzt müssen wir nur noch einen guten Anwalt finden. Und ich glaube, ich weiß schon den Richtigen.«

Draußen donnerte es. Blitze zuckten über den Himmel. Es war, als befänden sie sich im knurrenden Bauch eines Riesen, der die Stadt mit einem Bissen verschlungen hatte.

Nova fragte sich, wo Taco war.

52

Emir sah die Leuchtspur der Granate als weiße Linie vom Haus zum Hubschrauber. Er warf sich auf den Boden.

Die Explosion erhellte den Hof wie ein Fußballstadion, war aber wegen des Windes kaum zu hören. Ein paar Herzschläge später veränderte sich das Geräusch des Hubschraubers.

Die Rotorblätter kämpften.

Der Helikopter hing schräg in der Luft.

Sinkflug im Regen.

Dann stürzte der verfluchte Hubschrauber direkt auf das Klettergerüst.

Es donnerte, das Geräusch dröhnte in seinen Ohren, als hätte der Blitz eingeschlagen oder als wäre ein Haus vom Himmel gefallen.

Emir drückte sich noch fester gegen den nassen Boden. Die Trümmer flogen wie Geschosse über ihn hinweg.

Er atmete schnell. Heute war nicht sein Tag zum Sterben. Der Regen fühlte sich sogar erfrischend an.

Er sah Polizisten am Boden. Der abgestürzte Hubschrauber: ein toter Dinosaurier. Hayats Telefon lag zertrümmert neben ihm.

Er stand auf. Duckte sich wieder. Zog sich zurück.

Schüsse fielen, Mündungsfeuer aus den Häusern. Roys Männer ballerten los wie bei *Call of Duty*. Der Regen lag wie eine dämpfende Decke auf dem Hof. Emir war das alles egal. Er konnte den Blick nicht abwenden und hielt inne.

Dann sah er *sie*. Die schwedische Innenministerin lag am Boden und versuchte, sich aus dem Gurtzeug zu befreien. Sie war noch nicht zum Hubschrauber hochgezogen worden, als er abgestürzt war.

Das Weiß ihrer Augen: wie Blitze im Regen.

Emir lief zu ihr.

Die Ministerin stöhnte, vielleicht war sie verletzt.

Er fragte sich, ob sie ein Teil vom Hubschrauber getroffen hatte.

Er streckte die Hand aus. Sie stieß einen unterdrückten Schrei aus, ergriff sie aber und ließ sich aufhelfen.

Da sah er den nassen, schlampig gewickelten Verband um einen Finger, von dem nur noch ein Stummel übrig war.

Er half ihr mit dem Gurt.

»Kommen Sie mit«, sagte er.

»Damit ich wieder eingesperrt werde?«

Eine Stimme. Jemand rannte auf sie zu.

Emir erkannte ihn. Es war Roy.

Der Puppenficker, der ihm sein Nagelmesser vors Auge gehalten hatte, der die Ministerin an die Regierung hatte verkaufen wollen, der Gangster, auf den Emir das Sondereinsatzkommando angesetzt hatte, der Kerl, der gerade einen Hubschrauber abgeschossen hatte.

Södras Sahib erschien im Halbdunkel noch größer. Die Knarre in seiner Hand wirkte wie ein Spielzeug.

Der Regen peitschte auf sie herab.

»Du Hurensohn!«, schrie Roy. »Ich mach dich fertig.«

Emir drehte sich wieder zu ihr um. »Entweder folgen Sie mir, oder der da drüben nimmt Sie mit.«

53

Das riesige Einkaufszentrum in Kista war menschenleer, das Ladensterben hatte es so lautlos, schnell und gnadenlos getroffen wie ein mit Curare vergifteter Pfeil ins Genick. Die Alten, die nach dem Wirtschaftscrash keine Chance mehr gehabt hatten, sich wieder aufzurappeln, hatten sich anschließend mit dem Vormarsch von Amazon und Tencent einer harten Konkurrenz ausgesetzt gesehen. Das Einkaufszentrum würde wahrscheinlich in ein privates Altenheim oder eine Schule umfunktioniert werden.

Fredrika saß hier schon eine ganze Weile im Auto. Es regnete immer noch. Der Parkplatz war trostlos, groß und sehr nass.

Jetzt hätte sie Taco gebraucht, und wenn auch nur, um ihn hinter den Ohren zu kraulen und zu spüren, wie die Ruhe von seinem Körper auf ihren überging.

Das Auto, das neben ihr hielt, war noch leiser als ihr Mietwagen; wäre sie nicht darauf vorbereitet gewesen, hätte sie nicht einmal das Platschen der Reifen in den Pfützen gehört. Die Autohersteller wetteiferten darum, alle unerwünschten Geräusche im Innenraum zu eliminieren – das Pfeifen des Fahrtwindes, das Prasseln des Wassers auf der Windschutzscheibe, das Reibungsgeräusch der Reifen auf der Fahrbahn. Heute wurde eine Autofahrt als *ein Moment der Stille* vermarktet – eine Übung in Achtsamkeit.

Sie dachte darüber nach, was Nova ihr gesagt hatte. Fredrika hatte sofort Murell angerufen – aber er war wegen des laufenden Einsatzes in der Zone nicht einmal in der Lage gewesen, ans Telefon zu gehen.

Nun lief er geduckt durch den Regen und öffnete ihr die Beifahrertür – wie immer ein echter Gentleman. Trotzdem wurde sie in der kurzen Zeit patschnass.

Sein Auto roch verbraucht, obwohl es nagelneu aussah.

Wasser tropfte von Murells Augenbrauen. »Du brauchst einen von diesen Kaugummis, das sehe ich gleich.« Er reichte ihr ein Päckchen. »Meine Enkelkinder nennen die *Jetpacks*, die kauen die Dinger öfter als normales Essen.«

»Haben wir sie gefunden?«

»Leider nicht«, Murells Brille rutschte wie immer auf seine Nasenspitze herab.

Dann beugte er sich zu ihr und umarmte sie.

Sie war nicht darauf gefasst gewesen. Murell roch nach dem Kaugummi, den er ihr angeboten hatte, aber auch nach seinen Zigaretten.

»Mindestens sieben Tote«, sagte er. »Wir haben völlig versagt.« Er klang, als würde er gleich anfangen zu weinen.

Da brach Fredrika zusammen. Die Tränen kamen in Strömen, sie konnte sie nicht zurückhalten. Sie umarmte Murell, und er erwiderte die Umarmung. Ihr Körper zitterte und wurde von Schluchzern gebeutelt.

Sie musste sich zusammenreißen. Gleichzeitig weinte sie nicht nur um Taco – sie weinte auch um sich selbst, um das, was sie getan und nicht getan hatte. Sie weinte um die Ministerin und um die toten Polizisten. Um Simon Holmberg. Sie weinte um Strömmer und um den jungen Mann, dem auf dem Platz der Schädel zerschossen worden war.

Sie musste ihre Fassung wiedererlangen. Sie atmete tief durch und hörte Murell zu, der ihr von dem katastrophalen Einsatz erzählte. Dann nahm er seine Brille ab und hielt sie in der Hand. »Weißt du, wie groß der Unterschied in der Lebenserwartung zwischen Danderyd und Järva ist?«

Er wartete die Antwort nicht ab.

»Wir besteuern die Löhne in diesem Land mit über fünfzig Prozent, aber wenn irgendein fauler Bastard, der noch nie in seinem Leben einen ehrlichen Job hatte, eine Milliarde erbt, zahlt er keinen Cent. Es ist nicht nur völlig normal geworden, keinen Beitrag zu leisten. Es ist auch völlig normal geworden, dass die Steuerzahler ihre Konzerne, ihre Privatschulen, ihre Krankenhäuser und ihre Mauern finanzieren.«

Fredrika wusste zwar, dass Herman Murell sich für Politik interessierte, doch so leidenschaftlich hatte sie ihn noch nie reden hören. Dabei hatten sie es eilig, er konnte ihr das alles auch erzählen, wenn die Innenministerin gerettet war. Aber ihr Vorgesetzter schien sich in Rage geredet zu haben.

»Die Zweiklassengesellschaft tötet, verstehst du?«, fuhr er fort. »Deshalb machen die da unten das alles, zum Beispiel Hubschrauber abschießen. Weißt du, was unsere einzige Hoffnung ist?«

Fredrika sagte nichts – sie wollte, dass Murell konzentriert zuhörte, wenn sie ihm gleich erzählte, was in Tallänge passiert war.

Er beantwortete seine eigene Frage: »Dass die Vernünftigen, die Menschen in der Mitte der Gesellschaft, wieder in den Vordergrund treten. Es ist an der Zeit, dass die gewöhnlichen, normalen Menschen anfangen, sich Gehör zu verschaffen. Wenn sie überhaupt noch da sind. Die liberale Mittelschicht hat sich selbst ausgelöscht.«

Es war zu heiß in Murells Auto.

Jetzt gab er ihr mit einem Wink zu verstehen, dass sie an der Reihe war zu sprechen.

»Die Neonazi-Gruppe SFF hat versucht, sie zu erschießen«, sagte Fredrika, ohne lange um den heißen Brei herumzureden.

»Die Schwedische Freiheitsfront?«

»Ja, die sind in Tallänge sehr aktiv.«

»Das weiß ich. Hat Max Strömmer das gesagt?«

»Ja, das habe ich nach einer Weile aus ihm herausbekommen.

Er gehört zu einer ihrer sogenannten militärischen Zellen. Zwei Tage vor dem Angriff auf den Platz hielt diese Zelle ein Treffen ab, bei dem ein weiteres Mitglied verkündete, dass der Anschlag geplant war, weil EBH vorhatte, die Trennmauer abzureißen.«

»Wer war dieses Mitglied?«

»Er sagte, er kenne seinen richtigen Namen nicht, aber vielleicht können wir ihn beim nächsten Verhör aus ihm herausbekommen. Steht er unter Arrest?«

»Natürlich. Eines meiner Teams hat sich vor ein paar Stunden sowohl um Strömmer als auch um Ian gekümmert. Was hatte er über die Entführung zu sagen?«

Fredrika atmete tief durch. »Laut Strömmer hat die Schwedische Freiheitsfront nichts damit zu tun, jedenfalls wusste er von nichts. Im Gegenteil, die Entführung und das darauffolgende Chaos hat sie beunruhigt.«

»Hat er die Wahrheit gesagt?«

Fredrika sah Strömmers rotzverschmiertes Gesicht vor sich.

»Ich glaube nicht, dass er zu diesem Zeitpunkt in der Lage war, mich anzulügen.«

»Das heißt also, dass die Schießerei und die Entführung nichts miteinander zu tun haben?«

»Genau.«

»Dann sind wir nicht viel schlauer als vorher. Die Bewegung hat Roy Adams mit ihrer Entführung beauftragt. Aber wo sie jetzt ist, weiß der Teufel.«

Fredrika atmete noch tiefer ein. Heute war die Nacht der Abrechnung. Zuerst für Nova. Dann für Herman Murell und nun für sie selbst.

»Ich habe meine Schwester vorhin getroffen. Nichts von dem, was ich jetzt sage, darf nach außen dringen«, sagte sie und hielt einen Moment inne. »Emir Lund ist nicht der, für den wir ihn halten.«

Sie beugte sich zu ihm vor und erzählte ihm auch den Rest.

Ihrem Vorgesetzten fiel die Brille herunter und landete in seinem Schoß. »Verdammt.«

Fredrika wartete auf eine weitere Reaktion.

»Wie sicher bist du dir dabei?«, fragte er.

»Sieh dir einfach den Inhalt des Sticks an und vergiss nicht, was mit Simon Holmberg passiert ist.«

»Wenn das an die Presse kommt ...«

Herman Murell bekam einen heftigen Hustenanfall, röchelte und erstickte halb. Dann lehnte er sich auf dem Fahrersitz zurück, holte eine Zigarettenschachtel hervor, zog langsam eine Zigarette heraus, zündete sie an und nahm einen tiefen Zug.

Fredrika musste daran denken, was sie als Gefangene der Bewegung aufgeschnappt hatte. Dass es einen Maulwurf in ihrer Behörde gab. Aber jetzt war nicht der Moment, es ihm zu sagen.

Warum sagte Murell nichts? Weder kommentierte er das, was sie gesagt hatte, noch gab er ihr Anweisungen.

Der Rauch waberte wie Nebel durch das Wageninnere.

»Es tut mir wirklich leid, was mit Taco passiert ist. Diese ganze Sache ist schlecht für unser Land.«

Meinte er damit, dass Tacos Tod etwas mit dem Zustand des Königreichs zu tun hatte?

Der Rauch stach in den Augen.

»Ich hasse Menschen, die Tiere töten«, fuhr Murell fort, »aber noch stärker hasse ich Menschen, die Schweden zerstören. Emir Lund hat uns nach Strich und Faden über den Tisch gezogen.«

Das Prasseln des Regens war so stark, dass es sich anhörte, als würde jemand auf das Auto schießen.

*

TT
Telefon und Internet ausgefallen
Die Telefonleitungen der Sonderzone Järva sind ebenso wie das
4G- und 5G-Netz außer Betrieb. Auf der Website der Polizei heißt
es: *Wir blockieren derzeit alle Kommunikationsmöglichkeiten in
der Sonderzone Järva, um die Ausbreitung von Unruhen, Gewalt
und Kriminalität zu verhindern.*

Die Generaldirektorin der Polizei, Ella Forsman, erklärt: »Wir
haben diese Entscheidung getroffen, und die Zonen-Polizei hat
sie umgesetzt. Wir können nachvollziehen, dass diese Maßnahme
zu Unannehmlichkeiten führen kann, aber im Moment lautet
unsere oberste Priorität, die Gewalt zu stoppen.«

54

Der Anwalt, der aus dem Taxi sprang und durch den Regen eilte,
trug weder Regenschirm noch Regenmantel. Nur eine sehr exklusiv wirkende weinrote Lederaktentasche.

Er grüßte nicht, sondern tippte nur schnell einen Code ein.

Im Fahrstuhl schüttelte er sich wild. Er erinnerte sie an Taco.

»Ich muss nur noch den Alarm ausschalten«, keuchte er und
tippte hektisch auf ein anderes Zahlenfeld ein.

Das Licht ging an. Der Anwalt lächelte. »Willkommen.«

Er führte sie in einen Raum in der hintersten Ecke der verlas-
senen Kanzlei. »Setz dich. Möchtest du einen Kaffee?«

Nova schüttelte den Kopf.

Die Designerstühle aus Stahl gaben sanft unter ihrem Gewicht
nach, als sie sich setzte. Die Regale waren vollgestopft mit Büchern und Schmuck, Diplomen und Pokalen: Auf einem, so groß
wie ein Champagnerkübel, war *Gewinner der Båstad-Rudermeis-*

terschaften eingraviert. Auf dem Schreibtisch stand ein nagelneuer Apple-Bildschirm – es kam ihr ungewöhnlich vor, dass ein Anwalt einen Apple hatte, aber andererseits kannte Nova sich mit Anwälten noch weniger aus als mit Journalisten.

»Übrigens, ich habe Red Bull, falls du etwas trinken möchtest, ihr jungen Leute mögt das ja normalerweise«, sagte der Anwalt und setzte sich ihr mit einer Kaffeetasse in der Hand gegenüber.

Nova sehnte sich geradezu hysterisch nach Axoparzan oder einem Energy-Drink. Trotzdem schüttelte sie erneut den Kopf.

»In der Regel bitte ich potenzielle Kunden, bis zum nächsten Tag zu warten, bevor ich einen Termin mit ihnen vereinbare. Ich meine, vielleicht mögen wir uns nicht, vielleicht suchst du dir einen anderen Anwalt aus und so weiter, und dann habe ich meine Abendtrainingseinheit umsonst geopfert. Ohne eine Rechnung stellen zu können, wenn du verstehst.«

Nova nickte, verstand aber eigentlich nicht so recht, wovon er sprach.

»Andererseits«, fuhr der Anwalt fort, »glaube ich nicht, dass ich das elfte Jahr in Folge unter den Top Ten wäre, wenn ich nicht immer die Interessen der Mandanten in den Vordergrund stellen würde. Außerdem bin ich das abendliche Training langsam leid. Mein Personal Trainer hat kein Verständnis für Leute wie mich, die gerne Toast mit Cheddar-Käse und Orangenmarmelade essen.«

War Payam Nikbin wirklich einer der Besten des Landes?

»Wie auch immer.« Er nippte an seinem Kaffee. »Anscheinend steckst du in der Bredouille, Nova. Das hat mir deine Schwester vorhin am Telefon mitgeteilt, und mehr weiß ich nicht. Deshalb werde ich dich jetzt bitten, mir *en détail* zu erklären, warum du Hilfe brauchst.«

Rechtsanwalt Nikbin sprach seltsam. Er benutzte ungewöhnliche Wörter, ähnlich wie Simon, nur in einem schnelleren Takt.

»Darf ich dir wirklich alles erzählen? Bist du zur Verschwiegenheit verpflichtet?«

Um Nikbins Mund spielten kleine Falten. »Ich bin zur absoluten Verschwiegenheit verpflichtet, wenn ich das Mandat übernehme, aber das heißt nicht, dass ich alles möglich machen kann. Ich darf zum Beispiel keinen Zeugen aufrufen, wenn ich davon ausgehen muss, dass er lügt. Unter Eid zu lügen nennt sich Meineid und ist eines der schwersten Verbrechen, die der Gesetzgeber kennt.«

»Und?«

»Mit anderen Worten: Wenn du mich als deinen Verteidiger engagierst, werde ich für dich deine blutigen Schlachten schlagen, dich nie im Stich lassen und dir immer treu sein. Aber du kannst nicht von mir verlangen, dass ich einen Richter anlüge.«

Nova war sich nicht sicher, ob sie ihn verstand. »Ich bin völlig unschuldig«, sagte sie. »Dann muss ich dir doch alles sagen dürfen, oder?« Obwohl sie nicht *völlig* unschuldig war: Sie hatte Agneröds Speicherstick ja nicht zufällig mitgenommen.

Der Anwalt lächelte. »Falls ich nicht zu deinem Pflichtverteidiger ernannt werde, solltest du wissen, dass ich viertausend Kronen pro Stunde verlange, ohne Mehrwertsteuer.«

Ihre Eltern hatten bereits versprochen, sie bei der Bezahlung des Anwalts zu unterstützen.

Nova erzählte ihm alles, auch dass sie Agneröds USB-Stick *gestohlen* hatte. Nur Guzmán erwähnte sie nicht – niemand würde ihr glauben, dass es in Schweden so korrupte Polizisten gab.

Der Anwalt löcherte sie mit Fragen: »Wann bist du in die Wohnung gekommen?«, »Hast du beim Kochen geholfen?«, »Hat Simon irgendwie beunruhigt gewirkt?«, »Hast du Drogen genommen?«, »Warst du betrunken?«, »War er betrunken?«, »Hast du außer dem Stick noch etwas aus seiner Wohnung mitgenommen?«

»Wie bitte?«, fragte Nova.

»Ich habe gefragt, ob du etwas von ihm genommen hast.«

Sie sah die Armbanduhr vor ihrem inneren Auge. »Ich habe eine Uhr in meinem Besitz, die ihm gehört.«

Nikbins Gesicht blieb neutral. »Wie ist sie dahin gekommen?«

Nova zuckte mit den Schultern. »Ich habe sie mir von ihm geliehen, als ich ihm bei den Shoken Awards begegnet bin, aber …«

»Aber was?«

»Ich habe neulich versucht, sie einem Uhrenhändler zu verkaufen.«

»Warum?«

Nova spürte, wie ihr der kalte Schweiß ausbrach.

»Weil ich Geld brauche.«

»Aha.«

Nikbin lehnte sich endlich zurück. »Ich habe schon viel erlebt. Meistens werden in diesem Land keine Unschuldigen verurteilt. Wir haben eines der sichersten Rechtssysteme der Welt, auch wenn es in letzter Zeit ein paar Risse bekommen hat. Außerdem hat man durch Geschlecht, Hautfarbe und Klasse einen Vorteil, wenn du verstehst, was ich meine. Aber ich schließe nichts aus.«

»Aber ich bin doch unschuldig.«

Der Anwalt entblößte seine Zähne, sie waren unnatürlich weiß, noch weißer als ihre eigenen. »Nova, ich will ehrlich zu dir sein. Es hat keinen Sinn, dir etwas vorzumachen. Man wird dich verdächtigen und verhaften.«

»Und was soll ich jetzt tun?«

»Ich schlage vor, dass du dich stellst.«

»Wie soll ich das machen?«

»Das ist ganz einfach. Wir beide treffen uns morgen früh vor dem Polizeirevier in Kronoberg und melden den Behörden, dass du Simon Holmberg tot in seiner Wohnung gefunden hast.«

»Aber du sagst doch, dass sie mich verhaften werden.«

»Mach dir keine Sorgen. Du hast Payam Nikbin an deiner Seite.
Ich spiele in der Champions League für Anwälte.«

55

Das Donnern hatte nachgelassen, die Blitze auch, aber der Wind
war noch deutlich zu hören, obwohl sie hinter dezimeterdicken
Betonmauern saßen und einen vierzig Meter hohen Wasserturm
über sich hatten.

Es war der heftigste Sturm, den Emir je erlebt hatte – eher
wie die Wirbelstürme in Übersee, die man im Internet verfolgen
konnte. Es war irre: einer der heißesten Tage des Jahrhunderts
und eine Stunde später einer der windigsten und nassesten in der
Geschichte dieses Landes.

Immerhin war der Code für das Schloss der Metalltür noch
derselbe – er hatte sich seit fünfzehn Jahren nicht geändert.

Der Raum war leer. Hier waren keine Junkies, noch nicht einmal Graffiti an den Wänden. Er und Isak hatten als Kinder immer
hier und auf dem Dach des Wasserturms herumgegangen.

Er fragte sich, wie es Isak ging, wie die OPs gelaufen waren.
Dann dachte er wieder an die Scheiße, mit der alles angefangen
hatte. Daran, dass Isak die Pokerspieler nicht hatte überfallen wollen.

Es war dunkel, nur graues Dämmerlicht drang durch ein kleines Fenster weiter oben an der Treppe herein. Dort waren auch
die geschwungenen Buchstaben zu erkennen, die Isak und er an
die Wand gemalt hatten: *Järva Jungs*. Emir wusste noch, dass er
gerade einen Mann unten auf dem Bahnsteig ausgeraubt hatte:
Handy, Winterjacke, Rucksack. Der Rausch, einen anderen Men-

schen für ein paar Sekunden in seiner Gewalt zu haben, war zu schnell vorbei, als dass er genug davon bekommen hätte. Wenigstens war im Rucksack auch eine Spraydose gewesen.

Die Ministerin lag mit geschlossenen Augen neben Emir auf dem Boden. Ihre Kleider waren noch durchnässt, und der Verband hatte sich von ihrem Fingerstumpf gelöst. Sie war blass, ihr Haar zerzaust, ihr Gesicht schmutzig. Trotzdem wirkte sie irgendwie stark. Sie wäre für jede Regierung oder jedes Königshaus der Welt geeignet – selbst wenn sie schlief, wirkte sie stark. Sie erinnerte ihn an seine Mutter.

Alles war so krank in diesem Moment – Emir wachte über Eva Basarto Henriksson wie eine Mutter. So wie seine Mutter über ihn gewacht hatte, wenn er die Grippe hatte.

Er – Emir Prinz Lund – wachte über eine schwedische Ministerin.

Er hielt Hayats Telefon in der Hand, fuhr mit dem Daumen über die Risse und hoffte, dass es bald wieder funktionierte. Er hatte Hunger und sehnte sich nach einer Zigarette.

Nach dem ersten Kunden gab es kein Halten mehr – für fünfhundert, die er verkaufte, bekam er selbst einen Hunderter. Es war wirklich so, wie Isak beim ersten Mal gesagt hatte: »Wenn du einmal anfängst, willst du nicht mehr aufhören.«

Jetzt hatte Emir über zwanzigtausend Kronen in der Umhängetasche und die fette Wallet auf seinem Handy. Er hatte mindestens dreitausend selbst verdient.

Im Ernst: So viel Bargeld hatte er noch nie besessen. Und es hieß sogar, dass Gras bald legalisiert werden sollte.

Ein Mädchen kam über den Platz gelaufen: Wie sie einen Arm ausstreckte und mit dem Kopf wippte, war unverwechselbar. Er erkannte sie schon von Weitem.

Er wollte ihr nicht ausgerechnet jetzt über den Weg laufen.

Er war wie erstarrt – er musste so schnell wie möglich verschwinden, doch dann würde sie sich noch mehr wundern. Vorsichtig griff er nach dem Schultergurt und zog die Umhängetasche herunter, damit sie nicht so auffiel.

»Emir.« Hayat winkte.

Er winkte zurück.

Sie war immer noch etwas Besonderes, zumindest sagten das die Jungs aus ihrer Klasse: klug und eiskalt. Megascharf und fromm. Sie hatten seit Jahren nicht mehr miteinander gesprochen.

Sie schaute ihn mit ihren runden, dunkelgrünen Augen an. »Was machst du hier?«

Er wollte sie nicht anlügen, aber er konnte ihr auch nicht die Wahrheit sagen. Normalerweise achtete er darauf, dass er mit niemandem redete, der mit seiner Mutter bekannt war. Und jetzt wollte er zusätzlich verhindern, dass Hayat erfuhr, dass er dealte.

»Warten«, sagte er so neutral wie möglich.

»Worauf denn?«

»Auf Isak.«

»Quatsch. Den hab ich gerade erst getroffen. Er war auf dem Weg nach Hause. Hör auf mit dem Scheiß.«

Quatsch – das sagte Mama achtzehn Mal am Tag zu ihm.

Dann fiel Hayats Blick auf die kleine Umhängetasche. »Verdammt, Emir«, sagte sie langsam. Und an ihrem Tonfall hörte er, dass sie begriffen hatte, was er trieb.

Die Ministerin streckte sich und stöhnte.

»Was ist los?« Sie sah zu ihm auf.

»Wir warten immer noch auf meinen Freund«, sagte Emir.

»Wie lange denn noch? Wäre es nicht besser, wenn wir die Flucht versuchen?«

»Sie haben doch gesehen, was mit dem Einsatzkommando passiert ist. Und den Tunnel, durch den ich gekommen bin, haben sie gesprengt.«

»Was ist mit der Mauer?«

»Das geht nicht.«

Sie nickte und murmelte etwas.

»Was meinen Sie, wie viele Polizisten sind bei dem Einsatz gestorben?«

Emir zuckte mit den Schultern. »Ich war gezwungen, auf meinen Bruder zu schießen.«

Er erwartete eine schnippische Antwort.

»Irgendwann muss die Gewalt aufhören«, meinte sie stattdessen.

Das war leicht gesagt.

Die Ministerin erhob sich. Gestern war ihm noch nicht aufgefallen, wie groß sie war. »Aber ich will dich nicht mit meinen Ideen langweilen.«

Emirs Körper knackte. Es würde Monate dauern, bis die Rippen, die ihm die Bestie gebrochen hatte, verheilt waren. Die verletzte Augenbraue, die Hayat versorgt hatte, brannte noch immer, die Haut auf seiner Stirn drum herum war heiß. Und dann spürte er einen anderen Schmerz in sich aufsteigen.

»Sie könnten mir mal verraten, was Sie wirklich tun«, sagte er.

Der Anflug eines Lächelns umspielte die Lippen der Ministerin. »Ja, diese Frage könnte man sich durchaus stellen. Besonders jetzt, aber ich glaube, die meiste Zeit habe ich dagegengehalten.«

»Dagegengehalten?«

»Ja. Ich wehre mich gegen verschiedene Lager. Die einen sagen, dass die Wählerinnen und Wähler zu emotional und irrational sind, dass wir unsere Zukunft nicht in ihre Hände legen können, wenn sie falsch wählen. Diese Leute haben die Mitbürgertests erfunden, erinnerst du dich?«

»Nein.«

»Nur qualifizierte Bürgerinnen und Bürger sollten wählen dürfen, nachdem sie eine Prüfung zum Verständnis des strukturellen
Rassismus, der Anliegen des Feminismus und so weiter bestanden haben. Die wollten diejenigen ausschließen, die nicht das
Richtige denken.«

»Ich wähle sowieso nicht.«

»Verstehe. Auf der anderen Seite wird behauptet, dass die herr-
schende Elite seit Langem alle möglichen Vertuschungsaktionen
durchführt. Und dass der sogenannte *Deep State* die Nation und
den wahren Willen des schwedischen Volkes verrät.«

»Tut ihr das denn nicht?«

»Wir wollen nicht verheimlichen, dass ein großer Teil der
Herausforderungen, vor denen wir stehen, mit der Integration
zu tun hat, aber wir wollen auch nicht stigmatisieren. Schweden
ist eine offene Gesellschaft, wir vertuschen nichts absichtlich.
Außerdem – wer entscheidet, was der Wille des Volkes ist?«

»Das ist mir scheißegal.«

Der Stein um den Hals der Ministerin schwang hin und her
wie ein Hypnosependel.

»Es gibt noch ein drittes Lager, das behauptet, die plutokratische
Elite hätte das System seit Jahrzehnten zugunsten ihrer eigenen Interessen manipuliert. Und dass wir die Besteuerung dieser Gruppe
massiv erhöhen müssen, aber dass die Bereitschaft, etwas vom Kuchen abzugeben, in einem kaputten Land minimal ist.«

»Ich habe noch nie Steuern gezahlt.«

Die Ministerin seufzte. »Genau. Es ist eine zusätzliche Provokation, dass so viele Menschen in einer Zone wie Järva keine Steuern
zahlen, während es gleichzeitig so viel Gewalt und die Clans gibt.«

»Die Clans sind nicht das Problem. Wissen Sie, was die größten Clans sind? Die größten Gangs?«

»Ach was, gibt es hier denn welche?«

Emir lachte. Er erinnerte sich noch genau an das, was Hayat immer gesagt hatte. »Es sind diejenigen, denen die Privatschulen und Krankenhäuser gehören und die Schwedens Geld aufsaugen, indem sie sich die besten Schüler und die Patienten herauspicken, die am leichtesten zu behandeln sind. Es sind diejenigen, denen die Wohnhäuser und Einkaufszentren hier gehören und die Mieten um dreihundert Prozent erhöht haben, während aus den Wasserhähnen braunes Wasser fließt. Wann stoppen Sie diesen Diebstahl?«

Die Ministerin griff mit ihrer unverletzten Hand nach dem bernsteinfarbenen Schmuckstück. »Du gehörst zum dritten Lager, wie ich höre. Wir haben uns für die zweitbeste Lösung entschieden: einen Teil der Probleme einzusperren, ihn durch die Trennmauer vom Rest der Gemeinschaft abzuschneiden. Aber jetzt bin ich mir ziemlich sicher, dass das ein Fehler war. Die Mauer hat alles nur noch schlimmer gemacht. Und gegen die Banden, von denen du sprichst, konnte ich noch nichts unternehmen … noch nicht.«

Sie saßen eine Weile schweigend da und lauschten dem heulenden Wind.

Emir schloss die Augen: Müdigkeit, Stress, Schmerz. Alles vermischte sich zu einem heftigen Cocktail. Er versuchte, ruhig zu atmen.

Mit der Müdigkeit konnte er umgehen. Die gebrochene Rippe oder was auch immer war auch nicht so schlimm, solange er sich nicht bewegte.

Aber der Stress: Der zerriss ihm den Kopf.

Er machte die Augen wieder auf.

Die Ministerin öffnete die Hand und ballte sie wieder zur Faust. »Wenn ich nicht wieder raus müsste, wenn ich nicht so viele Leute hätte, die sich Sorgen machen, könnte ich mir vorstellen, einfach hier zu sitzen und mich einen Tag lang auszuruhen.«

Emir drehte sich zu ihr um. »Haben Sie Familie?«, fragte er.

»Ja.«

»Sie wollen doch bei ihr sein, oder?«

»Natürlich, das wollen wir doch alle, oder?« Die Ministerin lachte. »Wie heißt du eigentlich?«

»Emir Lund.«

»Emir, warum hilfst du mir?«

»Weiß der Teufel …« Der Beton fühlte sich kühl an seinem Hinterkopf an. »Erst dachte ich, ich bekäme dadurch meine Freiheit zurück.«

»Und jetzt? Was denkst du jetzt?«

Ein Blitz aus Schmerz zuckte durch seinen Schädel.

»Keine Ahnung.«

Die Ministerin betrachtete sein Tattoo: die Prinzenkrone, *9KO* darunter. »Was bedeutet das?«

»Neun Knockouts.«

»Und die Prinzenkrone?«

»Früher hat man mich den Prinzen genannt.«

»Den Prinzen? Warum?«

»Ich habe Mixed Martial Arts gemacht. Ich war der beste Kämpfer in Järva.«

Um die Augen der Ministerin bildeten sich kleine Fältchen, als sie lächelte. »Wenn du mich fragst, bist du immer noch der beste Kämpfer von Järva.«

Der Schmerz in seinem Kopf ließ ein wenig nach. Vielleicht würde er um einen Anfall herumkommen, seinen *neurologischen Tribut* nicht zahlen müssen.

Gleichzeitig spürte er, wie sich etwas anderes heranschlich, eine andere Art der Müdigkeit. Er wusste, was sie bedeutete: Seine Nieren würden nicht mehr viel länger durchhalten.

Die Tür wurde aufgerissen.

Es war Rezvan: so durchnässt, als hätte er ein Bad genommen.

»Habt ihr es euch hier bequem gemacht?«, fragte er.

Die Ministerin sah ihn überrascht an.

»Das ist Rezvan«, sagte Emir. »Hast du ein Telefon?«

»Es funktioniert nicht. Nach der Sache mit dem Hubschrauber haben sie das Telefonnetz und das Internet abgeschaltet.«

Die Ministerin verzog das Gesicht und ging zur Tür. »Dann kann ich nicht hierbleiben. Ich muss irgendwie die Polizei oder meine Mitarbeiter erreichen, damit sie mich abholen.«

Jetzt war sie wieder undankbar.

»Da hätte ich einen Vorschlag für einen geeigneteren Ort«, sagte Rezvan. »Vielleicht funktioniert dort sogar das Internet.«

»Und wo soll das sein?«

Rezvan grinste. »Mein Job.«

»Und was ist das für ein Job?«

»Artemis.«

»Was ist Artemis?«

»Ein Bordell«, sagte Rezvan. »Wir haben tolle Therapeuten. Und tolle Roboter.«

FÜNFTER TAG

10. Juni

56

Herman Murell und Danielle Svensson waren im Besprechungs-
raum.

Die anderen Vorgesetzten und eine Reihe von Analysten saßen
ebenfalls am Tisch.

Der Einzige, der fehlte, war Pierre Frimanson, der oberste Chef
der Säpo.

Murell hatte sich nicht rasiert und womöglich letzte Nacht nicht
geschlafen. Vielleicht hatte er seit Basarto Henrikssons Entführung
nicht geschlafen. Er trug die Hauptverantwortung für die Lösung
des Problems. Dann kam Svensson. Und dann war da noch *sie*.

Sie konnte sich nicht hinter ihren Vorgesetzten verstecken.
Was gestern Abend passiert war, die Hubschrauberkatastrophe
und so weiter, war letztlich eine Folge davon, dass sie sich nicht
hatte durchringen können, sich den Weg zu Eva Basarto Henriksson freizuschießen. Dass sie Emir nicht richtig angeleitet hatte.
Sie trug die *eigentliche* Verantwortung, sogar für den Tod ihres
eigenen Hundes.

»Guten Morgen«, sagte Murell und stand auf. »Ich möchte
diese Besprechung mit einer Schweigeminute für die gefallenen
Polizisten beginnen.«

Alle standen auf.

Stumm wie tote Polizisten.

Aus den Büros der Abteilung war nichts zu hören, alle Räume
der Säpo waren schallisoliert.

Fredrika dachte wieder an das, was sie Strömmer angetan hatte: die schmerzverzerrte Grimasse, seine tränenden Augen, sein rotes, rotzverschmiertes Gesicht.

Nein, sie musste aufhören, das, was sie getan hatte, ständig zu hinterfragen. Sieben Polizisten waren tot. EBH war immer noch entführt. Emir Lund hatte sie alle hinters Licht geführt.

Murell setzte sich. »In dieser Besprechung geht es um zwei Dinge. Erstens müssen wir die Informationen überprüfen, die wir gestern bei der Vernehmung eines Verdächtigen in Tallänge erhalten haben, und zweitens müssen wir entscheiden, wie wir auf die veränderte Situation reagieren, mit der wir konfrontiert wurden.« Ausnahmsweise legte er seine Brille auf den Tisch. »Das alles darf nicht länger als dreißig Minuten dauern. Wir haben keine Zeit für nutzloses Geplapper.«

Danielle »The Brain« Svensson hob die Hand. »Darf ich hier unterbrechen?«

Herman Murell nickte.

Svensson drehte sich zu Fredrika um. »Ich bin dagegen, dass Fredrika Falck anwesend ist. Gegen sie läuft ein internes Ermittlungsverfahren, und ich hatte bereits entschieden, sie an den Ermittlungen nicht zu beteiligen. Und heute Morgen habe ich erfahren, dass du sie nach Tallänge geschickt hast, Herman. Offenbar, weil sie eine persönliche Beziehung zu einem Verdächtigen hatte. Aber das ändert nichts daran, dass sie hier nichts zu suchen hat.«

Was die Vorschriften anging, war Danielle Svensson noch rigider als Fredrika und hatte noch mehr Respekt davor: Korinthenkacker-Danielle, Klugscheißer-Svensson.

Murell machte eine wegwerfende Handbewegung. »Fredrika hat den Verdächtigen in Tallänge verhört. Außerdem wurde uns der Speicherstick, über den wir hier reden, von ihrer Schwester Nova Falck zugespielt, wenn auch unter bemerkenswerten Umständen.«

Svensson klopfte auf den Tisch. »Trotzdem besteht ein möglicher Interessenkonflikt. Fredrika Falck sitzt zwischen den Stühlen, außerdem ermitteln wir gegen ihre Schwester.«

»Schon möglich«, sagte Murell und seufzte. »Aber die Säpo leitet diese Operation, und deren Chef bin immer noch ich. Falck bleibt hier.«

Svensson sagte nichts mehr – stattdessen fing sie an, mit dem Finger an einem Blusenknopf herumzunesteln. In diesem Moment wirkte sie nervöser als eine Sechsjährige an ihrem ersten Schultag. So hart war sie dann wohl doch nicht.

Murell hob leicht die Stimme. »Die Hubschrauber-Katastrophe von gestern Abend ist Gegenstand einer separaten Untersuchung. Fassen wir zusammen: EBH wird von einem Netzwerk aus Berufsverbrechern festgehalten, einer Gang, die von einem gewissen Roy Adams angeführt wird. Wahrscheinlich hat er als Mittelsmann der Bewegung gehandelt, und der Angriff auf den Hubschrauber spricht für sich: Wir haben es mit einer organisierten militärischen Attacke zu tun, die weit über die bisherigen Möglichkeiten derartiger Gruppen hinausging. Wir wissen zu diesem Zeitpunkt nicht, wo EBH ist. Wir wissen nicht einmal, ob sie noch lebt.« Murell räusperte sich laut. »Außerdem glauben wir *nicht*, dass die Schüsse während der Rede zum Plan der Entführer gehörten. Wie bereits erwähnt konnte Fredrika ein Mitglied der Nazi-Gruppe SFF namens Max Strömmer verhören. Dabei ergab sich Folgendes: Die Schwedische Freiheitsfront hatte einen Anschlag auf EBH geplant, mindestens ein bewaffnetes Mitglied dieser Gruppierung hat auf die Ministerin geschossen, stattdessen jedoch unseren Kollegen Niemi getroffen. Dies deckt sich mit den Informationen auf dem Stick. Allerdings hatte die SFF nicht geplant, sie zu entführen, also können wir die Verantwortlichen für die Schießerei vorerst mehr oder weniger ignorieren. Wir haben Strömmer nach Stockholm gebracht und werden ihn heute natürlich weiter verhören. Der Fokus liegt jedoch ganz klar auf der Entführung.«

Fredrika war froh, dass Murell die Sitzung leitete, er handelte die ernsten Themen effizient ab.

Murell setzte sich die Brille wieder auf und verteilte Ausdrucke eines kurzen Datenverzeichnisses. »Kommen wir nun zu den Daten auf dem Stick. Wie ihr sehen könnt, handelt es sich um eine Reihe von E-Mails. Das Interessante daran sind die Anhänge. Zum einen findet sich darin der Plan für ein Attentat auf EBH, das die SFF während ihrer Rede durchführen wollte, zum anderen die Absicht, damit eine Art Rassenkrieg auszulösen.« Murell legte weitere Einzelheiten dar. »Andererseits hatte die SFF auch geplant, A zu ermorden«, fuhr er dann fort. »Angeblich handelt es sich bei A um eine Frau namens Hayat Said.« Er verstummte und starrte alle im Raum nacheinander an. »Und Hayat Said war über zwei Jahre lang die Lebensgefährtin von Emir Lund.«

Niemand außer Svensson schien überrascht. Murell hatte den Rest des Teams wohl bereits informiert.

Doch dann begriff Svensson, und ihre Miene verfinsterte sich. In Kombination mit ihren Haaren sah sie jetzt aus wie die polnische Flagge: oben kalkweiß, unten knallrot. »Ich frage mich, wie verlässlich diese Informationen überhaupt sind. Immerhin stammt der Speicherstick Ihren Angaben zufolge von einer zweiundzwanzigjährigen Influencerin.«

Murell nahm seine Brille und putzte sie mit einem Hemdzipfel. »Nova Falck wollte die Informationen offenbar verkaufen. Sie wird außerdem verdächtigt, in den Mord an dem Journalisten Simon Holmberg verwickelt zu sein, der gestern Abend tot aufgefunden wurde.«

Svensson war kurz davor zu explodieren. »Das ist ja wohl wenig vertrauenswürdig. Woher hat sie den USB-Stick?«

»Von William Agneröd, behauptet sie. Und es sieht tatsächlich so aus, als wäre er der Empfänger einiger der darauf gespeicherten E-Mails.«

»Wie bitte?«

»Ja, ich weiß, wie unglaublich das klingt. Wir prüfen gerade, ob dem auch wirklich so ist.«

»Wurde die Frau bereits befragt?«

Fredrika verspürte einen Anflug von Besorgnis – hätte sie Nova herbringen und einem formellen Verhör unterziehen sollen?

»Nova hat mit Fredrika gesprochen, aber inoffiziell«, sagte Murell. »Sie hat sich einen Anwalt genommen und wird auf der Wache in der Kungsholmsgatan erscheinen. Stimmt's, Fredrika?«

Fredrika nickte. Zumindest hatte Nova ihr das zugesichert.

»Aber wir haben selbst schon Nachforschungen angestellt, um die Informationen auf dem Stick zu bestätigen.« Murell nickte einem der Analysten am Tisch zu. »Alles deutet darauf hin, dass eine gewisse Hayat Said A ist.«

Der Analyst beugte sich vor. »Wir haben versucht, so viel wie möglich über Hayat Said herauszubekommen. Sie hat gerade ihr Medizinstudium abgeschlossen und arbeitet jetzt in der Sonderzone Järva im Zebra – dem Krankenhaus, oder was davon noch übrig ist. Dort hat sie auch ihr Praktikum gemacht. Sie wohnt in der Nähe der Klinik und ist siebenundzwanzig Jahre alt, ansonsten war kaum etwas über sie zu finden, das wir analysieren konnten. Wir haben die wenigen Telefonaufzeichnungen, E-Mails, die Aktivität in den sozialen Medien, Kreditkartennutzung, Treffer der automatischen Gesichtserkennung und vieles mehr gecheckt, bislang kam noch nichts raus.«

»Kommen Sie zum Punkt«, sagte Murell.

»In mehreren Anhängen wird behauptet, das Krankenhaus sei so etwas wie das Zentrum der IT-Operationen des militärischen Arms der Bewegung. Tatsächlich wurden große Mengen verschlüsselter Daten von IP-Adressen innerhalb der Klinik empfangen und verschickt. Wir haben festgestellt, dass die Bewegung seit mehreren Jahren die Serverkapazität des Krankenhauses nutzt, um Hackerangriffe durchzuführen, aber auch, um die normale Kommunikation außergewöhnlich gut zu verschlüsseln. Dies erfordert physischen Zugang zu den Servern, das heißt, die Person oder die Personen müssen Zugang zum Serverraum des Krankenhauses gehabt haben. Einige dieser Kommunikationen werden auf dem Speicherstick entschlüsselt, aber natürlich handelt es sich hier um eine riesige Datenmenge, die zu analysieren sehr viel Ressourcen benötigt.«

»Aber wir konnten die von dort gesendeten E-Mails mit einer bestimmten Person in Verbindung bringen, nicht wahr?«, fragte Murell rhetorisch.

»Ja, mehr oder weniger.« Der Analytiker klickte auf seinem Computer herum. »Die E-Mails, die uns vorliegen, wurden in Zeiträumen verschickt, in denen sich Hayat Said im Krankenhaus befand.«

»Alle?«

»Ja. Und es gibt noch eine weitere Verbindung.«

»Welche?«

Der Analytiker klickte weiter, und auf dem Bildschirm erschien eine Liste von Telefongesprächen.

»Wir haben festgestellt, dass mehrere verschlüsselte Nachrichten, die angeblich von A stammen sollen, von einem Handy gesendet wurden, dessen Vertrag auf Hayat Said läuft.«

»Haben wir Fotos von ihr?«, fragte Murell und klang hörbar zufrieden.

Der Analytiker schaltete den Bildschirm an der Wand hinter sich ein. »Nicht viele, aber die kann ich Ihnen gerne zeigen.« Der Bildschirm leuchtete auf, und mehrere Bilder erschienen, darunter auch ein Passfoto. Die Frau, die in die Kamera starrte, wirkte wütend oder vielleicht auch nur sehr ernst. Ein paar

Fotos zeigten sie vor dem Ring bei einer MMA-Gala. Die Qualität war schlecht, aber die Gesichtserkennungssoftware hatte Hayat trotzdem aus der Menge herausgepickt – sie sah konzentriert aus, einen Hidschab lässig um den Kopf geschwungen. Fredrika erkannte den Kampf sofort, sie hatte ihn während ihrer Recherche über Emir auf Shoken gesehen – er hatte in der letzten Runde durch technischen K.o. gewonnen. Gleichzeitig erinnerte sie sich an das, was er gestern gesagt hatte: »*Die am meisten gefährdeten Gebiete sind zu Gefängnissen geworden.*« Jetzt wusste sie, wo sie diese Worte so ähnlich schon einmal gehört hatte – sie waren Teil der *Acht Forderungen* der Bewegung. Sie hätte es wissen müssen: ein ehemaliger MMA-Typ, der fast wörtlich aus dem Manifest einer raffinierten terroristischen Bewegung zitierte.

Der Analyst deutete auf den Bildschirm. »Der da im Ring kämpft, ist Emir Lund. Da sitzt seine Mutter, sie scheint eine wichtige Bezugsperson für ihn zu sein. Und daneben sitzt Hayat Said.«

Svensson saß so reglos da, dass sie mehr tot als lebendig wirkte.

Sie hatten A, den Staatsfeind Nummer eins, höchstwahrscheinlich identifiziert und eine riesige Neonazi-Verschwörung aufgedeckt. Und die Ministerin?

»Das ist noch nicht alles«, sagte Murell. »In der Nacht haben wir die Kommunikation zwischen den Einsatzkräften analysiert und sind zu folgendem Schluss gekommen.« Er machte eine dramatische Pause.

Das war Fredrika neu. Sie hatte keine Ahnung, was er gleich sagen würde.

»Emir Lund war vor Ort, als der Hubschrauber abgeschossen wurde«, sagte Murell. »Er wurde von den Einsatzkräften in unmittelbarer Nähe der Ministerin gesehen.«

Es fühlte sich an, als hätte jemand einen Eimer Eiswasser über ihr ausgeschüttet – Fredrika traute ihren Ohren nicht.

Murell fuhr fort, ohne Fragen abzuwarten. »Das bringt uns zu der Tatsache, dass *wir* As Ex-Freund ausgerüstet und auf die Suche nach EBH geschickt haben.«

Ein Schauer lief ihr über den Rücken. Fredrika hatte Kontakt zu Emir in der Zone gehalten und dafür gesorgt, dass er zu Roy Adams vorgelassen worden war. Sie hatte Emirs Anwalt Nikbin wegen ihrer eigenen Probleme konsultiert und auch noch Nova empfohlen.

Svensson öffnete den Mund, ohne etwas zu sagen, und sah aus wie ein nach Luft schnappender Fisch.

Murells Stimme klang gepresst, als er fortfuhr. »Emir Lund war gestern in EBHs Nähe, als es zur Katastrophe kam. Er hat uns zu Roy Adams geführt. Sie wollten, dass wir massiv angreifen, damit sie uns massiv treffen können. Sieben tote Polizisten. Das haben sie alles geplant. Habt ihr eine Ahnung, was passiert, wenn die Medien davon erfahren?«

Das Schweigen im Raum war schwer wie Beton.

Murell schaute sie alle einen nach dem anderen an. »Die Sitzung ist beendet«, brüllte er. »Zurück an die Arbeit. Wir werden Nova Falck verhören und zusehen, dass wir mehr über Emir Lund und Hayat Said in Erfahrung bringen. Wir werden in die Zone eindringen, diesen irren MMA-Kämpfer finden und unsere Ministerin zurückholen. Wenn wir sie jetzt nicht befreien, ist es allein unsere Schuld. Wir haben einen Terroristen auf sie angesetzt. Wir haben diesem Terroristen vertraut und unsere Kollegen geopfert. Wir sind diejenigen, auf die man mit dem Finger zeigen wird, wenn es schiefgeht.«

57

In den Wolken, die sich über Stockholm entleerten, schien mehr
Wasser zu sein als in der gesamten Ostsee. Da machte es auch
keinen Unterschied, dass sich Nova unter einen dicken Ahorn
gestellt hatte. Der Baum hatte wegen der Trockenheit zu viele
Blätter verloren; die ungewöhnlich großen und schweren Re-
gentropfen fielen durch die Äste wie durch die einer lichten Kiefer. Inzwischen war beides möglich: zu viel Sonne und zu viel
Regen.

Sie wartete auf Rechtsanwalt Nikbin, sie würden gemeinsam
zur Polizei gehen. Sie würde sich »stellen«, wie er gesagt hatte.

Der Eingang zur Kungsholmsgatan 37 lag unter dem Straßen-
niveau, als wollte man sich vor Blicken oder gar Angriffen schützen. Nikbin hatte vorgeschlagen, sich hier zu treffen – aber in diesem Moment kam ihr das Polizeirevier wie der schlimmste Ort
der Welt vor. Und es war bestimmt nicht gut, klatschnass zu einer
polizeilichen Vernehmung zu erscheinen.

Sie hatte einen Anruf von Jonas verpasst, wahrscheinlich
wollte er wissen, warum sie sich in den letzten Tagen nicht bei
ihm gemeldet hatte. Dieses eine Mal musste er selbst zurechtkommen.

In ein paar Stunden wollte Guzmán sein Geld, wie ihr wohl bewusst war – aber das erschien jetzt nicht mehr so wichtig.

Nikbin hatte ihr erklärt, dass sie zunächst nur berichten sollte,
was sie in Simons Haus gefunden hatte. »Im besten Fall werden sie
einen Termin für ein weiteres Verhör vereinbaren wollen. Dann
haben wir mehr Zeit zum Nachdenken.«

Aber er hatte auch gesagt, dass man sie vermutlich verhaften
würde.

Ein paar Polizeiautos fuhren vorbei, die Beamten darin wirkten ungewöhnlich gelassen. Heute wollte offenbar niemand ein Verbrechen begehen, jedenfalls nicht im Freien, dafür war das Wetter zu schlecht.

Sie versuchte, den Anwalt anzurufen, aber er ging nicht ran. Sie fragte sich, warum er nicht auftauchte. Spitzenanwälte ließen ihre Klienten doch nicht warten, oder? Sie wusste ja noch nicht mal, ob er einen Termin auf dem Revier gemacht hatte oder ob sie einfach spontan dort aufkreuzen würden.

Es roch noch nicht einmal mehr nach nassem Asphalt und feuchter Innenstadt. Der Regen hatte alle Gerüche weggespült. Instagram und Shoken waren *voll* mit Bildern von *Überschwemmungen* – Aufnahmen von Hochgeschwindigkeitskameras zeigten riesige Wassertropfen, die in *Zeitlupe* wie Glassäulen auf Pfützen und Seen prasselten. Brainy-User erlebten den Regen direkt im Kopf. Die Klimaschützer schrien wie immer laut auf, wenn das Wetter nicht so war, wie sie es sich vorstellten. Die Funktionskleidungshersteller und jede Menge Volltrottel mit Kindern pumpten Fotos in die Welt und verkündeten, wie toll es sei, im Regen zu tanzen, auch in Zeitlupe. Nova hasste Zeitlupe, und im Moment bewegte sich alles in diesem Tempo.

Ihr Telefon vibrierte. Eine Nachricht von Jonas: »*Nova, so geht das nicht. Du kannst nicht einfach von der Bildfläche verschwinden. Du musst mich zurückrufen.*«

Sie hatte keine Lust.

Aber wo zum Teufel war der Anwalt?

Über dem Eingang stand in großen weißen Buchstaben die Nummer 37. Sie fragte sich, ob man sie von drinnen sehen konnte. Der ganze Block war ein einziges großes Polizeigebäude, oben in der Polhemsgatan war der Haupteingang der Rikspolis, darunter führten mehrere Eingänge zu anderen Behörden, unter anderem auch der von Fredrika. Auf der anderen Seite war das Gefängnis.

Plötzlich ging die Tür auf, und zwei uniformierte Polizisten kamen heraus. Sie wirkten ziemlich albern mit ihren Regenschirmen, und sie gingen nirgendwohin, sondern standen einfach im Regen – ob sie nach ihr Ausschau hielten?

Es war Ironie des Schicksals: Alles hatte damit begonnen, dass sie nicht in einer Zelle enden wollte.

Es war hoffnungslos.

Auf keinen Fall wollte sie der Polizei auch noch dabei helfen, sie ins Gefängnis zu stecken.

Wenn sie mit ihr sprechen wollten, sollten sie sie gefälligst kontaktieren oder ihr das über ihre Schwester ausrichten.

Nova lief los, stapfte durch Pfützen und bedauerte, dass sie keinen Regenschirm mitgenommen hatte, um sich darunter zu verstecken. Gleichzeitig wollte sie nicht zu schnell laufen, um keinen Verdacht zu erregen. Sie sah sich um, ob die Polizisten ihr folgten.

Auf dem Bürgersteig kamen ihr drei Jugendliche in voller Regenmontur entgegen, mit Stiefeln und Kapuzenpullis – sie sahen aus wie ein Haufen verdammter Angler.

»Hallo!«, brüllte einer. Helle Haarsträhnen lugten unter der Kapuze hervor. »Bist du nicht Novalife?«

Nova wandte sich von ihm ab und ging weiter.

»Bitte, Novalife, können wir ein Selfie mit dir machen?«

Sie musste schnellstens hier weg, die Bullen waren nur vierzig Meter entfernt. Die Kids folgten ihr.

»Bitte.« »Dein Diss von Jonas war episch.« »Nur ein Selfie.«

Sie hielten sie fest und zogen an ihr. Sie musste *wirklich* weg. Wenn die Bullen erfuhren, wer sie war, würden sie sie festnehmen. Womöglich wurde nach ihr gefahndet.

Sie atmete schneller und versuchte, sich unauffällig nach den Polizisten umzusehen.

»Nur ein einziges«, riefen die Jugendlichen. Sie wollten sie aufhalten. Es wirkte fast so, als ob *sie* sie verhaften wollten.

Sie befreite sich. Rannte los.

Der Regen prasselte auf sie nieder.

Die Kids starrten ihr nach, als hätte sie ihnen gedroht, sie zu erschießen.

58

Das Rührei lag wie ein kalter Wackelpudding auf dem Teller. Er konnte es nicht essen, obwohl Rezvan sagte, dass es besser schmeckte als Walderdbeeren.

Emir stöhnte. »Weißt du überhaupt, was Walderdbeeren sind?«

»Natürlich. Die sind lecker, ich hab mal Walderdbeeren-Eis gegessen.«

Eva Basarto Henriksson legte ihr Besteck beiseite. Sie sah die ganze Zeit schon mürrisch aus, die Stirn immer noch in Falten gelegt wie ein zerknittertes Stück Papier.

Sie waren im größten Bordell von Järva – aber auch hier funktionierte das Internet nicht.

Sie saßen zusammen in einem VIP-Zimmer und warteten darauf, dass das Netz wieder funktionierte. Neben dem Doppelbett stand ein Sofa mit einem kleinen Tisch, ein Fenster ging auf den Innenhof hinaus – falls jemand etwas Aussicht brauchte, während er die sexuellen Dienste in Anspruch nahm.

Emir fühlte sich beschissen.

Er hatte es schon gestern Abend im Wasserturm gespürt: die unnatürliche Müdigkeit, die Übelkeit, das Jucken. Bald brauchte er eine Dialyse, und wenn er keine bekam und man sein Blut nicht richtig reinigen konnte, brauchte er seine Medikamente. Aber der bekackte Roy hatte sie ihm weggenommen.

Jetzt spürte er es die ganze Zeit. Emir hatte bereits versucht, hier im Artemis irgendwie Hilfe zu bekommen. Er hatte Rezvan gebeten, in den Erste-Hilfe-Kästen nachzusehen, aber die waren alle so leer wie die Tütchen eines Junkies nach einer zugedröhnten Nacht.

Emir legte sich auf das Bett. Seine Arme und sein Bauch juckten.

Er hatte Durst, aber etwas zu trinken war das Schlimmste, was er jetzt tun konnte. Wenn seine Nieren versagten, war das erste Symptom, dass sich Flüssigkeit in seinem Körper ansammelte, und er hatte seit vierundzwanzig Stunden nicht mehr gepinkelt. Er brauchte Diuretika – eine große Dosis, mindestens tausend Milligramm. Er brauchte einen Blutdrucksenker und musste das Kalium in seinem Körper binden, wenn er nicht vor Ende des Tages zusammenbrechen wollte.

Eva Basarto Henriksson sah zu, wie Rezvan das restliche Rührei verschlang.

Auf dem Tisch lagen Kondompackungen und eine Viagra-Schachtel.

Rezvan zog ein Kleenex aus dem Halter auf dem Nachttisch. Wischte sich den Mund ab. Draußen regnete es nicht mehr so stark.

Emir wollte einfach nur liegen bleiben.

»Rezvan, kennst du die Apotheke auf dem Allévägen?«, fragte er.

Der Junge nickte.

»Weißt du, ob sie offen ist?«

»Soll ich was für dich holen?«

Emir nickte. »Ja bitte, ich bin zu müde. Ich brauche Medikamente namens Resonium und Calcevita.«

Rezvan erhob sich wortlos, blieb aber an der Tür stehen und trat von einem Fuß auf den anderen.

»Wobei …«, sagte Emir. »Gaviscon oder Novalucol sind auch

gut. Egal was, solange es Calciumcarbonat enthält. Schau einfach auf die Verpackung.«

Die Ministerin drehte sich zu ihm um. »Bist du krank?«

»Alles im grünen Bereich.«

»Resonium, Calcevita? Hört sich an, als hättest du ein Nierenproblem.«

Vielleicht war sie doch nicht so bescheuert, diese Eva-Ministerin.

»Machen Sie sich keine Sorgen.«

Sie ging ein paar Schritte auf und ab. Das graue Licht aus dem Fenster hinter ihr ließ sie richtig durchtrainiert aussehen, oder vielleicht sah es nur von Emirs Position so aus.

»Ich mache mir schon Sorgen, du siehst nämlich wirklich nicht gut aus. Hast du Nierenversagen?«

Emir hatte keine Kraft, es zu leugnen.

Er nickte.

Sie beugte sich über ihn, ihr glattes Haar glänzte fettig.

»Du musst ins Krankenhaus.«

Emir schüttelte den Kopf. »Das ist geplündert. Ausgeraubt. Aber wenn mir der Junge diese Medikamente besorgt, geht es mir sicher bald besser.«

»Na ja, da gibt es ein kleines Problem«, bemerkte Rezvan. »Ich bin nicht gerade der Beste im Lesen.«

Emir drehte den Kopf zu ihm.

»Ich komme mit«, sagte die Ministerin plötzlich. »Rezvan ist sowieso zu jung, um die Medikamente kaufen zu dürfen.«

Emir setzte sich auf die Bettkante.

Als Jugendlicher hatte er ein paar Mal die Grippe gehabt. Jetzt fühlte er sich genauso.

Er begegnete dem Blick der Ministerin.

»Eva, ohne mich gehen Sie nirgendwohin«, sagte er. »Es ist zu gefährlich.«

Murell atmete geräuschvoll. Fredrikas Herz klopfte.

Sie hatte darum gebeten, nach der Sitzung ein paar Worte mit ihm unter vier Augen wechseln zu können.

»Du hast nicht gesagt, wie wir Emir Lund kriegen sollen«, sagte sie.

»Ich habe da schon ein paar Ideen. Dieses Mal werden wir keine verdammte Spezialeinheit einsetzen, und wir gehen auch nicht durch einen Tunnel, so viel ist sicher.«

Murell stand auf. Es war das erste Mal, dass sie es sah: Beim Gehen waren seine Füße leicht nach innen gerichtet, was irgendwie feminin wirkte.

Er nahm seine Zigarettenschachtel in die Hand. »So viele schlechte Nachrichten an einem Tag kann ich nicht verkraften.«

Hier war bereits vor Fredrikas Geburt das Rauchen verboten gewesen, aber sie hatte ihn schon qualmen gesehen, also war sie nicht überrascht. Andererseits: Es klang, als wäre er verzweifelt, und *das* überraschte sie.

Murell zündete sich eine Zigarette an und saugte daran.

»Schick mich mit rein«, sagte Fredrika. »Du weißt, dass ich bei der Streife eine deiner Besten war. Ich kenne Järva. Außerdem hatte Emir mit mir Kontakt. Wenn das Netz wieder aktiviert wird und er anruft, wäre ich in der Nähe. Und ...« Sie verstummte mitten im Satz.

Murell nahm noch einen Zug. »Und was?«

»Und es ist meine Pflicht, das alles in Ordnung zu bringen«, sagte sie.

»Da bist du wahrscheinlich nicht die Einzige.«

Fredrika nickte. »Klar. Aber die Einzige, die weiß, wie man in die Zone kommt.«

Es war einer der kleinsten Besprechungsräume, die Fredrika je gesehen hatte, aber sie brauchten ja auch nichts Größeres. Ein Bildschirm zeigte Satellitenbilder des Sektors, auf dem anderen waren Anweisungen zur Benutzung der Kommunikationsausrüstung eingeblendet.

Zwei Analysten informierten sie über Entwicklungen im Zielgebiet, geplante Abläufe, Personen, die vor Ort helfen könnten und so weiter.

Dann ging die Tür auf: Murell und Arthur traten ein.

»Du bekommst Gesellschaft«, sagte ihr Chef. »Das ist Arthur.«

»Wir kennen uns«, sagte Fredrika. Sie lachte – der Druck ließ ein wenig nach.

Arthur sah tatsächlich auch sehr müde aus, er hatte dunkle Ringe unter den Augen. Vielleicht empfand er genauso wie sie – dass eine Aufgabe noch nicht erledigt und eine Mission noch nicht abgeschlossen war. Verantwortung für das, was auf dem Platz passiert war.

»Und jetzt frage ich mich …«, sagte Murell. »Hast du erledigt, was du tun solltest?«

»Wie geht es Nova?«, war das Erste, was ihr Vater fragte, als er hörte, dass Fredrika am Apparat war.

»Darüber reden wir später. Ich brauche deine Hilfe.«

»Sag nicht, dass du auch noch Geld brauchst.«

»Nein«, sagte Fredrika und holte tief Luft. »Ich muss in die Sonderzone Järva.«

Der Regen hatte nachgelassen. Jetzt glich er eher einer klima-
freundlichen Dusche mit so wenig Wasserdruck, dass man eine
halbe Stunde brauchte, um überhaupt nass zu werden. Aber Nova
war ja bereits pitschnass.

Sie stand vor ihrer Villa. Bevor sie sich der Polizei stellte, wollte
sie noch eine Sache erledigen: Sie wollte die Patek-Philippe-Uhr
aus ihrem Safe holen – und sie irgendwo verstecken.

Im Taxi auf dem Weg hierher hatte sie Fredrika angerufen.

»Ich bin nicht zur Polizei gegangen.«

Fredrika war auf dem Display zu sehen gewesen – sie hatte gestresst gewirkt, ihre Nasenflügel hatten gezuckt. »Warum denn
nicht?«

»Ich konnte nicht.«

»Warum überrascht mich das nicht?« Ihre ältere Schwester
seufzte. »Du musst dich stellen und ihnen alles erzählen. Sowohl
was Simon als auch was den Stick angeht.«

Anscheinend war Fredrika gerade unterwegs gewesen, vielleicht in einer Garage, da über ihrem Kopf Leuchtstoffröhren wie
blendend weiße Streifen vorbeigezogen waren. Nova hatte jemanden neben ihr gehen sehen.

»Wo bist du jetzt?«, hatte Fredrika gefragt.

Ein Gedanke war Nova durch den Kopf geschossen. »In der
Stadt«, hatte sie ausweichend geantwortet. »Und du?«

»Ich bin in einer Polizeigarage. Wir werden versuchen, die
Sache zu Ende zu bringen.«

»Die Ministerin?«

»Ja, wir fahren in die Sonderzone Järva.«

»Sei vorsichtig.«

»Ja.«

»Kann ich dich dort anrufen?«

»Nein. Der Handyempfang dort ist schlecht. Ich werde über Kurzwellenfunk kommunizieren. Wir hören uns also später.« Fredrika wirkte ernst. Die Person, die neben ihr ging, war kurz zu erkennen, ein Mann, der noch mehr nach Polizist aussah als Fredrika selbst, wenn das überhaupt möglich war.

»Ich möchte, dass du dich jetzt bei der Polizei stellst«, sagte ihre ältere Schwester.

»Vielleicht.«

»Du musst. Ruf auf jeden Fall an und lass dich mit Herman Murell verbinden.«

»Wer ist das?«

»Er ist derjenige, der das alles leitet. Nova, versprich mir, dass du das tust.«

Nova fühlte nichts als Wut – Fredrika war weder ihre Mutter noch ihr Vater noch eine gewöhnliche Polizistin. »Wir hören uns.«

Die Straße war ruhig, von den paar geparkten Autos sah keines nach Polizeiwagen aus. Der nächste Nachbar war wahrscheinlich bei der Arbeit, dort war es dunkel.

Trotzdem schaute sie sich ausführlich um, bevor sie zu ihrer Haustür ging. Sie schloss auf und stellte den Alarm ab.

Im Flur war es dunkel. Sie zog ihre Schuhe aus und beeilte sich, auch die durchnässten Socken abzustreifen.

Sie dachte an die Renovierung. Eigentlich hatte sie sich immer vorgestellt, in einer Stadtwohnung zu wohnen. Doch als sich der Bauunternehmer gemeldet und ihr eine »kostenlose Renovierung auf internationalem Niveau« angeboten hatte, wenn sie das Haus kaufte und den Fortschritt der Arbeiten postete, hatte sie zugeschlagen in der Gewissheit, dass sie es ja wieder verkaufen konnte, wenn alles fertig war.

Es war fast merkwürdig ruhig hier.

Sie schaute in die Küche. »*Nova, du musst mehr Soja kaufen*«, sagte ihr Kühlschrank und versuchte nett zu klingen, aber in Wirklichkeit war er einfach nur zutiefst unintelligent.

Der Ashwagandha-Luftbefeuchter im Schlafzimmer sollte Stress abbauen und das seelische Gleichgewicht wiederherstellen, aber im Moment wurde ihr von dem Geruch nur übel. Sie ging zum Schrank und öffnete ihn: Der Döttling-Safe wirkte klein im Vergleich zu Agneröds riesigem Modell.

Sie hielt ein Auge an die Safetür, worauf diese klickte.

Sie konnte es fast nicht ertragen, die im Licht der Deckenstrahler glitzernden Uhren zu sehen – was hatte sie nur getan?

Die Patek Philippe lag ganz oben. Sie steckte sie in ihre Handtasche und überlegte, ob sie auch ein paar andere Uhren herausnehmen sollte, obwohl sie sie im Moment sowieso nicht verkaufen konnte.

Ihr Blick fiel auf die Krokodilledermappe, die sie ebenfalls bei Agneröd hatte mitgehen lassen – sie war wirklich schick. Sie berührte das gelbe, luxuriös unregelmäßige Krokodilleder. Die Mappe war leer. Sie öffnete die Seitenklappen.

Etwas fiel heraus: ein Foto.

Es sah aus wie eine Weihnachtsgrußkarte oder so, eine Art Collage, drei Bilder in einem. Auf der Rückseite stand etwas.

Auf einem Foto standen zwei Männer nebeneinander und hatten die Arme um die Schultern gelegt. Einer war mittleren Alters und hatte dunkles Haar. Nova hatte ihn noch nie gesehen. Der andere war etwas jünger, blond und trug eine Sonnenbrille. Nova erkannte ihn trotzdem ganz eindeutig: Es war William Agneröd.

Auf dem nächsten Bild standen dieselben Männer in Tarnkleidung im Freien. Sie lächelten, schienen einen Tag voller Aktivität hinter sich zu haben, ihre Stirnen glänzten, und jeder von ihnen hielt eine große Waffe in der Hand. Nova wusste nicht, worum es sich dabei handelte, aber es sah aus wie etwas, das vom Militär benutzt wird.

Auf dem dritten Bild wirkten die Männer strammer, sie standen in einem Innenraum und trugen ordentliche Hemden. Beide hatten den rechten Arm ausgestreckt, die Hand gerade, die Absicht unmissverständlich: Es war der Hitlergruß.

Was sollte das?

Sie drehte die Karte um und las den Text der Grußkarte: *Kamerad! Am Nationalfeiertag kriegen wir sie. Und danach holen wir uns A. Ich habe alles im Griff. Danke, dass du den Kampf unterstützt.*

Nova hatte den Inhalt des USB-Sticks nicht so genau gelesen, aber dass es sich um eine Art Nazi-Verschwörung handelte, hatte sie begriffen. Trotzdem hatte sie es für einen schlechten Scherz oder einen dummen Zufall gehalten und geglaubt, dass Agneröd nichts damit zu tun haben konnte. Aber diese Fotos waren eindeutig: William Agneröd steckte tief in der Scheiße. *Nationalfeiertag* – da war die Ministerin entführt worden.

Sie musste die Karte loswerden. Sie hatte Fredrika erzählt, dass sie den USB-Stick bei Agneröd *gefunden* hatte, ohne genau zu sagen, wo. Sie hatte ihr nicht erzählt, dass sie einen Tresor geknackt und den Stick *gestohlen* hatte, weil ein verrückter Polizist Drogen in ihrer Tasche gefunden hatte. Wenn die Polizei das Foto sah, würden sie Nova ziemlich sicher fragen, wie sie an den Stick gekommen war, da das Foto ja gewiss nicht einfach so offen herumgelegen hatte. Sie würden fragen, wie sie den Tresor aufbekommen hatte und den ganzen Scheiß. Das würde sie schlecht aussehen lassen, vor allem wenn man bedachte, dass sie möglicherweise immer noch im Verdacht stand, Simon Holmberg umgebracht zu haben.

Sie ging in die Küche, zog eine der Küchenschubladen auf und nahm ein Feuerzeug heraus.

Sie stellte die Abzugshaube auf volle Leistung und hielt die seltsame Grußkarte so nah wie möglich davor.

Die Flamme des Feuerzeugs schwärzte eine Ecke des Fotos, und schließlich fing es Feuer. Es brannte langsamer, als sie gedacht hatte, und kräuselte sich durch die Hitze. Das letzte Stück konnte sie nicht mehr halten und ließ es auf die Herdplatte fallen.

Das Feuer erlosch. Sie wischte die Asche mit einem Tuch weg und warf das Stückchen in den Mülleimer.

Dann ging sie zurück ins Schlafzimmer, schnappte sich ein frisches Paar Socken und einen trockenen Pullover und trat in den Flur.

Ihr Telefon klingelte.

»Hallo.« Es war Guzmán.

Nova flüsterte, ohne recht zu wissen, warum. »Jetzt ist kein guter Zeitpunkt.«

»Hast du mein Geld?«

»Noch nicht.«

»Und jetzt?«

Nova versuchte, mit dem Telefon in der Hand ihren frischen, trockenen Pullover anzuziehen. Sie musste so schnell wie möglich hier raus. »Darüber reden wir später.«

»Später?«

»Ja, später.«

»Das hast du nicht zu bestimmen, und das weißt du auch. Wenn ich mein Geld morgen nicht bekomme, zeige ich dich wegen Drogenbesitzes an, und du kommst in den Knast.«

Nova sah aus dem Küchenfenster. Ein dunkler Volvo näherte sich und hielt vor dem Tor.

Ein Mann und eine Frau stiegen aus.

»Du bist ein verdammter Witz«, sagte sie. »Und ich habe jetzt keine Zeit zum Reden.« Sie ging in den Eingangsflur und wusste nicht recht, was tun – außer dass sie Simons Uhr irgendwo vergraben musste, möglichst nicht zu nah bei ihrem Haus.

Es klingelte.

Nova öffnete. Es waren der Mann und die Frau aus dem Volvo, beide groß und kräftig. »Sind Sie Nova Falck?«

Sie hatte Guzmán gerade gesagt, dass er ein Witz sei – doch die beiden Personen, die jetzt vor ihrer Tür standen, brachten ihren nicht-scherzenden Bullenradar lautstark zum Piepsen.

»Kommen Sie bitte raus«, sagte die Frau und zeigte ihren Polizeiausweis.

Novas Handtasche baumelte an ihrem Arm, und sie konnte nur an eines denken: eine Patek-Philippe-Uhr – die vor ein paar Tagen einem Mordopfer gestohlen worden war.

»Steigen Sie in den Wagen«, sagte die Polizistin. »Sie sind verhaftet.«

61

Fahles Licht drang durch die Wolken. Alle Farben verschmolzen ineinander. Vielleicht würde die Sonderzone Järva dem Regen entgehen.

Rezvan hatte dafür gesorgt, dass niemand Eva erkannte: Bevor sie das Bordell verlassen hatten, war er mit einem Hidschab angekommen.

Sie stützte Emir mit dem Arm, aber er kam trotzdem nicht sehr schnell voran. Wenn Roy auftauchte, würde er leichtes Spiel mit Emir haben und dieser bestimmt nicht an Kurzatmigkeit oder einem Lungenödem sterben.

Überall zerstörte Geschäfte, kleinere Brände und verstörte Menschen. Nirgendwo fuhr ein Auto, das sie hätten anhalten können.

Wie lange wollten die Bullen das Netz noch abschalten? Es war eine Kollektivstrafe für die Zerstörung des Hubschraubers. Eine Kollektivstrafe dafür, dass die Dinge hier so waren, wie sie waren.

Es dauerte eine halbe Stunde, bis sie bei Maxxix ankamen.

Eva sah mit ihrem Schleier aus wie Hayat. Die gleichen entschlossenen Bewegungen, der gleiche Laufstil.

Sie sahen das Schild der Apotheke vor sich: ein grünes Herz.

»Schaut bitte mal, ob die noch was haben.« Emir musste sich hinsetzen und kurz ausruhen.

Rezvan und Eva gingen in die Apotheke.

Emir lehnte sich an die bröckelnde Wand.

Ein paar Minuten später kam Rezvan aus dem Geschäft und machte ein Zeichen: Daumen runter – die Apotheke war geplündert.

Der Junge keuchte. »Gehen wir zum Artemis zurück?«

Eva griff nach Emirs Arm.

»Ich glaube …«, murmelte er.

»Ich glaube nicht, dass du das schaffst«, sagte Eva. »Wir müssen woanders eine Dialyse oder Medikamente besorgen.«

Es hatte fast aufgehört zu regnen, aber das Wasser lief immer noch die Bürgersteige hinunter.

»Da fällt mir nur das MB-Haus ein«, sagte Emir.

Eva stöhnte unter seinem Gewicht. »MB?«

Emir löste sich von ihr. »Das steht für die Muslimbruderschaft.«

Einen Augenblick später standen sie vor dem Kulturzentrum. Emir hatte immer noch nicht gepinkelt.

Er war so müde, und sein Körper schmerzte jetzt so sehr, dass es ihm sogar egal gewesen wäre, wenn Roy mit Yuri »der Bestie« Donetsk aufgetaucht wäre und ihn ein für alle Mal erledigt hätte.

Seine Gelenke schmerzten, ein Hammer schlug gegen die

Innenseite seiner Stirn, es fühlte sich an, als hinge jemand an seinem Rücken. Er wusste, warum, er kannte die Prozesse auswendig. Wenn die Nieren so schlecht arbeiteten wie bei ihm, war der Körper voller Flüssigkeit: Salze, Gifte und sonstiger Mist. Der Kaliumspiegel in seinem Körper musste stets zwischen 3,5 und 5,5 Millimol liegen; lag er über 5,5 Millimol, war das Risiko für Herzrhythmusstörungen hoch. Stieg der Flüssigkeitsspiegel weiter an, drohte ein Lungenödem: Er würde an der Flüssigkeit in seiner Lunge ertrinken.

Wenn er nicht innerhalb weniger Stunden Hilfe bekam, war er tot.

Eigentlich hieß das Haus *Kulturzentrum der Friedensfreunde*, aber alle in der Nachbarschaft nannten es einfach »das MB-Haus«. Emir war schon lange nicht mehr hier gewesen. Gebaut mit fremdem Geld – Bogenfenster, Säulen vor dem Eingang. An der Wand prangte ein mehrere Meter breiter arabischer Text. Das Ganze hätte sich genauso gut in der Heimat seiner Mutter befinden können.

Ein Blick genügte, und er wusste, dass er am Arsch war. Vor dem Eingang hatte sich eine mehr als hundert Meter lange Schlange gebildet.

Weinende Kinder, besorgte Mütter, Jungen mit tiefen Wunden, Mädchen mit blassen Gesichtern. Alle schienen hier Hilfe zu suchen – eine zoneninterne Flüchtlingskrise.

Sie stellten sich ganz hinten an.

Emir war zu müde, er setzte sich auf den Boden.

Der Prinz saß da wie ein Hund.

Neun Knockouts waren nichts wert, wenn man sonst ein Verlierer war.

Trotzdem: Er hatte es geschafft, Eva Basarto Henriksson zu finden. Er hatte getan, was er versprochen hatte.

Warum holten die Schweine sie nicht? Konnten sie ihn vielleicht mitnehmen?

Scheiße – zum ersten Mal in seinem Leben wünschte er sich, von den Bullen geholt zu werden.

Er war noch nie religiös gewesen, glaubte nicht wirklich an Allah oder den Propheten. Emir aß, was ihm schmeckte, und hatte seit Jahren nicht mehr gefastet. Aber jetzt bückte er sich und tat etwas, was er noch nie ernsthaft versucht hatte. Er konnte nicht einmal Arabisch, aber er versuchte, Hayat zu imitieren, wie er sie so oft gesehen hatte. Er schloss die Augen und versuchte, den Schmerz in seinem Körper zu vergessen. Er versuchte, aus seinem Kopf zu entfliehen.

Er sagte die wenigen Worte, an die er sich erinnerte und die er von Hayat gehört hatte. Er beugte sich vor, legte die Hände auf die Brust und schaute auf den Boden – obwohl dort kein Teppich lag. Er atmete röchelnd.

Seine Mutter sagte immer, er habe ein gutes Zahlengedächtnis, aber was zählte das schon in Järva?

Am liebsten würde er sich sowieso nicht an irgendwas erinnern wollen.

Das Jugendamt hatte seine Mutter zwar nie finanziell unterstützt, aber versucht, ihn ihr wegzunehmen, der Imam hatte ihn gedrängt, öfter in die Moschee zu kommen, der Schulleiter hatte gesagt, er sei ein hoffnungsloser Fall. Der verfluchte Sicherheitsmann, der sie gezwungen hatte, sich auszuziehen, hatte die Wahrheit gesagt: »Dieses Land ist für euch verschlossen, weil ihr selbst alle Möglichkeiten verbrannt habt.« Die höhnischen Blicke der Polizisten im Gerichtssaal hatten sich wie Aceton in seinen Augen angefühlt, als er zu seiner ersten Gefängnisstrafe verurteilt worden war. Seine Mutter hatte vier Tage in der Woche nachts gearbeitet und war abends oft bei irgendwelchen Treffen, und in der dritten Klasse war seine Schultasche kaputt gegangen, sodass er seine Hausaufgaben-

hefte nicht mit nach Hause hatte nehmen können. Die älteren Jungen schlugen ihn und Isak und zwangen sie, ramponierte iPads online zu verticken. Als er in die Stadt ging, wurde er von der Polizei verhaftet, weil er eine LV-Mütze trug, die angeblich gestohlen war – an sich wahr, aber trotzdem ein Vorurteil. Seine Idole sangen von prr-prr und Knarren, niemand traute den Bullen, jeder wusste, dass sie auf Ärger mit den Einwanderern aus waren. Als er fünfzehn war, schaute er sich jeden Tag Pornos an, ein Mann mit Frauen, eine Frau mit Männern, Analsex, Würge-Blowjobs. Verglichen mit den Ohrfeigen seiner Mutter waren die Lehrer nicht mehr als kleine bellende Chihuahuas, und die Polizisten kläfften wie der Comedian Lilla Al-Fadji. Und warum hätte Emir versuchen sollen, einen Nebenjob als Lieferfahrer bei Glovo zu bekommen, wie Mama es wollte, wenn sie keine »Wackelkandidaten« wollten, wie sie sagten. Jemand brach in ihr Haus ein und stahl all ihre Ersparnisse und Mamas Teetassen aus Kurdistan, der Vermieter stellte mitten im Winter den Strom ab, weil sie die Miete nicht zahlen konnte, Emir musste über einen Monat lang unter doppelten Bettdecken schlafen. Die älteren Jungen sagten, alle ihre Betreuer seien Rassisten, in der Jugendeinrichtung verkaufte ein Betreuer Gras, und der andere versuchte, Emir in eine Keller-Moschee zu bringen – mit der Behauptung, er müsse sterben, wenn er unter der Dusche singen oder sich allein mit einer Frau in einem Raum aufhalten würde. Seine Mutter rief an und weinte, die Polizei stürmte das Viertel, und drei Jungs starben durch Tränengasspray und Hundebisse, ein paar meinten, Mahmoud Gharib sei ihr neuer Premierminister, ihr Battallah, während Gharib dafür sorgte, dass innerhalb einer Woche drei Bomben vor einem Zeugenschutzhaus explodierten. Mehrmals im Monat gab es in der Gegend Schießereien, aber wenn die Krankenwagen versuchten, in die Zone *zu fahren, standen sie auf den Fußgängerbrücken und schmissen Pflastersteine herab. Emir rauchte öfter Gras, als er Wasser trank, spielte so viele Videospiele, dass er Fortnite-Scars vor sich sah, selbst wenn er wach war, und machte nur Pausen, um zur Schule zu gehen und mit Isak Mittag zu essen. Angestachelt von den Betreuern in der Lugna Gatan vermöbelte Emir einen drei Jahre älteren Shuno vor dem Freizeitzentrum. Er war gewachsen – anfangs war es ihm selbst kaum aufgefallen –, aber Isak meinte, er sehe aus wie ein kurdischer Thor. Er wurde erneut verhaftet und verurteilt – aber danach hatte er einen Ruf: als Kämpfer, als verrückter Shurda. Als er wieder rauskam, warteten die Jungs schon auf ihn. Sie sahen sein Potenzial. Oft reichte seine Anwesenheit aus, dass die Leute bezahlten. Er wurde respektiert. Er bekam Bräute. Er fickte Lilly, völlig bekifft, aber am nächsten Tag konnte er sich an nichts mehr erinnern. Zehn Wochen später wusste er, dass er Vater werden würde.*

Mila. Sie war die Einzige, an die er so viele Erinnerungen wie möglich haben wollte.

»Hey, Prinz«, sagte jemand, aber er blickte nicht auf. Stattdessen drückte er seine Stirn gegen den Boden. Ein Leben in vorbestimmten Bahnen, ein Leben ohne Vorbilder. Ein Leben mitten in Järva, aber am Rand von Schweden, ein Leben, von dem er immer gewusst hatte, dass es schiefgehen würde.

»Ich dachte, du wärst im Knast«, sagte die Stimme.

Jemand zerrte an ihm, wahrscheinlich war es Rezvan. Emir wollte nicht gestört werden.

Einfach alles hinter sich lassen.

Rezvan zerrte an ihm, und die Stimme über ihm wollte nicht verstummen.

»*Habibi*, du siehst nicht gut aus. Was ist los?«

Er blickte auf und erkannte die Stimme. Sie gehörte einem Mann, dem er eine Waffe angeboten hatte.

Als es Isak erwischt hatte. Als er bei ihm geblieben und nicht gesprungen war.

Über ihm stand Abu Gharib, der Gangsterboss aus Västra, der Sicherheitchef der Muslimbruderschaft. Sein langer Bart war wie eine schwarze Rakete auf Emir gerichtet.

»Er braucht Medizin«, sagte Eva hinter ihrem Schleier. »Er leidet an Nierenversagen.«

»*Hamdullah*, wir haben hier drin fast alles«, sagte Abu Gharib.

Emir konnte seinen Kopf nicht länger hochhalten.

Er hörte Abu Gharibs zuversichtliche Stimme: »Ihr könnt reinkommen, aber der Junge muss draußen bleiben. Für alle ist kein Platz.«

62

Das schwarze Stoffstück war überraschend leicht. Fredrika zog ihren Pullover aus, stand eine Weile nur mit dem BH im Lieferwagen, bevor sie sich das Teil über den Kopf zog.

Arthur wartete draußen.

Ein Analytiker hatte ihr gesagt, dass das Kleidungsstück Abaya hieß: ein großes, flauschiges Gewand, das bis zu den Knöcheln reichte.

Das Kopftuch war ebenfalls schwarz und bedeckte alles außer den Augen: der Niqab.

Fredrika öffnete die Hintertür des Wagens und lehnte sich hinaus. »Warum hilfst du mir nicht beim Binden des Kleides, anstatt nur dumm dazustehen und zu glotzen?«

»Ich bekomme Angst, wenn ich dich so sehe. Gehen wir rein.«

U-Bahnhof Rissne: Farbenfrohe Kunstwerke hingen an den Betonwänden. Die Stockholmer U-Bahn auf den Punkt gebracht: Installationen und andere Kunstwerke im Wert von Milliarden, während neunundneunzig Prozent der Einwohner auf ihr Handy starrten oder die Augen schlossen und sich mit Brainy verbanden.

Die Bilder und Texte sollten offenbar dreitausend Jahre Geschichte auf angeblich künstlerische Weise darstellen. *Die Briten sind ein kriegerisches Volk aus dem Nordwesten*, stand in verschnörkelter Schrift neben einer gelben Cartoon-Silhouette, die Europa im dritten Jahrhundert darstellen sollte. *China erlebt derzeit einen kulturellen und wirtschaftlichen Aufschwung. Gleichzeitig werden die Länder immer mehr versklavt*, daneben ein orangefarbenes, naives Bild von China aus derselben Zeit.

Fredrika verstand diese Art von Kunst nicht. Ihrer Meinung nach war es womöglich nur Unsinn, und der Künstler hatte keine Ahnung, was er da machte. Wie bei der gastronomischen Avantgarde. In den gehobenen Restaurants waren seit zwei Jahrzehnten Lebensmittel aus dem Chemielabor beliebt. Aber wenn man Grashalme serviert bekam, die in Lehm aus dem nördlichen Värmdö getaucht wurden, oder abgehangenen Otoro, der mit arabischem Kaffee bestrichen wurde, der um fünf Uhr morgens gepflückt und in fermentierter Kirschvinaigrette gekocht war, dann konnte man unmöglich sagen, ob der Koch gut oder schlecht war. Niemand konnte das beurteilen.

Aber Fredrika interessierte sich nicht so sehr für solche Dinge wie etwa Herman Murell oder auch Ian. Sie hatte genug Politiker bewacht, genug Diskussionen und Beratungen gehört und wusste: Politik konnte nie ehrlich sein, weil Politiker immer für Paketlösungen standen. Sie mussten sich immer verbiegen, für ihre Partei oder ihren Präsidenten, sie unterstützten sich gegenseitig, egal wie sehr sie logen. Es war wie beim Fußball: Wenn man Fan von Manchester City war, liebte man die Mannschaft, *egal* wie es für sie lief oder wie sie spielten. Manchester City waren *immer* die Besten, auch wenn sie wie die Idioten spielten. Taco war genauso gewesen: Er hatte sie immer verteidigt, egal welche Dummheiten sie angestellt hatte. Der Unterschied war, dass Taco keine Hintergedanken gehabt hatte. Er war die reine Ehrlichkeit gewesen.

Arthur ging mit großen Schritten voran. Er trug ein T-Shirt mit hochgekrempelten Ärmeln und eine Wanderhose. Wegen der Hitze hatten sie ihre Schutzwesten nicht angelegt, sondern gefaltet in ihren Rucksäcken verstaut, in denen sich auch ihre Dienstwaffen, Kurzwellenfunkgeräte und andere Ausrüstungsgegenstände befanden. Fredrika fühlte sich in dieser Kleidung sehr merkwürdig, wie darin gefangen. Gleichzeitig gefiel ihr die Anonymität, niemand wusste, wer sie war – und besser noch: Niemand sah mehr von ihr als ein Augenpaar.

Es war ihr immer ein wenig peinlich gewesen, dass ihr Vater am Bau der Trennmauer mitgewirkt hatte. Er war nicht operativ in der Firma tätig gewesen, aber er besaß einen beträchtlichen Anteil. Er hatte einen seiner Manager angerufen, der wiederum einen Servicetechniker kontaktiert hatte.

Es gab Wege in die Zone, die der Polizei nicht bekannt waren.

Ein Mann in Uniform, mit Militärmütze und Sonnenbrille, stand am vorderen Ende des Bahnsteigs.

»Der wird uns schon reinlassen«, sagte Fredrika.

Arthur gluckste. »Ich war ja schon immer der Meinung, dass die Zonen-Polizisten nicht wie richtige Polizisten, sondern wie Sicherheitsleute aussehen.«

Normalerweise hätte Fredrika gelacht, aber jetzt war sie zu gestresst. Der Polizist mit der Sonnenbrille kam auf sie zu.

»Wo wollt ihr hin?«

»In den Tunnel«, sagte Fredrika leise, schließlich wollte sie nicht auf dem Bahnsteig herausposaunen, was sie vorhatten.

Der Polizist stand mit verschränkten Armen da. »Das glaube ich nicht.«

»Hat dich Herman Murell nicht informiert?«, fragte Arthur.

»Herman Murell soll mich informiert haben? Du hast keine Ahnung, von wem du hier redest, Kleiner.«

Arthur kramte in einer Seitentasche, zog seinen Ausweis heraus und hielt ihn hoch.

Der Polizist deutete mit einem Kopfnicken auf Fredrika. »Was ist mit ihr?«

Fredrika zeigte ihren Ausweis.

»Und woher soll ich wissen, dass du das auch bist?«, fragte der Polizist.

»Ich lasse den Schleier lieber auf, solange Leute hier sind.«

Der Polizist grinste schief. »Verstößt das gegen deine Religion?«

»Nein, aber ...«

»Wird Allah böse, wenn du dein Gesicht einem anderen Mann zeigst?«

»Wenn wir irgendwo sind, wo uns niemand sieht, kann ich das gerne machen. Ich möchte jetzt keine Aufmerksamkeit erregen.«

Arthur seufzte laut. »Wir haben es eilig.«

Der Polizist schob die Sonnenbrille in die Stirn. Sein Gesicht wirkte ohne sie viel runder. »Glaubst du wirklich, dass diese Tricks heutzutage noch funktionieren? Einen gestohlenen Ausweis vorzeigen? Ich weiß nicht, warum ihr in den Tunnel wollt, aber solche wie euch lasse ich nicht rein. Haut ab.«

Es war so anstrengend. Fredrika riss den Niqab herunter und zeigte ihm ihr Gesicht – und ihre *blonden* Haare.

»Und, bist du jetzt zufrieden?«

Die Augen des Polizisten traten hervor wie Tischtennisbälle.

Sie musste Arthur festhalten, damit er ihm nicht eine Ohrfeige verpasste.

63

Allein in einer Arrestzelle in Kronoberg: eine dünne, orangefarbene Matratze auf dem Boden, ein Toilettensitz aus Edelstahl, eine Leuchtstoffröhre an der Decke – alles diente dazu, die Möglichkeiten zur Selbstverletzung weitestgehend einzuschränken. Und natürlich die Graffiti: *FTP, HSS, Bewegung Forever, Nordischer Widerstand*, und vieles auf Arabisch. Schweden knapp zusammengefasst.

Nova versuchte vergeblich, ihre Gedanken zu sortieren, denn sie wirbelten in ihrem Kopf herum wie in einem Vitamix-Mixer auf Höchstgeschwindigkeit. Aber aus irgendeinem Grund dachte sie immer wieder an die dubiose Weihnachtskarte, die sie verbrannt hatte. Warum hatte sie das getan? Hätte sie die Karte behalten, hätte sie sie den Polizisten zeigen können, die sie verhaftet hatten – vielleicht hätten sie sich gefragt, woher sie sie hatte, aber es wäre ihnen sicher noch viel seltsamer vorgekommen, dass der Milliardär William Agneröd den Nazi-Gruß zeigte.

Sie legte sich auf die Matratze, starrte die Decke an, fragte sich, wie viele Stunden sie schon hier war – und ob sie die größte Idiotin der Welt war.

Die Polizisten waren auf dem Weg hierher durchaus höflich zu ihr gewesen. Sie hatten ihren Ausweis sehen wollen und ihr dann Handschellen angelegt, als wäre es das Normalste der Welt.

Die Leibesvisitation hatte mitten auf dem Flur stattgefunden. Dabei hatten sie ihr das Portemonnaie, das Handy und ihr Love Bracelet abgenommen – das keinen normalen Verschluss hatte, sodass sie einen Schraubenzieher holen mussten, um es zu öffnen. Sie hatten ihre Personalien aufgenommen, sich aber geweigert, ihre Fragen zu beantworten.

Nova warf immer wieder einen Blick auf die Tasche, die sie außerhalb ihrer Reichweite abgestellt hatten und in der die Uhr war.

»Du weißt ja, wie es läuft«, sagten die beiden Beamten. »Du wirst bald verhört.«

Bevor sie sie in die Zelle gebracht hatten, hatten sie ihr die Hand gegeben, als wären sie Freunde.

»Ich will ein Händedesinfektionsmittel«, hatte Nova noch geschrien, bevor sie die Tür zugeschlagen hatten.

Die Wand war kalt. Der Betonfußboden war noch kälter. Von Weitem wirkte er glatt, aber sobald sie sich bückte, sah sie Risse und kleine Hohlräume darin.

Das hier war mehr als krank, noch merkwürdiger, als Simons Leiche in seiner Wohnung zu finden. Sie musste herausfinden, wer ihn umgebracht hatte. Sie musste ihre Unschuld beweisen.

Der Verhörraum war fast so kahl wie die Zelle, abgesehen von drei grünen Stühlen und einem kleinen Tisch, der an die Gartenmöbel von Fermob erinnerte – sie hatte so einen in ihrem Garten.

Auf der anderen Seite des Tisches warteten bereits zwei Polizisten, ein Mann und eine Frau. Die Wärterin löste Novas Handschellen und schloss die Tür hinter sich.

Die Polizisten standen auf, gaben ihr die Hand und stellten sich vor: »Ich heiße Karin«, sagte die eine. »Anders ist mein Name«, sagte der andere. »Und wir sind vom Verfassungsschutz.«

Karin trug ein Jackett und hatte einen aufgeweckten Blick. »Wir werden dich jetzt vernehmen.«

»Ich möchte meinen Anwalt sprechen«, sagte Nova.

»Bei Gefahr in Verzug haben wir nach Paragraph 23, Absatz 3 der Prozessordnung das Recht, das Verhör ohne anwesenden Anwalt durchzuführen«, sagte Karin.

Bitch.

Wenn Fredrika jetzt hier gewesen wäre, hätte sie ihr sagen können, ob das stimmte oder nicht. Vorausgesetzt, sie konnte ihrer Schwester trauen.

»Wir nehmen alles auf«, erklärte Karin und zeigte auf eine Kamera an der Decke.

Ihr blieb nichts anderes übrig, als mitzuspielen.

»Durchführung der mündlichen Vernehmung im Fall K3434–30«, sagte Karin mit monotoner Stimme. »Anwesend sind Nova Falck, Anders und ich, unsere vollen Namen sind dem Vorermittlungsprotokoll zu entnehmen. Nova Falck wurde darüber informiert, dass die Vernehmung ohne Anwalt stattfindet, und hat dem zugestimmt.«

Hatte sie das wirklich?

»Zuerst werde ich Sie darüber informieren, was Ihnen zur Last gelegt wird«, fuhr Karin fort. »Sie stehen unter Verdacht, Simon Holmberg irgendwann am 8. oder 9. Juni in seiner Wohnung durch mehrere Stiche mit einem scharfen Gegenstand getötet zu haben.«

Nova versuchte sich zu konzentrieren.

»Was sagen Sie dazu?«

»Was meinen Sie?«

»Bekennen Sie sich schuldig oder nicht?«

»Nicht schuldig, natürlich.«

»Dann habe ich ein paar Fragen an Sie. Waren Sie am 8. Juni bei Simon Holmberg?«

»Ja.«

»Warum?«

»Er hat mich zum Essen eingeladen.«

»Hatte Ihre Anwesenheit noch einen anderen Grund?«

»Er wollte mich für ein Buch interviewen, und ich wollte ihm Informationen verkaufen, oder besser gesagt: Ich wollte, dass er mir hilft, auf einem USB-Stick gespeicherte Informationen zu verkaufen. Ich habe ihn meiner Schwester Fredrika Falck gegeben, die für Sie arbeitet, das wissen Sie doch, oder?«

»Ja, diese Information haben wir erhalten. Deshalb wissen wir auch, dass Sie dort waren.«

»Warum fragen Sie dann?«

»Wie lange waren Sie bei Simon Holmberg?«

Sie hörten ihr gar nicht zu. Ihre Schwester würde ihnen alles erklären, sobald sie ihren Einsatz in der Zone beendet hatte.

»Wissen Sie das noch?«

»Ja, ich erinnere mich«, sagte Nova. »Ich bin am Abend hingekommen und gegen ein Uhr nachts nach Hause gefahren.«

»Also am 9. Juni?«

»Genau.«

»Was haben Sie beide in dieser Zeit gemacht?«

»Das habe ich meiner Schwester erzählt, also wissen Sie es doch sicher auch.«

»Aber wir werden trotzdem unsere Fragen stellen.«

Nova seufzte.

»Was haben Sie gemacht?«

»Wir haben geredet.«

»Sonst noch was?«

»Wir haben gekocht.«

»Sonst noch was?«

»Wir haben gegessen.«

»Sonst noch etwas?«

»Nein, das war alles.«

»Und worüber haben Sie gesprochen, außer über den USB-Stick, den Sie mitgebracht hatten?«

»Das habe ich Ihnen doch gerade gesagt. Er hat mich interviewt.«

»Warum sind Sie noch einmal zu ihm gefahren?«

»Ich hatte meine Meinung geändert und wollte den Stick zurück. Außerdem hatten wir vereinbart, dass er sich bis zum Mittag bei mir meldet, aber das hat er nicht getan. Und als ich ihn angerufen habe, hat er nicht abgenommen. Also bin ich hingegangen.«

»Wie sind Sie in die Wohnung gekommen?«

»Die Tür war offen.«

»Was haben Sie gedacht, als Sie das bemerkt haben?«

»Äh … ich habe mir nichts dabei gedacht.«

»Also sind Sie einfach reingegangen?«

»Ja, genau.«

»Und dann?«

»Ich habe gerufen, aber er hat nicht geantwortet. Dann bin ich ein bisschen herumgelaufen und dann, im Wohnzimmer … da war er.« Nova sah Simons scheinbar schlafenden Körper vor ihrem inneren Auge, seinen zerfetzten Bauch.

In ihrem Kopf drehte sich alles.

»Haben Sie ihn angefasst?«

»Ich glaube nicht, aber ich habe mich neben ihn auf die Couch gesetzt.«

»Haben Sie etwas aus der Wohnung genommen?«

Nova hatte mit dieser Frage gerechnet.

»Ich habe den Stick wieder an mich genommen.«

»Sonst noch etwas?«

»Nein.«

»Sind Sie sicher?«

»Ich habe mir bei den Shoken Awards eine Uhr von ihm geliehen, wenn Sie das meinen.«

»Sie hatten eine Uhr in Ihrer Handtasche, Beweisstück Nummer 23, die Simon Holmberg gehörte. Können Sie uns dazu etwas sagen?«

»Ja, das ist die Uhr, die ich mir bei der Preisverleihung von ihm geliehen hatte.«

»Und warum hatten Sie sie bei Ihrer Verhaftung in Ihrer Handtasche?«

Nova fiel nichts ein. Sie hatte beantworten können, wie sie an die Uhr gekommen war, aber nicht, warum sie sie bei sich trug.

»Darauf haben Sie keine Antwort?«

Nova versuchte, sich etwas auszudenken.

Es war zu heiß hier. Ihr Kopf drehte sich.

Karin und der andere Polizist beugten sich zu ihr vor. »Nova, haben Sie uns etwas zu sagen?«

Ihr widerlicher Atem war viel zu nah. Sie musste sich etwas einfallen lassen. Sie musste sich einen Anwalt nehmen. Sie sah weiße Flecken vor ihren Augen.

»Nova?«

»Ich habe sie einfach vergessen«, sagte sie schließlich. »Ich wollte sie zurückgeben.«

Karin und ihr Kollege lehnten sich wieder zurück. »Ist das Ihre Antwort?«

Nova nickte.

Karin machte sich eine Notiz. »Haben Sie sich die Daten auf dem Stick angesehen, bei dessen Verkauf Ihnen Simon Holmberg helfen sollte?«

»Ein bisschen.«

»Was haben Sie da gesehen?«

»Es hatte etwas mit der Bewegung zu tun. Es ging darum, As Identität aufzudecken. Und um das Attentat auf die Innenministerin.«

»Und woher hatten Sie den Stick?«

»Ich habe ihn gefunden.«

»Wo haben Sie ihn gefunden?«

»Bei William Agneröd.«

»In seinem Haus in den Schären?«

»Ja.«

»Und wo haben Sie ihn dort gefunden?«

Nova hatte auch darauf keine Antwort. Egal was sie sagte, sie würde alles nur noch schlimmer machen. Dass der Stick einfach bei Agneröd herumgelegen hatte, würde ihr niemand glauben. Wenn sie zugab, dass sie den Stick im Auftrag eines Polizisten gestohlen hatte, dessen Identität sie nicht kannte, würde sie als Diebin dastehen – und das war sie ja auch. Dann würde man ihr auch nicht glauben, dass sie Simons Uhr nur ausgeliehen hatte. Und wenn sie sich eine Lüge ausdachte, würde man diese ganz genau überprüfen.

Sie schloss den Mund und schüttelte den Kopf – es war, als würde der ganze Raum erzittern.

»Wollen Sie die Frage nicht beantworten?«

»Kein Kommentar«, sagte Nova.

»Aber es wäre besser für Sie, wenn Sie es mir sagen.«

»Nein.«

»Ich glaube nämlich nicht, dass der Stick aus dem Haus von William Agneröd stammt. Ich glaube, Sie haben sich das nur ausgedacht.«

»Warum?«

»Weil wir uns den Inhalt des Sticks angesehen haben und ein Großteil des Materials aus Quellen stammt, zu denen er keinen Zugang haben konnte.«

Nova wollte das nicht länger mitmachen, diese Leute waren wirklich verrückt. Sie brauchte Nikbin, sie musste von hier weg, sie musste mit ihrer Schwester reden.

»Ich sage nichts mehr.«

Karin starrte sie an. »Warum denn nicht?«

»Weil Sie mir unterstellen, dass ich ein unehrlicher Mensch bin.«

»Das habe ich nicht gesagt.«

»Nein. Aber Sie haben es so gemeint.«

»Wie kommen Sie darauf?«

Jetzt war es genug. Sie atmete tief durch. »Ich sage das, weil Sie nur Scheiße reden.«

Die Matratze in ihrer Zelle war nicht nur hart, durch das Gummimaterial fühlte sich ihre Haut so schwitzig und klebrig an, als wäre sie in Plastikfolie eingewickelt. Und es war immer noch kalt.

Jetzt war sie nicht nur verwirrt, jetzt hatte sie Angst, verdammt große Angst.

Sie lag zusammengekauert da und versuchte nachzuvollziehen, was während des Verhörs gesagt worden war. Der Vollzugsbeamte stellte ein Tablett mit Essen hin, aber es waren Nudeln – wahre Kohlenhydratbomben –, und sie hatte keinen Appetit.

Sie drehte sich hin und her. Musterte die Graffiti. Die Einsamkeit kroch ihr in die Knochen.

Immer wieder tauchte in ihrem Kopf das Bild der Grußkarte auf, die sie in Asche verwandelt hatte. *Kamerad! Am Nationalfeiertag kriegen wir sie. Und dann nehmen wir A. Ich habe alles im Griff. Danke, dass du den Kampf unterstützt.*

William Agneröd, einer der reichsten Menschen der Welt, unterstützte irgendwie extremistischen Terroristenscheiß.

Warum, warum hatte sie das getan? Warum, warum war sie so dumm gewesen?

Dann dachte sie an das Letzte, was Karin gesagt hatte. »Ein Großteil des Materials stammt aus Quellen, zu denen er keinen Zugang hatte.«

Nova glaubte zu verstehen: Der Scheiß auf dem Stick musste von der Säpo selbst stammen, sonst hätte die Bullenbitch das nicht gesagt, oder? *Kamerad! Am Nationalfeiertag kriegen wir sie. Und dann nehmen wir A. Ich habe alles im Griff. Danke, dass du den Kampf unterstützt.*

Ihre Schwester war gerade auf dem Weg in die Zone.

Danke, dass du den Kampf unterstützt.

In Novas Kopf machte es klick. Wenn ein Teil des Materials auf dem Stick von der Säpo selbst stammte, bedeutete das, dass es dort eine undichte Stelle gab. Jemanden, der in der gegnerischen Mannschaft spielte, mit dem Feind unter einer Decke steckte. Jemand, der zu verstehen gab, dass er oder sie *alles im Griff hatte*. Es bedeutete, dass ihre Schwester wahrscheinlich in großer Gefahr schwebte.

64

Er wusste nicht, wie viele Stunden vergangen waren, vielleicht zwei, vielleicht vier. Gefühlt waren es hundert.

Diuretikum, mindestens tausend Milligramm – er hatte es geschafft, etwas Urin herauszupressen. Blutdrucksenker – sie hatten sein Herz beruhigt. Calciumcarbonat – das würde die Phosphate binden.

Der Arzt, der am Fußende des Krankenhausbettes stand und alles erklärte, hatte einen rötlichen Bart – wie der Prophet – und sprach eine Mischung aus Südschwedisch und Arabisch. »Der Blut- und Plasmatest hat fünf Millimol Kalium ergeben. Weißt du, was passiert wäre, wenn du nicht zu uns gekommen wärst?« Der bärtige Arzt fuhr sich mit der Hand über den Hals. Diese Geste war jedenfalls unmissverständlich.

Niemand brauchte Emir zu sagen, was passiert wäre, wenn er noch ein paar Stunden länger nicht behandelt worden wäre.

Er setzte sich im Bett auf. Überall waren Menschen: Babys lagen in den Krankenhausbetten, alte Männer saßen mit Infusionen im Arm auf Stühlen, schwangere Frauen watschelten herum, als würden sie jeden Moment gebären, die Hände auf den Rücken gepresst, als wollten sie das Baby herausdrücken.

Er fühlte sich besser. Aber: Er hatte keine Dialyse bekommen, sie hatten ihm nur Medikamente gegeben und etwas Urin abgezapft. Eine Zeit lang ging das gut, aber früher oder später brauchte er eine richtige Blutwäsche, eine richtige Hämodialyse.

Der Arzt schien Gedanken lesen zu können. »Du brauchst in den nächsten zehn bis fünfzehn Stunden eine Dialyse, je nachdem, wie viel du dich bewegst und so weiter. Sonst ...«, er fuhr sich wieder mit der Hand über den Hals. Er schien den Leuten gerne Angst zu machen.

»Können wir nicht eine Beuteldialyse machen?«

Der Arzt kratzte sich den roten Bart. »Dafür haben wir keine Ausrüstung. Tut mir leid. Du musst versuchen, in ein Krankenhaus außerhalb der Zone zu kommen.«

Emir setzte seine Füße auf den Steinboden. Es war erstaunlich, wie *wenig* dieser Ort an Schweden erinnerte. Die weißen Leuchtstoffröhren an der Decke, das Muster der Paravents, die sie zur Abtrennung zwischen den Betten aufgestellt hatten, die Standventilatoren, die sich im Takt ihrer eigenen Umdrehungen bewegten, und sogar die Lichtschalter ragten viel weiter aus der Wand heraus als woanders. Alles sah aus wie auf den alten Fotos aus der Heimat seiner Mutter, es roch hier sogar anders, nach Zimt und Feigen oder was auch immer.

Er musste Eva suchen.

Im Gebetsraum war es noch voller als in der Krankenstation. Überall saßen oder lagen Menschen, auch im Frauenraum nebenan. Kinder weinten, Kinder keuchten. Wenn sie nur Hunger und Durst hatten, war das gut – vielleicht aber waren sie auch vor Bränden, Einbrüchen oder aus überschwemmten Wohnungen geflohen. Der sintflutartige Regen hatte dem ohnehin schon gebeutelten Järva weiter zugesetzt.

Die Muster der roten Teppiche waren zwischen den Füßen

der Menschen zu erkennen, die riesigen Kristalllüster an der hohen Gewölbedecke der Gebetshalle hatten die Größe von Mini Coopern, die Tapeten an den Wänden sahen aus wie Labyrinthe, und die Glocken für die verschiedenen Gebetszeiten hingen so hoch, dass man sie fast nicht sehen konnte.

Emir ging in die Frauenabteilung. Er hoffte, dass Eva hier irgendwo war. Sie trug einen dunkelvioletten Hidschab, aber hier trugen alle ein Kopftuch.

Vielleicht war sie schon weg.

»Wie geht es dir?«

Emir drehte sich um. Die Ministerin saß an die Wand gelehnt da.

»Es ging mir nie besser. Aber eine richtige Dialyse können sie hier nicht machen.«

Eva stand auf. Ihr Gesicht war grau wie ein Tauwurm, aber das war nichts im Vergleich zu Emirs Anblick.

»Sie sehen aus, als könnten Sie auch eine oder zwei Dialysen vertragen«, sagte er.

Sie lachte. »Nicht unhöflich werden.«

»Wir müssen hier raus«, sagte er.

Eva hielt ihre verletzte Hand hoch, sie hatte einen neuen Verband. »Nein, wir werden hier Hilfe bekommen. Die haben sich schon um mich gekümmert und meinen armen Fingerstumpf genäht.«

»Wird man Sie abholen?«

Sie zupfte den Hidschab zurecht, er stand ihr gut. Ihr Gesicht wirkte irgendwie ebenmäßiger.

»Noch ist nichts entschieden, aber ich habe mit dem Mann gesprochen, der uns aufgenommen hat, ein gewisser Abu Gharib. Er hat offenbar ein Satellitentelefon, um mit der Außenwelt kommunizieren zu können.«

Emir spürte, wie eine Ader auf seiner Schläfe pulsierte. »Sind

Sie verrückt?«, sagte er. Abu Gharib hatte ihn tatsächlich aufgenommen, aber das hier war die Muslimbruderschaft – die hatte immer ihre eigene Agenda.

»Was meinst du?«

»Wir müssen hier raus.«

»Du musst dich ausruhen.«

»Glauben Sie nicht, dass ich uns hier rausbringen kann?«

»Keine Ahnung«, sagte sie.

Das Stimmengewirr im Hintergrund wurde immer lauter.

Emir starrte sie an. Er hatte alles für sie getan, und jetzt pisste sie ihm direkt ins Gesicht. Er würde seine Belohnung zweifellos auch ohne sie bekommen: kein Gefängnis. Er ging ein paar Schritte in Richtung Flur. Es hatte keinen Sinn, sich mit ihr zu streiten. Sollte sie machen, was sie wollte.

Da traten drei Männer mit finsterer Miene auf ihn zu. Offensichtlich waren es keine gewöhnlichen Järva-Bewohner, die hier Schutz suchten.

»Mitkommen.«

Der hinterste Mann war Abu Gharib.

Das Büro, in das man sie brachte, war ruhiger als die Isolationszelle in Kumla.

Auf einem Schreibtischstuhl, der aussah wie ein Käfer, saß das geistliche Oberhaupt der Bruderschaft: Scheich Mohammed Bouraleh, ganz in Weiß gekleidet, mit klappernden falschen Zähnen und einem roten Fleck mitten auf der Stirn. Emir hatte so etwas schon einmal gesehen: Es war ein Gebetsfleck.

Bouraleh schüttelte Emir kräftig die Hand, als könne er durch diese Entschlossenheit das Wasser entzünden oder das Chaos beenden.

Dann wandte er sich Eva zu, legte die Faust aufs Herz und verbeugte sich.

»Willkommen.«

»Hallo«, sagte sie, als hätte sie gerade irgendein Niemand begrüßt.

Der Scheich faltete die Hände. »Im Koran wird das Wort für Regen, *matar*, oft im Sinne von Not oder Unglück gebraucht. Ich fürchte, wir haben es hier nicht nur mit Unruhen zu tun, sondern mit einer echten Notlage. Der Sturm hat zu Stromausfällen und Schäden an vielen Häusern geführt, und die Behörden haben den Handyempfang eingestellt.«

Der Scheich schloss den Mund nicht, nachdem er zu Ende geredet hatte. Über seinen falschen Zähnen war sein Zahnfleisch zu sehen. Vielleicht war er erkältet und konnte nicht durch die Nase atmen.

Der Schreibtisch war leer, kein einziges Blatt Papier oder sonst etwas lag darauf.

Abu Gharib lehnte mit verschränkten Armen an der Wand hinter ihnen.

»Haben Sie die Polizei oder meine Kollegen kontaktiert?«, fragte Eva.

»Die kommen nicht.« Bouralehs Zähne klapperten.

»Aber Sie haben mit der Außenwelt gesprochen, oder?«

»Nein. Ich glaube nicht, dass wir gut miteinander auskommen würden.«

»Dann kommen eben wir beide miteinander aus«, sagte Eva.

Inschallah.«

Eva schlug die Handflächen zusammen. »Was wollen Sie?« Sie war wirklich eine Anführerin, das zeigte sich jetzt.

Bouraleh begegnete ihrem Blick nicht, stattdessen betrachtete er prüfend eine Fingerspitze, ob Staub daran klebte.

»Zweihundertdreißig fromme Männer sitzen in euren Gefängnissen. Aus politischen Gründen verurteilt. Ich möchte, dass sie freigelassen werden.«

Emir hatte keine Ahnung, was jetzt in Eva vorging.

»Lassen Sie mich die Verhandlungen führen«, sagte sie, weiterhin mit ruhiger Stimme.

»Nein«, sagte der Scheich. »Ich führe die Verhandlungen. Sie sind meine Kriegsbeute. Wir bringen Sie an einen anderen Ort und beginnen mit dem Countdown. In zwölf Stunden müssen alle zweihundertdreißig Männer frei sein. Gott ist groß.«

Eva sah aus, als hätte sie eine Tüte mit Nägeln verschluckt.

FUUUCK.

65

Als sie den U-Bahn-Tunnel vor ein paar Stunden betreten hatten, war es noch nicht ganz dunkel gewesen. Man hatte alle hundert Meter aus unerfindlichen Gründen kleine blaue Lichter aufgestellt.

Fredrika und Arthur liefen die Gleise entlang, pressten sich an den Rand und lauschten, ob ein Zug kam.

Wasser glitzerte an der Felswand, ein Rinnsal aus einer vergessenen Grundwasserquelle oder von dem Megaregen, der Stockholm überschwemmt hatte. Hier unten war es kühl, der Strahl der Taschenlampe verblasste im Halbdunkel. Fredrika wurde fast geblendet, als sie auf den Bildschirm ihres Handys blickte: Die Karte dieses Abschnitts des Tunnelsystems war sehr detailliert. An die Abaya und das Kopftuch hatte sie sich schon gewöhnt, aber sie fragte sich, wie Taco wohl reagiert hätte, wenn er sie so gesehen hätte. Wahrscheinlich wäre es ihm egal gewesen – Taco hätte sie am Geruch erkannt.

Der idiotische Polizist, der versucht hatte, sie aufzuhalten, hatte den Rüffel des Jahres von seinem Einsatzleiter bekommen, und der Einsatzleiter hatte am Telefon den Rüffel des Jahrzehnts von seinem obersten Vorgesetzten bekommen: Herman Murell.

Arthurs Rucksack wippte auf und ab. »Es ist nur ein Kilometer«, sagte er munter.

Fredrika war nicht so fröhlich. »Wusstest du, dass mein Vater die Trennmauer entworfen und gebaut hat? Manchmal habe ich ein schlechtes Gewissen.«

»Warum? Weil er gebaut hat, was die Bezirksbehörde angeordnet hat? Er hat Schweden sicherer gemacht, dafür muss man sich nicht schämen.«

Ihre Stimmen hallten von den Wänden wider.

Es war eine unbestreitbare Ironie, dass ausgerechnet Fredrika die sogenannte Trennmauer, die ihr eigener Vater gebaut hatte, umging.

In den U-Bahnhöfen Rissne und Hjulsta waren Beamte stationiert für den Fall, dass jemand aus der Zone in die Tunnel schlich. Die Züge fuhren ohne an den dortigen Stationen anzuhalten unter der Sonderzone hindurch. Dort gab es immer noch Servicetunnel und Serviceeingänge für Wartungsarbeiten – und Gänge, die in die Zone führten und nicht blockiert waren. Das hatte jedenfalls der Sicherheitsleiter ihres Vaters gesagt.

»Es sollte gehen«, meinte Arthur, »aber wenn jemand versucht, den Ausgang von innen aufzubrechen, wird er dauerhaft verriegelt. Automatisch, aus Sicherheitsgründen.«

Die Tür zum Wartungsraum war kaum zu erkennen, sie hatte die gleiche Farbe und Struktur wie der Beton um sie herum. Aber sie öffnete sich, als Fredrika den Code eingab.

Der Raum war größer, als sie erwartet hatte. An einer Wand standen große Metallschränke, vermutlich elektrische Schalttafeln, der Boden war schmutzig und fleckig – sie fragte sich, was das Servicepersonal hier überhaupt zu suchen hatte.

Am anderen Ende des Raumes war das untere Ende einer Wendeltreppe zu sehen.

Die Treppe schwankte, als sie nach oben gingen, die Stufen klapperten. Sie mussten etwa vierzig Meter unter der Erde sein. Diese U-Bahn-Linie war die tiefste Stockholms.

Die Innenseite der grünen Metalltür war zerkratzt, aber sie war noch abgeschlossen. Sie sah nicht zerstört aus.

Sie gab einen neuen Code ein. Das Schloss schnappte, und sie stieß die Tür auf. Sogleich spürte sie die warme Feuchtigkeit von draußen.

Die trockenen Bäume der Järva-Allee tauchten vor ihr auf, genau wie auf der Karte eingezeichnet. Die Pfützen hatten die Größe von Seen, und die Kanalschächte auf der Straße waren so voll mit Unrat, dass sie vermutlich schon lange nicht mehr benutzt werden konnten.

»Willkommen in Paradise City«, grinste Arthur.

Überall dasselbe. Emirs Wohnung. Dann die seiner Mutter und schließlich sogar die Einzimmerwohnung von Hayat Said. Sie brachen die Hauseingänge auf und klingelten mit den Waffen im Anschlag an den Wohnungstüren. Als niemand antwortete, schoben sie Detektoren unter dem Türspalt durch, um hören zu können, ob sich jemand in den Räumen aufhielt. Sie öffneten die Türen erst, sobald sie sich sicher waren, dass niemand in den Wohnungen war, zumindest niemand, der sich bewegte. Sie durchsuchten sie schnell und installierten Wanzen und Bewegungsmelder – wenn Emir in seine Wohnung oder die seiner Mutter kam, würde alles, was er tat, aufgezeichnet werden. Wenn Hayat – alias A – auch nur einen Fuß in ihre Wohnung setzte, würde sie überwacht werden, noch bevor sie die Tür geschlossen hatte. Aber A war sicherlich misstrauisch; wahrscheinlich war die Wohnung nur auf sie gemeldet, um sie in die Irre zu führen.

Die Einzimmerwohnung bestand aus einem Raum mit einer Schlafnische und einer kleinen Küche. Überall standen Bücher in den Regalen oder lagen in kleinen Haufen auf dem Boden. *Verhörtechniken, Der Gesellschaftsvertrag* von Frantz Fanon. Definitiv Titel, die nicht zu einer frischgebackenen Ärztin passten, doch es sah auch nicht so aus, als würde hier ein Terroristenanführer hausen. Aber vielleicht war es trotzdem die Wohnung von A. Fredrika hatte die Bewegung studiert. Sie behaupteten, von einer Ideologie getrieben zu sein.

Murell sagte über Funk, er würde weitere Männer durch den U-Bahn-Tunnel schicken, sobald sie eine Spur fanden.

Das Problem war nur, dass sie nichts dergleichen entdeckt hatten.

Was sollten sie tun?

Fredrika hatte eine Idee. »Emir hat mit einem Jungen zusammengearbeitet, der uns entwischt ist.«

»Was für ein Junge?«

»Der, der im Bordell gearbeitet hat, ich kenne seinen Namen nicht.«

»Das kann ich herausfinden, und ich werde euch seine Adresse besorgen«, sagte Murell schnell.

66

Nova wusste nur eins: Sie musste hier raus. Es gab keine Alternative.

Sie hatte nicht alles verstanden, aber genug, um eins und eins zusammenzuzählen.

Sie und Fredrika hatten vielleicht nicht die beste Beziehung der Welt zueinander. Aber sie hatten zumindest eine Verbindung.

Der Blick – Nova dachte wieder an den Blick. Nur Fredrika hatte gesehen, wie sie sich wirklich gefühlt hatte, als sie mit fünfzehn allein in ihrem Zimmer lag. Es gab niemanden, der ihr mehr bedeutete als Fredrika. Niemand sonst kümmerte sich um sie, einfach weil sie Nova war – und nicht, weil sie Novalife war.

Vor ein paar Stunden hatte sie mit ihrem Anwalt sprechen dürfen.

»Bei der Säpo gibt es einen Maulwurf«, sagte sie.

»Wie kommst du darauf?«

»Das habe ich mitbekommen, als sie mich verhört haben.«

»Ich verstehe.«

»Und jetzt mache ich mir Sorgen um Fredrika.«

Nikbin sagte: »Das verstehe ich auch, aber mach dir keine Sorgen um sie. Du hast genug um die Ohren.«

»Aber sie ist in der Zone.«

»Ich weiß, sie hat angerufen und es mir gesagt. Sie wird das schaffen. Deine Schwester ist eine Elitepolizistin. Und sie ist nicht allein. Herman Murell leitet den ganzen Einsatz. Er ist ein erfahrener Mann.«

»Wer leitet den Einsatz, hast du gesagt?«

»Herman Murell. Er hat alles im Griff«, sagte Payam Nikbin klar und deutlich.

Ihre Schwester befand sich mitten im Shitstorm des Jahrhunderts. Im Sonderbezirk Järva, dorthin geschickt von einer Organisation, die einen Infiltrator, einen Betrüger in ihren Reihen hatte. Dorthin geschickt von Herman Murell, der *alles im Griff hatte.*

Nova war vielleicht *nicht mehr angesagt*, aber sie war auch Novalife, sie war *larger than life* – ein paar lahme Polizisten würden sie nicht aufhalten.

Sie setzte sich auf.

Ihr Herz schlug wie wild – wenn man wollte, konnte man alles erreichen, war das nicht die Botschaft, die sie immer verkündete?

Es war Nacht. Angriff der beschissenen Gefühle. Angst und Dunkelheit. Sie wusste nicht, was sie tun sollte.

Die verdammten Gedanken wirbelten in ihrem Kopf herum, ohne Anfang und ohne Ende. Was hatte sie denn gedacht? Dass sie nur an die Zellentür zu klopfen und ihre erstaunlichen und einzigartigen weiblichen Einsichten vorzutragen brauchte, und sie würden sie gehen lassen?

Sie schaltete das Oberlicht ein und sah immer noch die Bilder vor ihrem inneren Auge: Simons regloser Körper auf dem Sofa. Der besorgte Blick ihres Vaters. Das verschmitzte Lächeln ihrer Mutter, als Nova noch ein Kind gewesen war.

White Power, mit dünnem Filzstift an die Wand gekritzelt. Sie erinnerte sich an Nikbins Worte: Sie hatte einen *Geschlechts-, Weißheits- und Klassenvorteil*. Nova dachte, sie hätte verstanden, was er damit meinte – Frauen wurden im Allgemeinen ebenso wie Weiße und Menschen aus der Mittel- und Oberschicht seltener vor Gericht verurteilt. Sie erfüllte alle Kriterien. Geschlechtsspezifisches Privileg. Weißes Privileg. Klassenprivileg. Normalerweise war solches Gerede absoluter Bullshit, aber jetzt hatte sie eine Idee – sie wollte diese Privilegien auch nutzen. Ausnahmsweise.

Sie musste nur den Mut dazu haben.

Sie krempelte den Ärmel ihres grünen Häftlingspullovers hoch. Diese Arschlöcher hatten ihre Loro-Piana-Bluse konfisziert – sie hatte mehr als zwölftausend Kronen gekostet.

Sie legte die Lippen auf die Armbeuge, ihre Haut schmeckte salzig, und es kitzelte, als sie an ihrer eigenen Haut knabberte. Dann biss sie zu. Härter, härter. Verdammt, das tat weh, das war echt krank. Trotzdem ließ sie nicht locker, bis sie Eisen schmeckte.

Ihr wurde schwindlig. Sie lehnte sich an die Wand. Nein, sie durfte jetzt nicht zusammenklappen, sie musste aufstehen.

Sie ging zur Metalltoilette und starrte auf ihren Oberarm, an dem das Blut herunterlief. Sie ließ es in die Toilette tropfen.

Rosa: Das Wasser darin färbte sich rosa. Sie zog die grüne, weiche Sträflingshose herunter und setzte sich rittlings auf den Toilettensitz.

Das laute Geräusch hallte durch den Gang, ein wütender Alarm, aber anscheinend nicht wütend genug, um eine Reaktion hervorzurufen.

Sie drückte erneut auf den Knopf.

»Hör auf, sie kommen, wenn sie kommen«, rief jemand von draußen. Aber Nova gab nicht nach.

Bzzz.

Sie hatte sich den Oberarm abgewischt und den Ärmel heruntergezogen, aber das Blut und die Pisse in der Toilette stehen lassen.

Bzzz.

Sie legte sich auf die Matratze. Versuchte, sich zu entspannen.

Jetzt hörte sie Schritte auf dem Flur, das Summen des Schlosses. Die Tür öffnete sich.

Der Wächter sah jung aus, vielleicht jünger als sie. »Was ist los?«

Nova keuchte. »Mir geht es nicht gut. Ich pisse Blut.«

Der Wärter trat in die Zelle und starrte in die Toilette. »Woher weiß ich, dass du nicht nur deine Tage hast?«

Der Typ war nicht blöd. Sie legte sich hin und ließ ihre Unterlippe zittern.

»Wie geht es dir wirklich?«, fragte der Wächter.

Sie krümmte sich zusammen und zeigte auf ihren Bauch. »Schlecht. Ich glaube, ich muss ins Krankenhaus.«

67

Man hatte sie in eine Abstellkammer gesperrt.

In den Regalen standen Putz- und Reinigungsmittel. In einigen Eimern lagen stinkende Scheuerbürsten – sie rochen, als hätte man damit Abflüsse gereinigt.

Scheich Bouraleh hatte noch nicht verraten, was er mit ihnen vorhatte.

Eva hatte ihre verletzte Hand in den Schoß gelegt. »Ich habe immer viel trainiert.«

Er verstand nicht, was sie meinte, doch wenn sie reden wollte, nur zu.

»Aber weißt du, erst jetzt verstehe ich, worum es geht.« Sie sah, dass er ihr nicht folgen konnte. »Möchtest du mir zuhören?«

Er nickte.

»Wir haben Gesellschaften aufgebaut, Demokratien und hierarchische Bürokratien geschaffen, aber eigentlich geht es darum, unsere Existenz zu kontrollieren, damit unser Leben in sicheren Bahnen verläuft. Heute können wir einigermaßen zuversichtlich sein, nicht der Pest zum Opfer zu fallen, von einem verrückten Nachbarn erstochen zu werden oder am Arbeitsplatz an einer Asbestvergiftung zu sterben. Wir haben alles geregelt, außer vielleicht das Klima, aber das kommt noch. Keine Hürde ist uns zu hoch.«

Emir verstand immer noch nicht, wovon sie sprach, aber Eva war ja auch Politikerin, vielleicht redeten die so.

»Doch *eines* können wir nicht kontrollieren«, sagte Eva. »Den Tod. Wir haben es noch nicht geschafft, ihn zu beherrschen. Der Tod spuckt uns ins Gesicht, als wäre alles, was wir erreicht haben, umsonst.«

»Darüber sollten Sie sich jetzt nicht den Kopf zerbrechen.«

Eva seufzte leise. »Ich habe versucht, das Leben unter Kontrolle zu bringen, nicht nur meines, sondern das aller Schweden. Aber das war nur ein Versuch, den Tod in Schach zu halten.« Dann entglitten ihr die Gesichtszüge. »Sie werden uns töten, nicht wahr?«

Emir setzte sich näher zu ihr. »Sie haben vorhin gesagt, dass Sie nicht wissen, ob ich es schaffen kann.«

»Wann habe ich das gesagt?«

»In der Moschee.«

»Tut mir leid, das war nicht böse gemeint. Ich stand unter Druck.«

»Ist mir egal, was Sie gemeint haben. Das sagt man mir schon mein ganzes Leben lang, ich bin es gewohnt. Bis vor ein paar Tagen habe ich es auch geglaubt. Aber jetzt sage ich Ihnen: Sie werden nicht sterben. Jedenfalls nicht heute.«

»Woher willst du das wissen?«

Das Türschloss klickte.

»Woher weißt du das?«, wiederholte sie.

Er versuchte es. »Weil Sie bei *mir* sind.«

Die Tür glitt auf. Sie verstummten.

Abu Gharib und seine Männer standen da. Er reichte ihnen zwei schwarze Stoffhauben: »Aufsetzen. Über die Augen.«

Vorhang zu.

68

Der Himmel verdunkelte sich. Fredrika vermisste Taco so sehr, dass es schmerzte.

Sie warteten darauf, dass sich Murell mit der Adresse des gesuchten Jungen, der offenbar Rezvan Feraz hieß, zurückmeldete. Murells Analytiker hatten ihn anhand der Personalunterlagen des Artemis gefunden.

Endlich knackte das Funkgerät, und Murells Stimme war zu hören: »Ich habe jetzt die Adresse des Jungen.«

Es war ein Stück weit von ihnen entfernt.

»Ich möchte euch auch darüber informieren, dass wir jetzt eine weitere Person in die Zone schicken. Einen Zivilisten.«

»Wen?«

»Lunds Freund Isak. Man hat ihm am Tag von EBHs Entführung bei einem Polizeieinsatz in den Kopf geschossen. Er war im Krankenhaus, wird aber jetzt entlassen. Wir sind vor Ort und reden mit ihm.«

Fredrika sah Arthur durch den Schlitz ihres Niqab an. Er schüttelte den Kopf. Arthur war in diesem Moment nicht schlauer als sie.

»Ich verstehe nicht richtig. Warum schickt ihr ihn rein?«

Ihr Vorgesetzter lachte rau. »Wir werden ihm einen Peilsender mit Abhörfunktion verpassen und ihn dann bitten, so schnell wie möglich Kontakt mit Emir Lund aufzunehmen.«

»Damit er uns zu Lund führt?«

»Vielleicht.«

»Und fragt er sich nicht, warum er das tun sollte?«

»Doch, bestimmt. Aber er weiß, dass Emir freigelassen wurde, um einen Auftrag für die Polizei in der Zone auszuführen. Wir haben Isak gesagt, dass wir Emir nicht erreichen können. Wir haben Isak gebeten, Emir zu finden und ihm die Nachricht zu überbringen, dass sein Auftrag erledigt ist. Es ist ja auch fast die Wahrheit.«

»Wie kommt er in die Zone?«

»Durch denselben U-Bahn-Tunnel wie ihr.«

»Sollen wir trotzdem weiter nach dem Jungen suchen, diesem Rezvan?«

Murell räusperte sich ein weiteres Mal. »Auf jeden Fall. Wir wissen nicht, was letzten Endes geschieht. Ihr müsst den Jungen unbedingt finden und aus ihm herausholen, wo Emir Lund ist.«

Vor ihnen lag der Järva torg – der Platz, auf dem alles angefangen hatte. Hier hatte sie den Fehler ihres Lebens gemacht.

Das Podium, auf dem die Ministerin ihre Rede gehalten hatte, stand noch da. Jemand hatte versucht, es anzuzünden, an den Seiten waren schwarze Rußspuren.

Fredrika blieb stehen. Sie starrte auf das Podium und sah den ganzen Mist aus dieser Perspektive, von unten.

»Was ist?«, fragte Arthur.

»Nichts.« Sie hatte nur eine gute Polizistin sein wollen.

»Denk nicht darüber nach, was passiert ist. Lass uns den Jungen suchen.« Er legte Fredrika die Hand auf die Schulter. »Und dann den Terroristen.«

Wenig später saßen sie bei Rezvan Feraz' Eltern in der Küche. Rezvan selbst war nicht da.

Zuerst hatten sie sein Zimmer durchsucht – eine bizarre Angelegenheit. Überall lagen Teile von Silikonrobotern herum. Vor allem die Genitalien wirkten sehr lebensecht.

»Was wollen Sie von ihm? Er hat nichts getan«, wiederholte seine Mutter alle fünf Minuten, während sie hin und her lief, um drei etwa sechs Jahre alte Kinder ins Bett zu bringen.

»Was wollen Sie von ihm? Raus hier, sofort«, wiederholte sein Vater alle drei Minuten, während er hin und her lief, Kaffee kochte und fragte, warum sie sich so sehr für Plastikpenisse interessierten. »Was wird meinem Sohn vorgeworfen?«

Aus dem Flur war ein Geräusch zu hören. Die Küchentür ging auf, und ein Junge kam herein. Er hatte dunkles, lockiges Haar, gebräunte Haut und neugierige Augen.

Rezvan Feraz.

»Du hast doch nichts Dummes angestellt, oder?«, rief sein Vater, bevor der Junge fragen konnte, wer die Besucher waren.

Rezvan lächelte nur, seine Zähne waren kreideweiß.

»Du kannst aufhören zu grinsen«, sagte Arthur.

Fredrika ging hinüber und durchsuchte den Jungen – er trug keine Waffe. Die Situation war ungefährlich, aber wichtig. Ein übermütiger Glanz trat in Rezvans Augen.

»Das muss schnell gehen«, sagte Arthur und meinte Fredrika damit. »Und Sie müssen leider gehen«, teilte er den Eltern mit.

»Wir wohnen hier«, fauchte die Mutter.

»Aber die Polizeistation hier ist geschlossen, wie Sie wissen. Wir können Ihren Sohn also im Moment nirgendwo hinbringen, deshalb muss ich Sie bitten, die Wohnung zu verlassen. Nehmen Sie auch Ihre kleinen Kinder mit. Sie dürfen bald wieder zurück.«

Der Vater machte einen Schritt auf sie zu. »Wir haben Rechte.«

Rezvan bewegte sich auf den Flur zu, aber Fredrika stellte ihm ein Bein, fing ihn im Fallen auf und presste ihn auf den Boden. Dabei achtete sie darauf, nicht beide Beine in seinen Rücken zu drücken. Es durfte keinen Ian-Vorfall geben.

»Liegen bleiben.«

Arthur hatte seine Dienstwaffe gezogen.

Der Vater starrte ihn stumm an.

Fredrika drehte sich um: Die drei Sechsjährigen standen mit erschrockenen Augen in der Tür, ihre Schlafanzüge waren alt und verwaschen, ihre Haare zerzaust.

»Ihr braucht keine Angst zu haben«, sagte Arthur. »Wir reden nur mit eurem großen Bruder.«

Er reichte Fredrika die Handschellen.

Sie lockerte den Druck auf Rezvans Rücken, er zappelte, versuchte von ihr wegzukriechen – das war eine natürliche Reaktion, jeder tat das. Die Lage war noch längst nicht unter Kontrolle, sie konnte schnell eskalieren.

»Du machst dich des gewaltsamen Widerstands gegen die Staatsgewalt schuldig«, sagte Fredrika mit fester Stimme, bevor sie sich in Erinnerung rief, dass er nicht einmal Flaum auf der Oberlippe hatte – er war zu jung, um für ein solches Vergehen zur Rechenschaft gezogen zu werden.

Sie legte ihm die Handschellen an und zerrte ihn ins Wohnzimmer.

Sie hörte, wie Arthur den Eltern in der Küche Befehle erteilte.

Einen Moment später hörte sie, wie die Wohnungstür von innen abgeschlossen wurde.

In den Bücherregalen standen Familienfotos, ein Teeservice und ein paar gerahmte Kinderzeichnungen. Der Fernseher lief, irgendeine Musiksendung auf Arabisch oder Persisch. Kein Schwede sieht mehr auf diese Weise fern, dachte Fredrika. Heutzutage gab es kein einziges Programm auf irgendeinem Kanal mehr, das auch nur ein Zwanzigstel der Bevölkerung des Landes zu interessieren vermochte.

Sie drückte Rezvan auf das fleckige Sofa.

Es war fast still, nur das laute Schluchzen seiner Mutter war durch die Eingangstür zu hören.

Der Junge starrte sie an.

Arthur stand in der Tür und behielt alles im Auge.

Fredrika beugte sich zu Rezvan.

»Rezvan Feraz«, sagte sie. »Wann hast du Emir Lund zuletzt gesehen?«

69

Sie hatten Nova mit Blaulicht und Sirene und hundertzwanzig Sachen quer durch die Stadt ins Krankenhaus gebracht.

Das Personal in der Notaufnahme, das sie aufnahm, reagierte gelassener als die schweißnassen Polizisten, denn sie sahen sofort, dass es ihr nicht allzu schlecht ging. Trotzdem: Nova würgte und krümmte sich vor Schmerzen und versuchte, erbärmlich, schwach und sehr krank auszusehen. Einer der Polizisten lief den Sanitätern hinterher – er wurde von einer Krankenschwester angewiesen, in der Eingangshalle zu warten.

Sie brachten Nova in einen anderen Raum. Sie klammerte sich an eine der Beschäftigten, hängte sich an sie und ließ ihre Füße über den Boden schleifen, als wäre sie kurz vor der Ohnmacht.

Die Wände waren grau, neben einem großen Schrank stand eine Waage auf dem Boden. Sie legten sie auf eine Pritsche, und die Schwester hielt ihr ein Thermometer an die Stirn, das nach wenigen Sekunden piepte.

»Kein Fieber«, sagte die Schwester. Ihre Nasenlöcher waren so groß wie Sardellenköpfe. »Kannst du dich aufsetzen?«

Nova keuchte, richtete sich aber langsam auf. Ihre baumelnden Füße reichten nicht bis zum Boden.

»Tut dir etwas weh?«

»Hier.« Nova zeigte auf eine Niere.

»Zieh bitte dein Hemd aus«, sagte die Schwester. Ihre Nase erinnerte Nova an die Muminmamma.

Nova wollte nicht, dass man die Bisswunde in ihrer Armbeuge sah. »Kann ich nicht einfach den Ärmel hochkrempeln?«

»Nein, wir müssen deinen Blutdruck messen, dazu muss ich den ganzen Oberarm erreichen können. Ist es dir unangenehm, dich freizumachen?«

Nova wippte hin und her. »Ein bisschen.«

»Warte«, sagte die Schwester, drehte sich um und öffnete den Schrank. »Ich weiß was«, sagte sie und hielt ihr einen weißen Overall hin. Schnell zog Nova ihren Pullover aus, klemmte ihn in die Armbeuge, in die sie hineingebissen hatte, und schlüpfte in den Overall.

Die Schwester lächelte und legte die Blutdruckmanschette an –

Nova achtete darauf, den rechten Arm auszustrecken. Die Manschette pumpte sich auf, drückte fast schmerzhaft auf ihren Oberarm und lockerte sich rasch wieder.

»Sieht alles gut aus«, sagte die Muminschwester. »Ich werde dir jetzt eine kleine Blutprobe entnehmen. Halte bitte den Zeigefinger hoch.« Ihr Lächeln wirkte aufgesetzt.

Der schnelle Stich im Finger war nicht zu spüren, aber Nova tat, als hätte sie Schmerzen.

Die Schwester presste die Lippen zusammen. »Kannst du aufstehen?«, fragte sie.

Nova stand auf. Sie schwankte hin und her.

»Geht das?«

»Ich weiß nicht … was soll ich tun?«

»Da du Blut im Urin hattest oder es zumindest so aussah, möchte ich, dass du in diesen Becher pinkelst.« Die Nasenlöcher der Krankenschwester flatterten wie der Klüver eines verdammten Segelbootes.

Nova stolperte zur Tür und öffnete sie langsam. Ein Polizist saß im Halbschlaf auf einem Stuhl im Flur und hielt Wache.

»Bist du fertig?«, fragte er mit schläfriger Stimme.

»Nein, ich muss eine Urinprobe abgeben.«

Er nickte und ließ das Kinn wieder auf die Brust sinken. *Das* war ihr Privileg: Sie galt als ungefährlich.

Jetzt auf der Toilette war es einfacher als in der Zelle: Diesmal brauchte sie nur mit dem Fingernagel an der kleinen Wunde in der Armbeuge zu kratzen, und sie begann wieder zu bluten. Ein, zwei, drei Tropfen in den Plastikbecher genügten. Die Mischung sah aus wie Himbeerlimonade.

Die Muminmamma nahm den Plastikbecher entgegen, ohne mit der Wimper zu zucken – der Umgang mit der Pisse anderer Leute war hier Routine. »Das wird eine Weile dauern«, sagte sie.

Sie schloss die Tür von außen ab. Vielleicht ahnte sie etwas, obwohl sie bald feststellen würde, dass tatsächlich Blut in Novas Urin war – wenn sie es nicht schon mit ihren riesigen Nasenlöchern gerochen hatte.

Nova murmelte vor sich hin: *Weibliches Privileg. Privileg der Weißen. Klassenprivileg.* Sie war Schwedin und wohlerzogen. Eine wohlerzogene Schwedin. Und dass sie eine Frau war, war ausnahmsweise auch ein Privileg. Die Wahrscheinlichkeit, dass ein männliches Bandenmitglied aus Järva mit dunklerer Hautfarbe so lax bewacht worden wäre, war geringer als Null.

Und: *Privileg einer Taschendiebin.* Nova stahl schon seit Jahren Uhren. Sie war eine Meisterin darin, Bewegungen auszuführen, die von anderen Bewegungen ablenkten. Es war ihr privater Akt des Widerstands, oder zumindest rechtfertigte sie die Diebstähle mit diesem Gedanken.

Sie umklammerte den Schlüsselbund in ihrer Hand: Sie hatte ihn in der Aufregung stibitzt, als man sie in die Klinik gebracht und sie an einer der Schwestern gehangen hatte wie ein Sack voll Kartoffeln.

Sie zog den grünen Pullover wieder an und wartete ein paar Minuten, bevor sie die Tür aufschloss und so leise wie möglich öffnete.

Schnell schlich sie den Flur hinunter.

Es dauerte ein paar Sekunden, dann hörte sie den Polizisten hinter sich rufen. Er hatte gecheckt, was sie vorhatte. Aber da rannte Nova schon – sie rannte wie verrückt.

SECHSTER TAG

11. Juni

70

Doppelte Dunkelheit: die Nacht draußen, die Kapuze über Emirs Kopf.

Sie trieben sie vorwärts. Er hatte noch einen Blick auf die schweren Waffen werfen können, die Abu Gharib und seine Männer trugen – es hatte keinen Sinn, den Helden zu spielen.

Gleichzeitig verstand er nicht, warum sie auch ihn mitgenommen hatten. Ihr Scheich musste die Ministerin natürlich irgendwo hinbringen, während sie über die Freilassung der Gefangenen verhandelten, aber wozu brauchten sie ihn? Emir spielte keine Rolle mehr in diesem Spiel, warum hatte ihn die MB nicht schon längst auf die Straße gesetzt?

Er hörte das Geräusch eines Motors und das Schlagen von Autotüren, kurze Befehle auf Arabisch und ein Stöhnen von Eva.

Sie drückten ihn nach unten. Er knallte mit einem Schienbein gegen Metall und wollte instinktiv die Hände heben, um den Sturz abzufangen, aber sie waren hinter seinem Rücken zusammengebunden. Sein Kopf prallte gegen etwas, das wie eine schmutzige Decke roch. Neben sich spürte er einen weiteren menschlichen Körper.

Evas Stimme: »Bist du das, Emir?«

Dann hörte er, wie eine Heckklappe zugeschlagen wurde. Sie waren in einem Geländewagen oder so. Sie fuhren los.

»Ihr bleibt ruhig liegen, damit das klar ist«, sagte Abu Gharib vom Beifahrersitz aus. »Ich will keinen Ärger. Wir fahren nicht weit.«

»Wohin denn?« Emir konnte sich die Frage nicht verkneifen.

»Kann dir egal sein.«

»Aber ich habe Probleme mit den Nieren. Ich muss ins Krankenhaus.«

Der Motor dröhnte, der Wagen war ein Fossil.

»Wir haben dir schon geholfen«, sagte Abu Gharib. »Hab keine Angst vor *Dschannah.*«

Sie fuhren sehr langsam. Das Auto holperte, es war, als würden sie über Bordsteine und Geröll fahren. Emir spürte, was er nicht spüren wollte: den Schmerz in seinem Gehirn.

Warum hatte Gharib ihm gesagt, er solle keine Angst vor Dschannah haben?

Die Männer im Auto unterhielten sich.

Eva flüsterte ihm etwas zu. Er beugte sich näher zu ihr vor.

»Das mit Dschannah habe ich verstanden«, flüsterte sie, und ihre Stimme klang, als würde sie zittern. »Sie werden uns töten, nicht wahr?«

Emir spürte ihren feuchten Atem an der Kapuze und dachte an ihre Unterhaltung in der Abstellkammer. Was sollte er darauf antworten?

Der Wagen ruckelte und kam abrupt zum Stehen.

Er hörte, wie Fahrer- und Beifahrertür geöffnet und zugeschlagen wurden.

Die Heckklappe sprang auf.

Gharibs raue Stimme: »Aussteigen.«

Emir kroch rückwärts wie eine Raupe. Jemand zog ihm die Kapuze herunter.

Eine Werkstatt: Die Autos darin sahen erstaunlich intakt aus, keine eingeschlagenen Scheiben, keine gestohlenen Felgen. Vielleicht war es die Werkstatt der Bruderschaft – und diese Tatsache allgemein bekannt.

Das Licht war schummrig, wie gedimmt. Trotzdem wirkte Abu Gharibs spitzer Bart fast unwirklich scharf.

Sein Soldat gestikulierte mit dem Sturmgewehr und forderte sie auf, sich an die Wand zu stellen.

Emir starrte auf den unebenen Beton, er sah die kleinen runden Löcher mit den Rissen darum – Einschusslöcher.

Gharib stand ihnen in ein paar Metern Entfernung gegenüber, breitbeinig, reglos, mit schwarzen, glänzenden Tätowierungen auf den Armen. Er hielt etwas in der Hand: eine Gebetskette, die er Perle für Perle durch die Finger gleiten ließ. Er benutzte sie ebenso oft, um Gebete zu zählen, wie zur Entspannung und zum Stressabbau.

Abu Gharibs Lippen bewegten sich nicht, er sagte keine Gebete auf, da war sich Emir sicher. Das bedeutete: Er war *gestresst*.

»Mit dem Rücken an die Wand.«

Der Soldat, der ihn begleitete, richtete die AK-47, die auf Hüfthöhe von seiner Schulter hing, auf sie.

»Scheich Bouraleh hat seine Meinung geändert«, sagte Gharib. »Wir werden diesem Land eine Botschaft senden.«

Emir trat einen Schritt vor. »Bitte.«

»Halt!«, rief der Soldat, und die Adern an seinem Hals traten hervor wie Würmer. Er hob die Kalaschnikow.

»Ich kann das regeln ...«, setzte Eva an. »Lasst mich mit Bouraleh sprechen.«

»Nein. Damit ist es vorbei. Es reicht.« Gharib spuckte auf den Betonfußboden. »Wir wissen, dass ihr Truppen hierhergeschickt habt, um nach dir zu suchen. Einigen unserer Quellen zufolge sind es noch nicht einmal Polizisten, sondern Naziterroristen. Wir werden nicht auf sie warten.«

Emir hörte das Blut in seinen Ohren rauschen.

Er musste etwas tun.

Da begann Eva mit fester Stimme zu sprechen: »Ich kann euch von hier wegbringen«, sagte sie zu Gharib und den Soldaten. »Vielleicht seid ihr ja als BOP klassifiziert. In diesem Fall kann ich das aufheben. Ich kann eure Freilassung arrangieren. Geld, alles, was ihr wollt. Lasst mich einfach verhandeln.«

Abu Gharib hörte auf, an der Gebetskette herumzufingern.

Er trat einen Schritt vor, das Kinn in die Höhe gereckt, den Blick auf Eva gerichtet. »Du kannst mir nichts geben, denn ich hatte bereits alles.« Seine Augen blitzten auf. »Weißt du, ich habe ein paar Jahre in deinem Teil Schwedens gelebt. Ich war nicht immer ein BOP, ich habe studiert und so weiter.«

Es klang wie ein Märchen, das hatte Emir noch nie gehört. Als er aufwuchs, hatten alle vor Gharib genauso viel Angst gehabt wie vor *Supreme Leader Snoke*.

»Ich habe versucht, von der Straße wegzukommen, ein Suedi zu werden«, sagte Gharib. »Die Nacht zu verlassen, um am Tag zu leben. Ich dachte, ich könnte mich anpassen. Aber weißt du, was stattdessen passiert ist?«

Der Soldat warf Gharib einen kurzen Seitenblick zu – offenbar fragte er sich, wovon der Sicherheitschef sprach.

»Ich entdeckte, dass, als ich mich verkaufte, auch die Wahrheit über mich gegen ein Bild von mir eingetauscht wurde. Ich wurde zu dem, was andere in mir sahen: für die einen der arme Immigrant, für die anderen die dunkle muslimische Bedrohung. Also habe ich diesen Scheiß aufgegeben und bin wieder hierher zurückgezogen. Wenigstens hier gibt es noch etwas Ehre.«

»Ich bin in der Position zu verhandeln, glaub mir«, sagte Eva.

Emir wagte es nicht, den Blick abzuwenden. Die AK-47 zielte auf seine Brust.

»Halt die Klappe«, sagte Gharib.

Der Soldat zischte etwas, das Emir verstehen konnte: »*Sawf yantahi?*« Soll ich sie umlegen?

Gharib hob die Hand, um den Soldaten zurückzuhalten. Die Gebetskette baumelte wie ein Strick an seinem Handgelenk.

Emir trat noch einen Schritt vor.

Er blickte direkt in das dunkle Auge der AK-47. Sein Herz klopfte wie verrückt – wenigstens hatte er dafür gesorgt, dass Mila seine Ersparnisse bekam. Aber er wollte sie noch einmal sehen. Eine Partie Schach spielen. Sie in den Arm nehmen.

Der Finger am Abzug krümmte sich langsam.

Er würde in einer halbdunklen Werkstatt in seiner Nachbarschaft sterben.

Er schloss die Augen. Hörte Eva panisch atmen. Wartete auf das Ende.

Dann: BUMM – ein Schuss knallte.

Emir warf sich auf den Boden.

Eva lag neben ihm.

NEIN.

Er kroch zu ihr. In seinen Ohren piepte es laut.

Er spürte den Schmerz. Den Höllenschmerz in seinem Kopf.

»Raus hier«, hörte er Abu Gharibs Stimme durch das Piepen hindurch.

Lebte sie, lebte Eva?

Emir sah zu Gharib auf. Er verstand nicht, was er sah.

Der Soldat lag vor den Füßen des Bandenchefs auf dem Betonboden, das Maschinengewehr neben ihm. Blut in einer wachsenden Pfütze um ihn herum.

Abu Gharib hielt eine Glock in der Hand. Er hatte seinen eigenen Soldaten erschossen.

Eva erhob sich langsam auf die Knie und starrte den toten Shuno auf dem Werkstattboden an. »Warum?«

»Es ist eine Frage der Ehre«, sagte Abu Gharib und nickte in

Emirs Richtung. »Verschwindet jetzt, bevor ich es mir anders überlege.«

Emir schob sie vor sich her. Sie stolperten mit gefesselten Händen vorwärts.

Er stieß das Werkstatttor auf und lief keuchend auf die Straße hinaus.

Sie rannten davon.

Ehre, hatte Gharib gesagt. Eva würde es nicht verstehen, aber Emir wusste, was er meinte – Abu Gharib war ein Ehrenmann. Vor ein paar Tagen hatte Emir ihn vor einer lebenslänglichen Haftstrafe bewahrt – er hatte auf dem Dach auf die Polizisten geschossen, damit der Gangsterboss hatte fliehen können.

Ein Ehrenmann hat keine Schulden. Ein Mann von Ehre begleicht sie sofort. Und das hatte Abu Gharib hiermit getan.

71

Die hellste Zeit des Jahres. Der dunkelste Teil in ihr in diesem Moment.

Fredrika kaute drei Jetpack-Kaugummis auf einmal. Um neue Energie zu bekommen, wach zu bleiben – oder auch zum Stressabbau.

Rezvan saß noch immer an derselben Stelle. Das Sofa war so schmutzig, dass man nicht mehr erkennen konnte, welche Farbe es einmal gehabt hatte.

Das Hämmern und Schreien im Treppenhaus war nur wenige Minuten, nachdem sie die Eltern aus ihrer Wohnung geworfen hatten, verstummt: Ein Nachbar hatte geschrien, er würde der Mutter des Jungen den Kopf wegpusten, wenn sie nicht den Mund hielt. Das jedenfalls hatte Fredrika selbst durch die geschlossene

Wohnungstür mitbekommen. Rezvans Vater dagegen hatte sie gar nicht gehört.

Über eine Stunde hatte sie es versucht. Zuerst hatte sie es im Guten probiert und an seine Vernunft appelliert: »Es ist wichtig, eine Politikerin zu retten«, dann hatte sie ihm gedroht: »Wir werden dich verhaften und in eine Zelle stecken«, und schließlich hatte sie versucht, ihn zu bestechen: »Wir können deine Familie hier rausholen, wir werden dir und deiner Familie Geld geben, wenn du uns hilfst.«

Rezvan hatte kein Wort gesagt – er hatte sie nur angespuckt.

Dann hatte Arthur es versucht: Er hatte dem Jungen Schläge angedroht und dass seine Familie die Wohnung nie wieder betreten durfte. Er hatte Rezvans Wangen zwischen seine kräftigen Hände genommen und ihm wie ein Hysteriker ins Gesicht geschrien.

Aber der kleine Balg hatte weiter geschwiegen.

Der überhebliche Blick, das hochgereckte Kinn – eine für solche Jungs typische Haltung, die ihr in den Jahren als Streifenpolizistin hunderte Male begegnet war. Sie waren so jung, dass sie noch nicht einmal Haare auf dem Sack hatten, wussten aber bereits, dass die schwedische Polizei ein Witz war, dass sie im Vergleich zu den anderen in ihrer Umgebung harmlos wie Kindergartenkinder waren.

Kultur des Schweigens. Monopol der Gewalt.

Arthur deutete in die Küche. »Wir müssen uns unterhalten.«

Er wusste, was ihr durch den Kopf ging. »Wir haben keine Zeit für dieses Herumgeeiere«, sagte er. »Wir sind in einer Sonderzone. Wir müssen *spezielle Verhörmethoden* anwenden. Sonst kommen wir nicht weiter, das weißt du genau.«

Die Situation entglitt ihnen allmählich – sie wussten beide, dass die Zeit in Entführungssituationen ein entscheidender Faktor war. Aber Fredrika schüttelte den Kopf. *Spezielle Verhörmethoden*: Die hatte sie bei Strömmer in Tallänge angewandt.

»Hier geht es um Verbrechen, die mit mindestens sechs Jahren Gefängnis bestraft werden«, fügte Arthur hinzu.

Er hatte recht – so kamen sie nicht weiter, aber Rezvan selbst wurde ja keines Verbrechens verdächtigt, auf das mindestens sechs Jahre Strafe standen. Niemand hatte auch nur behauptet, dass er in irgendeine Straftat verwickelt war. Und vor allem: Er war ein Kind.

»Es geht um die nationale Sicherheit«, sagte Arthur.

Der Junge wusste etwas, so viel war klar.

»Was schlägst du also vor?«, fragte Arthur dann, und die Schärfe in seiner Stimme war nicht zu überhören.

»Wir müssen es noch ein wenig mit den herkömmlichen Methoden versuchen.«

»Aber du weißt, dass das nichts bringt.« Er zitierte aus dem Regelbuch: »*Ein Polizeibeamter darf, wenn andere Mittel nicht ausreichen, zur Durchführung einer Amtshandlung Gewalt anwenden, wenn eine Person, der die Freiheit rechtmäßig entzogen ist, zu fliehen versucht.*«

Fredrika blickte in Richtung Wohnzimmer. »Aber er ist doch schon in Gewahrsam und mit gefesselten Händen und Füßen auf dem Sofa.«

Arthur gab einen Laut von sich, der wie ein Stöhnen klang. »Fredrika, er lacht uns aus. Ein dreizehnjähriger Junge, der Schweden und die Gesellschaft im Allgemeinen so verachtet, dass er der Polizei ins Gesicht spuckt?«

»Aber wir haben gesetzlich nicht das Recht dazu.«

»Es geht nicht darum, was das Gesetz sagt. Es geht um den gesunden Menschenverstand. Solche Rotznasen sollten der Polizei gehorchen. Denn wenn wir ihnen schon keinen Respekt beibringen können, wenn sie dreizehn sind, werden wir das nie schaffen.«

Er hatte recht. Darauf wusste sie nichts zu erwidern. Aber sie konnte nicht anders: »Wir fragen Murell«, sagte sie.

»Sollen wir bei Rezvan Feraz spezielle Verhörmethoden anwenden?«, fragte sie über Funk.

Im Gerät knisterte es. Murell schwieg. Fredrika hörte Stimmen im Hintergrund, vielleicht sprach er gerade mit jemandem.

»Es ist definitiv Gefahr im Verzug«, sagte Murell nach einem Moment, als würde er laut nachdenken. »Ihr seid in einer Sonderzone, in der wir den Ausnahmezustand ausgerufen haben, und sollt Emir Lund finden, der euch vielleicht weiterhelfen kann. Ihr habt nicht nur das Recht, besondere Verhörmethoden anzuwenden, ihr *müsst* es sogar tun, wenn der kleine Scheißer nicht reden will.«

»Aber …«, begann Fredrika.

»Die Zeit läuft ab«, unterbrach Murell. »Das ist ein Befehl.«

Er beendete das Gespräch.

Arthur nickte mit ernster Miene.

»Hilf mir mit dem kleinen Scheißer«, sagte er.

Sie trugen den Jungen ins Bad.

Die breiten Kalkablagerungen in der Badewanne sahen aus wie aus einem anderen Jahrhundert.

Sie legten Rezvan hinein.

Arthur packte ein Handtuch, drehte den Wasserhahn auf und hielt es darunter.

»Was macht ihr da?«, jammerte der Junge und versuchte, sich aufzusetzen.

»Halt ihn fest«, sagte Arthur.

»Sag uns, wo Emir Lund ist«, sagte Fredrika. »Das ist besser für dich.«

»Hältst du mich für eine Ratte?«

»Bitte.« Fredrika hörte die Schwäche in ihrer eigenen Stimme, den panischen Unterton.

»Verdammte Bullenschweine«, sagte der Junge und spuckte sie an.

Arthur trat mit dem nassen Handtuch heran.

Fredrika hielt Rezvan fest. Ihr war übel.

Arthur legte das nasse Handtuch auf das Gesicht des Jungen. Nahm den Duschkopf zur Hand. Drehte das Wasser auf.

»Nein«, sagte Fredrika. »Ich halte das nicht aus.«

Sie ließ los.

Ging hinaus.

Sie hörte Rezvans gurgelnde Schreie aus dem Badezimmer.

Was zum Teufel sollte sie tun?

Kurz darauf lag Rezvan immer noch in der Badewanne, nass, rot im Gesicht, die Hände auf dem Rücken gefesselt, rotzverschmiert und mit Erbrochenem um den Mund. Er weinte nicht, aber er sah auch nicht aus, als wäre er bei vollem Bewusstsein.

Arthur stand über ihm. Keuchte.

Fredrika setzte sich auf die Klobrille. Sie wandte das Gesicht ab, weil sie es nicht ertragen konnte, den Jungen anzusehen. Was dachte er jetzt, hatte er Angst?

»Hat er etwas gesagt?«

Arthur wischte sich den Schweiß von der Stirn. »Nichts.«

Ein Fehlschlag: Fredrika konnte es nicht fassen, dass sie ihm erlaubt hatte, ein Kind zu waterboarden, ohne auch nur irgendetwas Brauchbares aus ihm herauszubekommen.

Das musste sofort ein Ende haben.

Arthur drehte sich um. »Ich werde schießen.«

Er zog seine Sig Sauer.

Rezvan riss die Augen auf.

»Ins Knie«, fügte Arthur hinzu und drehte sich zu dem Jungen um. »Oder willst du uns nicht doch sagen, wo Emir ist?«

Fredrika spürte, wie ihr ein eiskalter Schauer über den Rücken lief und vom Boden über ihre Beine bis in ihren Bauch und ihre Brust. Sie konnte sich nicht bewegen.

Der Junge hob den Kopf, öffnete den Mund, als wolle er etwas sagen – endlich.

»Leck mich«, sagte er und versuchte zu spucken, aber die Flüssigkeit landete auf seiner eigenen Brust.

Arthurs Gesicht glich dem einer Wachspuppe, er hielt die Waffe an das Knie des Jungen.

»Arthur«, versuchte Fredrika, »du kannst doch nicht ...«

»Dann frag noch einmal unseren Vorgesetzten.« Arthurs Stimme klang schärfer als je zuvor.

Fredrika wollte Murell *nicht* noch einmal kontaktieren – sie wollte das Richtige tun.

»Halt ihn fest«, sagte Arthur.

Rezvan wand sich in der Wanne.

Fredrika trat ein paar Schritte zurück.

Arthur lud durch. »Ich sagte, halt ihn fest.«

Da hörten sie etwas. Es läutete an der Wohnungstür, wahrscheinlich war es die Mutter des Jungen.

Fredrika trat in den Flur.

»Wer ist da?«, fragte sie mit lauter Stimme.

»Hallo«, ertönte eine Frauenstimme von der anderen Seite der Tür. »Ist Rezvan hier? Darf ich reinkommen?«

Sie erkannte die Stimme sofort. Es war die schwedische Innenministerin.

72

In der braunen Wohnungstür des Reihenhauses in Järfälla war kein Spion.

Nova drehte sich um und vergewisserte sich, dass ihr niemand gefolgt war.

Das Licht der Morgendämmerung erreichte die Dächer der Reihenhäuser gegenüber. Der Himmel war in der einen Richtung hellblau, in der anderen noch dunkel. Alles in der Umgebung wurde von Sekunde zu Sekunde schärfer. Es war, als würde ein Gebäude nach dem anderen aus dem Boden schießen. Die Sonnenstrahlen trafen einen geparkten BMW, der wie ein gehetztes Tier aus seinem Versteck zu kommen schien. Das Sommerlicht traf eine Frau, die auf ihren Hund wartete. Sie trat aus dem Schatten ihres Hauses, und sie und ihr Labrador erwachten plötzlich zum Leben.

Nova klopfte an die Tür. Würde Jonas ihr öffnen, bevor sie der Taxifahrer eingeholt hatte? Sie hatte sich ohne zu bezahlen aus dem Staub gemacht.

Sie hatte kein Geld, kein Handy, sie war erschöpfter als nach einer knallharten Trainingseinheit, und es war entweder sehr spät oder sehr früh, je nachdem, wie man es sehen wollte. Sie war aus dem Krankenhaus gerannt, hatte sich in das Gebüsch hinter dem Gebäude geschlagen, den großen Friedhof durchquert und war dann weiter bis zu einer größeren Straße gelaufen. Dort hatte sie ein Taxi angehalten.

Jonas hielt einen schwarzen Controller in der Hand, trug ein T-Shirt und eine kurze Hose. Er sagte nichts, aber sein Gesichtsausdruck sprach Bände: *Was willst du hier?*

»Darf ich reinkommen?«, sagte Nova.

Dass ihr Geschäftspartner mitten in der Nacht offenbar nichts Besseres zu tun hatte, als ein Videospiel zu spielen, ließ sie unkommentiert.

Jonas war nicht dick, aber auch nicht gut in Form. Sein Bauch ragte ein paar Zentimeter über den Bund seiner Shorts hinaus, war von der Schwerkraft allerdings noch weitgehend unbeeinflusst.

Sie setzten sich ins Wohnzimmer, Nova in einen Drehstuhl und Jonas auf die Couch, auf der Kissen und Kuscheltiere lagen. Seltsamerweise wusste Nova nicht, ob er eine Frau oder eine Partnerin hatte – es war ihr nie in den Sinn gekommen, ihn danach zu fragen.

An der Wand hingen die Urkunden der Shoken Awards, die er im Laufe der Jahre gewonnen hatte. Der Fernseher lief immer noch: Ein Mann mit einer Axt in der Hand war darauf zu sehen, eine Art Wikingerfigur.

»Spielst du Mini-Wikinger, wenn du nicht arbeitest?«, fragte Nova, bereute die Frage aber sofort – sie konnte nicht anders, als schnippisch zu ihm zu sein.

Jonas lehnte sich zurück. Sie sah seine schmutzigen Fußsohlen. »Bei Videospielen kann man viel lernen.«

»Das bezweifle ich.«

»Du kannst zum Beispiel ein Gefühl von Existenzangst erleben, das du im wirklichen Leben nie auch nur annähernd erreichen würdest.«

Existenzangst – Nova wusste nicht, dass Jonas solche Worte in den Mund nahm. Sie dachte an Simon.

»Jonas, du musst mir helfen«, sagte sie.

»Wohl kaum. Jedenfalls nicht um diese Zeit.«

»Bitte.«

»Du scheinst der Meinung zu sein, dass du jeden nach Belieben herumkommandieren kannst.«

»Jonas«, sagte sie und hörte, wie gequält ihre Stimme klang. »Ich habe deine Hilfe noch nie so sehr gebraucht wie jetzt. Ich habe *Existenzangst*, ehrlich.«

Wenige Minuten später saßen sie nebeneinander auf dem Sofa. Der kleine Couchtisch war mit Tellern, Gläsern und Papier vollgestellt, aber Jonas machte keine Anstalten aufzuräumen.

»Ich brauche Hilfe, um per Funk zu kommunizieren«, sagte Nova.

»Mit wem?«

»Mit jemandem in der Sonderzone Järva.«

»Mit einem normalen Funkgerät?«

»Nein, Kurzwellenfunk.« Sie gab wieder, was Fredrika bei ihrem Gespräch gestern kurz erwähnt hatte.

»Warum?«

»In der Zone gibt es keinen Handyempfang mehr.«

»Aber ich glaube nicht, dass du mit ihr reden kannst. So funktioniert das System nicht.«

»Kann ich sie dann wenigstens hören?«

Jonas sagte nichts darauf. Er hatte den Computer auf seinem Schoß und begann, verschiedene Seiten zu durchsuchen, öffnete Browser, die Nova noch nie gesehen hatte, und rief Seiten auf, die aussahen, als wären sie vor zwanzig Jahren erstellt worden.

Er klappte den Computer zu und stand auf. Ging auf und ab.

»Der Computer wird so heiß auf der Unterseite, dass ich mir beinahe den Schwanz verbrenne. Ich glaube nicht, dass das gut für die Hoden ist.«

»Und was hast du rausgefunden?«

»Es ist möglich, den Funk mit einem speziellen Scanner abzuhören, eine Art Radioempfänger, der automatisch verschiedene Frequenzbänder abtastet. Und dann brauche ich noch die richtigen Kabel, damit ich meinen Computer daran anschließen kann, um den digital verschlüsselten Datenverkehr zu knacken.«

»Und wo kriegen wir das alles her?«

Jonas kratzte sich am Kopf. »Das kann man im Darknet bestellen.«

»Ich kann nicht warten«, sagte Nova. Einen Scanner im Darknet zu bestellen, war Unsinn. Es würde Tage dauern, bis er hier war.

Jonas sah sie an. »Du gehst nicht ran, wenn ich anrufe. Du

sagst, dass du vielleicht alles hinwerfen willst. Und jetzt stehst du mitten in der Nacht unangekündigt vor meiner Tür.«

»Ja, weil ich Hilfe brauche.«

»Ich helfe dir, so gut ich kann, ohne zu wissen, warum, und dann schreist du mich an. Du hast den Verstand verloren, weißt du das?«

Sie zuckte zusammen, als sie daran dachte, wie sie ihn wegen dem Kühlschrank zurechtgewiesen hatte.

Nova hatte keine Zeit für solchen Unsinn. Sie war nicht so weit gekommen, weil sie sich für ihre Taten entschuldigt hatte. Trotzdem senkte sie das Kinn und sah ihn weiterhin an. »Es tut mir leid«, sagte sie. »Ich werde weitermachen. Wir sind ein Team, Jonas. Ich werde dich nicht im Stich lassen.«

»Ich glaube, die einzige Möglichkeit, um diese Zeit einen Scanner zu bekommen, ist das zu tun, was *du* früher am besten gekonnt hast.«

Sie brauchten nicht lange, um den Beitrag zu erstellen. Er enthielt nur eine einzige Botschaft.

Es war Jonas wichtig, dass man nicht sehen konnte, wo das Video aufgenommen worden war. Er wollte nicht, dass die Polizisten, die Nova verhaften wollten, seine Tür eintraten.

»Hallo zusammen, Novalife ist wieder da«, sagte sie und lächelte in die Kamera. »Tut mir leid, dass ich etwas erschöpft aussehe, aber ich befinde mich gerade mitten in einer Krise, von der ich euch später mehr erzähle. Aber ihr wisst ja, dass ich immer wieder aufstehe.« Sie machte das Victory-Zeichen. »Im Moment organisiere ich ein sehr wichtiges Gewinnspiel, das wichtigste, das ich je veranstaltet habe.«

Jonas hielt die Kamera so ruhig wie immer, und das Mikrofon stand auf dem Tisch. Alles sah so aus wie bei einer ganz normalen Novalife-Aufnahme.

»Ich brauche noch heute Vormittag einen S230-Scanner oder ein Gerät mit den gleichen Funktionen. Wer sich zuerst bei mir meldet, gewinnt zehntausend Kronen. Ich liebe euch, Leute.«

Letzteres war eine Lüge, aber was sollte sie tun? Wenn man die verschiedenen Kanäle zusammenzählte, Instagram, YouTube, Shoken, QuicksonBits und so weiter, hatte sie mehr als zwei Millionen Follower. Obwohl es noch früh war, waren sicher mehrere Tausend davon wach, und einer hatte bestimmt einen Scanner. Doch das half ihr nur, wenn dieser Jemand in der Nähe von Stockholm wohnte.

In den letzten Tagen war so viel Scheiße passiert, dass sich das Blatt jetzt wenden musste – das Unglücksmaß war übervoll, und das Gleichgewicht musste wiederhergestellt werden.

Jonas schickte den Videoclip mit einem Tastendruck ab.

Drei Minuten später kam eine E-Mail. Irgendein Typ in Solna hatte das richtige Gerät.

Krass. Yin und Yang: Hatte sich das Schicksal wirklich gewendet?

73

Natürlich war sich Emir bewusst, dass er bei den Muslimbrüdern keine Dialyse erhalten hatte, aber er hatte gehofft, dass sein Körper länger durchhalten würde. Da hatte er sich offensichtlich getäuscht. Alles war schneller wieder da als eine Blutfehde in einem Dorf. Sein Magen schmerzte, seine Beine schmerzten, sogar seine Finger schmerzten. Sein Kopf schmerzte am meisten, aber am schlimmsten war die Kraftlosigkeit. Es war, als würde ihn etwas von innen auffressen.

Er war wieder in demselben Zustand, in dem er gestern gewesen war, als die Muslimbrüder ihn aufgenommen hatten. *The story of his life:* Wenn sein Blut nicht in ein paar Stunden gereinigt würde, war er ein toter Mann. Außerdem hatte er nur wenige Minuten geschlafen.

»Dir geht es immer schlechter. Ich muss etwas unternehmen«, sagte Eva, nachdem sie sich einige Stunden in der Nähe der Werkstatt versteckt gehalten hatten.

Sie mussten jemanden erreichen, der eine Telefonverbindung nach draußen hatte, ein Satellitentelefon oder was auch immer, aber in seiner Verfassung waren die Erfolgsaussichten nicht besonders groß. Er dachte an Hayat, aber sie hatte ihn ja bereits rausgeworfen und war wahrscheinlich wieder bei der Arbeit.

»Der Einzige, der mir einfällt, ist Rezvan«, antwortete er. »Wenn ich Glück habe, ist er zu Hause bei seinen Eltern.«

»Ist das weit?«

Emir schnaubte. »Anderthalb Kilometer.«

Eva trat einen Schritt auf ihn zu. Sie war ihm jetzt ganz nah, ihre Nase war nur wenige Zentimeter von seiner entfernt.

»Emir«, sagte sie.

Er roch ihren Atem. Ihre Halskette sah anders aus im Morgenlicht in ihrem Rücken. Sie war wie ein Engel, der auf ihn herabschwebte.

»Du hattest recht.« Er rang nach Luft. »Mir ist nichts passiert, weil ich bei dir war«, sagte sie. »Und jetzt werde ich dir helfen. Rezvan hat mir gesagt, wo er wohnt. Ich werde hinfahren, vielleicht funktionieren ja Internet oder Telefon wieder, oder er hat eine andere Idee. Und dann werde ich dafür sorgen, dass du so schnell wie möglich Hilfe bekommst. Du bleibst einfach hier und ruhst dich aus.«

Sie legte ihm eine Hand auf die Schulter. Emir konnte noch nicht einmal protestieren, als sie sich umdrehte und davonging.

Er wollte ihr hinterher rufen, dass sie ihren Schleier nicht aufgesetzt hatte, aber sie war schon zu weit weg.

Er setzte sich und lehnte den Rücken gegen die Hauswand.

Der Boden war noch feucht.

Der Beton scheuerte an seinem Rücken wie ein Nagelbrett.

Jetzt saß er hier. Eine halbe Ewigkeit. Er war ein Idiot gewesen, weil er ihr geglaubt hatte, das wurde ihm jetzt klar. Eva würde nicht zurückkommen. Warum sollte sie sich für einen BOP einsetzen, der so krank war, dass er nicht einmal mehr stehen konnte?

Sie hatte gesagt: *Mir ist nichts passiert, weil ich bei dir war.*

Aber jetzt war die Frage: Würde er alleine zurechtkommen?

Er sah sie durch das Fenster des Dönerladens. Sie hatten seit Jahren nicht mehr miteinander gesprochen, seit sie ihn auf dem Marktplatz beim Drogenverticken gesehen hatte. Trotzdem ging er hinein – er wollte vor ihr angeben, morgen würde er bei seinem ersten MMA-Kampf antreten und war stolz darauf.

Hayat arbeitete effizient an der Kasse und bei den Salaten.
»Was willst du?«

»Kennst du mich noch?«

»Natürlich kenne ich dich noch. Aber als du das letzte Mal hier warst, hast du mich nicht erkannt. Zumindest hast du so getan.«

Sie hatte recht. Emir hatte hier schon oft gegessen, aber nie Hallo gesagt. Sie kannten sich aus einem anderen Leben, aus der Welt der Kinder. »Tut mir leid«, sagte er. »Ich hätte nicht gedacht, dass du dich an mich erinnerst.«

Hayat nickte und schnitt das Fleisch mit sanften Bewegungen in kleine Scheiben.

»Hast du in letzter Zeit mal Minecraft gespielt?«, fragte Emir.

Sie lachte. »Ich will Ärztin werden, daher ist Dönerschnei-
den das Einzige, wofür ich neben dem Studium Zeit habe. Aber
wenn du mal im Kreativmodus spielen willst, bin ich dabei.«

Sie unterhielten sich eine Weile. Sie lachte über fast alles,
was er sagte, und nach einer Weile setzte sie sich sogar ihm
gegenüber an den Tisch.

»Und was machst du so?«, fragte sie.

Darauf wusste er keine Antwort. Er war Erpresser und Räu-
ber, aber in letzter Zeit hatte sich sein Leben größtenteils um
MMA gedreht.

»Meistens trainiere ich«, sagte er.

»Du trainierst?«

Er legte sein Besteck neben den Teller. »Morgen habe ich
meinen ersten Wettkampf. Willst du mitkommen und zu-
schauen?«

Mehrere Wochen vergingen. Sein erster Sieg veränderte nicht
alles, aber vieles.

Emir verbrachte fast jede freie Minute beim Training. Er
hatte dort neue Freunde gefunden, und Isak kam immer öfter
vorbei. Vor allem hatte Emir mit dem Gangsterscheiß aufgehört – er verprügelte niemanden mehr für Geld, verübte keine
Raubüberfälle mehr und lieferte keine Drogen mehr aus. Letzteres war ziemlich vernünftig, weil sie inzwischen die Ausweise
von jedem kontrollierten, der Järva verließ. Stattdessen fing er
als Kinder- und Jugendtrainer an. Er verdiente ein Zwanzigstel so viel wie vorher, aber das kümmerte ihn nur einmal im
Monat, wenn er dem Jungen, den er im Jugendknast verprü-
gelt hatte, Schmerzensgeld zahlen musste.

Die Jungs aus seinem alten Leben akzeptierten seine Entscheidung: Sie fanden es toll, dass sie einen eigenen MMA-
Star hatten.

Und Hayat: Sie kam am Tag nach dem Sieg beim Training vorbei und lächelte nur.

Auch sein Trainer grinste. »Champ, ich glaube, du hast Besuch.« Emir war noch ganz blau im Gesicht.

Die nächsten Tage waren wie in seiner Kindheit, als er und Isak ein Herz und eine Seele waren. Er sah Hayat jeden Tag, sie lachte über seine Witze, manchmal beendete sie sogar seine Sätze wie in einem Liebesfilm. Als sie das erste Mal mit zu ihm nach Hause kam, ließ sie ihn nicht ran – sie war ein braves Mädchen.

Als er ihr erzählte, dass er eine Tochter hatte, sagte sie: »Wann kann ich mit ihr Minecraft spielen?«

Emir ergatterte eine Wohnung in der Nachbarschaft.

Hayat würde in einem Jahr Ärztin sein, wohnte aber immer noch bei ihren Eltern. Das hielt sie nicht davon ab, Zeit miteinander zu verbringen, aber anders als früher, als sie noch Kinder waren.

Emir wollte sie verwöhnen – er schenkte Hayat Kleidung, ein Handy und Parfüm.

Nach ein paar Monaten zog sie bei ihm ein.

Manchmal musste er Mila zu sich nehmen. Hayat spielte mit ihr in der Einzimmerwohnung Verstecken, als würden sie sich schon seit hundert Jahren kennen.

Emir begriff, dass er in eine neue Lebensphase eingetreten war.

Doch die größte Veränderung fand in seinem Kopf statt. Obwohl er die meiste Zeit des Tages schweißnass war, fühlte er sich sauber. Sogar Lilly schien das zu spüren – er durfte Mila länger sehen als vorher.

»Ich glaube, es liegt daran, dass du stolz auf dich bist«, sagte Hayat im Versuch, es ihm zu erklären.

»Ich habe mich auch vorher nicht geschämt.«

»Nein. Aber vielleicht haben sich andere für dich geschämt.«
Er zuckte mit den Schultern.

Sie strich ihm über die Wange. »Wie fühlt es sich an, das hinter sich zu lassen?«

»Ehrlich?«

»Was sonst?«

Er hatte noch nicht versucht, es in Worte zu fassen. Aber er wusste instinktiv, wie die Antwort lautete. »Ich glaube, es ist gut für Mila.«

Hayat wurde ernst. »Versprich mir etwas, Emir.«

»Was?«

Sie nahm seine Hand und drückte sie. »Versprich mir, dass du nie wieder in dein altes Leben zurückkehrst.«

Er drückte ihre Hand. Er wollte nicht zurück. Nie wieder.

Er wollte MMA-Champion werden, mit Hayat ein gemütliches Nest bauen und Mila zu einem Teil ihres Lebens machen.

Die brennende Sonne drang durch seine geschlossenen Augenlider, sein Körper zerfiel zu Asche. Wäre jetzt jemand gekommen, um ihn auszurauben – hätte er etwas gehabt, das sich zu stehlen lohnte – oder anzuzünden wie die Autos und Recycling-Stationen, die hier in den letzten Tagen gebrannt hatten, er hätte sich nicht wehren können.

Vielleicht galt er jetzt als Helfer bei der Befreiung von Eva Basarto Henriksson.

Vielleicht hätten sie ihm das Gefängnis erlassen.

Aber jetzt würde er in zwei anderen Gefängnissen sterben – in der Sonderzone, die *sie* geschaffen hatten. Und in dem Körper, den *er sich selbst* geschaffen hatte.

Er vernahm ein Brummen.

In seinem Kopf drehte sich alles.

Gleichzeitig hämmerte eine weitere böse Frage in seinem Kopf:

Als Abu Gharib gesagt hatte, die Bruderschaft hätte gehört, dass Neonazi-Terroristen die Ministerin befreien wollten – was hatte er damit gemeint?

74

Es roch nach Rauch. Die Pfützen waren schwarz wie Rußflecken, und es herrschte bereits drückende Hitze.

Fredrika, Arthur und die Ministerin standen einige Meter von der Metalltür zum U-Bahn-Schacht entfernt, durch die die beiden Polizisten in die Zone gelangt waren.

Fredrika blieb immer in Eva Basarto Henrikssons Nähe – sie wollte sie nicht noch einmal verlieren.

Was geschehen war, glich in seiner Einfachheit fast einem Wunder – die Ministerin persönlich war vor Rezvans Tür erschienen. Offenbar hatte sie den Jungen um Hilfe bitten wollen, mit der Außenwelt in Kontakt zu treten.

»Manchmal braucht man einfach Glück«, sagte Arthur und lächelte zum ersten Mal an diesem Tag.

Aber so hundertprozentig war ihr Glück dann doch nicht. Bevor Fredrika sich umdrehen konnte, war Rezvan in den Flur gestürmt, hatte sich Arthurs Rucksack geschnappt und war zur Tür hinausgestürzt.

»Rezvan«, hatte ihm die Ministerin hinterhergerufen, als wäre sie seine Mutter oder so, aber der Junge war schon fast am Fuß der Treppe gewesen.

Arthur sah Fredrika fragend an – sie wusste, was er ihr sagen wollte: Sie sollten dem Jungen lieber nicht hinterherlaufen, auch wenn er Arthurs Rucksack entwendet hatte, um zu vermeiden, dass Basarto Henriksson allzu neugierig wurde, was Rezvan anging.

Murell klang so glücklich, dass Fredrika fast damit rechnete, er würde gleich zu singen anfangen.

»Ausgezeichnete Arbeit«, sagte er. »Eva, wie geht es Ihnen?«

Das Funkgerät knisterte. Die Ministerin und Murell unterhielten sich eine Weile.

»Wir müssen Emir Lund holen«, sagte sie. »Er hat Nierenversagen.«

»Das wissen wir. Aber wir können ihm nicht helfen. Im Moment müssen wir Sie in Sicherheit bringen, das hat Priorität.« Wer Emir wirklich war, sagte Murell nicht.

Fredrika erinnerte sich, dass er ihr und Arthur kurz zuvor beinahe eine »neue Aufgabe« gegeben hätte, die Emir betraf – aber er hatte ihr nicht gesagt, welche.

Das Tastenfeld an der Wand neben der Tür zum Wartungsbereich, durch die sie hereingekommen waren, sah abgenutzt aus, aber es hatte vorhin funktioniert. Es war kühl, als Fredrika den Code eintippte.

Es klickte nicht.

Sie tippte den Code noch einmal ein.

Sie roch ihren eigenen Schweiß, scharf und beißend.

Das Schloss öffnete sich nicht.

Sie schüttelte den Kopf. Arthur sah, was los war, und versuchte es ebenfalls. Es funktionierte nicht. Da zog er einen Dietrich aus der Tasche: »Die Universallösung.« Nach ein paar Sekunden war jedoch klar: Er konnte den Dietrich noch nicht einmal ins Schloss stecken.

»Wir kommen nicht raus. Die Tür zur U-Bahn ist verschlossen«, teilte Fredrika Murell mit.

Die Stimme ihres Vorgesetzten klang immer noch heiter und fröhlich. »Könnt ihr sie nicht irgendwie öffnen?«

»Ich glaube nicht. Jemand hat wohl versucht, das Schloss aufzubrechen, und dann verriegelt sich die Tür automatisch, als Sicherheitsfunktion. Ist Emir Lunds Bekannter hier durchgekommen?«

»Ja, wir verfolgen gerade, wo in der Zone er sich aufhält. Dann ist es wohl seine verdammte Schuld, dass die Tür gesperrt ist.«

Es kam nicht oft vor, dass Murell fluchte, aber selbst Fredrika hätte gerne noch viel derbere Worte benutzt.

Murells tiefe Stimme blieb ruhig. »Ich muss jemanden mit einem Schlossbohrer und Werkzeug aus der anderen Richtung schicken. Das wird eine Weile dauern.«

Man hätte meinen können, dass das schon gestern hätte passieren sollen, doch dann war alles so schnell gegangen. Aber Murell hatte es sich schon wieder anders überlegt: »Ich schicke stattdessen einen Hubschrauber.«

»Geht das denn?«

»Für ein schnelles Manöver vielleicht. Ich werde herausfinden, ob es möglich ist, dann sage ich dir Bescheid.«

Eva Basarto Henriksson stand mit weit aufgerissenen Augen hinter ihnen. Wären ihre Schleier nicht so schmutzig gewesen, hätten sie und Fredrika wie gewöhnliche muslimische Hausfrauen ausgesehen.

Die Ministerin hatte das ganze Gespräch mitangehört. »Ohne Emir Lund gehe ich nirgendwohin«, sagte sie.

»Das ist nicht Ihre Entscheidung«, sagte Arthur.

75

»Jungfrugatan«, sagte Nova zu dem Fahrer, der so dünn war, dass er aussah, als könnte er jederzeit an der Taille auseinanderbrechen.

Immerhin konnte sie jetzt für die Fahrt bezahlen: Jonas saß mit dem Scanner und seinem Computer auf dem Schoß neben ihr. Der Typ in Solna, der ihnen den Scanner geliehen hatte, war so baff gewesen, Novalife in Fleisch und Blut zu sehen, dass er vergessen hatte, nach den zehntausend Kronen zu fragen.

»Damit ich den Funkverkehr deiner Schwester empfangen kann, müssen wir viel näher an die Zone heran«, sagte Jonas. »Aber da fahren wir nicht hin, und ich frage mich: wohin dann?«

Nova schloss die Augen. »Zu jemandem, der sich wie ein Arschloch benommen hat.«

»Was willst du denn hier?«, fragte eine vertraute Männerstimme durch die geschlossene Tür.

Jonas stand unten auf der Straße und wartete. Auf einem kleinen Messingschild stand Freij – das war Guzmáns richtiger Nachname. *Freij* erinnerte sie an das Wort »frei«, und genau das war Nova in den Fängen dieses Wahnsinnigen nicht gewesen.

Sie hatte schnell herausgefunden, welche Wohnung Guzmán gehörte: Es gab nur acht Parteien in dem Haus, und die Bewohner von vier Wohnungen waren über fünfzig, die von zwei weiteren unter fünfunddreißig. Somit waren nur zwei übrig geblieben, und die Stimme, die aus einer der beiden drang, gehörte hundertprozentig ihm.

»Ich muss mit dir reden.«

»Weißt du, wie spät es ist? Verschwinde!«

»Keine Chance.«

Guzmán sah mit seinem dünnen Bademantel und den Pantoffeln aus wie Ture Sventon. Er öffnete ihr die Tür und gab ihr mit einem Wink zu verstehen, trotzdem hereinzukommen. Wahrscheinlich war es ihm peinlich, dass Nova um diese Zeit im Treppenhaus stand und Lärm machte.

Das Zimmer war groß, in einer Ecke stand ein ausgestopfter Bär, in der anderen hing ein goldgerahmter Spiegel.

Sie stellte sich entschlossen vor ihn hin.

Guzmán sah sie an, verzog jedoch keine Miene, als er ihre Gefängniskleidung bemerkte.

»Was willst du?«

Sie starrte Guzmán an – er war sichtlich nervös, auch wenn er versuchte, unbeeindruckt zu wirken. Eines seiner Augenlider zuckte.

»Du wirst mir helfen«, sagte sie deutlich.

»Was?«

»Du hast mich schon verstanden. Du bist Polizist, du kannst mir helfen.«

»Ich werde dir überhaupt nicht helfen. Ich weiß ja noch nicht mal, wobei. Ich dachte, du willst mir mein Geld geben.«

»Du hast einen Fehler gemacht, als du mich beauftragt hast, Agneröd auszurauben.«

Guzmán stand wie vom Blitz getroffen da. *Besorgte, dunkle Augen in einem gequälten, länglichen Gesicht, das nach einer Antwort suchte* – das war ein Songtext von ResistanX, den Nova auswendig kannte und der jetzt sehr gut passte. Alles fühlte sich so episch an. Sie wollte Antworten.

»Warum hast du mich gebeten, Informationen von ihm zu stehlen?«

»Das hat doch nichts mit dir persönlich zu tun.«

»Doch. Und weißt du überhaupt, was du damit losgetreten hast?«

»Was?«

»Hast du das mit dem Journalisten Simon Holmberg mitbekommen?«

Guzmáns Blick wurde noch besorgter, und seine Pupillen zuckten. »Der Mord?«

»Wegen dieser Geschichte ist er ermordet worden.«

Der Polizist stand nur da und atmete einen langen Moment lang durch, dann zog er den Gürtel seines Morgenmantels fester um seine Taille. »Der Grund, weshalb ich dir das befohlen habe, lautet: Ich bin Soldat.«

»Was für ein Soldat?«

»Ein Soldat der Stadtguerilla«, sagte Guzmán mit selbstbewussterer Stimme und sah sie hinter halb geschlossenen Lidern wie von oben herab an. »Und du musst wissen, dass es nie ohne deine Schwester gegangen wäre.«

Nova starrte den Polizisten an. »Wovon redest du?«

Es sah aus, als würde Guzmán grinsen, er war noch widerlicher als gedacht. »Wir haben sie mit Amobarbital vollgepumpt und ein sogenanntes narkoanalytisches Gespräch mit ihr geführt. Ich habe die Aufnahme gehört. Deine Schwester war völlig außer Kontrolle, ihr ganzes Über-Ich ist implodiert, sie hat über alles Mögliche geredet.«

Nova verstand kein Wort. Soldat? Stadtguerilla? *Fredrikas Über-Ich war implodiert?*

»Sie hat von dir erzählt, Nova«, fuhr Guzmán fort. »Dass ihre Schwester Drogenprobleme hat. Dass du ein Junkie bist. Dass sie sich große Sorgen um dich macht, aber nicht weiß, wie sie dich dazu bringen kann, ihr zuzuhören. Sie hat mir gesagt, dass du fast immer Pillen bei dir hast. Verstehst du? Als ich dich nach der Afterparty der Shoken Awards angehalten habe, wusste ich bereits, wonach ich suchen musste. Ich wusste, dass du Drogen bei dir hattest, und ich wusste, dass du nützlich für uns sein könntest, weil deine Schwester bei der Säpo arbeitet. Und außerdem«, er machte eine Pause, »ist dein Vater unser Feind. Er hat die Mauer gebaut.«

»Also wolltest du mich entführen?«

»Nein. Aber wir waren sicher, dass wir dich noch brauchen konnten.«

Dieser verrückte Pseudorebell wusste anscheinend alles – nur nicht, dass sie bei Agneröd tatsächlich etwas geklaut hatte.

Der ausgestopfte Bär in der Ecke schien sie auszulachen.

»Du wirst mir helfen, nach Järva zu gelangen«, sagte Nova.

Guzmán gluckste. »Verschwinde. Du bist nur ein Junkie.«

Nova schüttelte den Kopf. »Ich bin Novalife. Meine ganze Karriere basiert auf der Dokumentation meines Lebens. Ich habe gerade alles aufgenommen, was du gesagt hast. Verstehst du, was ich meine? Der ganze Mist, den du gerade von dir gegeben hast, ist bereits in der Cloud.«

Sie ließ ihren Blick keine Millisekunde von seinen blöden Augen weichen. »Also, Inspektor Freij, jetzt hör mal verdammt gut zu: Wenn ich diese Aufnahme von dir öffentlich mache, ist es vorbei mit deinem Doppelleben. Dann kannst du dir deine geliebte kleine Stadtguerilla in den Arsch schieben.«

76

Emir blinzelte in die Sonne. Jemand kam auf ihn zu. Eine kleine Gestalt, die er erst nach einigen Sekunden erkannte: Rezvan.

Dann dachte er: Der Junge bewegte sich anders als sonst. Irgendwie träger.

Emir hatte gerade überlegt, sich nach Hause zu schleppen. Eva war nicht zurückgekommen.

Noch nie in seinem Leben hatte er sich so schlecht gefühlt. Nicht nach der Niederlage gegen die Bestie, nicht als sich in den Wochen danach sein Nierenversagen bemerkbar gemacht hatte, nicht während einer seiner Kopfschmerzattacken und auch nicht, als er gestern in das Kulturzentrum der Bruderschaft getorkelt war. Vor genau einem halben Tag war er dort behandelt worden –

der Arzt hatte gesagt, dass er in zehn bis fünfzehn Stunden eine Dialyse brauchen würde. Nun war es so weit: Er spürte, wie sein Atem langsamer wurde.

»Was machst du denn hier?«

»Dich suchen, natürlich.«

Irgendwas war mit Rezvan, seine Stimme klang anders, irgendwie brüchig.

»Wo ist sie?«, stieß Emir hervor.

»Sie ist zu mir nach Hause gekommen. Aber dann haben sie sie mitgenommen.«

»Wer?«

»Die Bullen.«

»Bist du sicher?«

»Ja.«

»Echte?«

»Was meinst du?« Rezvan trat ein paar Schritte vor.

Emir musste mehr wissen. »War es ein Einsatzkommando?«

»Nein. Es waren nur zwei Leute. Sie waren schon da, als ich nach Hause gekommen bin.«

»Hast du dir die Dienstmarken zeigen lassen?«

Rezvan packte ihn am Arm. »Das waren Bullen, tausend Prozent.«

Emir war müde, und sein Atem stank nach Pisse. Rezvans Berührung war wie ein glühendes Eisen auf seiner Haut. »Und Eva?«

Jetzt klang Rezvans Stimme heiser. »Die beiden Bullen wollen sie aus der Zone bringen.«

Jetzt war es Rezvans Gesicht, das Emir auffiel. Es war rissig und gerötet, als hätte er einen Ausschlag bekommen.

»Was ist passiert?«

»Nichts.«

»Raus mit der Sprache.«

»Nicht so wichtig.«

Emir stand auf und lehnte sich gegen die Straßenlaterne. »Sag es mir.«

Die Bullen waren Arschlöcher: Chansir, was für Schweine, buchstäblich. Sie hatten ein Kind gefoltert.

Er legte dem Jungen den Arm um die Schulter. »Kann ich irgendetwas für dich tun?«

Rezvan schüttelte den Kopf. »Du musst ins Krankenhaus.«

Emirs Kopf brannte.

»Nein«, sagte Emir. »Weißt du, wie sie sie rausbringen wollen?«

Rezvan kramte in dem Rucksack, den er mitgebracht hatte. Er zog ein schwarzes Gerät heraus, das wie ein uraltes Handy aussah. Emir erkannte, was es war: ein Walkie-Talkie, ein Polizeifunkgerät.

»Ich habe gehört, was sie gesagt haben«, sagte Rezvan. »Sie wollen sie mit dem Hubschrauber oben vom Wasserturm abholen.«

Wenigstens sah Emirs Grinsen noch so aus wie früher.

77

Eine Adresse: der Wasserturm – der Hubschrauber würde nicht mehr als ein Dutzend Meter in die Zone fliegen müssen. Alles andere war zu riskant: Die Bewegung verfügte offenbar über Raketenwerfer, bei denen es sich den Analysen zufolge um das alte Flugabwehr-Robotersystem RBS 70 von Saab handelte.

»Auf dem Wasserturm befindet sich die größte ebene Fläche der Zone – abgesehen von den Fußballfeldern, aber die sind alle zu weit im Inneren«, sagte Murell.

Fredrika stand nun in ständigem Kontakt mit dem Chef, hatte das Kurzwellenfunkgerät immer am Ohr.

Der Hubschrauber war noch nicht in der Luft. Sie ging mit Arthur und der Ministerin in ruhigem Tempo durch die Straßen. Sie wollten keine Aufmerksamkeit erregen.

Warum hatte Emir Lund EBH nicht entführt, als er sie in seiner Gewalt gehabt hatte? Warum hatte er die Ministerin nicht getötet? Hatte es mit seinem Nierenleiden zu tun? Eva Basarto Henriksson hatte so etwas angedeutet – obwohl sie die Wahrheit über Lund nicht kannte.

Als Fredrika fragte, wie Emir sie behandelt hatte, lag ein sanftmütiger Ausdruck im Blick der Ministerin. »Er ist ein Held, aber er braucht Hilfe«, sagte sie ohne weitere Erklärung. Fredrika konnte sich immer noch keinen Reim darauf machen. Hätte er EBH nicht jemand anderem übergeben können? Die Bewegung hatte irgendetwas geplant, da war sie sich sicher. Genau wie damals, als sie den Polizeihubschrauber in die Falle gelockt hatten.

Und fast hoffte sie auf den neuen Auftrag, von dem Murell gesprochen hatte: Emir zurückzubringen und ihn zu verhaften. Gleichzeitig schämte sie sich – es fühlte sich irgendwie falsch an, als ob sie unmoralische Beweggründe dafür hätte.

Das Unwetter hatte sich gelegt, und die Krawalle waren wieder in vollem Gange.

Sie fuhren an so vielen ausgebrannten Autos vorbei, dass Fredrika das Zählen vergaß. Sie waren wie mit Schimmel bedeckt, schwarz von Ruß und weiß von Asche. Horden junger Männer rannten umher und zerschlugen alles Mögliche, Laternenpfähle, Ampeln, Stromkästen – als ob es nicht schon gereicht hätte, dass das Internet ausgefallen war: Bald würden sie auch keinen Strom mehr haben. Einige warfen sogar die Fenster in den unteren Stockwerken von Wohnhäusern mit Steinen ein. Es war schlimmer, als sie es sich je hätte vorstellen können – was hatten die Kinder, die hier wohnten, falsch gemacht?

»Wir brauchen eine endgültige Lösung für diese ganze Scheiße hier«, murmelte Arthur.

Eine endgültige Lösung – die Wortwahl erinnerte Fredrika an andere Zeiten.

Sie sahen eine Gruppe junger Männer auf sich zukommen.

Arthur beschleunigte den Schritt. »Beeilt euch, wir wollen keinen Ärger.«

Aber den bekamen sie trotzdem.

Fredrika hatte damit gerechnet. Sie und die Ministerin fielen mit ihren Kopftüchern nicht auf – Arthur schon, obwohl er ganz normal gekleidet war. Vielleicht lag es an der Funktionshose und der aufrechten Körperhaltung, die den Bullen verriet, oder daran, dass der Kopfhörer in seinem Ohr nicht wie ein AirPod aussah. Vielleicht war es einfach der Gesamteindruck ihrer Gruppe, wie sie sich bewegten, wie sie sich umsahen. Die Mitglieder einer bestimmten Gruppe konnten sich eben eindeutig an Zeichen erkennen, die für Außenstehende nicht zu bemerken waren.

Die Jungs, die vor ihnen standen, waren im fortgeschrittenen Teenageralter. Sie trugen ausgefranste Jogginghosen, ihre schlanken Körper bewegten sich absichtlich langsam, um lässig zu wirken. Die Hände in den Taschen bedeuteten: Vielleicht waren sie bewaffnet. Der Vorderste blieb vor Fredrika stehen und musterte sie von oben herab.

»Kann ich mir deinen Rucksack borgen?«

Es waren mindestens fünfzehn.

»Nein, tut mir leid, nein«, sagte Fredrika mit ruhiger Polizeistimme. »Den brauche ich.«

»Nur für einen Moment.«

»Nein, geht leider nicht. Was willst du denn? Geld?«

»Deinen Rucksack.« Der Typ grinste. Für ihn war das ein Spiel. Im Hintergrund stieg schwarzer Rauch auf.

Fredrika nahm ihren Rucksack ab und griff mit der Hand nach der Glock, die sich darin befand, um sie notfalls schnell ziehen zu können. Sie sprach noch ruhiger. »Du musst uns gehen lassen, es ist wichtig.«

Der junge Mann schüttelte den Kopf. »Das läuft jetzt anders. Wir lassen niemanden gehen. Gib mir einfach den Rucksack.«

Sie starrte ihn durch den Schlitz des Niqab an. Es war eine Patt-situation, die so oder so enden konnte.

Fredrika kannte solche jungen Männer gut. Mit zwölf Jahren drangsalierten sie Gleichaltrige in der U-Bahn; mit vierzehn standen sie an der Ecke und verkauften Gras, mit sechzehn bei einer Hinrichtung Schmiere; mit siebzehn hielten sie selbst eine Waffe in der Hand. Leute wie dieser junge Mann hatten die Voraussetzungen für die Mauer geschaffen, die Schweden teilte.

Jetzt hatten die Jungen sie umzingelt. Ihr Anführer streckte die Hand aus: eine Forderung.

Jede Diskussion war sinnlos.

Fredrika hätte die Waffe in die Hand nehmen, sie entsichern und dem Kerl so schnell ins Gesicht schießen können, dass niemand in der Nähe begreifen würde, was passierte. Aber was dann geschehen würde, stand auf einem anderen Blatt: Sie wusste nicht, wie viele von ihnen bewaffnet waren.

Der Blick des jungen Mannes wurde noch finsterer. »Ich werde es nicht noch einmal sagen. Gib mir deinen Rucksack.«

Seine Kameraden drängten sich von den Seiten an sie heran.

Eine heikle Situation.

Dann trat die Ministerin einen Schritt vor.

Sie nahm ihren Hidschab ab. Ihre Stimme war klar und kräftig. »Ich weiß nicht, ob du mich erkennst: Ich bin Eva Basarto Henriksson.«

78

»Die Baufirma, die die Mauer gebaut hat, hat damals einen zusätzlichen Eingang angelegt. Wir haben sie dafür bezahlt, dass er nicht in die Pläne eingetragen wird und auch keine Behörde davon erfährt. Normalerweise schmuggeln wir alles, was wir brauchen, durch diesen Zugang«, erzählte Guzmán mit verbissener Miene. »Aber momentan, wo die armen Schweine ihr eigenes Gefängnis niederbrennen, ist es zu gefährlich. Ich würde dir nicht raten, es zu versuchen.«

»Gibt es noch einen anderen Zugang?«

»Nein, nicht dass ich wüsste. Die illegalen Tunnel wurden gesprengt, die normalen Ein- und Ausgänge sind gesperrt, die U-Bahn-Schächte blockiert. Was der schwedische Staat den Menschen dort angetan hat, ist unverzeihlich.«

Novas Bauchgefühl hatte also doch nicht getäuscht: Guzmán hatte ihr tatsächlich weiterhelfen können.

Ein Geheimgang, den die Baufirma hinterlassen hatte. Das hätte ihr Vater vielleicht auch gewusst, aber er hätte ihr nie geholfen.

Sie musste es riskieren.

Nova und Jonas standen ein paar Hundert Meter von der Trennmauer entfernt. Der Taxifahrer hatte sich geweigert, noch näher heranzufahren.

Die Wand wirkte unwirklich, wie ein schlechter Grafikeffekt in einem von Jonas' Videospielen.

Alles war angeschlossen und bereit, er hatte schon im Taxi mit der Suche begonnen. Der Scanner sah aus wie ein Walkie-Talkie und war viel größer, als Nova sich ihn vorgestellt hatte – das war altertümliche Technik, aus den Achtzigern oder so.

Zahlen erfüllten die Anzeige des Scanners wie auch Jonas' Computerbildschirm. Der Scanner suchte in einem Umkreis von einigen Kilometern nach Kurzwellensignalen, der Computer knackte ihre Verschlüsselungen. »Ich glaube nicht, dass heutzutage noch viele Leute Funkgeräte haben, also sollte das ziemlich schnell gehen«, sagte Jonas. Die Sonne schien ihm ins Gesicht.

Er hatte recht – es dauerte nur wenige Minuten, bis sie Stimmen hörten. Nova erkannte die ihrer Schwester auf Anhieb.

»Wie kommen wir zum Wasserturm?«, sagte Fredrika in ihrer üblichen, besorgten Art.

Nova wünschte, sie könnte den Scanner benutzen, um sich mit ihr zu verständigen, aber in diese Richtung funktionierte es anscheinend nicht.

Sie rannte über das Järvafeld. Der Himmel über der Mauer war verrückt blau, als hätte jemand einen Shoken-Filter über die Realität gelegt.

Die Hitzewelle, der verrückte Regen, alles schien weit weg, hier war es ruhig und still, eine parallele Realität, ein Niemandsland mitten in Stockholm. Ein weißer Fleck auf der Landkarte rund um das Reservat der Unerwünschten.

Sie blieb ein paar Meter vor der Mauer stehen. Sie konnte nirgendwo eine Tür sehen. Jonas wartete in einiger Entfernung, er würde Wache halten und scannen, aber nicht mit hineinkommen – das konnte Nova nicht von ihm verlangen.

Sie roch ihren eigenen Geruch: Arrestzelle und fast verflogenes Chanel-Deo.

Sie sah nur Graffiti und ein fahles Grau.

Nova ging näher an die Mauer heran. Guzmán hatte genau diese Stelle auf Google mit einer Stecknadel markiert, aber das Bullenschwein konnte offensichtlich besser lügen als gedacht.

Karma is a Bitch, sagte Jonas immer. Jetzt holte sie alles ein. Nova hatte gedacht, dass es klug von ihr gewesen war, einem Milliardär einen verfluchten Stick zu klauen und dann einen irren Polizisten zu bedrohen. Jetzt hatte sie eine elf Kilometer lange Mauer vor der Nase, hinter der irgendwo ihre Schwester war.

Sie musste Fredrika erzählen, dass jemand von der Säpo ein Verräter war.

Das Graffiti war etwa zehn Meter lang und bestand aus drei Meter hohen und auf den ersten Blick völlig unleserlichen Buchstaben. Drum herum waren Menschen abgebildet, die Siegesgesten machten. Sie versuchte, die Buchstaben zu entziffern, erkannte den ersten als W. Dann folgte sie der Spur der schwarzen Sprayfarbe die Umrisse des zweiten Buchstabens entlang: ein I. Langsam setzte sie das Wort zusammen: WIDERSTAND.

Sie ging noch näher heran.

Dann bemerkte sie etwas anderes: Genau zwischen N und D war etwas in der Wand – eine Fuge, die man nur sehen konnte, wenn man direkt davor stand. Sie fuhr mit dem Finger über die Betonoberfläche und spürte deutlich, dass die Fuge ein Stück nach oben, dann weiter nach links und ganz nach unten bis zum Boden verlief. Ein Eingang.

Nirgendwo waren Griffe oder Scharniere, doch neben der Tür war ein flacher Kasten mit neun Tasten an der Wand befestigt. Auch er war durch das Graffiti verborgen.

Guzmán hatte ihr den Code dafür gegeben.

Die Tür quietschte, als sie sie aufstieß.

79

Die Aussicht: brutal.

Die Müdigkeit: unbeschreiblich.

Dies war nicht nur der höchste Punkt von Järva, sondern auch derjenige, der am nächsten an der Trennmauer lag. Emir blickte auf die Villen von Järfälla hinunter, ein ganz anderes Leben.

Er legte sich auf den Boden.

Rezvan setzte sich neben ihn. Der Junge war noch nie hier oben auf dem Wasserturm gewesen.

Die Dachpappe war rau und verschlissen. An einigen Stellen wuchs sogar dünnes Gras.

Emir war müder, als er gedacht hatte. Er hatte es kaum geschafft hinaufzusteigen und musste sich immer wieder hinsetzen und ausruhen.

Jetzt ging es los, da gab es keinen Zweifel mehr: Er bekam kaum Luft, und es fühlte sich an, als wäre zu wenig Sauerstoff darin. Er hatte nicht das Gefühl zu ersticken, aber es war, als wäre zu wenig und zu dünne Luft um ihn herum, sodass er den Mund weiter öffnen und tiefer einatmen musste als vorher.

Er musste ruhig bleiben, hatten die Ärzte gesagt: Kurzatmigkeit war ein Symptom des Endstadiums. Wenn er ein Lungenödem bekam, würde er innerhalb einer Stunde sterben. Und wenn er hyperventilierte, würde es noch schneller gehen.

»Was wirst du auf der anderen Seite machen, wenn sie dir das Blut gewaschen haben?«, fragte Rezvan.

Emir wollte ihm von seiner Tochter erzählen, brachte aber nur ein Röcheln hervor.

Rezvan nickte. »Ruh dich etwas aus.«

Emir versuchte, die Kraft zu einer Antwort aufzubringen. Da hörte er Schritte auf der Treppe.

Die Anstrengung aufzustehen war fast zu groß: Aber er wollte nicht daliegen, wenn Eva mit den Polizisten kam, auch wenn ihm nicht mehr viel Zeit blieb.

Doch vor ihm standen weder die Ministerin noch die Bullen, sondern Isak.

Was hatte er hier zu suchen?

Sein Freund sah verschwitzt aus und hatte eine Art Verband an der Stelle über dem Ohr, an der Emir ihn getroffen hatte.

Zwei Gedanken gingen ihm durch den Kopf: Isak schien es gut zu gehen, und er war frei. Emir wollte ihn umarmen. Doch gleichzeitig: Warum war sein Freund plötzlich auf dem Wasserturm?

Emir stolperte einen Schritt auf ihn zu.

Etwas lugte unter dem Verband an Isaks Ohr hervor. Schnell streckte Emir die Hand aus und schnappte sich das Ding.

Isak zuckte zusammen. »Au, was soll denn das?«

Emir schaute auf den Gegenstand, den er in der Hand hielt.

Da wurde ihm alles klar. Leider. Das kleine Gerät sah aus wie eine schwarze Bohne – ein Peilsender wie der, den er sich beim Betreten des Tunnels vom Schuh gerissen hatte.

Er wagte nicht, den Gedanken zu denken – er wollte es nicht *wahrhaben.*

»Du arbeitest für die Bullen.«

Isaks Unterlippe zuckte. »Nein, nein, das Ding haben sie mir im Krankenhaus untergeschoben, ohne dass ich es gemerkt habe. Sie haben gesagt, ich soll dich suchen und dir sagen, dass dein Auftrag erledigt ist. Zu Hause bist du nicht, haben sie gesagt, also habe ich gedacht, du bist vielleicht hier oben auf dem Wasserturm, wo wir als Kinder immer rumgegangen haben.«

Rezvan lief unruhig hinter Emirs Rücken auf und ab.

Ein Gesetz war ewig. Eine einzige Regel war wichtiger als alle anderen, egal ob außerhalb oder innerhalb der Mauer: Einen Freund verrät man nicht.

Emir versetzte Isak einen Stoß gegen die Brust. »Eins kann ich mir nicht erklären.«

Isaks Pupillen weiteten sich.

»Vor fünf Tagen, als ich die Pokerspieler ausrauben wollte, bist du nicht mitgekommen. Du wolltest draußen vor der Wohnung bleiben.« Emir schnappte nach Luft. »Das hast du noch nie gemacht, du warst immer mit dabei. Und dann waren plötzlich die Bullen da.«

»Nein, Bruder. Das war reines Pech. Ein dummer Zufall. Ich hatte keine Ahnung, dass sie …«

»Und jetzt hast du einen Peilsender unter deinem Verband versteckt. Ist das auch ein dummer Zufall?«

Isak stand jetzt nah an der Dachkante. Emir würde den verdammten Verräter in die Tiefe stoßen, er musste nur die nötige Kraft sammeln.

All die gemeinsamen Erinnerungen.

Wie oft sie sich gegenseitig vor älteren Jungs, Lehrern, Sozialamts-Tanten und Polizisten gerettet hatten. Wie oft sie lachend auf der Flucht durch Järva gerannt waren. Wie oft Emir Isak gestanden hatte: »Bruder, ich fühle mich nicht gut. Ich will etwas anderes machen.«

Und jetzt das.

Er musste ihn töten. Er bückte sich und kramte in dem Polizeirucksack, den Rezvan mitgebracht hatte. Er tastete nach der Sig Sauer, die sich – wie er wusste – darin befand.

Er riss sie heraus und drückte sie gegen Isaks Stirn.

»Hör auf, Emir«, sagte Rezvan hinter ihm. Aber das hier ging den Kleinen nichts an.

Isaks Stirn glänzte. »Ich schwöre bei Gott, ich bin keine Ratte.«

Emir musste abdrücken. Es war alles Isaks Schuld. Mit seinem Verrat hatte alles angefangen.

Der schwarze Stahl der Waffe auf Isaks Schweiß.

Aber Emir war jetzt ein anderer Mensch. Er war kein Verlierer mehr, der so etwas tat.

Er verpasste Isak einen Kopfstoß. Es knackte.

Sein Freund schrie. Taumelte zurück. Blutstropfen spritzten auf die Dachpappe.

Rot wie Rosen.

Wie der Blumenstrauß, der im Krankenhaus neben dem Bett dieses Verräters gestanden hatte.

80

Die Jugendlichen standen so dicht um sie herum, dass sich Fredrika an das Chaos auf dem Platz erinnert fühlte. Damals hatte sie nicht geschossen – denselben Fehler wollte sie jetzt nicht machen.

Menschen, die ihre Körper so eng aneinanderschmiegten, dass jeder Einzelne keine Kontrolle mehr über sich hatte, Schultern, Ellbogen, eine kollektive, unkontrollierbare Bewegung. Eva Basarto Henriksson stand mit dem Schleier in der Hand da und wich dem Blick des Anführers nicht aus. Der Typ, der Fredrikas Rucksack gefordert hatte, blinzelte noch nicht einmal.

Fredrikas Hand schloss sich um die Dienstwaffe.

»Ich bin Schwedens Innenministerin«, sagte Eva mit fester Stimme.

Der Anführer legte den Kopf schief. »Ich weiß, wer du bist.«

Diese unerwartete Bemerkung verschaffte Fredrika das nötige Überraschungsmoment: Sie riss die Waffe hoch und entsicherte sie, bevor die anderen überhaupt begriffen hatten, was los war. Genau wie Roy Adams, wie die Bewegung, wie Emir Lund kannten diese jungen Männer keine Grenzen. Der Kerl, der vor der Ministerin stand, hatte die Hände noch immer in den bauschigen

Taschen seiner Pinzai-Hose, und man konnte nicht erkennen, ob er etwas in der Hand hielt.

»Meine Eltern haben beide für dich gestimmt. Und ich war mit ihnen auf dem Platz und habe dir zugehört.« Der Junge grinste. »Was du über den Schwedischunterricht gesagt hast, hat mir gefallen. Das ist wirklich höchste Zeit.«

Die anderen Jungen rundherum nickten.

Basarto Henriksson ließ die Schultern sinken und entspannte sich etwas.

Der Anführer nahm die Hände aus den Hosentaschen und hielt ein Handy in die Höhe.

»Darf ich ein Selfie machen?«

Nicht nur der Anführer der Bande, auch mehrere von den anderen Jungs wollten sich mit der Ministerin fotografieren lassen – wozu diese gern bereit war.

Fredrika tippte ihr auf die Schulter. »Wir müssen weiter.«

»Braucht ihr Hilfe?«, fragten die Jungs.

Fredrika schüttelte den Kopf. »Wir kommen schon klar.«

Der Wasserturm war nur noch wenige Minuten entfernt.

»Ich möchte, dass wir nachsehen, ob Emir Lund noch an derselben Stelle sitzt wie vorhin«, sagte die Ministerin noch einmal. »Er braucht *dringend* Hilfe.«

Fredrika und Arthur drehten sich gleichzeitig um. »Dafür haben wir jetzt keine Zeit«, sagten sie gleichzeitig.

Eva Basarto Henriksson blieb stehen. »Das ist mir egal.«

»Lund ist nicht hier«, sagte Murell in Fredrikas Ohr.

»Woher weißt du das?«

Murell brummte. »Über dir ist eine Drohne. Daher wissen wir, dass er nicht an der Stelle ist, wo EBH ihn angeblich zurückgelassen hat.«

»Und wo ist er dann?«

»Das wissen wir nicht.«

»Und der Mann, den ihr eingeschleust habt?«

»Wir haben den Kontakt zu ihm verloren, er scheint seinen Sender zerstört zu haben.«

Basarto Henriksson blickte Fredrika an. Die fragte sich, wie die Ministerin reagieren würde, wenn sie ihr die Wahrheit über Emir Lund erzählten.

Der Wasserturm ragte wie eine riesige Untertasse zwischen den Dächern auf, sein Schatten reichte weit.

Der Boden auf dem letzten Stück war schmutzig, nur Erde, Baumnadeln und nasses Laub. Murells Stimme war zu hören. »Wir können mithilfe der Drohne sehen, dass sich bereits Personen auf dem Dach des Wasserturms befinden. Sie scheinen auf dem Boden zu liegen, ihre Gesichter sind nicht zu erkennen. Seid vorsichtig auf dem Weg nach oben. Der Hubschrauber wird euch in ein paar Minuten abholen.«

Die Stimme der Ministerin hallte von den hohen Wänden des Wasserturms wider. »Emir und ich haben uns hier versteckt, nachdem er mich gerettet hat.«

Gerettet, dachte Fredrika. Eva Basarto Henriksson war offensichtlich verwirrt oder hatte sich gründlich hinters Licht führen lassen.

Sie bedeutete der Ministerin und Arthur, unten an der Treppe zu bleiben, während sie selbst die Deckenluke einen Spaltbreit öffnete. Sie lüftete ihren Gesichtsschleier, um besser sehen zu können.

Dabei hielt sie die Glock vor sich, als hätte sie ein weiteres Augenpaar an der Mündung.

Das runde Dach des Wasserturms war mit schwarzem Schmutz

bedeckt. An einem Rand hockte Rezvan, etwas weiter entfernt lag ein Mann mit blutigem Gesicht.

Emir saß in der Mitte. In der einen Hand hielt er ein Kurzwellenfunkgerät, in der anderen eine Pistole. Fredrika erkannte die Waffe sofort: Es war die P226 aus Arthurs Rucksack. Seine Dienstpistole.

Unfassbar – der kleine Scheißer hatte sie reingelegt: Er hatte nicht nur Arthurs Rucksack gestohlen, sondern ihn auch zu Emir Lund gebracht. Der Terrorist hatte sicher über Funk gehört, dass sie auf dem Weg hierher waren. Das war ein weiterer Hinterhalt, eine Falle, in die sie direkt hineingelaufen waren.

Sie fragte sich, wer der auf dem Boden liegende Mann war.

Murells Stimme erklang in ihrem Ohr: »Was ist los, Fredrika?«

Sie antwortete nicht, sondern entsicherte stattdessen ihre Pistole. Ihr Herz klopfte wie wild.

Sie zielte auf Emir. »Lass die Waffe fallen.«

»Können wir raufkommen?«, fragte Arthur von unten.

»Nein, Lund ist hier.« Fredrika bemühte sich, ruhig zu klingen.

Emir hatte seine Waffe nicht erhoben.

Er gehörte zu A – er war ein hochrangiger Soldat der Bewegung, Teil einer Organisation, die seit Jahren Politiker und Großkonzerne angriff. Die sieben Polizisten getötet hatte.

»Ich sagte: Lass die Waffe fallen, nimm die Hände hinter den Kopf und knie dich hin«, sagte Fredrika.

Ihre Hände waren ruhig und ihr Griff so hart wie eine Schraubzwinge. Sie war so kurz davor, die Ministerin zu befreien und ihren Fehler wiedergutzumachen – und diesmal würde sie nicht zögern, Gewalt anzuwenden.

Der Junge fiel auf die Knie.

Emir blieb sitzen.

»Erschieß ihn«, ertönte Murells Stimme klar und deutlich in ihrem Headset.

»Wen?«

»Emir Lund. Du musst ihn erschießen.«

»Ich will mit euch hier raus«, keuchte Emir.

Es war offensichtlich, dass es ihm nicht gut ging, er hatte sich zusammengekrümmt, selbst das Sprechen schien ihm Mühe zu bereiten.

Fredrika hörte Arthurs Stimme hinter sich: »Schieß! Er hat meine Waffe.« Dann wieder Murells Stimme in ihrem Ohr: »Du musst ihn erschießen.«

Jetzt kniete Emir nieder, ohne die Waffe fallen zu lassen, ohne den Blick von ihr abzuwenden. Und sie konnte ebenfalls nicht wegsehen.

Das grelle Sonnenlicht fiel auf sein Gesicht, sein Atem ging unregelmäßig und stoßweise. Langsam legte er die Waffe vor sich ab und schob sie zu ihr hin, dann hob er die Hände an den Kopf. »Bitte. Nimm mich mit.«

Fredrika hatte nicht damit gerechnet, dass er so schnell aufgeben würde.

»Erschieß ihn«, wiederholte Murell.

»Ich habe ihn unter Kontrolle. Er ist entwaffnet.«

»Erschieß ihn trotzdem. Lund ist ein Terrorist. Er ist die Bewegung. Er wollte die Innenministerin töten.« Eine solche Schärfe hatte Fredrika noch nie in Murells Stimme gehört.

Gleichzeitig vernahm sie die Stimme der Ministerin. Sie klang verwirrt. »Was macht Emir da?«

Emir kniete, weshalb kaum die Möglichkeit bestand, ihm in den Oberschenkel oder in die Wade zu schießen, um ihn außer Gefecht zu setzen. Wenn Fredrika jetzt abdrückte, würde sie ihn wahrscheinlich in Brust oder Bauch treffen und dadurch töten.

Wenn man auf einen Menschen schießt, dann nach Möglichkeit mit dem Ziel, ihn vorübergehend außer Gefecht zu setzen.

Aber so würde sie Emir nicht nur *vorübergehend* außer Gefecht setzen.

Gleichzeitig galt: *Wenn es die Umstände erfordern, darf der Polizeibeamte direkt auf den Oberkörper schießen.*

Dennoch konnte sie sich des Eindrucks nicht erwehren, dass Murell den Befehl aus einem anderen, persönlicheren Grund erteilt hatte: Emir Lund war der lebende Beweis für die Inkompetenz der Polizei, für die letztlich Murell verantwortlich zeichnete. *Eine unkonventionelle Methode*, hatte es geheißen, und sie hatten einen Mann losgeschickt, um EBH zu retten, der für A arbeitete. Sie hatten einem Mann vertraut, der für A arbeitete – ein unverzeihlicher Fehler. Aber weder Murell noch Svensson oder die Analysten würden damit an die Öffentlichkeit gehen. Mit anderen Worten: Wenn Emir verschwand, gab es keinen Außenstehenden mehr, der etwas von ihrem kapitalen Fehler wusste.

Murell hatte gesagt, dass sie und Arthur eine neue »Aufgabe« erhalten würden. Jetzt verstand sie, was er gemeint hatte: Wenn es einen Ort in Schweden gab, an dem die Gesetze keine Gültigkeit hatten, dann *dieser hier*. Kein Zeitpunkt wäre besser geeignet, um mit einem Mord davonzukommen, als *genau jetzt*. Für Herman Murell war Emir Lunds Tod eine günstige Gelegenheit, das ganze Chaos zu vertuschen.

»Fredrika Falck«, sagte ihr Vorgesetzter mit ruhiger Stimme. »Du wirst Emir Lund erschießen. Das ist ein Befehl.«

Nun waren Fredrikas Hände, die die Waffe umklammerten, nicht mehr ruhig, sondern zitterten wie die einer alten Frau.

Ein Befehl. Ein gehorsamer Polizist führte Befehle aus.

Aber was tat ein *guter* Polizist?

Sie hatte auf dem Platz nicht geschossen. Damit hatte alles angefangen.

»Fredrika, mach nicht noch einmal denselben Fehler«, sagte Murell mit ernster Stimme. »Erschieß ihn.«

Der Wasserturm war nicht mehr weit, nur noch fünfzig Meter.

Nova war in den letzten Stunden mehr gelaufen als in ihrem ganzen Leben zusammen, so kam es ihr jedenfalls vor. Sie war eigentlich ganz gut in Form, dachte sie kurz, bevor der nächste Gedanke sie überfiel: Was zum Teufel tat sie da? Ihre Schwester war Sicherheitspolizistin, sie war kompetent, umsichtig, professionell. Nova dagegen – sie müsste nicht hier sein. Sie könnte umkehren. Fredrika würde es schon allein schaffen.

Da sah sie, dass die Metalltür in der mittleren Säule des Wasserturms offen stand.

Vier Stufen auf einmal.

Je höher sie kam: War sie wirklich die Richtige dafür? War sie stark genug? Ständig diese Selbstzweifel.

Als sie am ersten Tag nach den Weihnachtsferien mit einem Paar Balenciaga-Turnschuhe in der Mittelschule aufgetaucht war, kamen zwei Mädchen, die sie vorher keines Blickes gewürdigt hatten, auf sie zu und fragten, ob sie nach der Schule etwas mit ihnen unternehmen wolle. Später, in der Oberstufe, hatten die anderen Mädchen ihre Brüste, die Jungen ihre häufig wechselnde Haarfarbe und ihr Vater ihre Oberarme ausführlich kommentiert. Ihr Körper, ihr Aussehen: immer im Fokus der anderen, aber vor allem im Zentrum der eigenen Aufmerksamkeit. Mit neun Jahren hatte sie sich heimlich vor dem Handy geschminkt, mit dreizehn von einer Nasenkorrektur geträumt und mit siebzehn schon so viel Retyx geschluckt, dass ihre alte Schulklasse sie nicht mehr erkannt hatte. Dann wurde sie Influencerin, und alles, ihr ganzes Leben, wurde oberflächliches Theater.

Doch als sie jetzt die Stufen des Wasserturms in der Sonderzone Järva hinaufstieg, war sie sich sicher, dass das, was sie vorhatte, kein Schwindel und nicht oberflächlich war. Sie wollte ihrer Schwester helfen. Etwas von Bedeutung tun.

Sie bemerkte Licht oben auf der Treppe, dann sah sie die offene Luke zum Dach und hörte Stimmen. Eine Frau stand mit dem Rücken zu ihr auf der obersten Stufe. Es war Eva Basarto Henriksson, die entführte Ministerin.

Nova drängte sich an ihr vorbei.

Das Dach war größer, als es von unten ausgesehen hatte. Und mittendrin stand Fredrika und hatte eine Waffe auf einen Mann gerichtet, der mehr tot als lebendig aussah. »Emir, du bist ein Terrorist«, sagte ihre Schwester zu ihm.

Weiter hinten lag ein weiterer Mann mit blutüberströmtem Gesicht, dahinter kniete ein kleiner Junge, der aussah, als würde er gleich losheulen.

Hinter Fredrika erschien ihr Kollege, den Nova aus dem Videotelefonat erkannte, das sie gestern mit ihrer Schwester geführt hatte.

Und da wurde ihr noch etwas bewusst. Die Karte aus Agneröds Mappe, die Karte, die sie verbrannt hatte: »*Kamerad! Danke, dass du den Kampf unterstützt.*« Die Männer, die den Hitlergruß gezeigt hatten – einer von ihnen war William Agneröd gewesen.

Und jetzt wusste sie, wer der andere war.

Der Polizist neben ihrer Schwester.

Der Maulwurf. Der Infiltrator. Eine Gefahr für Fredrika.

82

Er kannte diese Leute nicht.

Eva war Ministerin einer Partei, von der er noch nicht einmal den Namen wusste, die Vertreterin eines Schwedens, das in den letzten sechsundzwanzig Jahren nichts anderes getan hatte, als auf ihn zu pissen.

Zwei waren Bullenschweine und nichts weiter, Feinde für jeden, der so war wie er. Menschen ohne Ehre, verdorben bis ins Mark – sie hatten Rezvan gefoltert.

Der Letzte war Isak – von dem Emir geglaubt hatte, ihn zu kennen.

Und nun tauchte eine junge Frau auf, die er tatsächlich erkannte: Es war die Influencerin Novalife, die Fredrika verblüffend ähnlich sah, wie er jetzt feststellte.

Emir hatte keinen Grund, sich um diese Wichser zu kümmern, er hatte seine Aufgabe erfüllt und die Ministerin gerettet. Und er hatte Isak fertiggemacht – ihn ausgeknockt wie in einem MMA-Kampf.

Und trotzdem hatte er eine schwarze Pistolenmündung vor dem Gesicht.

Von irgendwoher kam ein unheimliches *Geräusch*.

Er schloss die Augen. Wenn Fredrika ihn töten wollte, dann nur zu. Er hatte ohnehin nicht mehr lange zu leben. Er hatte alles für Mila gegeben.

Er würde an der Flüssigkeit in seinen Lungen ertrinken, sein eigenes innerliches *Waterboarding*. Er erinnerte sich daran, wie ihm einmal ein Bonbon im Hals stecken geblieben war und Isak ihm so hart auf den Rücken geschlagen hatte, dass es wie eine Pistolenkugel aus seinem Mund geschossen kam. Damals war jetzt, jetzt war damals. Nur dass er sich jetzt nicht an einem Bonbon verschluckt hatte.

Lungenödem.

Er hatte kaum Kohle. Und er hatte eine Tochter. Neben dem enormen Schmerzensgeld, das er jeden Monat abdrücken musste, hatte er auch noch andere Ausgaben: Die Lebensmittel waren in den letzten Jahren teurer geworden. Hayat sagte, daran seien der Klimawandel und das Bevölkerungswachstum schuld, in weiten Teilen der Welt würden die Nahrungsmittel zur Neige gehen. Auch in Schweden seien die Preise gestiegen. Und die Mieten seien förmlich explodiert. Seine Mutter hatte ihm erzählt, dass der Großeigentümer Torbjörn Andersson Wohnungen in Rinkeby an die amerikanische Risikokapitalgesellschaft Blackstone verkauft hatte, die die Mieten in den letzten zwei Jahren um mehr als 150 Prozent erhöht hatte. Torbjörn Andersson hatte mehr als eine Milliarde mit dem Geschäft verdient, obwohl die Wohnungen in einem so schlechten Zustand waren, dass ganze Wälder von Schimmel an den Wänden wucherten.

Doch vor allem setzte ihn Lilly unter Druck.

Einerseits bezahlte er gern ihren Unterhalt und hoffte, dass das Geld Mila irgendwie zugutekommen würde. Andererseits wusste er genau, dass das Wunschdenken war – Lilly würde das Geld einfach verprassen.

Beim MMA hingegen lief es gut. Emir trainierte die Kids sechsmal die Woche, spielte genauso oft den Personal Trainer für ein paar Luschen und hatte einen ordentlichen Batzen Geld für Klamotten und die Teilnahmegebühren für die Kämpfe, aber er verdiente immer noch zu wenig. Und noch dazu zahlte er tatsächlich Steuern.

Hayat hatte einen unbezahlten Job angenommen. Ihre Eltern schimpften. »Sie sind reaktionär, sie kennen meine Meinung, aber sobald sie merken, dass es mit uns etwas Ernstes ist, werden sie schon zufrieden sein.« Emir wusste nicht, was sie mit reaktionär meinte, aber er wusste, dass es etwas Ernstes *war: Er wollte sie heiraten – genau das hatte er vor. Er wollte ihr schon bald einen Antrag machen.*

Also brauchte er Geld für die Hochzeit. Das Insolvenzgericht hatte ihm gedroht, wenn er seine Schulden nicht bezahlte, und der MMA-Club sagte, wenn er insolvent wäre, könne er nicht antreten. Hayat sagte Catch 22 dazu, eine Art Zwickmühle. Emir sagte, es war Mord durch Angst.

Lilly war das scheißegal. Wenn er Mila sehen wollte, musste er blechen.

Was tun?

In der Umkleidekabine roch es nach Kämpferhintern und billigem Duschgel. Normalerweise mochte Emir diesen Geruch, aber heute nicht. Heute stach er ihm in der Nase.

Isak rückte näher, ihre Ellbogen berührten sich. »Ich habe ein Angebot bekommen.«

»Was für ein Angebot?«

»Wir haben doch letzte Woche darüber gesprochen: dein bevorstehender Kampf gegen Yuri Donetsk.« Isak sah ihm in die Augen. »Schiebung, Bruder.«

Emir zuckte zusammen und rückte von ihm ab. »Ich habe dir doch gesagt, dass ich keine Manipulation will. Ich will gewinnen.«

»Ja, das hast du gesagt. Aber sie bieten dir vierhundert Riesen, wenn du absichtlich verlierst.«

Das war lächerlich.

Andererseits würde es für eine Hochzeit reichen, und für Mila blieb auch noch genug übrig.

Catch 22, oder wie auch immer das hieß. Er sagte zu.

Nach dem Kampf lag er über eine Woche im Krankenhaus. Die Ärzte sagten, dass die Verletzungen, die ihm die Bestie zugefügt hatte, Langzeitsymptome zur Folge haben könnten – aber das war ihm egal.

Isak holte ihn mit seinem Toyota ab. Sie fuhren in die Stadt, Isak wollte ihn aufmuntern, und Emir wollte einfach nur vergessen. Er konnte kaum geradeaus gehen, seine Nieren schmerzten immer noch wie die Hölle, und er war high von Tramadol und Axoparzan und fühlte sich, als hätte er schlechtes Gras geraucht.

Stockholm: ein Ort, den Emir normalerweise nicht betrat. Alles kam ihm seltsam vor, die Fassaden der Häuser sahen so anders aus, dass ihm schwindelig wurde, niemand trug normale Klamotten, alle schienen auf dem Weg zum Laufsteg zu sein.

Aber man kannte ihn von seinen Kämpfen, er hatte nicht geahnt, dass er in der Innenstadt so berühmt war. Oder besser gesagt: dass er berühmt gewesen war.

Jeder hatte gesehen, wie Yuri »die Bestie« Donetsk ihn im Ring fertiggemacht hatte.

Jeder hatte gesehen, wie viele Treffer er hatte einstecken müssen.

Niemand wusste, dass man ihn für seine Niederlage bezahlt hatte.

Man tuschelte hinter seinem Rücken. Jemand fotografierte ihn aus der Ferne. Ein Witzbold an der Tür eines Nachtclubs machte sich lustig über ihn: »Du hast eine Tochter, nicht wahr? Sie sollte sich schämen, weil ihr Vater so ein Verlierer ist.« Emir schubste den Schwanzlutscher so heftig, dass er zwei Meter weit flog, dann verpasste er ihm einen Faustschlag nach dem anderen, bis die Türsteher ihn von ihm wegzogen – und damit machte er mit dem armen Kerl, was er eine Woche vorher mit Yuri »der Bestie« Donetsk hätte machen sollen.

Nikbin traf ihn am nächsten Tag im Besuchsraum des Gefängnisses.

»Kennst du den hier: Warum hat der Kackhaufen Anzeige erstattet?«

»Keine Ahnung.«

»Er war im Arsch.« Der Anwalt lachte kürzer als sonst.

»Keine Sorge, Emir. Da der Kläger dich provoziert hat, kann ich Strafminderung rausholen.«

»Hast du mit Hayat gesprochen?«

»Leider nicht.«

Zwei Wochen später fand die Hauptverhandlung statt. Emir gab zu, dass er den Kerl geschlagen hatte, und erzählte auch sonst mehr oder weniger die Wahrheit: dass er gerade aus dem Krankenhaus gekommen war, dass er Schmerzmittel genommen und dass der Kerl ihn provoziert hatte.

Hayat war nicht dabei.

Nach der Urteilsverkündung – Emir bekam ein Jahr – ging seine Mutter nach vorne und umarmte ihn. »Ich mache dir keine Vorwürfe«, flüsterte sie.

»Es tut mir leid. Ich bin ein Idiot.«

Sie schüttelte den Kopf. »Das habe ich nicht gemeint«, sagte sie. »Ich meinte, dass ich dich nicht dafür verurteile, dass du nicht richtig gekämpft hast.« Seine Mutter wusste es.

Sie wusste, dass er sich verkauft hatte.

Hayat war nirgendwo zu finden. Sie ging nicht ans Telefon, wenn Nikbin versuchte, sie anzurufen. Sie ging auch nicht ans

Telefon, als Emir aus dem Gefängnis anrief. Sie antwortete
noch nicht einmal auf seine Briefe.

Nach ein paar Wochen kam eine Nachricht von Nikbin:
»Hayat hat mir heute eine Tasche mit mehreren Gegenständen
gegeben, Kleidung, Handy etc. Sie will nichts von dem behal-
ten, was sie von dir bekommen hat.«

Emir hatte ihr versprochen, keine Verbrechen mehr zu
begehen.

Es war alles seine Schuld. Hayat hatte einen guten Job, ein gutes
Leben – und sie hatte in *derselben* Gegend gewohnt, war in *die-*
selbe Klasse gegangen wie er. Ihre Familie war auch arm gewesen.

Oder war es die Schuld seiner Mutter, weil sie sich weniger um
ihn als um andere Dinge gekümmert hatte? Sie war zu Meetings
gegangen, hatte viele Leute getroffen, Aktionen und Demonst-
rationen geplant. Erst jetzt fiel ihm ein: Er hatte genauso wenig
Ahnung von dem, was sie in den letzten Jahren gemacht hatte,
wie sie von seinem Leben. Gleichzeitig wusste er aber auch, dass
es nicht ihre Schuld war, denn er hatte seit seinem elften Lebensjahr auf eigenen Füßen gestanden. Er hatte sich nie um etwas
anderes gekümmert als MMA, bis alles so gekommen war, wie
es gekommen war. Vielleicht lag hier der Fehler: seine Energie,
seine Kapazität.

Er öffnete die Augen wieder und machte einen letzten Versuch,
etwas zu sagen.

Die Waffe, die auf ihn gerichtet war, machte ihm keine Angst
mehr.

»Ich habe mit der Bewegung nichts zu tun«, sagte er.

Er hörte, wie schwach er klang.

83

Fredrika war vieles: eine Frau, eine Schwedin, eine Stockholmerin, ein Sportjunkie, eine alleinstehende Frau, eine Tierliebhaberin – aber das, was sie wirklich ausmachte, war, Polizistin zu sein. Sie wollte zum härtesten Team Schwedens gehören, deshalb war sie hier.

Als Polizistin musste sie Befehle befolgen, sonst würde Chaos ausbrechen und alles vor die Hunde gehen – nicht zuletzt sie selbst. Und wenn sie ihre Befehle verweigerte, war sie nicht die Richtige für diesen Job.

Sie hörte weder Murell in ihrem Ohr noch Arthurs Rufe. Emir schien auch etwas sagen zu wollen, aber ein lautes Geräusch im Hintergrund übertönte alles – es war der sich nähernde Hubschrauber.

Und nun stand plötzlich ihre Schwester vor ihr.

Was ging hier eigentlich vor?

Vielleicht musste es so kommen. Jahrzehntelang hatte Schweden einen Sonderweg eingeschlagen, aber es war unmöglich, diesen sozialen Konflikt für immer zu vermeiden. Was auch nur logisch war: In Schweden ging es nicht anders zu als im Rest der Welt – also war man gezwungen gewesen, eine Mauer um die Probleme zu bauen, um diejenigen auszuschließen, die die Stabilität gefährdeten. Aber jetzt begriff sie, dass dies ein Irrtum gewesen war. Die Loyalität galt ganz Schweden. Sie war auch für diese Sonderzone verantwortlich.

Emir fiel in ihre Verantwortung.

Fredrika spannte die Armmuskeln an und krümmte langsam den Finger. Warum Nova plötzlich hier aufgetaucht war, entzog sich ihrem Verständnis, aber das war egal: Sie konzentrierte sich ganz auf Emir Lund.

Sie zielte direkt auf seine Brust. Wenn sie jetzt schoss, würde er sterben.

Sie konnte kaum verstehen, was Nova schrie. »Das darfst du nicht tun.«

Doch, sie musste ihn erschießen.

»Fredrika, nicht schießen!«, schrie Nova.

Fredrika ließ den Abzug einen Millimeter los – was meinte sie damit?

»Das ist der Falsche«, brüllte ihre kleine Schwester über den Hubschrauberlärm.

Fredrika verstand immer noch nichts.

Sie drückte den Abzug wieder einen Millimeter.

Dann nahm sie den Zeigefinger vom Abzug. Sie starrte Emir an, der durch den Lärm der Rotorblätter hindurch versuchte, ihr etwas zu sagen.

Arthur trat drei Schritte vor.

In einer fließenden Bewegung hob er die Sig Sauer auf, die Emir auf dem Dach abgelegt hatte, und entsicherte sie.

Erst erschoss er Isak, dann schoss er Emir ins Herz.

84

Sie hatte den Lärm schon gehört, als sie vor dem Wasserturm gestanden hatte, und es war noch lauter geworden, als sie auf das Dach gestiegen war und gesehen hatte, wie Fredrika kurz davor war, einem Unbekannten eine Kugel zu verpassen.

Der andere Polizist – Nova kannte seinen Namen immer noch nicht, wusste dafür aber andere Dinge über ihn – hatte zwei Männern in die Brust geschossen.

Das Donnern wurde lauter. Der Hubschrauber schwebte nun

direkt über dem Wasserturm. Der Wind, der von den riesigen Rotorblättern ausging, machte jede Bewegung zum Risiko.

Nova wollte ihrer Schwester zurufen, dass ihr Kollege die eigentliche Gefahr darstellte, dass Fredrika ihn entwaffnen, ihn irgendwie aufhalten musste, aber ihre Stimme kam nicht gegen den Lärm an.

Der Junge, der neben dem einen Mann gestanden hatte, war nach vorne gesprungen, um ihn wieder zum Leben zu erwecken. Auch Eva Basarto Henriksson war zu ihm gelaufen.

Warum hatte Fredrikas Kollege auf die beiden geschossen? Wer waren sie überhaupt?

Jetzt zog der Kollege die Ministerin zu sich. Offensichtlich wollte er sie in den Hubschrauber bringen.

Fredrika schaute nur verwirrt drein.

Der Hubschrauber ging langsam tiefer, bis er nur noch wenige Meter über dem Dach des Wasserturms war.

Die Seitentür öffnete sich. Ein Polizist in voller Montur sprang auf das Dach und ging schnell auf die Ministerin zu.

Nova hörte nichts, aber sie sah, was vor sich ging. Die Ministerin gestikulierte, sie wirkte verärgert. Weder der Polizist aus dem Hubschrauber noch Fredrikas Kollege schienen sich darum zu kümmern, sie schoben sie einfach vor sich auf eine Strickleiter zu, die aus dem Hubschrauber geworfen worden war.

Nova ging zu Emir hinüber. Er lag neben dem anderen Mann, den Fredrikas Kollege erschossen hatte.

Der Junge war noch immer über Emir gebeugt. Tränen standen in seinen Augen. Das Einschussloch in Emirs T-Shirt sah erstaunlich klein aus. Er hatte immer noch einen angespannten Ausdruck auf dem Gesicht, die Augen geschlossen.

Die Ministerin kletterte die Leiter hoch, dicht gefolgt von dem Einsatzbeamten und Fredrikas Kollegen.

Fredrika kam auf sie zu, ihr Pferdeschwanz wehte im Wind.

Sie legte die Hände um den Mund und beugte sich zu Novas Ohr vor: »Ich weiß zwar nicht, was du hier machst oder warum du mir gesagt hast, dass ich nicht schießen soll, aber du solltest in den Hubschrauber steigen.«

Nova musste es ihr erklären. »Das ist ein Irrtum«, rief sie zurück. »Du musst den Polizisten festnehmen, der geschossen hat.«

Fredrika nahm den Kopf zurück und starrte sie an. Offensichtlich hatte sie gehört, was Nova gesagt hatte.

Die Sonne brannte so heiß wie vor ein paar Tagen, als es noch nicht geregnet hatte. Durch den Wind der Rotorblätter war sie allerdings kaum zu spüren.

Nova versuchte es noch einmal. »Dein Kollege ist ein Terrorist.«

»Wer? Arthur?«

»Ja, dein Kollege, der gerade geschossen hat. Die Ministerin darf nicht mit ihm wegfliegen.« Nova drehte sich zum Hubschrauber um. Arthur und der Polizist kletterten gerade hinein, die Ministerin war bereits drin.

»Ich weiß nicht, wovon du sprichst. Und jetzt komm mit.«

Nova beugte sich noch näher ans Ohr ihrer Schwester. »Hörst du mir nicht zu? Arthur ist ein Terrorist«, rief sie.

Der Hubschrauber schwebte jetzt zwei Meter über dem Dach. Seine Tür stand offen, und die Strickleiter hing noch heraus – er wartete auf Fredrika und vielleicht auch auf sie.

»Sieh doch«, sagte Nova und zeigte nach oben.

Es war zu spät.

Fredrika schaute auf.

Schnelle Bewegungen, kämpfende Männer. Ein Handgemenge im Hubschrauber.

Es sah aus, als würde Arthur auf dem Polizisten liegen und wütend mit einem schwarzen Messer herumfuchteln.

Fredrikas Gesicht wurde kreideweiß. Sie rannte auf die Strickleiter zu.

Arthur drängte den Mann auf die Öffnung zu. Der Kopf des Polizisten schwankte vor und zurück.

Das Dröhnen der Rotorblätter.

Das Schweigen der Gewalt.

Arthur stieß den Beamten aus dem Hubschrauber: Er fiel, drei Meter tief – und landete direkt vor Nova und Fredrika. Der Polizist war blutüberströmt und keuchte.

Nun waren nur noch der Pilot, Arthur und die schwedische Innenministerin im Helikopter.

Der Hubschrauber schaukelte wie eine Hummel, die sich nicht so recht sicher zu sein schien, dass sie tatsächlich fliegen konnte.

85

Er war hoch über seinem Viertel. Ein Schuss ins Herz. Das Leben war vorbei. Und zugleich: Das Leben strömte durch ihn *hindurch*.

Die Bilder zogen schnell vorbei, aber er nahm sie trotzdem alle wahr. Bei seiner ersten Begegnung mit Mila hatte Lilly sie seiner Mutter gegeben, die sie dann an Emir weitergereicht hatte. Er hatte nur dagestanden und Mila an seine Brust gedrückt wie ein Neugeborenes, fest und zugleich vorsichtig, ohne zu heftig zu atmen. Doch nach einer Weile hatte Mila mit fragendem Blick zu ihm aufgeschaut, sie war schließlich schon ein Jahr alt gewesen. Sie hatte gelächelt, auf ihn gezeigt und dann auf etwas anderes gedeutet. Emir war ihrem Finger bis zu den von ihrer Mutter gebackenen Keksen auf dem Tisch gefolgt. Mila hatte schon damals gewusst, was sie vom Leben wollte. Sie war mehr wert.

Emir setzte sich auf, er war noch nicht so weit.

Bevor die Polizisten gekommen waren, hatte er neben der Pistole noch etwas anderes aus dem Rucksack genommen, den Rezvan gestohlen hatte: die kugelsichere Weste des Polizisten. Rezvan hatte versucht, sie anzuziehen, aber sie war viel zu groß und zu schwer für ihn gewesen, also hatte Emir sie unter seinem T-Shirt angelegt. Die Kugel hatte die Weste durchschlagen und seine Brust berührt, mehr nicht. Es war nichts Gefährliches, und er würde auch nicht daran sterben. Es tat nur höllisch weh, aber mittlerweile hatte er ja schon überall Schmerzen.

Er stand auf und hatte noch nie derartige körperliche Qualen verspürt. Alles in ihm fühlte sich an, als würde es zerbrechen.

Eine Komödie: Er war ein Toter, der wieder zum Leben erwacht war, aber keine Luft bekam. Isak lag erschossen neben ihm.

Fredrika war krank im Kopf, aber der Polizist, der auf ihn geschossen hatte – sein Name war offenbar Arthur –, war noch schlimmer. Arthur war ein echtes Schwein.

Ungefähr dasselbe hatte Novalife auch Fredrika zugerufen. Und jetzt warf der Kerl Leute aus dem Hubschrauber. Eva war als Nächste an der Reihe.

Aber die Sache war die: Emir mochte Eva.

Sein Atem ging jetzt pfeifend.

Der Hubschrauber schwebte noch ein paar Meter über dem Wasserturm. Er war noch nicht weg.

Dann explodierte etwas in seinem Gehirn, eine Kopfschmerzattacke traf ihn mit voller Wucht – sein zweiter Fluch. Er keuchte.

Er sollte sich wieder aufs Dach legen und alles um sich herum ausblenden. Eine Kugel hatte ihn in die Brust getroffen. Eigentlich müsste er tot sein, wie Isak.

Der aus dem Hubschrauber gestürzte Einsatzbeamte starrte ihn an. Nova glotzte ihn ebenfalls an, und Fredrika sah einfach nur verloren aus.

Der Hubschrauber ging langsam höher, die Strickleiter baumelte darunter wie ein gelöster Gürtel.

Emir hatte nicht den Mut gehabt, hinter Abu Gharib über das Dach zu springen, deshalb war er überhaupt erst in dieser Situation. Das Einzige, was er sich im Leben getraut hatte, waren die Kämpfe im Ring, und selbst dabei war er gescheitert. Seitdem schämte er sich jede Sekunde dafür.

Also versuchte er es. Rannte über das Dach des Wasserturms. Jeder Schritt war die größte Anstrengung seines Lebens. Sein Kopf stand kurz vor der Explosion. Der Hubschrauber war etwa fünf Meter über ihm. Er warf sich auf die Strickleiter, die immer noch ein paar Meter darunter herabhing.

Er bekam die Leiter zu fassen. Sein Arm war kurz davor zu brechen, dann packte er auch mit der anderen Hand zu. Er baumelte an der Leiter – dann griff er nach der nächsten Sprosse, und der nächsten.

Er fand mit einem Bein Halt und begann zu klettern. Die Strickleiter peitschte hin und her, aber Emir wollte nicht loslassen.

Das Dach des Wasserturms lag noch unter ihm: Fredrika, Rezvan, Nova und der verletzte Einsatzbeamte blickten nach oben.

Er kletterte in den Helikopter.

Dort im Cockpit: das Dreckschwein Arthur gegen den Piloten.

Eva schrie auf und sah noch schockierter aus als beim letzten Mal, als Emir sie gerettet hatte. Er warf sich auf Arthur, packte seine Schultern und riss ihn zurück.

Der Pilot trat nach Arthur.

Der Hubschrauber schlingerte und schaukelte, da ihn niemand steuerte.

Emir griff nach Evas Hand. »Wir müssen springen!«, rief er.

Bis nach unten war es weit.

Vielleicht *zu* weit.

Sie hielten sich an den Händen.

Evas Haare flatterten.

Sie stürzten auf den Wasserturm zu. Beim Aufprall bohrte sich der Schmerz in ihn wie ein Speer, obwohl er nicht hätte sagen können, ob er sich das Bein oder das Rückgrat gebrochen hatte.

Kein Sauerstoff. Sein Kopf platzte gleich.

Er schaute auf. Der Hubschrauber drehte sich wild und geriet außer Kontrolle.

Die Rotorblätter wirbelten. Der Helikopter hing schräg in der Luft, dann stürzte er ab.

Wie ein verwundetes Insekt. Er fiel.

Nach unten.

Er krachte direkt in die Trennmauer.

Das Geräusch traf Emir wie ein Schlag ins Gesicht, aber er spürte die Schläge nicht mehr.

Er war niemand, den Schläge noch interessierten.

Er war niemand.

Doch, er war jemand.

EPILOG

16. Juni

»Ich bin froh, dass wenigstens eine den Hyänen entkommen ist.«
Murell schloss die sogenannte »stille Tür« hinter Fredrika.

Fredrika hatte in den letzten Tagen in einem Hotel gewohnt und
war bis auf zwei Besuche in Kungsholmen – zur Nachbesprechung
und um ihre Aussage zu machen – auf ihrem Zimmer geblieben.

Die Medien schienen noch nicht mitbekommen zu haben, dass
die Säpo Emir Lund in die Zone geschickt hatte. Deshalb war
Murell offenbar so zufrieden.

Im Beobachtungsraum, wo die Ermittler und Analysten den
angrenzenden Verhörraum beobachten konnten, ohne selbst gesehen oder gehört zu werden, war es dunkel. Drei große Bildschirme zeigten den Raum aus verschiedenen Blickwinkeln, auf
einem vierten war der Verdächtige in Nahaufnahme zu sehen.

Neben Murell stand Brain Svensson, die ebenfalls zufrieden
wirkte. Wahrscheinlich war es sogar das erste Mal, dass Fredrika
sie mit einem einigermaßen entspannten Gesichtsausdruck sah.

»Wir möchten, dass du bei diesem Verhör dabei bist. Deine
Schwester wird sicher zur Sprache kommen«, sagte Svensson und
zog einen Stuhl heran. Ihr blondes Haar war ordentlich gekämmt,
und Fredrika deutete ihre Ruhe als Anerkennung. Svensson war
von Anfang an dagegen gewesen, sie hinzuzuziehen – aber jetzt
hatte sich Fredrika in den Augen der Chefin der Anti-Terror-Einheit offenbar bewährt. Lag es an dem, was Fredrika mit Strömmer angestellt hatte?

Murell zog die Vorhänge zu. Der Raum war spärlich eingerichtet: ein paar Sessel, Aufnahmegeräte und eine Kiste mit
Spielzeug – offenbar wurden hier hin und wieder auch Kinder
befragt.

Die Monitore zeigten den Verhörraum, wo Thermoskan-
nen mit Kaffee und eine Karaffe mit Wasser bereitstanden. Wie
Fredrika wusste, bezeichnete man diesen Raum in Anwaltskrei-
sen als *Kuschelhöhle*.

»Dann sage ich ihnen, dass sie loslegen sollen«, murmelte
Murell.

Sie beobachteten, wie sich die Tür zum Verhörraum öffnete
und William Agneröd hereingeführt wurde. Der Milliardär ließ
den Kopf hängen, Fredrika konnte sein Gesicht nicht sehen. Ob er
sich schämte? Agneröd wurde von seinem Anwalt und zwei mus-
kulösen Polizisten begleitet, von denen einer der Vernehmungsbeamte in diesem Fall war.

»Möchtest du einen Kaffee?«, fragte der Vernehmungsbeamte,
während man Agneröd die Handschellen abnahm.

Der Blick des Milliardärs war immer noch auf den Boden gerichtet, und als er den Kopf schüttelte, schien er zu zittern. Oder
sah es nur auf dem Bildschirm so aus?

»In Ordnung, ich schalte das Aufnahmegerät ein«, sagte der
Vernehmungsbeamte. Agneröd sagte nichts.

»Dies ist die zweite Vernehmung von William Agneröd, es ist
der sechzehnte Juni, dreizehn Uhr dreißig. Dem zu Vernehmen-
den wurde bereits mitgeteilt, dass er der Beihilfe zu einer terroristischen Straftat, der Beihilfe zum Mord und der Beihilfe zum
versuchten Mord verdächtigt wird. Herr Agneröd bestreitet alle
strafrechtlichen Vorwürfe.«

Fredrika kannte die Anklagepunkte. Bei *der Beihilfe zu einer
terroristischen Straftat* ging es darum, dass Agneröd eine Gruppierung namens Schwedische Freiheitsfront (SFF) bei der Pla-

nung ihrer Aktivitäten mit Rat und Tat unterstützt hatte. *Beihilfe zum Mord* betraf die Ermordung von Simon Holmberg, *Beihilfe zum versuchten Mord* betraf den Schuss, der Basarto Henriksson während ihrer Rede verfehlt und stattdessen ihren Kollegen Niemi getroffen hatte.

Arthur und leider auch der Pilot des Hubschraubers waren beim Absturz ums Leben gekommen. Murell hatte Fredrika erzählt, was inzwischen ebenfalls allgemein bekannt war: Arthur war auch Teil der Neonazi-Verschwörung gewesen. Sie hatten geplant, Eva Basarto Henriksson am Nationalfeiertag zu erschießen, anschließend hatten sie A ermorden wollen – in der Hoffnung, dass dies einen von ihnen so bezeichneten *heiligen Rassenkrieg* auslösen würde. Um den größtmöglichen visuellen Effekt zu erzielen, hatte Arthur die Ministerin mitten in ihrer Rede erschießen wollen. Inmitten des sich ausbreitenden Chaos hatte er stattdessen seinen Kollegen Niemi getroffen.

Wie er mit dem Attentat hatte davonkommen wollen, war unklar, aber es war wohl auch gar nicht geplant gewesen – Arthur hatte ein Märtyrer sein wollen, ein echter *Schahid*. Obwohl das Attentat gescheitert war, hatte er nicht aufgegeben. Als Simon Holmberg eine Reihe von Journalisten wegen des USB-Sticks kontaktiert hatte, hatte jemand – von welcher Zeitung, war noch nicht bekannt – der SFF davon erzählt. Dann war Arthur erneut aktiv geworden und hatte Simon getötet. »Wie das alles genau passiert ist, werden wir bald in Erfahrung bringen«, sagte Murell.

Die Entführung der Ministerin selbst stand auf einem anderen Blatt. Tatsächlich schien es, als hätten Roy Adams und seine Soldaten mehr oder weniger die Gunst der Stunde genutzt und Eva Basarto Henriksson »aus einer spontanen Laune heraus« mitgenommen, wie sich Murell ausdrückte. Bisher gab es keine Hinweise darauf, dass die Entführung von langer Hand geplant war. Der Aussage der Ministerin zufolge hatte man sie zwischen verschiedenen Kellerräumen hin und her transportiert, was auf eine dilettantische Vorgehensweise hindeutete. Die Frage blieb jedoch, inwieweit der Irre auf Befehl der Bewegung gehandelt hatte. Es war ihnen nicht gelungen, den verrückten Gangsterboss zu finden, obwohl die Polizei sogar eine Belohnung für Hinweise ausgesetzt hatte, die zu seiner Verhaftung führten. Doch vielleicht würden sie bald von anderer Seite Antworten bekommen: Sie hatten Hayat Said gefasst.

Sie hatten auch herausgefunden, wie die Informationen des Sicherheitsdienstes auf dem Speicherstick gelandet waren – Arthur hatte sich mit einem falschen Login Zugriff auf die Daten zu verschiedenen Ermittlungen verschafft und diese einfach kopiert. Murell war sich noch nicht ganz sicher, ob er die Infos über A und die Andeutung zum Anschlag auf EBH gepostet hatte. »Vielleicht haben wir noch mehr Maulwürfe bei uns«, murmelte er. »Wir müssen wachsam bleiben.«

Der Elefant im Raum war William Agneröd. Seine tatsächliche Beteiligung an der ganzen Verschwörung war zumindest Fredrika noch unklar, aber dass er einer der reichsten Männer der Welt war, machte die Sache noch tausendmal heikler. Hoffentlich konnte diese Vernehmung etwas Licht in die Sache bringen.

Murell erzählte Fredrika auch, dass Arthur Nachrichten an Ian geschickt hatte, als sie bei ihm in Tallänge gewesen war: Arthur hatte seinen alten Freund gewarnt und ihm gesagt, dass sie nach Strömmer suchte. Sowohl Ian als auch Strömmer befanden sich nun in Gewahrsam.

Das alles war so krank, wie es nur sein konnte.

Der Vernehmungsbeamte beugte sich über den Tisch: »William Agneröd, ich frage Sie heute noch einmal, was Sie zu den Anklagepunkten zu sagen haben.«

Agneröds Anwalt lehnte sich zurück und sah den Vernehmungsbeamten selbstbewusst an. Agneröds Blick war immer noch zu Boden gerichtet. Er antwortete nicht, aber Fredrika konnte deutlich sehen, dass sein Kopf zitterte wie der eines sehr alten Mannes.

Der Polizeibeamte spannte die Nackenmuskeln an. »Sie haben das Recht zu schweigen. Trotzdem frage ich noch einmal: Gestehen Sie oder streiten Sie die Vorwürfe ab?«

William Agneröd blickte auf; es war das erste Mal, dass Fredrika ihn im Profil sah. Die Qualität des Bildschirms war so gut, dass sie jede Falte und jede Pore im Gesicht des Milliardärs erkennen konnte und das Gefühl hatte, bei ihm im Raum zu sitzen. Agneröd wirkte müde, seine Augenpartie war gerötet. Fredrika fragte sich, ob er geweint oder einen Ausschlag hatte. Dann öffnete er den Mund, und seine Stimme klang so gepresst wie die eines quäkenden Teenagers. »Ich bestreite die Vorwürfe.«

Jetzt beugte sich der Anwalt vor. »Wenn wir hier fertig sind«, knurrte er, »wird nicht nur diese Anklage fallengelassen werden, Sie können sich auch auf die höchsten Schadenersatzforderungen in der schwedischen Rechtsgeschichte gefasst machen. Sie wissen sicher, wer William Agneröd ist, aber ich glaube nicht, dass Sie das Ausmaß des Schadens begreifen, den Sie ihm und seiner Firma zufügen.«

Den Polizisten schien das nicht zu beeindrucken. »Dessen sind wir uns voll bewusst, und ich hoffe, Herr Agneröd ist sich genauso der Strafe bewusst, die ihm bei einer Verurteilung droht.«

Der Anwalt gluckste. »Das wissen wir alles. Aber in der Klage, die ich gleich einreichen werde, geht es nicht nur um Schadenersatz. Sie werden persönlich zur Verantwortung gezogen. Sie und Ihr Vorgesetzter Herman Murell.«

Der Vernehmungsbeamte nickte langsam. Er war ein Profi.

»Herr Agneröd, ich wollte Ihnen etwas zeigen.« Er legte einen Speicherstick auf den Tisch.

Fredrika erkannte ihn sofort: Es war der, den ihre Schwester gestohlen hatte. »Wissen Sie, was das ist?«

Agneröds Pupillen weiteten sich. »Nein, den habe ich noch nie gesehen.«

»Sind Sie sicher?«

»Ja.«

»Ganz sicher?«

»Ja, ich habe diesen Stick noch nie gesehen.«

»Ich habe seinen Inhalt ausgedruckt«, sagte der Vernehmungsbeamte und schob einige Papiere über den Tisch.

Der Anwalt beugte sich vor und begann, sie durchzublättern.

»Das sind Notizen erstens darüber, wie die SFF die Innenministerin ermorden wollte, und zweitens, wie sie die wahre Identität von A herausgefunden haben und auch sie aus dem Weg räumen wollten. Der Großteil des Materials über A stammt vom Sicherheitsdienst.«

»Woher wissen Sie, dass die Informationen von der Säpo kommen?«, fragte der Anwalt.

»Es ist der genaue Wortlaut aus unseren Datenbanken.« Der Vernehmungsbeamte nahm die Dokumente wieder an sich. »William Agneröd, haben Sie zu diesen Dokumenten etwas zu sagen?«

Agneröd schüttelte den Kopf.

»Dieser Stick befand sich in einem Safe in Ihrem Haus in den Schären. Haben Sie dazu etwas zu sagen?«

Agneröd schwieg einen Moment. Dann stieß er eine Antwort hervor: »Das ist eine Lüge.«

»Wir haben eine Zeugin, die ausgesagt hat, dass sie ihn von dort entwendet hat.«

»Wer?«

»Nova Falck.«

»Die Influencerin?«

»Sie hat als Influencerin gearbeitet, ja.«

»Welche Beweise hat sie?«

Der Anwalt schien mit Agneröds eigenen Gegenfragen zufrieden zu sein, der Polizist jedoch sah noch zufriedener aus. »Herr Agneröd, der Stick enthält an Sie geschickte E-Mails.« Er ließ seine Worte etwas wirken, bevor er hinzufügte: »Haben Sie dazu etwas zu sagen?«

Agneröd atmete jetzt schwer. »Auch das ist eine Lüge. Ich habe viele Assistenten, die sich um meine Mails kümmern. Was weiß ich, was mir alles für Mist geschickt wird.«

»Und warum sind dann Ihre Fingerabdrücke auf dem Stick?«

Agneröd schüttelte nur den Kopf.

Nun schaltete sich der Anwalt ein: »Herr Agneröd wird sich nicht an irgendwelchen Spekulationen beteiligen.«

Der Vernehmungsbeamte holte weitere Unterlagen aus seiner Aktentasche und legte sie auf den Tisch. »William Agneröd, ich setze Sie darüber in Kenntnis, dass wir in den letzten Tagen Ihre Telefongespräche und Wohnräume abgehört haben, des Weiteren die Gespräche, die Sie über Ihr verschlüsseltes Telefon geführt haben. Haben Sie dazu etwas zu sagen?«

Fredrika gefiel die ruhige Art dieses Beamten.

Agneröds Pupillen wurden noch runder und größer. »Nun, ich wollte nicht«, stammelte er, bevor der Anwalt ihn wieder unterbrach: »Ich möchte mich mit meinem Mandanten unter vier Augen unterhalten.«

Jetzt lächelte der Vernehmungsbeamte zum ersten Mal. »Selbstverständlich. Herr Agneröd, vorher möchte ich Ihnen jedoch Folgendes sagen: Wir haben genug Beweise, um in allen Anklagepunkten eine Verurteilung erwirken zu können. Das ist keine Drohung, sondern die Wahrheit über den momentanen Stand der Dinge.«

Der Anwalt stand auf. »Sie versuchen, meinen Mandanten einzuschüchtern. Wir werden Sie verklagen. Ist Ihnen denn immer noch nicht bewusst, wer William Agneröd ist?«

Der Vernehmungsbeamte lächelte weiter freundlich wie ein Kindermädchen – vielleicht war das Konzept der *Kuschelhöhle* doch nicht so schlecht. »Wie gesagt, wir wissen, wer William Agneröd ist, und wir haben einen Vorschlag zu machen. Es gibt neue gesetzliche Regelungen, was Kronzeugen betrifft. Ihr Anwalt kennt sie sicher. Wenn ich Sie jetzt allein lasse, sollten Sie Folgendes bedenken: Wenn Sie verurteilt werden, bekommen Sie lebenslänglich, aber wenn Sie sich bereit erklären, gegen Ihre Mitverschwörer auszusagen, kommen Sie mit einem Jahr davon. Sie haben die Wahl: den Rest Ihres Lebens im Gefängnis zu sitzen oder mir zu helfen, die anderen vor Gericht zu bringen.«

Agneröd schien Tränen in den Augen zu haben. »Wenn ich Ihnen helfe«, flüsterte er, »hören Sie dann auf, mich zu quälen?«

Murell lachte. »Ich liebe das neue Schweden«, murmelte er.

Fredrika stand auf. Schaute noch einmal in William Agneröds Gesicht und wandte sich dann Murell zu.

Ihr Vorgesetzter hob den Daumen. »Wir haben von dir gelernt«, sagte er. »Dann wird es viel einfacher.« Er zwinkerte ihr zu.

Fredrika stand vor dem Monitor.

Waterboarding.

»Was ist?«, fragte Murell.

»Das werde ich melden«, sagte Fredrika.

Svensson sah sie verständnislos an.

Murell stand Fredrika mit ausdrucksloser Miene gegenüber. »Du wirst gar nichts melden.« Seine dunkle, sonst so mürrische Stimme war plötzlich klar, scharf und schneidend. »Weil du nämlich das Gleiche getan hast. Willst du, dass das rauskommt?«

Murell war nicht mehr der, der er einmal gewesen war, wenn überhaupt. Aber Fredrika war sich auch bewusst, dass sie selbst nicht immer so gedacht hatte wie jetzt.

Sie drehte sich um und verließ das Zimmer.

Die vermeintlich schallisolierte Tür knallte überraschend laut, als sie sie hinter sich zuschlug.

Die Schwerelosigkeit machte sie benommen.

Das Wasser in der Wanne war zu heiß gewesen, als sie hineingestiegen war, aber jetzt hatte es Körpertemperatur – oder vielleicht hatte sich ihr Körper an die Temperatur des Wassers angepasst.

Sie atmete tief durch, sie musste sich beruhigen.

Sie hatte immer davon geträumt, einmal zum Sondereinsatzkommando zu gehören. Jetzt konnte sie froh sein, wenn sie noch irgendeinen Schreibtischjob bekam.

Sie vermisste Taco so sehr, dass allein der Gedanke an seinen Namen schmerzte.

Hatte sich das Ganze gelohnt?

Das Hotel hatte eine Kerze mit einem beruhigenden Duft zur Verfügung gestellt. Sie glaubte nicht, dass es funktionierte, aber das flackernde Licht zauberte ein bewegtes Schattenspiel an die Wände, das sie etwas ablenkte. Doch ein Wort schoss ihr immer wieder durch den Kopf.

Hölle.

Sie war allein, sie hatte niemanden, mit dem sie reden konnte.

Man würde sie feuern oder wegen Fehlverhaltens verurteilen. Sie hatte ihren Vorgesetzten angezeigt.

Ihr Hund war ermordet worden.

Sie war mitverantwortlich dafür, dass As Mann die Ministerin hatte aufspüren können. Sieben Polizisten waren deshalb gestorben.

Ein Gesicht tauchte vor ihrem geistigen Auge auf: Rezvan. Im Moment zerfloss sie vor Selbstmitleid, aber wenn sie an ihn dachte, fühlte sich anders: Dann *ekelte* sie sich vor sich selbst.

Sie schloss die Augen und tauchte unter. Es rauschte in ihren Ohren, die Unterwassergeräusche hatten einen ganz eigenen Klang.

Sie hatte ihre Mission erfüllt, Basarto Henriksson war wieder frei. Aber viele waren dabei gestorben, und sie hatte nicht verhindern können, dass Arthur ein Kind gefoltert hatte.

Ihr Herz begann zu klopfen, aber sie blieb auf dem Boden der Badewanne liegen.

Sollte sie vielleicht die Seiten wechseln? Die Bewegung kämpfte nach wie vor für Prinzipien, die jeder vernünftige Mensch vertreten konnte. Sie setzte Gewalt ein, aber das tat auch die Polizei – stellvertretend für eine Gesellschaft, die völlig aus den Fugen geraten war. Wenn es bei der Polizeiarbeit darum ging, Schweden gegenüber loyal zu sein, Schweden aber gefallen war, was blieb dann?

Die Hölle.

Ihre Finger bewegten sich auf den Rand der Badewanne zu, sie hatten ihren eigenen Willen, wollten zupacken und sie hochziehen. Sie zwang sich, unten zu bleiben.

Vor ihren Augen erschienen Sterne. Sie brauchte Luft. Sie musste sich aufrichten. Doch sie ließ ihren Körper immer schwerer werden.

Vielleicht war eine totale Veränderung nötig, eine Revolution. Sie sah weiße Punkte, und ihr Puls hämmerte in ihren Ohren.

Hölle.

Da hörte sie ein Geräusch, ein blechernes Bellen aus der Welt über der Wasseroberfläche. Es war Taco. Sie halluzinierte, aber das Bellen klang so real, als würde Taco auf dem Badezimmerboden neben der Badewanne stehen.

Sie setzte sich ruckartig auf, rang nach Luft und hustete. Dann stand sie auf.

Auf dem gefliesten Boden lag ein kleiner Schäferhundwelpe. Er sah glücklich aus, und das war er auch.

Hinter dem Hund stand Nova.

Fredrika atmete tief durch.

Fredrika saß mit feuchtem Bademantel und Badeschuhen sowie dem Welpen auf dem Schoß auf dem Bett. Er leckte ihre Hand, sie kraulte ihn hinter den Ohren.

Nova saß im Hotelsessel. »Du willst ihn doch behalten, oder?«

»Ich glaube schon. Er ist wie Taco.«

»Weißt du, wie er meiner Meinung nach heißen sollte?«

»Nein.«

»Burrito, oder vielleicht Enchilada.« Nova lächelte. »Und vergiss das Buch nicht.«

Fredrika hob es auf: Franz Kafka, *Der Prozess*. Sie hatte es noch nicht gelesen, aber der Name des Autors kam ihr bekannt vor.

»Es ist geradezu schockierend, dass du mir ein Buch schenkst, und aus Papier noch dazu.«

»Aber es ist gut«, sagte Nova.

»Ich hätte nicht gedacht, dass du Bücher liest.«

»Und ich hätte nicht gedacht, dass du Befehle missachtest.«

»Einmal ist immer das erste Mal«, sagte Fredrika. »Danke übrigens.«

»Wofür?«

»Dafür, dass du in die Zone gekommen bist und mir geholfen hast.«

Nova lächelte. »Mit Verlaub: dich *gerettet* habe.«

Die Räumlichkeiten, in denen Brainy residierte, waren nicht prächtig im klassischen Sinne, aber sie spiegelten den überwältigenden Erfolg des Konzerns wider. Im Eingangsbereich befand sich eine Waldwand, die wie ein Stück vom Amazonas aussah – oder zumindest wie das, was vom Amazonas noch übrig war. Bäume und Bananenstauden reichten bis zur fünfzehn Meter hohen Decke, Schmetterlinge flatterten um große orangefarbene Blüten, ganz oben hingen ein paar Faultiere.

Der Boden im Eingangsbereich bestand aus alten Sandsteinen, geborgen aus vom IS zerstörten Tempeln in Syrien. Am anderen Ende befand sich ein fünfzehn Meter langes Hallenbad, komplett aus Glas und mit rotem Vitaminwasser gefüllt. Mehrere Brainy-Mitarbeiter planschten darin herum: Hinter dem durchsichtigen Beckenrand waren ihre bräunlichen Körper zu erkennen – sie wirkten träge, aber das Wasser war offenbar gut für die Durchblutung. Vielleicht mussten sie sich von zu viel Zeit in der Erfindung ihres Arbeitgebers erholen – bekanntermaßen litten Menschen, die mehr als drei Stunden im Brainy verbrachten, sieben bis acht Prozent häufiger als andere unter Stresssyndromen, Müdigkeit und erhöhter Herzfrequenz.

Gemma Swift, Visionary Officer von Brainy Schweden, führte Nova und Jonas durch das Büro. »*Mid Atlantic*«, hatte sie auf Novas Frage geantwortet, welches Englisch sie sprach.

Nova trug wieder ihre alte Jogginghose aus dem Gymnasium, die so bequem war, dass sie sie gar nicht mehr ablegen wollte.

Jonas war gestresst, was Nova nachvollziehen konnte. Es war nicht so gelaufen, wie er es geplant hatte, aber ehrlich gesagt auch nicht so, wie sie es geplant hatte. Ihr Gesicht war in den letzten Tagen immer wieder in den herkömmlichen sozialen Medien und auch in den Köpfen der Brainy-Nutzer aufgetaucht. Sie war sogar von *der New York Times* und *Shoken International* interviewt worden – und nun hatte Brainy selbst angefragt. Doch trotz all der Aufmerksamkeit, die sie erhielt, kam dabei nicht viel rum. »Wenn wir Glück haben, macht uns Brainy ein Angebot mit rascher Bezahlung«, hatte Jonas gesagt.

Nova kam gerade von einem Besuch bei ihrer Schwester. Sie konnte verstehen, dass Fredrika untertauchen wollte, vor allem wenn sie weiterhin als verdeckte Ermittlerin arbeiten wollte, aber sie verstand nicht, warum sie so deprimiert wirkte – schließlich hatte sie ihre Mission erfolgreich beendet. Vielleicht wusste Nova auch nicht alles. Fredrika weigerte sich, über ihren Aufenthalt in Tallänge und in der Sonderzone sowie über William Agneröd zu reden.

Nova selbst war mehrmals von der Polizei vernommen worden. Zuerst waren die langen Verhöre eine Qual gewesen, aber nachdem sie gestanden hatte, dass sie den Stick von William Agneröd im Rahmen einer Erpressung gestohlen hatte, ließ der Druck nach. Das Einzige, was sie ihnen verschwieg, war Guzmáns wahre Identität – sie hatte ihn der Polizei gegenüber einfach Guzmán genannt. Warum, konnte sie sich nicht erklären – vielleicht war ihr die ganze Sache zu peinlich, oder sie hatte das Bedürfnis, den Guerilla-Spitzel tatsächlich irgendwie zu schützen.

Der Diebstahl aus dem Safe des Milliardärs war bald vergessen angesichts des Mutes und der Raffinesse, die sie an den Tag gelegt hatte: Sie hatte es geschafft, in die Sonderzone einzudringen und ihre Schwester zu warnen. Die Polizisten sagten, dass es sich bei dem Diebstahl um einen Gegenstand ohne großen Wert handelte, weshalb die Tat als Bagatelldelikt eingestuft wurde. Nova würde höchstens ein paar Tagessätze dafür bekommen, »wenn sie diese Lappalie nicht sowieso gleich zu den Akten legen«, hatte Nikbin gesagt.

Ihre Eltern waren stolz auf sie – zum ersten Mal. Sogar Guzmán meldete sich mit einer verschlüsselten Nachricht: *Gut gemacht in der Zone. Der Kampf geht weiter.*

Und irgendwie hatte das auch Nova verändert: Zum ersten Mal seit vielen Jahren war sie ehrlich.

Zu dem Verdacht, dass sie etwas mit Simon Holmbergs Ermordung zu tun haben könnte, bestand nun Gott sei Dank kein Grund mehr. Die Polizei hatte jemand anderen in Verdacht: Arthur, der Isak und Emir erschossen und den Hubschrauber zum Absturz gebracht hatte. Unter anderem war Simons Computer in der Wohnung dieses kranken Polizisten gefunden worden.

Sie und Jonas setzten sich in die modernen Sessel. Die harte Rückenlehne fühlte sich ganz und gar nicht an, als würde sie sich Novas Körper anpassen.

Gemma servierte Energydrinks und Kaffee. Ihr schallendes Lachen erfüllte den Konferenzraum.

Sie befanden sich im höchsten Gebäude am Stureplan, und die Aussicht war atemberaubend. Stockholm erstreckte sich in alle Himmelsrichtungen. Die Stadt gehörte Brainy, und das in mehr als einer Hinsicht.

»Es wäre toll, wenn du dich dem *Brainy Tribe* anschließen würdest«, sagte Gemma.

Das hatten Nova und Jonas hören wollen.

»Wir sind der Meinung, dass dein neues Profil besonders gut zu unserer europäischen Linie passen würde. Wir haben hier über 150 Millionen Nutzer.«

Genau das hatten Nova und Jonas hören wollen.

»Wir haben Kunden, die schon im nächsten Monat mit dir filmen wollen«, sagte Gemma lächelnd.

Jonas räusperte sich. »Darf ich eine Frage stellen?«

»Natürlich.«

»Hast du irgendwelche Projekte für Nova, bei denen die Bezahlung recht schnell erfolgen könnte, eventuell schon vor dem Dreh?«

Gemma Swift starrte ihn an. »In diesem Quartal?«

»Ja. Oder besser noch diesen Monat.«

Gemma ließ sie warten; sie wollte sich mit ihren Kollegen beraten.

»Wie war es eigentlich in der Zone?«, fragte Jonas plötzlich.

Nova wandte sich von der Aussicht ab und drehte sich zu ihm um. »Ich war nur etwa eine Stunde drin. Nach einer Weile kam ein anderer Hubschrauber und hat uns ausgeflogen.«

Jonas hatte die Augen halb geschlossen. »Das weiß ich. Aber wie war es dort?«

»Alles war kaputt.«

»Ich bin in Järva geboren, wusstest du das?«

»Du verarscht mich.«

»Ganz und gar nicht.«

»Aber ich dachte, dein Vater hat Zahnimplantate hergestellt und seine Kliniken verkauft?«

»Wir haben seine Kliniken verkauft, ja«, sagte Jonas.

Nova schaute wieder aus dem Fenster, vor dem Möwenschwärme kreisten, als hätte jemand tote Fische ausgelegt. Sie spürte seinen Blick.

»Warum überrascht es dich so, dass ich aus Järva bin?«, fragte er.

»Na ja, ich hatte das einfach nur nicht erwartet«, sagte sie.

»Was meinst du damit?«

»Ich meine gar nichts.«

»Aber du warst bis gerade eben der Meinung, dass es an einem Ort wie Järva keine Kieferchirurgen gibt.«

»Warum gibt es dann nicht mehr davon?«

Jonas sah aus dem Fenster. Jetzt wirkte er eher traurig als gestresst. »Woher soll ich das wissen? Von Titanschrauben und Zahnwurzeln habe ich keine Ahnung. Ich bin Experte darin, das Leben junger Frauen zu verkaufen.«

Die Tür ging auf, und Gemma Swift kam herein: Ihre Turnschuhe sahen aus wie kleine Raumschiffe. »Wir haben tatsächlich einen Kunden, der bereit ist, einen Vorschuss zu zahlen. Wenn du den Job annimmst, meine ich.«

Nova lächelte – sie war jetzt ein anderer Mensch: ehrlicher.

Gemma setzte sich. »Es ist keine komplizierte Sache. Du wirst Werbebotschafterin und gibst eine Reihe von Brainy-Impulsen, die in den Köpfen deiner Follower ein positives Bild des Kunden sowie positive Emotionen ihm gegenüber erzeugen.«

Nova schürzte die Lippen, das hatte sie schon einmal gemacht, so schwer konnte das nicht sein. »Und wer ist der Kunde?«

Auch Gemma sah glücklich aus. »Nordkorea«, sagte sie mit klarer Stimme.

Emir lag auf seinem alten Bett – das jetzt im Zimmer seiner Mutter stand – und wartete. Aus irgendeinem Grund wollte er nicht auf dem Sofa im Wohnzimmer liegen oder auf einem der unbequemen Küchenstühle sitzen. Nur hier hatte er seine Ruhe.

Zu Hause war er wie ein tollwütiger Hund auf und ab gelaufen und hatte nur an Hayat gedacht. Sie war verhaftet worden. Was man ihr zur Last legte, war bei der Haftanhörung vor ein paar Tagen öffentlich gemacht worden: Terrorismus, hatte es geheißen. Mehr nicht.

»Das Gericht gibt nie die Gründe für eine Inhaftierung bekannt«, hatte Nikbin gesagt, als Emir ihn früher am Tag getroffen hatte. »Ich bin zwar ihr Anwalt, aber mehr kann ich dir nicht sagen. Die Verschwiegenheitsanordnung ist so streng, dass man wahrscheinlich drei oder vier Jahre bekommt, nur wenn man aus Versehen vor dem Gerichtssaal einen fahren lässt.«

Emir hatte Nikbin noch aus einem anderen Grund besucht: Der Anwalt sollte im Laufe des Tages eine Nachricht von der Polizei erhalten – Emir wollte wissen, ob sie sich an ihre Abmachung gehalten hatten oder nicht. Ob ihm eine lebenslange Haftstrafe erspart blieb.

Nikbin sagte, deshalb solle er sich keine Sorgen machen, während die Polizisten behaupteten, die Person, mit der Emir zusammengelebt hatte, sei der Anführer des militärischen Arms der

Bewegung. Das hätte ihre Einschätzung bezüglich der Abmachung ändern können – Emir war überrascht, dass sie ihn nicht verhaftet hatten.

»Es sieht nicht gut aus für deine Freundin«, sagte der Anwalt.

»Sie ist nicht mehr meine Freundin.«

»Nein, aber sie haben eine Menge ernster Beweise gegen sie vorgelegt.«

»Wie ernst?«

»Sehr ernst.«

Emir war verwirrt: Hayat war nicht A, das wusste er genau, auch wenn er sich nicht erklären konnte, woher. Sie hatten in den letzten Jahren keinen Kontakt gehabt, und wenn er genauer darüber nachdachte, überkam ihn das dunkle Gefühl, dass sie ihm etwas Wichtiges verschwiegen hatte. Und sie hatte sehr bestimmte Ansichten.

»Warum hat man sie gerade jetzt verhaftet?«

»Das kann ich dir nicht beantworten. Aber im Universum ist alles miteinander verbunden«, sagte Nikbin.

Emir verschränkte die Arme. »Hayat ist nicht A, davon bin ich zu tausend Prozent überzeugt. Da liegt ihr alle falsch.«

»Da stimme ich dir zu. Sie hat mich übrigens gebeten, dich zu grüßen.« Emirs Herz setzte einen Schlag aus.

»Sie hat sich dafür entschuldigt, dass sie vor ein paar Jahren, als du im Gefängnis warst, deine Anrufe nicht beantwortet hat. Und hat gesagt, dass sie diesen Fehler nicht noch einmal machen würde, wenn du sie jetzt anrufst.«

Emir konnte es nicht ertragen, an die Möglichkeit zu denken, dass sie vielleicht nicht mehr freigelassen wurde.

»Und außerdem ist heute ein Brief für dich gekommen.« Nikbin hielt einen Umschlag hoch, auf dem in kindlicher Handschrift eine Adresse geschrieben war.

Emir »der Prinz« Lund c/o Rechtsanwalt Payam Nikbin.

Emir öffnete ihn.

Der kurze Brief war in derselben krakeligen Handschrift geschrieben.

Ich habe stattdessen den neuen Tesla gekauft, der ist cooler als der Ferrari. Von 0 auf 100 in 2,6. Bin den ganzen Weg hierhergefahren. Am Mittelmeer zu leben wäre schön, heißt es ja. Aber Järva fehlt mir jetzt schon. Ich werde dich nicht umbringen. Mach dir keine Sorgen.

/Roy

Roy Adams war krank im Kopf: Sieben tote Polizisten, aber er hatte trotzdem getan, was er versprochen hatte – einen schnellen *araba* geklaut und das Land verlassen.

Der Anwalt schaute neugierig drein. Dann piepte sein Computer. »Da ist die Nachricht«, rief er.

Nikbin holte eine Flasche heraus. Er drehte sie so, dass Emir das Etikett sehen konnte: *Moët & Chandon Nordic.*

»Der erste schwedische Jahrgang. Am Klimawandel ist nicht alles schlecht.« Nikbin entfernte die Alufolie vom Korken und begann zu drehen. »Man soll die Flasche drehen und nicht den Korken, das weißt du doch, oder?«

Mit einem Knall schlug der Korken gegen die Decke. Der Champagner floss über, der Schaum funkelte wie Diamanten in den Gläsern.

»Sie haben beschlossen, das Verfahren gegen dich einzustellen. Es wird keinen Prozess und kein Urteil geben. Du bist ein freier Mann, mein Freund«, sagte Nikbin. »Und du bist auch kein BOP mehr und hast Anspruch auf das Krankenversicherungssystem. Auf kostenlose Dialysen.«

Emir öffnete die Augen. Aus der Küche hörte er ein Geräusch. Er hatte noch Nikbins Champagner in der Nase, sie hatten die Flasche geleert. Nach der ganzen Scheiße auf dem Wasserturm hatten sie

Emir sofort ins Karolinska-Krankenhaus eingeliefert, wo er eine richtige Hämodialyse bekommen hatte und das Lungenödem behandelt worden war. Zwei Stunden später, und er wäre gestorben.

Die paar Tage im Krankenhaus waren die Hölle. Schon am ersten Nachmittag mussten sie die Sicherheitskräfte rufen, um die Journalisten fernzuhalten.

Es klang nach dem vertrauten Geschepper seiner Mutter, nach jemandem, der genau wusste, wo die Kaffeekanne und die Tassen standen.

Draußen war alles ruhig. Die Unruhen hatten aufgehört. Die Ein- und Ausgänge der Zone waren wieder geöffnet. Es war fast so, als wäre nichts passiert, obwohl die ausgebrannten Autowracks, die eingeschlagenen Scheiben und die vielen Polizisten noch an diese andere Realität erinnerten.

Er stand auf.

Das Zimmer war aufgeräumt. Die Bullen waren schon zweimal bei seiner Mutter und auch bei ihm zu Hause gewesen und hatten alles durchsucht. Sie hatten auch sein neues Telefon beschlagnahmt, aber das war kein Verlust – so konnten ihn die Journalisten nicht erreichen.

Die Bewegung, dachte er. Konnte es wahr sein? Hatte Hayat alle getäuscht?

Dann dachte er an Rezvan. Dem Jungen ging es gut. Alles war perfekt – außer für Hayat.

Und Isak – Emir schloss wieder die Augen. Er hatte nur einen wahren Freund in seinem Leben gehabt. Nikbin hatte die Ermittlungsakte zur Razzia in Abu Gharibs Pokerwohnung besorgt: Isak hatte der Polizei den Tipp gegeben – Emir würde nie verstehen, warum sein Freund ein Verräter geworden war.

Dann klopfte seine Mutter an die Tür. »Komm und sieh dir das an«, sagte sie.

Sie setzten sich vor denselben alten Fernseher, den sie schon immer hatte, nur dass er jetzt mit ihrem Handy verbunden war. Emir wusste gar nicht, dass sie technisch so versiert war.

Es lief ein Shoken-Video.

Eine Person mit einer Sturmhaube und dunkler Kleidung saß an einem Tisch. Sie hatte ein Mikrofon vor sich. Der eingeblendete Untertitel lautete: »*Presseerklärung der Bewegung*«.

»*Ich bin A*«, sagte die Person mit der Sturmhaube mit rauer, offensichtlich verzerrter Stimme.

»*Die Bewegung möchte zunächst ihre Solidarität mit allen Familien ausdrücken, die während der Unruhen der letzten Tage ihrer Angehörigen beraubt wurden. Diese Gewalt wäre nie zum Ausbruch gekommen, wenn der schwedische Staat die Menschen in den sogenannten Sonderzonen nicht strukturell diskriminieren würde. Der schwedische Staat hat die Sonderzone Järva in den vergangenen Tagen von der Außenwelt abgeriegelt. Das werden wir ihm nie verzeihen.*«

A beugte sich zum Mikrofon vor. »*Der schwedische Staat hat nicht nur vor Rassismus, Klassenhass und Klimazerstörung kapituliert, sondern treibt diese Instrumente der Unterdrückung jetzt selbst voran: Er hat auf dem Platz in Järva auf Zivilisten geschossen. Die Bewegung wird den Kampf nicht aufgeben.*

Diese Pressemitteilung ist in erster Linie eine Antwort auf die Verhaftung von Hayat Said. Die Behauptung, Hayat Said sei mit meiner Person, mit A, identisch, ist eine absurde Lüge. Deshalb habe ich folgende Nachricht für die Unterdrücker: Ihr habt die falsche Person verhaftet. Ich bin frei und werde immer frei sein.«

A hielt kurz inne. »*Als weiteren Beweis haben wir von der Bewegung heute Informationen über verschiedene Aktionen von A an die Sicherheitspolizei geschickt. Hayat Said ist nicht A.*«

Das Video wurde schwarz.

Emir saß nur da und starrte auf den Fernseher.

»Was meinst du?«, fragte seine Mutter und stand auf.

Emir rührte sich nicht. »Ich habe keine Ahnung. Aber ich hoffe, dass sie Hayat jetzt freilassen. Die Leute von der Bewegung sind doch alle verrückt.«

Seine Mutter starrte ihn ungewöhnlich lange an. »Das glaube ich nicht.« Sie öffnete das Küchenfenster, um frische Luft hereinzulassen.

Sie hatte Essen für die Party eingekauft – Emir war frei, sie wollten etwas Leckeres essen. Jetzt aber kochte sie erst einmal Kaffee.

Wie immer erhitzte sie das Wasser separat im *Džezva,* wie immer rührte sie den Zucker vor dem Kaffee ins kochende Wasser, bis er sich vollständig aufgelöst hatte. Seine Mutter änderte eine erfolgreiche Methode nicht unnötig ab. In dieser Hinsicht war sie konservativ. »Reaktionär«, hatte Hayat manchmal gesagt.

Seine Mutter griff nach der Blechdose, auf der etwas auf Kurdisch stand, und holte einen gehäuften Teelöffel fein gemahlenes Kaffeepulver heraus. »Eines weiß ich mit Sicherheit«, sagte sie langsam. »Und zwar, dass Hayat nicht A ist.«

Emir beugte sich über den Küchentisch. »Woher willst du das wissen?«

»Ich bin mir absolut sicher. *Zu tausend Prozent*, wie du sagst.«

»Warum?«

»Sie werden ihren Fehler schon einsehen. Hayat war vielleicht ein paar Mal im Krankenhaus, als die Server für die Bewegung benutzt wurden. Aber sie war sicher nicht *die ganze Zeit* dort. Und das Telefon, das A benutzt hat und das Hayat gehörte … vielleicht wusste sie gar nicht, dass es bei A gelandet war. Irgendwann werden sie schon merken, dass sie die Falsche haben.«

Emir wusste nicht, dass die Medien so detailliert über den Grund von Hayats Verhaftung berichtet hatten, aber seine Mutter schien über alles Bescheid zu wissen. Er erinnerte sich daran, wie Hayat viele Dinge bei Payam Nikbin abgegeben hatte.

Er holte tief Luft. »Ich habe es dir noch nicht erzählt, aber Hayat hatte ziemlich merkwürdige Sachen an, als ich bei ihr war. Militärklamotten.«

»Und?« Seine Mutter drehte den *Džezva* im Uhrzeigersinn, wie sie es immer tat. »Die hat sie von mir bekommen.«

Emir starrte sie an. Seine Mutter war im Moment wirklich merkwürdig. »Warum?«

»Um sie im Ernstfall bei der Arbeit zu tragen.«

»Was?«

»Ich habe den Kontakt zu Hayat nicht abgebrochen, nur weil du es getan hast, weißt du.«

Seine Mutter sah auf: ein ruhiger Blick, aber mit ungekannter Härte.

»Das sind alles Esel«, sagte sie. »Sie wollen nur jemanden, dem sie die Schuld geben können, jemanden, den sie unterdrücken können. Die Gesellschaft ist von einem Virus befallen. Sie leidet unter der Verdrängungskrankheit.«

Seine Augen waren auf die Finger seiner Mutter gerichtet, beziehungsweise auf den Nagellack. Er war schwarz.

Jetzt war es so weit.

»Komm«, sagte er. »Wir holen Mila.«

Seine Mutter schenkte ihm Kaffee ein. »Nein. Ich habe mit Lilly gesprochen. Heute darfst du sie selbst holen.«

Sie gingen den Feldweg entlang. Der Wasserturm war in der Ferne zu sehen. Mila hielt seine Hand ganz fest. »Wir gehen mit Oma essen, und dann probieren wir etwas Lustiges aus«, sagte Emir.

»Oma ist ulkig«, sagte Mila.

Ulkig – das klang wie eines von Payam Nikbins Worten. Doch Mila hatte recht. Irgendetwas an seiner Mutter war wirklich merkwürdig, aber das machte nichts. Sie war schon immer so gewesen.

Er rief Rezvan an.

»Hey, Kumpel«, sagte Emir. »Wie geht es dir?«

Die Stimme des Jungen klang fröhlicher, nicht mehr so rau wie beim letzten Mal. »Alles cool.«

»Du bist in der Schule, oder?«

Rezvan zögerte. »Äh, heute nicht.«

Emir musste grinsen.

»Ich gehe mit Mila ins Fitnessstudio, sie will ein paar Workouts ausprobieren. Möchtest du vielleicht mitkommen? Wir wollen uns mit dem Mutigsten von Järva messen.«

Die schwedische Originalausgabe erschien 2021 unter dem Titel
»Paradis City« im Albert Bonniers Förlag, Stockholm.

*Dies ist eine Fiktion. Alle Verweise auf reale Begebenheiten,
Institutionen, Orte oder Personen dienen lediglich dazu,
ein fiktives Universum zu erschaffen.*

Penguin Random House Verlagsgruppe FSC® N001967

1. Auflage
Deutsche Erstausgabe Juli 2024
Copyright © Jens Lapidus 2021
© der deutschsprachigen Ausgabe 2024
btb Verlag in der Penguin Random House Verlagsgruppe,
Neumarkter Str. 28, 81673 München
Covergestaltung: semper smile
nach einem Entwurf von Terese Moe Leiner
Satz: Uhl + Massopust, Aalen
Druck und Einband: GGP Media GmbH, Pößneck
mn · Herstellung: sc
Printed in Germany
ISBN 978-3-442-77210-0

www.btb-verlag.de
www.facebook.com/penguinbuecher